|g|r|a|f|i|t|

*Für meine geliebte Frau Insa*

© 2015 by GRAFIT Verlag GmbH
Chemnitzer Str. 31, 44139 Dortmund
Internet: http://www.grafit.de
E-Mail: info@grafit.de
Alle Rechte vorbehalten.
Umschlaggestaltung: Nele Schütz Design
Druck und Bindearbeiten: CPI – Clausen & Bosse, Leck
ISBN 978-3-89425-452-0
1.  2.  3.  4.  5.  /  2017  16  15

Martin Calsow

# Quercher und der Totwald

Kriminalroman

## Der Autor

Martin Calsow wuchs am Rande des Teutoburger Waldes auf. Nach seinem Zeitungsvolontariat arbeitete er bei verschiedenen deutschen TV-Sendern in Köln, Berlin und München. Ein langer Aufenthalt im Nahen Osten führte ihn schließlich zum Schreiben. Martin Calsow gehört der Jury des Grimme-Preises an und lebt heute mit seiner Frau am Tegernsee und in den USA.

*Quercher und der Totwald* ist nach *Quercher und die Thomasnacht* sowie *Quercher und der Volkszorn* der dritte Fall einer Serie um den sperrigen LKA-Beamten Max Quercher. Weitere Titel sind in Planung.

www.martin-calsow.de

# Prolog

*Kreuth, 08.08., 06.15 Uhr*

Er hatte das Boot im Schilf von seiner Befestigung gelöst. Auf die Kuppe des Wallbergs setzte das Morgenlicht einen dünnen roten Kranz. Mücken schwirrten auf der glatten Oberfläche des Sees, den man an dieser Stelle Ringsee nannte, der aber den allermeisten als Tegernsee bekannt war.

Der Mann war kein guter Ruderer. Das mochte damit zusammenhängen, dass er nie in seinem Leben das Schwimmen erlernt hatte. Wasser war ihm als Element fremd geblieben, Natur war ihm nur in der Form eines Waldes vertraut. Doch obwohl er bereits beim kleinsten Schwanken des äußerst baufälligen und an einigen Stellen schon leckenden Boots zusammenzuckte, schaffte er es, die Ruderblätter in die Riemen zu stecken und das Boot mit einigen kräftigen Zügen weit hinaus aufs Wasser zu führen.

Aus der Tiefe des Sees entstieg die Kälte. Der Mann fröstelte und zog sich umständlich eine Windjacke über, darauf bedacht, das Boot nicht wieder zum Schwanken zu bringen. Vorsichtig goss er sich aus einer Thermoskanne einen Tee ein und trank mit stillem Vergnügen. Bald wären die Touristen fort, der See wäre wieder frei von den Hobbyseglern, die ohne Sinn für die majestätische Größe dieses Naturwerks mit wütendem Ernst über das Wasser ackerten. In der alten Klosterkirche zu Tegernsee läuteten die Glocken. Die ersten Sonnenstrahlen zauberten ein Feuerwerk an Reflexen in die Tiefe des smaragdgrünen Wassers. Eine Mischung aus Grauen und Faszination machte sich in ihm breit. Er musste sich davon losreißen.

Etwas schien ihn für einen kurzen Moment anzusehen.

Er schüttelte den Kopf, legte die Thermoskanne zurück in die Tasche und genoss das Paradies. Hier in der Mitte des Sees würde er in Ruhe die grüne Mappe lesen können. Daheim war er nicht mehr sicher. Denn er fühlte sich beobachtet. Schon lange. Aber mit niemandem hätte er reden können. Und der Graf lag im Sterben.

Wind kam auf, ließ kleine Wellen gegen das Holz des Bootes schwappen. Er las aufmerksam, blätterte langsam die vollgeschriebenen Seiten durch. Lächelte. Sah nichts. Nur die Worte, die alles verändern würden. Er bemerkte nicht, wie drei Meter unter ihm ein schwarzes Wesen aus dem tiefen Grün hinauf in das Licht strebte. Nahm nicht die Blasen wahr, die hinter ihm aufgestiegen waren, sich nun um das Boot kräuselten. Da waren nur die Klänge und die Worte auf den Aktenblättern.

Er atmete tief durch. Es war wie eine Erfüllung. Die Sonne, das Tal und die Musik. Während er sich diesem Gefühl vollkommen hingab, wurde eine nicht einmal ein Millimeter starke Angelschnur um seinen faltigen Hals gelegt. In seinen Gedanken versunken, glaubte der Mann, eine Fliege oder ein anderes Insekt hätte ihn gestochen. Das Boot schwankte, kippte nach rechts. Der Mann griff an seinen Kehlkopf.

Das schwarze Wesen war schon wieder in den See getaucht. Dorthin, wo die Angelschnur in einem Karabiner an einem langen Nylonseil verknotet worden war, welches wiederum an einer Boje hing. Das Wesen durchtrennte diese Befestigung, sodass die Seile in die Tiefe sausten, weil ein dreißig Kilo schwerer Betonsockel am anderen Ende hing.

Der Mann im Boot wollte noch schreien. Aber der Ruck, der Schmerz, das Zuschnüren seiner Kehle und nicht zuletzt der Schock über diese unerwartete Wendung seines Ausflugs verhinderten dies. Er rutschte über die Bootskante, platschte auf die Oberfläche des Wassers und sank mit dem Kopf voran hinunter in die immer dunkler werdende Tiefe. Sein

Boot, das ihm wenig später folgte, sah er nicht mehr. Noch ehe er den Grund auf zweiundfünfzig Metern erreicht hatte, wo das Wasser selbst im Sommer nur auf sieben Grad erwärmte, war er schon nicht mehr unter den Lebenden.

Bereits am Abend war sein Körper von einer gelblichen Schlammschicht bedeckt. Ein Hecht würde sich in der Nacht vorwitzig an die Wange des Toten heranwagen.

# Kapitel 1

*Tegernsee, acht Tage später, 16.08., 08.45 Uhr*

Prustend und japsend tauchte Max Quercher aus dem Wasser auf, in das er eben, wie er fand, todesmutig gesprungen war. Er biss die Zähne zusammen. Natürlich war das Wasser nicht sehr warm. Aber jetzt, Ende August, fiel die Temperatur des Sees immerhin nicht unter neunzehn Grad.

Quercher hatte die Nacht auf seiner Hollywoodschaukel verbracht. Lumpi hatte sich zu seinen Füßen zusammengerollt, die Wärme des Terrassenbodens genossen. Sie hatte Quercher bewacht, der wie sie zuweilen auch ein wenig schnarchte.

Quercher wechselte vom Kraul in die Brustlage, schwamm einige Züge unter Wasser, tauchte wieder auf und fühlte nach wenigen Minuten nicht nur, wie die Wärme in seinen Körper zurückkehrte, sondern auch die gute Laune. Als er den Wendepunkt im See erreicht hatte, verweilte er und betrachtete das beeindruckende Massiv der Blauberge, das im Morgenlicht glitzerte. Dort oben wäre er vor drei Jahren fast von einer Lawine getötet worden.

Er hörte das Läuten der Klosterkirche in Tegernsee und kraulte zurück. Nicht weit von ihm schwamm eine Frau, genau wie er auf dem Rückweg zu der Badestelle in Holz. Quercher badete immer nackt. Das war sein persönlicher Widerstand gegen das hier zwar nicht ausgesprochene, aber mehrheitlich gelebte Textilgebot.

Als er noch ungefähr hundert Meter vom Ufer entfernt war, vernahm er plötzlich die Rufe der Frau. Er stoppte, drehte ihr seinen Kopf zu und hob die Hand.

»Ich habe einen Krampf«, rief sie.

Er änderte die Richtung und schwamm zu der Frau.

Sie war nicht älter als als Mitte vierzig. Dunkle Haare hingen in Strähnen über dem vor Schmerz verzerrten Gesicht. Sie trieb auf dem Wasser, bemüht, ihr rechtes Bein in die Höhe zu halten. Es gab schönere Positionen beim ersten Kennenlernen.

»Warten Sie, ich helfe Ihnen.« Irgendwo in Querchers Hirn waren aus alten Fußballtagen noch Wissensreste über Krämpfe erhalten.

»Ist die Wade, verdammt. Das passiert mir sonst nie!«, rief die Dame fast vorwurfsvoll.

Quercher bemerkte, dass auch die Frau das Baden ohne Textilien bevorzugte. »Legen Sie sich auf den Rücken und breiten Sie Ihre Hände aus. Ich nehme Ihren Fuß.«

Was an Land sehr einfach war, erwies sich im tiefen Wasser als eine akrobatische Herausforderung. Mehrfach tauchte Quercher bei dem Versuch, nach dem Fuß zu greifen, unter, schluckte Wasser und prustete. Sie fluchte. Quercher entschuldigte sich, griff mit der rechten Hand erneut nach dem Fußgelenk der Frau und suchte mit der linken Hand Halt an ihrem Knie, um so ihre Wade zu strecken. Dabei paddelte er wie ein Pudel mit seinen Füßen herum, um sich über Wasser zu halten.

»Sie müssen das Bein strecken.«

»Mach ich doch«, kam es pampig zurück.

Er hatte keine Lust und Zeit für Diskussionen. Mit einem Ruck hob er das Bein der Frau an und versuchte, es gerade zu drücken. Dabei rutschte seine linke Hand ab und sein Mittelfinger stieß in ihre Scham.

Die Frau zuckte zurück, ging unter, kam wieder an die Oberfläche und prustete lediglich ein schnelles »Schon weg, der Krampf!«.

Querchers Gesichtsfarbe glich der einer Boje.

Schweigend schwammen sie zum Ufer zurück. Dort rafften sie ihre Sachen zusammen, ohne sich auch nur noch eines Blickes zu würdigen. Lumpi hatte sich auf Querchers Klamotten gelegt und betrachtete die Frau neugierig, die eilig in einen Bademantel schlüpfte und den Hang hinauf zum Parkplatz eilte.

Quercher sah zu seinem Hund, der ihn scheinbar fragend anblickte. »Frag nicht, La Lump. Jede gute Tat wird bestraft!«

Es hatte sich viel verändert in Querchers Leben. Das Wichtigste für ihn: Seit einem Jahr fuhr er ein neues Auto, einen Ford Pick-up. Ökologisch ein Desaster, wie ihm seine Kollegin Arzu vorwarf, aber der Wagen war ausgesprochen praktisch. Quercher hatte das Monster von einem befreundeten Schrauber aus Wiessee erworben, nachdem ihn zuvor vierzehn Jahre lang sein alter Benz Kombi begleitet hatte.

Im Herbst hatte er sich an der Hüfte operieren lassen müssen. Lange hatte er sich dagegen gesträubt, eine künstliche Hüfte als üblen Einstieg in das Alter angesehen. Aber nachdem ihn sogar sein Freund und Arzt Manfred Appel als ›Glöckner vom Tegernsee‹ bezeichnet und ihn quasi in die Vollnarkose gequatscht hatte, war es passiert. Mittlerweile war er sogar froh. Er schwamm regelmäßig, machte seine Yogaübungen und fühlte sich besser als je zuvor. Man sah es ihm auch an. Die Angst vor dem Alter war vergangen. Erst sind noch andere dran, dachte er, als er wieder im Auto saß und nach München fuhr.

Heute war Pollingers letzter Tag. Sein alter Chef und Freund würde mit allem Pomp aus dem LKA verabschiedet werden. Es kamen die üblichen Schranzen aus Politik und Verwaltung. Der Lotse geht von Bord, hatte er in seiner letzten Mail an die Kollegen geschrieben. Pollinger hatte zwar seine Krebserkrankung überwunden, war dem Alltagsgeschäft der Behörde jedoch nicht mehr gewachsen. Der Alte wollte sich, so hatte er es Quercher erzählt, auch am

See niederlassen. Hier sollte ein neuer Lebensabschnitt beginnen, hatte er mit Pathos in der Stimme erklärt.

Die Gebäude des LKA Bayern lagen im Westen der Stadt München, typische Architekturwarzen der Neunzigerjahre. Quercher verzichtete darauf, sich die Festrede im Innenhof anzuhören, ging stattdessen direkt in den Fahrstuhl und stieg im obersten Stockwerk wieder aus. Das Büro des LKA-Chefs ging zur Marsstraße hinaus. Handwerker hatten Pollingers extravagante Einbauten – Zirbelholz aus den Alpen und eine Sitzecke wie in einem Egerner Bauernhaus – bereits herausgerissen. Die Reste lagen in einem Container unten im Hof. Es roch nach Zigarre und einem selten gelüfteten Raum. Quercher hatte hier in seiner schlechten Zeit sogar einige Nächte verbracht. In einer Ecke auf dem Sofa.

Mit Pollinger ging auch etwas von ihm selbst, dachte Quercher gerührt. Das Kumpelhaft-Mackerartige wurde langsam, aber sicher wie das Zirbelholz hinausgeworfen. Pollingers Büro war mehr als nur ein Raum gewesen. Es war das letzte Rückzugsgebiet männlicher Polizeiarbeit.

Grinsend erinnerte sich Quercher daran, dass Pollinger auf eigene Kosten sogar einen Zapfhahn mit Tegernseer Bier, in einem Erker versteckt, hatte installieren lassen.

Doch das war die alte Zeit gewesen. Pollingers Nachfolgerin, Constanze Gerass, hatte schon ihre Möbel hierher gebracht. Langweilige Meterware aus einem Designerhöllenkatalog. Quercher sah sich um. Vierundzwanzig Jahre hatte Pollinger die Behörde geleitet. Hatte in die Abgründe der organisierten Kriminalität, der Kinderpornoringe, des Terrorismus sehen müssen. Pollinger war für Menschen, die ihn kaum kannten, der kauzige und joviale Behördenchef. Diese Rolle hatte er immer perfekt gespielt. Nur wenige, wie sein Freund Quercher, wussten, dass Pollinger auch ein extrem harter und machtbewusster Chef war.

Quercher hörte Schritte.

»Ich habe dich da unten auf meiner Beerdigung vermisst.«

»Ferdi, du bist nicht tot, nur pensioniert worden.«

»Du sehnst dich schon seit Jahren nach deiner Frühpensionierung, Max. Aber für mich wartet jetzt nur noch ein langes Sterben im Tegernseer Tal. Das werde ich nicht aushalten.« Pollinger kraulte Lumpi, die zwar widerrechtlich, aber noch geschützt von Pollingers letzten Machtminuten das leer geräumte Büro erschnüffelte.

»Du kannst ja den Schatzmeister bei den Rottacher Gebirgsschützen machen oder den Hausmeister bei der CSU in Wildbad Kreuth. Da müsste mal renoviert werden.«

Pollinger schüttelte den Kopf. »Nein, ich habe etwas anderes vor.« Er reichte Quercher die Kopie eines Dokuments.

»Was ist das?«

»Lies.«

Quercher überflog das Blatt und lachte. »Du willst dich selbstständig machen? Nach gefühlt zwei Jahrhunderten als Beamter? *Beratung für Sicherheit und Kontrolle – BSK?* Ist dir das im Suff eingefallen?«

»Ach Max, du weißt genau, dass ich nicht der Erste aus dem Laden hier wäre, der in der freien Wirtschaft noch etwas mitnähme. Klar, die Pension ist recht hoch. Aber vielleicht reicht das nicht.«

Max wurde misstrauisch. Pollinger ging mit erheblichen Ersparnissen in den Ruhestand. Was verheimlichte er ihm? »Hast du Schulden?«

Pollinger sah ihn mitleidig an. »Im Gegensatz zu dir kann ich mit Geld umgehen, kaufe mir keine Pick-ups aus Amerika oder Immobilien in Italien.«

Der Alte spielte auf Querchers Haus auf Salina, einer Insel vor Sizilien, an, das erhebliche Kosten verursacht hatte. Obwohl er es lange vermietet hatte, konnte Quercher nie nur annähernd schwarze Zahlen erzielen – ein teures Hobby. Aber es war Querchers einzige Möglichkeit, der Alpenidylle zumindest in den Frühlings- und Herbsttagen zu entfliehen. In wenigen Wochen wäre es wieder so weit. Die Touristen mit ihren scharfen Parfums wären dann verschwunden. Die Kapernernte würde beginnen. Er könnte den Sommer verlängern.

»Ich störe ungern.«

Pollinger und Quercher drehten sich ruckartig um.

Im Türrahmen stand Constanze Gerass, die neue Chefin. Sie durfte Pollinger schon einmal während seiner Krankenzeit vertreten. Jetzt hatte der Innenminister sie trotz internen Widerstands auf den hochrangigen Posten befördert. Quercher hatte seit der Entführung der Kinder am See und den damit verbundenen internen Verwicklungen im vorletzten Jahr ein nüchternes, aber nicht schlechtes Verhältnis zu ihr. Sie hatte nach anfänglichem Zögern Pollingers Rat angenommen und versprochen, Quercher auch weiterhin nur die sperrigen Fälle zu geben. Aufträge, die diskret und ohne Personalaufwand durchgeführt werden mussten. Das alles schrappte zwar zuweilen an den Grenzen der Dienstvorschriften, erwies sich aber als höchst wirkungsvoll. Quercher und seine Kollegin Arzu waren ein kleines Team, ihre ›Ninjas‹, wie Pollinger sie spöttisch seiner Nachfolgerin vorgestellt hatte. Zwei-Personen-Teams waren keine Seltenheit beim LKA. In verschiedenen Abteilungen wurde so gearbeitet.

»Frau Gerass, kommen Sie ruhig rein. Ist ja schließlich Ihr Büro.« Pollinger schaltete auf jovial.

»Ich wollte mit Herrn Quercher den Duschl-Fall besprechen. Aber das hat noch ein paar Minuten Zeit. Ich bin dann in meinem … alten … Büro.«

»Ach was«, widersprach Pollinger. »Ich mache jetzt sowieso meine letzte Runde durchs Haus. Max wird mich heute sicher mit dem Rest meiner Sachen zum See hinausfahren.«

»Ach so?«

»Ja, wenn du so nett wärst und diese drei Kisten dort hinten in deinen Amischlitten packst?«

»Ich dachte, der Herr ordert die Kutsche für die Fahrt zum Schloss?«

Pollinger grinste. »Was für ein gutes Stichwort für deinen nächsten Fall«, bemerkte er nur, ehe er pfeifend den Raum verließ.

Gerass schob einen alten, nach Zigarre riechenden Bürostuhl an das Fenster und wies auf einen danebenstehenden Sessel. Quercher setzte sich und sah sie erwartungsvoll an. Als er realisierte, dass sie höher saß als er, wurde er etwas unruhig.

Gerass hatte sich in den vergangenen Monaten verändert. War sie einst als kommissarische Leiterin betont nüchtern und streng erschienen, ließ sie jetzt, wie Quercher fand, mehr Weiblichkeit zu. Mit der Zusicherung auf den neuen Posten wirkte sie souveräner, weniger verbissen. Kein schlechter Anfang, wenn sich der Eindruck verfestigen sollte.

Sie stellte die Füße, die in High Heels steckten, auf die niedrige Fensterbank, wo Pollingers Bierkrugsammlung gelbe Ränder hinterlassen hatte.

»Sagt Ihnen der Name von Valepp etwas?«

Quercher nickte. »Klar, der Hochadel vom Tegernsee. Franz von Valepp gehört so ziemlich alles, was am See vor sich hinwächst.«

»Sie meinen Wald, nehme ich an, und nicht Ihr geliebtes Cannabis.«

Quercher hielt mit seinem Konsum des Krauts nicht hinterm Berg. Aber wenn ihn schon seine Vorgesetzte darauf ansprach, musste er vielleicht etwas diskreter werden. Er nickte.

»Franz von Valepp liegt im Sterben. Er hatte einen Generalbevollmächtigten, Jakob Duschl. Seit zehn Tagen ist der Mann verschwunden. Am Abend zuvor wurde er das letzte

Mal von Zeugen in einer Bar gesehen. Seitdem fehlt von ihm jede Spur. Duschl lebt allein, hat keine Angehörigen. Franz von Valepp hat ihn quasi adoptiert, seit er eine Lehre in der familieneigenen Hausbank gemacht hat. Das ist fünfunddreißig Jahre her. Die Kollegen von der Kripo in Miesbach wie auch die Dienststelle in Bad Wiessee haben die üblichen Ermittlungen angestellt. Aber ohne Erfolg.«

»Warum ist der Mann so wichtig? Oder anders: Seit wann kümmern wir uns um Vermisstenfälle?«

Gerass überhörte den leisen Vorwurf. »Jakob Duschl hatte Zugang zu allen administrativen und wirtschaftlichen Dingen des Hauses von Valepp. Er war der Mann, der für Franz von Valepp alles regelte, still und schnell. Er war eigentlich nie sichtbar. Die Kollegen hatten Mühe, ein Foto für die Fahndung aufzutreiben. Es schien, als ob der Mann es tunlichst vermieden hätte, jemals fotografiert zu werden. Die von Valepps hatten nicht ein Bild von ihm, kein Video von Familienfeiern, gar nichts. Komisch, nicht?«

»Und wie sind wir dann an ein Foto von ihm gekommen?«

»Sein Führerscheinfoto und das schlechte Bild einer Überwachungskamera auf dem Anwesen der von Valepps, nicht wirklich hilfreich.«

»Und was soll ich da jetzt machen? Das Phantom vom See suchen?«

Gerass sah ihn lächelnd an. »Nein, das, was Sie am besten können – auf Frauen aufpassen.«

Quercher runzelte die Stirn. Das fing hier schon wieder genauso blöd an wie bei Pollinger, dachte er.

»Franz von Valepp hat zwei Töchter, Regina und Cordelia. Regina Hartl dürfte Ihnen als regelmäßiger Leser von Wirtschaftszeitungen bestimmt etwas sagen.«

»Schön, dass Sie bei mir immerhin von einer Lesefähigkeit ausgehen. Das ist doch diese Firmentante aus München. Ich wusste gar nicht, dass die eine geborene von Valepp ist.«

»Es gibt noch Menschen, die heiraten, Herr Quercher.«
»Ist das ein Antrag, Frau Doktor?«
»Sie sind zu alt, Herr Quercher.«
»Mitarbeitermotivation geht anders. Aber zu dieser Thematik soll es bald Kurse vom Ministerpräsidenten geben.«
»Besser nicht. Da wird man sofort schwanger.«
»Augenblick mal, unten im Hof steht noch die Limousine des Landesvaters. Mögen Sie ihm das vielleicht so sagen?«
Quercher grinste.

Gerass nicht. »Werden Sie wieder ernst. Regina Hartl führt die Firma ihres verstorbenen Mannes. Die *Hartl satellite system*. Wenig bekannt. Aber, wie sagt man heute so schön, ein ›hidden champion‹. Stellt Bauteile für Satelliten und Raketen-Hardware her. Weltweit Marktführer. Sitzt in Unterhaching und in Franken und ist ein Lieblingskonzern von unserem Landesvater höchstselbst. Und wo der Vater draufschaut, müssen wir sorgfältig sein.«

»Sind wir doch immer, Frau Doktor.«

»Sagt ausgerechnet Max Quercher, das personifizierte Chaos. Also: Der verschwundene Duschl war auch ein Vertrauter der jüngeren Tochter Cordelia. Zudem …« Sie machte eine Pause, wirkte unsicher, ob sie ihm eine zusätzliche Information geben sollte.

»Nur mal raus. Nichts verschweigen. Bringt vor der Ehe nichts. Kommt alles raus«, kalauerte Quercher.

Sie sah ihn resigniert an und seufzte. »Herr Quercher, hier ist die Akte in digitaler Form.« Sie hielt ihm einen USB-Stick hin.

»Wo steckt man so etwas rein?«

»Wie wäre es mit Ihrem Nasenloch? Bringen Sie bitte Dr. Pollinger heim und dann treffen Sie Frau Hartl. Sie hat um siebzehn Uhr für Sie einen Termin freigeräumt. Ich will, dass Sie Herrn Duschl wiederfinden.« Sie sah ihn jetzt ernst an. »Ich mache keinen Spaß. Sie haben es da mit sehr … wie soll ich sagen … sehr seltsamen Strukturen und Menschen zu tun. Dr. Pollinger kann Ihnen vielleicht mehr sagen.«

»Geht es konkreter?«, hakte Quercher nach. Es war jetzt dreizehn Uhr. Er müsste schnell Pollingers Kisten einpacken und den Alten in sein Haus bringen. Viel Zeit blieb ihm also nicht mehr. Doch wenn er bei der Blaublütigen nicht als Vollpfosten dastehen wollte, müsste er ein paar Hintergründe kennen.

»Kennen Sie nicht Reginas Schwester Cordelia?«, fragte Gerass mokant.

»Warum sollte ich?«

»Na ja, das werden Sie schon herausfinden. Ich muss jetzt los. Auf Ihrem Schreibtisch liegen die ersten Ermittlungsschritte der Kollegen aus Miesbach. Und wenn Sie bei Frau Hartl sind, richten Sie bitte liebe Grüße von mir aus.«

»Von Entscheiderin zu Entscheiderin?«

»Ach, Herr Quercher, ich rieche ja förmlich Ihre Angst vor der weiblichen Vorherrschaft.«

»Ich würde dieser Vorherrschaft übrigens gern in zwei Wochen entfliehen, also Urlaub nehmen.«

»Dann mal flugs den Herrn Duschl gefunden, Herr Quercher. Hinterher dürfen Sie auch Oliven pflücken.«

Es war mittlerweile fünfzehn Uhr, als er völlig verschwitzt die letzte Kiste auf die Ladefläche seines Wagens hievte.

Pollinger kam mit einer Aktentasche unterm Arm über den Parkplatz gelaufen. »Körperliche Arbeit war nie deine Stärke. Da musstest du ja bei uns landen«, ätzte er Quercher im Vorbeigehen an, ehe er mit einigen Mühen in den Pick-up stieg. Missgelaunt starrte er vor sich hin und hielt die Aktentasche, in der seine Entlassungsurkunde steckte, vor seinem Bauch. Zwischen Pollinger und Quercher hatte Lumpi Platz genommen und hechelte mit heraushängender Zunge.

Es war ein müder Spätsommertag, nicht ganz so heiß wie noch wenige Wochen zuvor, aber es hatte lange nicht mehr geregnet. Die Straßen waren staubig. Jeder Windstoß wirbelte Fontänen von ersten gelben Blättern und Dreck auf.

Quercher stellte die Klimaanlage ein. »Kennst du den von Valepp?«, fragte er Pollinger, während er Lumpi sachte zur Seite drückte, um an eine Wasserflasche zu kommen. Das bockige Vieh widersetzte sich zäh.

»Gehorcht dir nicht einmal dein Hund?«, fragte Pollinger mitleidig.

»Sie hört nicht mehr auf Lumpi. Und das ist deine Schuld. Weil du sie seit Monaten mit ›La Lump‹ anredest. Du hast sie verzogen.«

»Wenn du dich ein wenig mehr mit Tieren auskennen würdest, wüsstest du, dass sich Hunde immer an den Ranghöchsten halten. Das ist eben so«, erklärte Pollinger mit einer Mischung aus Ernst und Ironie. »La Lump, komm her.«

Quercher verdrehte die Augen, weil sein Hund Pollingers Anweisung tatsächlich folgte. »Also noch mal: von Valepp. Was weißt du?«

Pollinger betrachtete durch das Fenster den frühen Feierabendverkehr. Noch hatten die Schüler Ferien. Kinder kamen aus den Freibädern mit ihren Badetaschen über den Schultern und mit nassen Haaren. Ein Fetzen Erinnerung an seine Kindheit, die er hier im München der Sechzigerjahre verbracht hatte, ließ ihn melancholisch werden. Der Wagen überquerte die Isar. Ein blauer Dunst von Grillfeuern hatte sich wie eine Smogglocke über den Fluss gelegt, den Pollinger noch aus Zeiten kannte, als er noch kein riesiger Freizeitpark war.

»Die von Valepps sind alter bayerischer Adel, und zwar schon seit mehr als tausend Jahren. Ich erspare dir und mir einen Ausflug in die Geschichte. Du würdest die Details eh sofort vergessen. Die Mitglieder der Familie jedenfalls sind seit jeher immer in den engsten Umkreis der bayerischen Herrscher berufen worden. Sei es als Minister oder in Kirchenämtern. Die Familie besitzt ausgedehnte Ländereien, riesige Waldflächen und ein Kiesabbauunternehmen. Franz von Valepp war mit Elisabeth Gräfin von Soelring, ebenfalls bayerischer Adel, verheiratet. Die Gute war etwas seltsam, manche würden sie als den Männern nicht abgeneigt bezeichnen. Während Franz im Wald war, hat sich Lisbeth so ziemlich jeden stattlichen Angestellten näher angeschaut.«

Quercher grinste. »Du bist ja ein richtiger Adelsexperte, wusste ich gar nicht.«

»Sehr witzig. Ich mochte Franz nie so recht. Er und sein älterer Bruder waren im Zweiten Weltkrieg angeblich im Widerstand. Zumindest sein Bruder war aber bis 1944 extrem eng mit den Nazis. Dann hat man ihn jedoch fälschlicherweise zum Widerstand gezählt und ihn in Stadlheim aufgehängt. Der Familienbesitz wurde bis zum Kriegsende konfisziert. Aus dieser Nummer entstand später die Familiensaga der Gutmenschen. So jedenfalls konnte sich die Familie unbeschadet durch die Nachkriegszeit manövrieren, hat alle ihre Güter wiederbekommen und Franz tauchte bei jeder Gedenkfeier für die Widerständler in der ersten Reihe auf. Heute ist von Valepp der drittgrößte Waldbesitzer in ganz Deutschland.«

»Komisch, die sind mir noch nie über den Weg gelaufen. Die Tochter sagt mir irgendetwas. Aber ich weiß nicht genau, was.«

»Vorsicht. Die ist eine ganz Harte. War Unternehmensberaterin bei *McKinsey*, hat dort ihren Mann, Reinhard Hartl, kennengelernt. Sie ist dann zu *Goldman Sachs*, der Investmentbank, gegangen. Später wechselte sie in die Firma ihres Mannes. Der verstarb vor drei Jahren bei einem Jagdunfall in Osteuropa. Jemand hat ihn bei einer Treibjagd auf Wildschweine mit einer Armbrust versehentlich getroffen.«

»Mit einer Armbrust? Wer macht denn so was?«, fragte Quercher irritiert.

»Es gibt auch Leute, die nehmen eine Lanze.«

»Warum nicht auch einen Morgenstern?«

»Jedenfalls ist sie jetzt Alleininhaberin der Firma. Die Frau taucht nirgendwo auf. Hält sich völlig aus der Presse. Gilt als eine der reichsten Frauen Deutschlands, wirkt aber sehr bescheiden. Hat den Adelstitel freiwillig für ihren Mann abgegeben. Sehr sympathisch, finde ich. Sie scheint den ganzen Tag nur zu arbeiten. Keine Kinder. Kaum einer weiß etwas über sie.«

»Du hingegen scheinst sie ja gut zu kennen.«

»Nein, überhaupt nicht. Aber sie wäre etwas für dich. Anständig, vermögend, selbstsicher und vor allem: in deinem Alter!«

Quercher trat auf die Bremse. »Wie bitte?«

»Wenn du so fährst, bist du nicht rechtzeitig dort. Regina Hartl schätzt Pünktlichkeit.«

Er hatte Pollinger in einem Hotel am See abgesetzt, wo der Alte mit irgendwem zum Kaffee verabredet war. Die Kisten sollte Quercher noch nicht abladen, sondern bei sich lagern. Pollinger würde sich später darum kümmern, versprach er. Quercher war froh darüber, so konnte er noch kurz nach Hause fahren und sich wenigstens duschen und umziehen. Auf die Minute genau kam er schließlich bei der von Gerass benannten Adresse an.

Das Anwesen der Dame lag nördlich von Querchers Heimatort Bad Wiessee im Ortsteil Holz. Das Haus wirkte zwar dezent, thronte aber dennoch erhaben auf einem Hügel weit oberhalb des Sees. Schon von der Auffahrt hatte man einen wunderschönen Blick auf das Wasser und die dahinterliegenden Alpen. Das Haus war in dem für diese Gegend so typischen wie langweiligen Landhausstil gebaut. Der Privatweg führte zu einer Schranke. Quercher beugte sich aus dem Fenster hinaus und wollte gerade die Ruftaste betätigen, als sich die Schranke wie von Geisterhand hob und die Einfahrt zum Haus freigab. Zwei Meter hohe Hecken, dazwischen Zäune. Hier schien jemand auf Sicherheit Wert zu legen.

Quercher stieg aus, ließ La Lump aber vorsichtshalber im Wagen sitzen. Das gefiel der prätentiösen Hundedame nicht. Doch vielleicht hatte La Hartl ja eine Allergie oder schlicht Angst vor Hunden.

Die Eingangstür öffnete sich, als Quercher gerade auf sie zuschritt. Vor ihm stand die Hausherrin. Es dauerte eine Sekunde, bis die Röte in Max Querchers Gesicht gestiegen war und sein Mittelfinger juckte: Das war die Dame aus dem See!

## Kapitel 2

*Miesbach, 16.08., 13.25 Uhr*

Hunderte Menschen strömten in den *Waitzinger Keller*. Das Kulturzentrum in Miesbach bot normalerweise Landfrauentagungen, Kabaretts oder Lesungen ein Zuhause. Heute Mittag aber war hier die Welt der Heilung beheimatet. Denn heute kam Lush.

Der selbst ernannte Heiler aus den albanischen Bergen war bei seinen Anhängern unumstritten, sein Verfahren denkbar schlicht. Schon Tage zuvor waren seine Jünger aus anderen Städten nach Miesbach gefahren, weil sie sich von der Aura des Albaners so viel erhofften. Sie standen ohne Murren stundenlang in der Mittagshitze vor der Halle und flüsterten sich gegenseitig die Wundergeschichten des Mannes zu, der sich ›Luusch‹ wie ›Licht‹ ansprechen ließ. Es waren viele Frauen mittleren Alters vor Ort, offensichtlich alleinstehend und nicht selten esoterisch angehaucht. Aber auch gestandene Männer, die man eher auf dem Fußballplatz vermuten würde, fanden den Weg zum Heiler.

Direkt hinter den Eingangstüren hatten Lushs Helfer, die unentgeltlich arbeiteten, Tische mit den üblichen Heil-CDs sowie mit Chakrenschmuck aufgestellt. In einer Ecke stand eine Frau und beaufsichtigte still, aber umso genauer die Arbeit der Mitarbeiter. Sie trug ein Sommerkleid, an den Handgelenken bunte Armbänder. Das falsche Blond ihrer Haare war an einigen Stellen herausgewachsen. Die grünen Augen standen über hohen Wangenknochen weit auseinander. Ihre Schönheit war im Laufe der Jahre etwas verblasst, aber noch zu erahnen.

Nach einer Stunde leerte sich der Vorraum, die Menschen schritten in die Halle. Die Frau ging über mehrere Treppen zur Garderobe. Hier bereitete ER sich vor.

Lush lag auf einem Tisch. Er trug eine braune Leinenhose, darüber ein weißes Baumwollhemd. Seine Hände hatte er ausgebreitet. Von oben betrachtet, glaubte man, einer Kreuzigung beizuwohnen.

»Lush«, flüsterte sie.

Keine Reaktion. Der Mann war in anderen Sphären. Lush, der, wie ein Prospekt verriet, aus Orosh in Nordalbanien kam, war jetzt ganz Heiler. Seine langen schwarzen Haare hingen über der Tischkante herunter. Einige Strähnen dazwischen waren grau. Das Gesicht wirkte ausgemergelt, aber dennoch freundlich. Dem Körper schien jegliches Fett zu fehlen. Nur Muskeln und Sehnen überzogen die Knochen – das Resultat permanenter Yogaübungen und des konsequenten Verzichts auf tierische Produkte.

»Lush, es geht los.«

Er öffnete seine Augen, sah die Frau lange und durchdringend an und flüsterte lächelnd: »Cordelia, heute wird unser Tag sein. Heute werden wir deinen Vater Franz besuchen.

Es wird Zeit, dass wir dir das geben, was dir gehört. Wir werden nach der heutigen Heilung zum See fahren.«

Nach zwei Stunden war die Vorstellung vorbei. Die Menschen glaubten, erleuchtet zu sein, Lush und Cordelia fanden, ein gutes Werk getan zu haben. Sie hatte den kleinen Wagen zum Hintereingang gefahren. Lush war von der Arbeit erschöpft und nicht geneigt, sich seinen Jüngern noch einmal zu zeigen. Stumm saß er neben Cordelia und hatte die Augen geschlossen. Er meditierte und wollte nicht gestört werden. ›Sich wieder aufladen‹, nannte er das.

So war seine Frau und Fahrerin mit ihren Gedanken allein. Sie fuhr über Hausham Richtung Gmund. Eine Strecke, die sich bergauf und bergab durch das Oberland schlängelte. Links neben ihr die Mangfall, das kleine Flüsschen, das sich aus dem Tegernsee speiste.

Cordelia hatte vor fünf Jahren das letzte Mal ihren Vater im Tal besucht, die Gegend war ihr aber vertraut. Wenn sie in München aufgelegt hatte, die Nacht in den Morgen übergegangen war und sie und ihre damaligen Freunde noch immer aufgedreht von Energydrinks und Koks waren, hatten sie sich in ein Auto gezwängt und waren hinaus in das Tal gefahren. Der Kontrast war dann der Reiz. Sie waren den Privatweg im Wald ihres Vaters hinaufgerast, hatten laut Lounge-Musik aufgedreht und sich auf einer Alm in eine Wiese fallen lassen. Irgendjemand hatte dann Dope kreisen lassen, Bier aus dem Kofferraum geholt und alle hatten auf den Sonnenaufgang gewartet.

Bei dem Gedanken konnte sie kaum noch die Augen offen halten. An einer Kfz-Werkstatt bog sie links ab und fuhr nun, die Berge des Tals vor sich, auf den See zu. Sie schaute auf die abgeernteten Wiesen zu ihrer Linken, nahm den Duft der Kräuter wahr.

»Brems!«, schrie Lush plötzlich wie von Sinnen.

Erschrocken sah sie nach vorn. Ein Kind stand auf der Straße und hatte die Arme weit in die Luft gestreckt. Das Gesicht war blutüberströmt. Die Augen waren weit aufgerissen, der Mund ebenso. Fünf Meter schlitterte der Wagen, obwohl Cordelia mit aller Kraft gebremst hatte. Wenige Zentimeter vor dem Kind kam das Auto zum Stehen.

»Um Gottes willen.« Cordelia war wie erstarrt.

»Der Wagen, da drüben. Los, halt jemanden an! Der soll die Polizei rufen.« Lush schnallte sich ab, drückte auf das Warnblinklicht und riss die Tür auf.

Jetzt sah auch Cordelia das Auto. Beziehungsweise das, was noch davon übrig war. Die Karosserie schien sich nahezu um einen an der Straße stehenden Baum gewickelt zu haben. Der vordere Teil des Wracks qualmte. Cordelia rannte hinüber. Weder sie noch Lush besaß ein Mobiltelefon, da Lush glaubte, dass die Strahlen seine Kraft schmälerten. Aber auf ein vorbeikommendes Auto warteten sie vergeblich. Die Kfz-Werkstatt war vielleicht dreihundert Meter entfernt. Cordelia war unentschlossen. Also kümmerte sie sich um das Kind, ein Mädchen, das jetzt stumm und immer noch mit aufgerissenem Mund an der Kühlerhaube des verunfallten Wagens lehnte und ins Nichts stierte.

Lush hatte das Wrack erreicht. Das Mädchen schien sich aus der Windschutzscheibe befreit zu haben. Er sah auf die Rücksitzreihe. Nichts. Dann auf den Beifahrersitz. Da war ein Kindersitz, aber auch er war leer. Überall im Fond, an den Sitzen und den Türen, befand sich eine gelblich schmierige, seltsam riechende Masse. Lushs erster Gedanke war, dass es sich um das Gehirn eines zerplatzten Kopfes handeln musste. Er stemmte sich auf den zerbeulten Kofferraum und schob sich durch das Rückenfenster in das Wageninnere. Er vernahm einen menschlichen Laut und blickte nach vorn. Unter dem Armaturenbrett, zwischen Fahrer- und Beifahrersitz, lag zusammengekrümmt eine Frau. Der aufgeplatzte

Airbag hatte ihren Körper verdeckt. Dann sah er, dass sich vor der Frau ein Baby befand. Es lebte noch und wimmerte leise.

Von der Werkstatt her rannten jetzt ein Lehrling und eine Frau in Richtung der Unfallstelle. Cordelia rief ihnen zu, dass sie die Polizei und den Notarzt alarmieren sollten.

»Cordelia, ich brauche dich hier!« Lush winkte, ohne sich umzudrehen.

Als die Frau aus der Werkstatt sie erreicht hatte, übergab Cordelia ihr das Mädchen. »In unserem Auto finden Sie Decken. Legen Sie das Kind auf die Straße.« Dann eilte sie zu Lush.

»Die Mutter hat sich offensichtlich zum Schutz vor ihr Baby geworfen, statt sich vom Airbag retten zu lassen. Das Kleine lebt, aber die Mutter hält es fest. Ihre Beine sind vom Motorblock zerquetscht. Sie blutet stark. Der Tank wird gleich brennen.«

Cordelia konnte die ganzen Informationen, die auf sie einprasselten, kaum verarbeiten. »Und was sollen wir deiner Meinung nach jetzt tun?«

Lush sah sie eindringlich an. »Komm.« Er zog seine Jacke aus, warf sie über das inzwischen verstummte Baby und schritt um das Auto herum. Aus dem Kofferraum, der sich nach dem Unfall geöffnet hatte, zog er einen Wagenheber. Lush stellte sich vor das Seitenfenster und schlug mit großer Kraft gegen das Glas, wieder und wieder, bis es in kleine Teile zersprang und er die Scheibe eindrücken konnte.

Aus der Ferne waren Sirenen zu hören. Die Helfer waren offensichtlich noch weit entfernt. Wenn Lush das Baby retten wollte, musste er sofort handeln. Er griff also in den Wagen, zog seine Jacke zur Seite, die das Kind vor den Glasscherben geschützt hatte, und wollte es hochheben.

In diesem Moment versteifte sich die Hand der Mutter und umklammerte ein Bein ihres Kindes. Sie schien nicht tot zu sein.

Lush musste sich in Bruchteilen einer Sekunde entscheiden. Das Auto konnte jederzeit in Flammen stehen. Die Mutter würde man nicht so schnell bergen können.

Der erste Rettungswagen war zu sehen.

Die Frau schrie plötzlich.

Cordelia schrak zurück. Es war nicht auszuhalten.

Lush hievte sich weiter in den Wagen und umfasste die Hand der Frau. Schwerfällig drehte sie ihm ihren Kopf zu und sah Lush an.

Er begann mit ihr zu reden, leise und bedächtig. »Es ist gut. Du kannst loslassen. Es ist gut. Du kannst loslassen.« Wie ein Mantra sprach er die immer gleichen Sätze. Irgendwann hörte sie auf zu schreien und wimmerte nur noch. Lush nickte und die Frau ließ los.

Sachte hob er das Baby heraus. Es war stumm, die Augen waren nach hinten verdreht. Dann blickte er die Frau ein letztes Mal an, bevor er sich mit dem Kind im Arm rückwärts von dem Wrack entfernte. Er sah, wie die Flammen aus dem Motorblock schossen. Schlagartig war überall Feuer und die Frau nicht mehr zu sehen.

»Es ist tot!«, erklärte ein junger Rettungssanitäter und verwies mit dem Kopf in Richtung des Babys. Er hatte verzweifelt die Herztöne gesucht. Doch da war nichts mehr. Während der Wagen lichterloh hinter ihnen brannte, bemühten sich mehrere Helfer um das Baby, das auf einer Decke lag.

Lush beugte sich über das Kind. Der Sanitäter wollte ihn daran hindern, aber etwas hielt ihn zurück. Später sagte er, dass es Lushs Blick gewesen sei.

Der Albaner legte seine Hand auf den zierlichen Brustkorb des Babys und fixierte diese Stelle. Dann begann das Kind zu atmen.

# Kapitel 3

*Holz, 16.08., 17.00 Uhr*

Die Engländer haben für diese Situation eine Redewendung: Keiner sieht den Elefanten im Raum. Es ist die charmante Umschreibung für ein riesiges Problem, das von allen Beteiligten ignoriert wird. Genau das war hier der Fall.

Quercher hatte Regina Hartl sofort erkannt und sich an den morgendlichen ›Unfall‹ im See erinnert. Sie jedoch ließ sich nichts dergleichen anmerken und führte ihn nach einer kurzen Begrüßung, die ihm eine Spur zu distanziert erschien, in das Haus.

Max Quercher verstand nicht viel von Inneneinrichtung. Das, was er hier sah, war zwar teuer, aber nicht schön. Ließ das Äußere des Gebäudes auf bayerische Gemütlichkeit – oder das, was Menschen aus München dafür hielten – schließen, schien er jetzt in eine Tiefkühltruhe gekommen zu sein. Weiße Möbel, wohin er sah. Zweckmäßig, sicherlich erlesen, aber ohne jegliche Verbindung zur Außenwelt. Das Haus hätte so auch in New York, Oberhausen oder Moskau stehen können. Es war die möblierte Inkarnation eines Beratertraums. Und tatsächlich standen auf dem Esstisch mehrere kleine Fläschchen mit Säften, wie man sie aus Konferenzräumen kannte. Daneben prunkte, statt einer Blumenvase oder den obligatorischen Bildbänden, eine sogenannte Spinne, ein Gerät, das Telefonkonferenzen mit mehreren Teilnehmern ermöglichte.

»Was möchten Sie trinken? Einen Kaffee?«

Regina Hartl trug eine weiße Hose und darüber eine bunte Seidentunika mit wirren Mustern. Sie hatte dunkle Haare, die zweifellos nachgefärbt waren. Ihre Haut war gebräunt, ihre blauen Augen zeigten aber, dass sie dennoch angestrengt und übermüdet war.

Quercher schüttelte den Kopf. »Ich möchte Ihre Zeit nicht verschwenden. Meine Behörde bat mich, noch einmal das Verschwinden von Jakob Duschl zu untersuchen. Welche Rolle spielt er für Ihre Familie?«

Hartl drückte auf den Knopf einer Espressomaschine und sprach gegen den Lärm an. »Jakob Duschl war ein langjähriger Vertrauter meines Vaters ...« Das Rauschen hatte aufgehört. Der Kaffee lief in die Tasse, deren Henkel Regina Hartl umklammert hielt. »... und hat eine der wichtigsten Rollen in seinem Familienbetrieb gespielt.«

Quercher sah hinaus auf die Terrasse. Umzugskartons standen aufeinandergestapelt neben einem Außenkamin. Hartl schien erst kürzlich hierhergezogen zu sein.

Regina Hartl folgte seinem Blick und wirkte ein wenig ungehalten, weil Quercher ihr nicht mehr Aufmerksamkeit schenkte.

Er drehte sich zu ihr. »Sie sagen ›war‹. Ist Herr Duschl denn Ihrer Meinung nach tot?«

»Nein, so ist das nicht zu verstehen. Ich hatte mit Jakob Duschl in den letzten Jahren nicht mehr so viel zu tun. Ich war ...«

»Sie waren nicht mehr so häufig bei Ihrem Vater? Klar, Sie mussten ja die Firma Ihres Mannes leiten. Und deshalb haben Sie sicher auch in München gewohnt, nicht wahr?«

Sie zögerte, ehe sie nickte. »Ja, mein verstorbener Mann und ich wohnten in München. Sowohl mein Arbeitgeber als auch die Firma meines Mannes befinden sich dort, zumindest im Umkreis.«

»Und warum sind Sie jetzt hierhergekommen?«

Wieder zögerte sie. Aber sie hatte sich völlig unter Kontrolle. »Herr Quercher, interessieren Sie sich für Herrn Duschl oder für mich?«

Quercher lächelte. Da wollte offensichtlich jemand Grenzen setzen. Na gut. »Mögen Sie mir noch einmal genau die Funktion erklären, die Jakob Duschl im Hause Ihres Vaters hatte?«

Sie atmete tief durch, ehe sie antwortete. »Ich war noch sehr jung, vielleicht zehn Jahre oder so, da kam Jakob Duschl zu meinem Vater. Er hatte eine Bankausbildung hinter sich, kam aus Schliersee, das ist ein Ort im Tal weiter.«

Quercher schmunzelte. Da er vom See kam, kannte er die Gegend hier im Schlaf. Aber das musste die Grenzenzieherin ja nicht gleich wissen.

»Duschls Mutter war schon für meine Urgroßeltern tätig. Mein Vater gestattete ihm nach und nach Einblick in die verschiedenen Geschäftsbereiche. Duschl hat nie geheiratet, nur gearbeitet. Er war immer da, wenn mein Vater und meine Mutter etwas brauchten.«

»Ihre Mutter ist verstorben?«

»Ja, vor sieben Jahren. Sie lebte zuletzt an der Côte d'Azur, war versorgt. Beim Baden ist sie ertrunken. Es war ein Herzinfarkt. Sie ist auf dem Friedhof in Kreuth begraben. Das hatte Duschl damals organisiert, gegen den Willen meines Vaters. Aber da war der Duschl sehr ... wie soll ich sagen ... durchsetzungsstark.«

»Waren Ihre Eltern geschieden?«

»Nein, natürlich nicht. Nicht in dieser Generation und in diesen Kreisen.« Sie grinste kurz und bitter. »Nein, mein Vater und sie hatten sich auseinandergelebt, wie man heute so sagen würde.«

»Und auch solche sehr privaten Dinge hat Herr Duschl geregelt? Das ist ja durchaus außergewöhnlich angesichts der Größe des Valepp-Unternehmens.«

»Es war vor allem unprofessionell.«

»Warum haben Sie das elterliche Unternehmen nicht übernommen?«

Hartls Gesicht versteinerte. »Ist das für das Auffinden von Herrn Duschl relevant?«

Sie sah ihn jetzt direkt an. Es war ein kalter, sehr abschätziger Blick. Er schien auf dem richtigen Weg zu sein.

»Bis 1989 umfasste unser Familienbetrieb vier große Bereiche: Forst, Kies, Brauereiwesen und natürlich Immobilien. Duschl hat sich über die Jahre in all diese Felder auf sehr beeindruckende Weise eingearbeitet und Mitstreiter nicht so geschätzt. Aber er war ja auch eine Zeit lang erfolgreich.«

»So?«

»Ja, für jemanden, der nicht einmal studiert hatte.«

Quercher spürte die flüchtige Arroganz, die in diesem Satz lag. Auch er hatte nicht studiert, eine Wunde, von der aber niemand wusste. »Duschl war außerdem für den Verkauf einer sehr lukrativen Sparte in den Neunzigern verantwortlich. Las ich zumindest im Internet.«

»Ja, für den Verkauf unserer beiden Brauereien an einen multinationalen Konzern aus den USA. Das war notwendig geworden. Mein Vater hatte latente Liquiditätsengpässe.«

»Lief der Kiesabbau schlecht?«, fragte Quercher bewusst naiv.

»Nein, es mussten aus privaten Gründen größere Summen zur Verfügung gestellt werden. Aber danach ging alles seinen geregelten Weg. Ich kann Ihnen darüber nicht so viel sagen, weil mein persönlicher Fokus zu diesem Zeitpunkt auf der Ausgestaltung meiner eigenen Wege lag. Familiendinge waren da nicht so wichtig.«

Quercher war erstaunt, wie sehr man einfache Dinge kompliziert und verklausuliert formulieren konnte, um seine Emotionen nicht zu zeigen. »Was sagt denn Ihr Vater dazu? Weiß er, dass Duschl verschwunden ist? Man sagte mir, dass er sehr krank sei.«

»Ja, mein Vater wird sterben. Wann, weiß man nicht.« Sie hielt inne.

Anscheinend wollte sie dieses Thema nicht so ausführlich behandeln, dachte Quercher. »Woran leidet er?«, hakte er dennoch nach.

»Er ist achtundachtzig Jahre alt. Seit fünf Jahren hat er Parkinson. Bis auf wenige wache Momente dämmert er dahin. Er zerfällt, wenn Sie so wollen. Duschl hat ihn vor wenigen Wochen in ein Pflegeheim nach Kreuth bringen lassen. Dort lebt er jetzt oder wartet auf den Tod, je nach Sichtweise.«

»Dann hat nur Jakob Duschl einen kompletten Überblick über die Firmen Ihres Vaters?«

Sie nickte.

»Mit Verlaub, nach meinen Informationen besitzt die Familie von Valepp mehrere Tausend Hektar Wald und ist damit der drittgrößte Waldbesitzer in Deutschland. Das sind doch gigantische Aufgaben. Die kann ein Mensch allein nicht organisieren oder überblicken. Hatte Herr Duschl eine Vollmacht für all diese Geschäfte?«

Wieder nickte sie aufmunternd, so als sei er auf eine richtige Spur getroffen. »Er hatte Prokura für alles. War zeichnungsberechtigt. Konnte kaufen und verkaufen. Mein Vater wollte es so.«

»Und Sie? Hatten oder haben Sie Rechte oder zumindest einen Zugang, zum Beispiel zu Konten und Daten?«

Sie schüttelte den Kopf. »Mein Vater hat sehr viel Wert darauf gelegt, dass Herr Duschl diesen exklusiven Zugang hatte. Wir Kinder hatten nie die Möglichkeit, uns da hineinzubegeben.«

»Ich möchte nicht zu schroff wirken. Aber wäre es möglich, dass Duschl noch lebt und sich mit dem Geld Ihrer Familie ein feines Leben macht?«

»Ach nein, das halte ich für ausgeschlossen. Jakob Duschl ist nicht so konstruiert. Sein Leben war das der Familie von Valepp. Es gab nichts anderes.«

»Wo wohnt er?«

»In einem kleinen Haus zwischen Kreuth und Bad Wiessee. Jeden Tag fuhr er zum Haus meines Vaters, setzte sich ins Büro und arbeitete dort die Aufgaben ab. Es gab für ihn kaum einen Feiertag. Krank war er nie. Nur an einem Tag in der Woche fuhr er nach Schliersee zu seiner Mutter. Die starb aber auch vor drei Jahren. Das war sein Leben.«

»Wer führt jetzt die Geschäfte?«

»Keiner. Ich werde die rechtliche Betreuung meines Vaters bis zu seinem Tod beantragen. Auch wenn diese Aufgabe nicht leicht werden wird. Morgen werde ich in das Büro meines Vaters gehen und mir einen Überblick verschaffen. Es müssen Gehälter und Rechnungen bezahlt werden. Über zweihundert Menschen arbeiten direkt und indirekt für unsere Familie. Allein in der Forstwirtschaft sind es bestimmt achtzig Menschen. Wollen Sie mich dabei vielleicht begleiten?«

Das kam überraschend für Quercher. Madame gab den kleinen Finger der Kooperation. Nicht dumm, dachte er.

»Ja, gern. Ich würde mich vormittags allerdings gern noch mit den Kollegen aus Miesbach zusammensetzen, um zu erfahren, was die Ermittlungen bislang ergeben haben. Wenn es Ihnen passt, wäre ich um vierzehn Uhr bereit?«

Er erhob sich. Draußen dämmerte die Abendsonne hinter den Bergen im Westen. Ein müder Spätsommerabend würde seinen Anfang nehmen. Er wollte noch einmal schwimmen gehen, um dann die Akten, die Gerass ihm gegeben hatte, zu studieren.

»Eins noch, Frau Hartl. Gehört Ihnen das Haus hier?«

»Dient das dem Auffinden von Herrn Duschl?«

»Nicht direkt. Aber mit einem Ja oder Nein hätten Sie jetzt nicht meine Aufmerksamkeit geweckt.«

Sie lächelte und strich mit ihrer Zunge kurz über ihre Lippen, wie ein Tier, das sich auf das Fressen freute. »Es gehört meinem Vater, aber ich habe es bezogen. Natürlich mit seinem Wissen und seiner Zusage. Sie wissen, wo das Anwesen meines Vaters ist?«

»Wer wüsste das nicht? Jeder hier kennt Schloss Valepp in Rottach-Egern.«

»Es ist kein Schloss, aber ein ganz anständiges Anwesen.«

»Natürlich. Anständig. Das trifft es.«

Sie reagierte nicht auf seinen Sarkasmus. Stattdessen trat sie mit ihm in die Abendsonne vor der Haustür. »Gehen Sie jetzt schwimmen?«, fragte sie unvermittelt.

»Äh, warum? Also, ich wollte, also … aber ich würde sonst …« Er wurde rot.

Sie lächelte. »Ein Ja oder Nein hätte genügt.«

Er war erleichtert, als er zu der hechelnden Lumpi ins Auto steigen und über die Kieseinfahrt wieder davonfahren konnte. Quercher verzichtete auf das Bad und hielt stattdessen an einer Werkstatt, nicht weit entfernt von seinem Haus in Bad Wiessee.

Hans Birmoser hatte mehrere Jahre in Kanada gearbeitet und vor einiger Zeit die lange verwaiste Schreinerei seines verstorbenen Cousins übernommen. Im Augenblick war er dabei, seinen Transporter auszuräumen.

Quercher kannte den Mann gut. Sie hatten in der Jugend zusammen Fußball gespielt, kamen beide aus wenig betuchten Familien und waren eher eigenbrötlerisch. Auch Birmoser hatte einen bayerischen Gebirgsschweißhund, allerdings einen Rüden. Lumpi sprang schwanzwedelnd aus dem Wagen und beschnupperte den unbekannten bellenden Hund.

Quercher grüßte. »Servus, hast Feierabend?«

Birmoser nickte und deutete auf einen anderen Schreiner, der im Türrahmen der Werkstatt stand. »Ihr kennt euch, das ist der Lercher Peter. Peter, das ist der Quercher Max. Du hast ihm mal in der Jugend die Beine weggetreten, als es gegen Kreuth ging.«

Der Angesprochene grinste breit, griff in eine Holzkiste, die er in der Hand hielt, und warf eine Eisenplatte zu Quercher. Der reagierte schnell und fing das Metall auf.

Das viereckige Stück war ein Plattl. Der wichtigste Bestandteil eines Spiels, das hier im Tal meist nur Handwerker spielten: Steckäplattln. Es war dem Boccia oder Hufeisenspiel ähnlich. Zwei Mannschaften warfen Eisenstücke in ein Feld. Ziel war es, einen dreizehn Meter entfernten Holzquader zu treffen oder ihm wenigstens nahe zu kommen. Viele der Beteiligten entwickelten dabei einen ungeahnten Ehrgeiz. Der sonst so ruhige Talbewohner konnte in diesen Momentan ausgesprochen giftig werden. Und deshalb war der Meterstab ein häufig gebrauchtes Hilfsmittel zur Feststellung des Siegers.

Quercher, sonst Sport und einheimischen Traditionen eher abgeneigt, hatte eine gewisse Begabung für dieses Spiel. Zudem wurde viel gefrotzelt. Da Handwerker rechte Tratschen waren, erfuhr man bei solchen Treffen meist, was im Tal jenseits der offiziellen Meldungen so vor sich ging.

»Spielst mit?«

Quercher nickte.

## Kapitel 4

*Tegernsee, unterhalb des Riedersteins, 16.08., 17.45 Uhr*

Das Mädchen hatte blaue Lippen, zitterte und lachte. Der Vater hatte es endgültig aus dem Wasser beordert. Mit einem Frotteehandtuch hatte er seine Tochter trocken gerubbelt, sie danach in den Arm genommen und ihr einen Kuss gegeben. Das Mädchen verzog das Gesicht.

»Kommt«, sagte die Mutter, eine kleine Frau mit einem Pferdeschwanz und einem Bauch, der seit der Schwangerschaft vor sechs Jahren nicht mehr weichen wollte und jetzt über dem Saum ihres Bikinis lag.

Auch der Mann hatte seinen Körper nicht mehr ganz unter Kontrolle. Dennoch liebten sie sich. Ihre Tochter war der Beweis dafür.

Dank heimlicher Schwarzarbeiten am Wochenende hatten sie die notwendigen finanziellen Mittel, um sich den ganzen Sommer über eine kleine Wohnung in Gmund leisten zu können. Das war seine Idee gewesen. In München, wo sie am Stadtrand lebten, war es jetzt kaum auszuhalten. Die Luft war stickig, an der Isar war es überlaufen und die Schwimmbäder platzten wegen der Sommerferien aus allen Nähten.

»Zeit zum Abendessen«, rief die Frau.

Vater und Tochter machten eine Grimasse.

»Keine Widerrede, es gibt Nudelsalat und Würstchen.«

Die Kleine kreischte vor Glück.

Sie packten ihre Sachen in den Wagen und fuhren zurück nach Ostin. »Willst du noch einmal laufen gehen?«, fragte die Frau, als sie einen Verkehrskreisel passierten.

Der Mann nickte. Er war Feuerwehrmann, seine Kondition war ihm wichtig. Bei den zum Teil anspruchsvollen Prüfungen wollte er mit seinen neununddreißig Jahren nicht schwächeln. »Ich laufe heute an der Weissach in Kreuth. Da ist es halbwegs flach. In zwei Stunden bin ich wieder da.«

Die Frau war ein wenig enttäuscht, dass er nicht zum Abendessen da sein würde. Aber sie hatte früh verstanden, dass ihr Mann nach einem Familientag Freiräume brauchte. Sie ließ ihn dann gehen. Hinterher kam er entspannt und meist sehr glücklich wieder heim.

Zu Hause angekommen, deponierte er die Kühltasche, die Badematten und den Sonnenschirm im Flur. Es sah ein wenig wild aus, die Wohnung besaß kaum Stauraum. Er küsste seine Frau zum Abschied, griff ihr an den Po und grinste.

Nicht einmal zwanzig Minuten später hatte er seinen Wagen bei Glashütte, einem Kreuther Ortsteil, abgestellt und war hinauf in den Wald gelaufen.

Es war die Matte vierundzwanzig. Er hatte sie durchnummeriert. Nichts würde von ihnen übrigbleiben. Diese dreifach gepressten Planen saugten Flüssigkeiten jeder Art auf und speicherten sie. Meist kamen sie bei Chemieunfällen zum Einsatz. Diese hier sollten eigentlich vernichtet werden, weil der TÜV sie als nicht zuverlässig eingestuft hatte. Die Entsorgung der Matten war sein Job. Und den erledigte er auch. Nur nicht so, wie es sich sein Vorgesetzter gewünscht hätte.

Der Mann hatte den ganzen Sommer über sein Zielgebiet mit Ruhe und Bedacht ausgesucht, präpariert und sich mit den zu erwartenden Reaktionen beschäftigt. Jetzt war er fast am Ende seiner Arbeit. Die Matten, kaum größer als eine Schreibtischplatte, lagen in Mulden unter angehäuften Reisighaufen.

Die ersten Zünder würden drüben zwischen Mitteralm und Bodigbergalm von ihm aktiviert werden. Der Wind würde das Feuer wie ein Fön nach Norden treiben, in das Tal hinein. Dann, wenn die Kollegen mit massivem Hubschraubereinsatz löschen würden, würden seine Brandnester an den Südhängen unterhalb des Buchstein und des Roßsteins losgehen. Der kleine Talfortsatz, der Bayerwald, würde mit seiner Mikrothermik, so glaubte er, den Wind und die Wärme wie ein Kamin noch weiter nordwärts schieben. Das Feuer könnte dann über die Kuppen rauschen und wäre nicht aufhaltbar.

Das war sein Testament!

Feuer hatte ihn schon immer fasziniert. Als Bub war er im Heim oft allein gewesen. Dann hatte er den Spiritus, den der Hausmeister für den Grill bereitgelegt hatte, genommen und damit gespielt. Hatte den Alkohol über die Ameisenstraßen gegossen, das Streichholz entzündet und sich an den schnell verkokelnden Insekten gelabt. Bald hatte ihm das nicht mehr gereicht. Also fing er Mäuse, später zündete er zwei kleine Katzen an. Nie hatte jemand etwas gemerkt.

Sein erstes großes Feuer hatte er in einem Kuhstall in Bayerischzell gelegt. Er hatte in einem Graben gelegen, dem Schreien der Viecher und dem Knistern des Brandes zugehört und sich an den Flammen erfreut. Alles leuchtete, roch und verging. Und wieder kam ihm keiner auf die Schliche.

Nach einer Lehre bei einem Heizungsbauer im Tegernseer Tal bewarb er sich bei der Feuerwehr in München. Im zweiten Anlauf hatte es geklappt. Aber die wenigen Brände in der Stadt befriedigten ihn nicht. Ein Meisterstück musste her. Denn das Leben, das er sich all die Jahre erhofft hatte, würde nicht eintreten. Es hätte sein Wald werden sollen. Aber das würde nicht mehr geschehen.

Lieber brennen als vergehen, hatte sein Lieblingssänger Neil Young gesungen.

Acht Wochen Trockenheit. Das war schon einmal eine großartige Voraussetzung. Es fehlte nur noch ein Tiefdruckgebiet in Italien, das den Regen und die Kälte gegen die Südseite der Gipfel treiben und so den Föhn, den warmen Wind aus den Bergen, entfachen würde. Das war der Beschleuniger, den er brauchte, um das Tal zu entzünden.

Aber er hatte es nicht eilig. Die Meteorologen hatten von einem sich langsam anbahnenden Tief über Spanien gesprochen, das ostwärts zog, sich über dem Meer mit Feuchtigkeit aufsaugen und in der Poebene für lang anhaltende Regenfälle sorgen würde.

Das wäre seine Zeit. Sein Feuer.

## Kapitel 5

*Bad Wiessee, 16.08., 19.48 Uhr*

Sie hatten drei Bahnen gespielt. Neben Lercher, Birmoser und Quercher hatten sich noch der Beni aus Abwinkel und der Rentner Gerd Ruschel eingefunden. Es waren knappe Partien. Lercher, ein äußerst ehrgeiziger Spieler, wurde von Birmoser und Quercher schwer gefoppt. Der Schreiner konnte nicht spielen, wenn ihn jemand von der Seite ansah. Fuchsteufelswild warf er die Eisen dann zuweilen weit vom Holzblock entfernt in den Boden. Genau von solchen Dingen lebte das Spiel. Eigentlich gab es nur zwei Gruppen: Jene, die das Spiel als solches betrachteten und ihre Gaudi haben wollten. Und jene, die es mit heiligem Ernst betrieben und somit Opfer von Spott und Stichelei wurden.

Quercher saß mit Lumpi auf einer alten Holzbank und trank ein Tegernseer Bier. Birmoser hatte einen kleinen wackeligen Grill aufgestellt und legte mehrere Würstchen auf den Rost.

»Kennst du die Familie von Valepp?«, fragte Quercher, während er seiner Hündin eine halbe Wurst zuwarf, die sie gekonnt und ohne sich wesentlich zu bewegen verschlang.

»Ja, klar. Den alten Franz und seine beiden geilen Töchter. Warum?«

»Ich bin hier aufgewachsen und kenne die überhaupt nicht. Warum weißt du so genau über die Bescheid?«

»Mei, das sind die größten Waldbesitzer hier. Mindestens die Hälfte des Waldes um den See herum bis in das Tal der Valepp gehört denen. Der Alte wohnt ja schon lange hier. Aber die Töchter waren immer in München. Ich kenne die nur von irgendwelchen Jagdempfängen, wo sie auftreten mussten. Die Ältere ist ein hartes Luder, ein Biest. Hat nie gelacht. Die ist in München zur Schule gegangen und hat dann irgendwo im Ausland studiert.«

»In was für Kreisen du so verkehrst. Soll ich dich von Birmoser nennen?«

»Durchlaucht reicht. Nein, die Regina hatte einen Mann, der auch Jäger war. Den habe ich mitgenommen, wenn er auf Gemsen gehen wollte. Netter Kerl. Etwas scheu. Aber der hat mir ein wenig von der Familie erzählt. Für den war ich nicht nur ein Jagdangestellter.«

»Sind die so hochnäsig?«

Birmoser zuckte mit den Schultern. »Der alte Franz ganz sicher. Die Töchter auch. Aber die Mutter, die war ...« Er grinste.

»Ist das die Frau mit dem Hang zum Personal?«

Birmoser lachte und grinste. »Genau. Ein riemiges Ding, kannst schon sagen.«

»Hat die auch hier gewohnt?«

»Nein, die kam immer nur, um den Alten zu ärgern, die Kohle abzugreifen und dann wieder zu verschwinden. Zwischendurch hat sie sich ein paar Jungs gegriffen, ist mit denen in die Jagdhütten des Alten und hat sie rangenommen. Man könnte es sicher auch netter sagen. Aber am Ende war es so.«

»Durftest du auch mal?«

»Ich war der zu dick.«

»Ein seltenes Exemplar realistischer Selbsteinschätzung.«

»Quercher, dich hat sie nicht einmal gekannt. Warum fragst du? Weil der alte Duschl fort ist?«

»Woher weißt du das denn?«

»Von meinen Freunden im Forstamt. Die haben nämlich Angst, nicht mehr rechtzeitig ihre Kohle zu bekommen. Es ist bald Jagdsaison!«

»Und wo ist er?«

Birmoser legte eine Wurst auf einen Plastikteller und reichte ihn Quercher. Lumpi saß zwischen den beiden und starrte der Wurst sehnsuchtsvoll hinterher.

»La Lump bekommt nichts mehr. Die hat schon richtige Fettbeulen am Bauch, weil ihr meine Schwester immer Leberwurst gibt«, mahnte Quercher.

Birmoser sah ihn mitleidig an. »Deinem Hund fehlt der Auslauf in den Bergen. Das ist ein Klettertier. Und bei dir flackt er nur auf dem Kanapee oder im Auto. Kein Wunder, dass er solche Beulen bekommt. Wo der Duschl ist? Keine Ahnung. Aber für die Jäger und die Waldarbeiter ist das richtig übel. Der alte Franz hat gut bezahlt. Viel besser als der bayerische Staatsforst. Wenn der Duschl nicht bald wieder auftaucht, gibt es hier im Tal mächtig Ärger.«

»Kennst du auch die andere Tochter?«

Birmoser grinste. »DJane Insane? Klar kenne ich die.«

Quercher stöhnte. Natürlich, jetzt verstand er: Er kannte nicht Cordelia von Valepp. Er kannte DJane Insane, die berühmteste Plattenauflegerin in Münchens Spitzenclubs. Das war sie zumindest in den Neunzigern gewesen, als er noch ohne Hüftschaden die Nächte durchmachte. Er hatte sie sogar einmal bei einer Razzia der Kollegen vom Rauschgift heimlich über die Herrentoilette nach draußen gebracht. Die Gute wirkte damals wie eine wandelnde Apotheke. Prompt, so erinnerte er sich düster, hatte sie ihm in den Wagen gespien. Danach war er ihr nie wieder begegnet. Aber die Kollegen hatten ihn gesehen und sich bei Pollinger beschwert. Der hatte Quercher für ein paar Wochen aus der Schusslinie genommen. Und jetzt, Jahre später, tauchte ausgerechnet diese Frau wie ein Geist wieder auf. Zufälle des Lebens, dachte er.

»Ist die noch in Clubs?«

Birmoser lachte und biss in die vor Fett triefende Wurst. »Nein ...«, antwortete er mit vollem Mund, »die ist jetzt ganz anders drauf. Die hängt mit so einem Psychotypen zusammen. Der heilt Menschen mit Handauflegen oder Anschauen, so was halt.«

»Komische Familie«, befand Quercher und erhob sich.

»Komische Familie? Na ja, vor allem eine reiche und einflussreiche Familie. Prost.« Er hatte eine Flasche Bier geöffnet und hielt sie Quercher entgegen.

»Warum sind die von Valepps so verdammt reich?«, fragte er Birmoser.

»Weil Holz immer teurer wird. Jeder meint, sich einen Ofen oder Kamin in die Wohnung stellen zu müssen. Pellet ist richtig im Kommen. Biomassekraftwerke, Papierindustrie – alle wollen Holz. Und es ist ja da.« Biermoser zeigte auf die Hänge, an denen die Fichten und Buchen dicht nebeneinanderstanden. »Aber eben nicht unbegrenzt. Als Schreiner weiß ich ein Lied davon zu singen. Schlichte Spanplatten waren noch vor zehn Jahren siebzig Prozent billiger. Holz will jeder. Und wer hat das meiste Holz? Genau, die Privaten, die Adeligen. Thurn und Taxis, Schwarzenberg oder eben von Valepp. Aber auch unsere Kirche hat da Besitz. Weiß nur keiner. Läuft über Stiftungen. Jeder will heute Wald haben und keiner will, dass andere wissen, wem der Wald gehört. Nur der Schaflitzel, dieser Betonfritze, der kauft hier kräftig und laut, dem ist alles egal. Dessen Waldbesitz im Tal, das sind schon ein paar Millionen.«

Quercher runzelte die Stirn. »Ich kapiere das nicht ganz. Du kannst den Wald ja nicht sofort abholzen, um die Kohle zu bekommen?«

»Nein, aber er ist eine Wertanlage. Der bayerische Staat holt richtig Holz aus seinen Wäldern heraus. Der ist viel rigoroser als die privaten Besitzer. Die wiederum sitzen quasi nur auf ihrem Wald und warten, wie der Wert steigt und steigt.«

»Gar nicht so dumm.«

»Ja, solange kein Sturm wie Kyrill den Wald absäbelt oder er durch ein Feuer vernichtet wird. Dann sind die Millionen über Nacht weg. Bruchholz ist nicht viel wert.«

Die Sonne war über den Tannengipfeln im Westen untergegangen. Quercher fröstelte. Er wollte heim. Morgen musste er mit den Ermittlern in Miesbach sprechen. Dann kam der Termin mit der Hartl dazu. Alles ein bisschen viel auf einmal, fand er.

»Hallo? Da sitzt du also! Und ich warte auf dich.«

Quercher zuckte zusammen und drehte sich erschrocken um. Lumpi sprang auf und bellte. Ferdi Pollinger hatte sich wie ein Rachegott vor ihm aufgebaut.

»Dein Vater?«, feixte Birmoser.

»Schlimmer«, raunte Quercher.

»Ich höre das, Max! Du wolltest heute mit mir Abendbrot essen.«

Quercher musste unwillkürlich grinsen. Es war lange her, dass ihn jemand zu einem ›Abendbrot‹ aufgefordert hatte.

»Habt's ihr die Zeit mit plattln vertan?« Ohne zu fragen, griff Pollinger in die Holzkiste, in der die verschiedenfarbigen Eisenstücke lagen.

»Lass gut sein, Ferdi. Du tust dir weh«, mahnte Quercher milde lächelnd.

»Ich habe die schon geworfen, da hast du noch in den See gebrunzt.« Pollinger holte aus und warf mit einem weiten Schwung das Eisen über die Distanz.

Zwei Köpfe folgten der Flugbahn des Geschosses. Es landete kurz vor dem Holz auf dem trockenen Boden, hüpfte hoch und blieb auf der oberen Seite des Holzstückes, der Daube, liegen.

»Zufall«, kommentierte Quercher, heimlich beeindruckt. »Ehe der Alte jetzt ein Nachtwerfen machen will, nehme ich ihn lieber mit«, raunte er Birmoser zu, der ihm lachend auf die Schulter schlug.

»Kannst ja vielleicht noch was von ihm lernen.«
»Komm, Ferdi. Das Abendbrot wartet.«

Wenig später saßen die zwei Männer an einem alten, von Kerben übersäten Holztisch auf Querchers Terrasse. Obwohl es schon nach neun war, war es immer noch warm.

Quercher erzählte von seinem Besuch bei Regina Hartl.

Pollinger hörte schweigend zu, unterbrach ihn kein einziges Mal und aß nebenbei einen kleinen Milchreis. Seit seiner Magenkrebserkrankung vor eineinhalb Jahren war er mit seiner Ernährung sehr diszipliniert. Man sah ihm an, dass er wusste, wie knapp der Tod an ihm vorbeigegangen war. Noch immer trank er das vermeintliche Heilwasser aus Wildbad Kreuth, das er sich von einem befreundeten Wirt abfüllen und auch liefern ließ.

Als Quercher seinen Bericht beendet hatte, schwiegen beide. Nur das Streichen der Messer auf dem Brot war zu vernehmen.

Vor einem Jahr war in Querchers Haus noch mehr Leben gewesen. Arzu, Querchers Kollegin vom LKA, und ihr Kind, die er für kurze Zeit aufgenommen hatte, wohnten inzwischen wieder in München. Arzu hatte in eine Abteilung gewechselt, mit der Quercher nichts anfangen konnte. Cyber-Kriminalität. Sie saß den ganzen Tag vor ihrem Rechner und suchte das »schmierige Pack, das auch irgendwo vor seinen Rechnern sitzt«, hatte Quercher seiner Schwester Anke erklärt.

Ankes Leben hatte sich ebenfalls verändert. Ihr Mann, der Vater ihrer Tochter Maxima, hatte sich mit einer Jüngeren abgesetzt und lebte jetzt irgendwo in der Karibik. Zahlungen erfolgten natürlich nicht. Ihre Kneipe musste Anke verkaufen. Schulden wuchsen. Quercher half, wo er nur konnte. Sie wohnte in einer der Sozialwohnungen am Wiesseer Sportplatz. Quercher hätte sie lieber bei sich im Haus haben wollen. Sie aber wollte allein sein. Schwere Monate waren das für seine Schwester. Und Quercher konnte wenig Trost geben. Er war manchmal für Wochen als verdeckter Ermittler im Dienst und hatte während dieser Zeit keine Möglichkeit, sich wirklich um sie zu kümmern.

Und dann war da noch Julia Dahmer, seine Exfreundin, von der er gehofft hatte, sie könne wieder seine Freundin werden. Auch sie war aus seinem Leben verschwunden, hatte nach einer Weiterbildung beim amerikanischen FBI eine Stelle bei Europol in Den Haag angenommen.

Nur er, Anke und seit heute der alte Pollinger lebten noch hier am Tegernsee. Quercher vermisste nicht viel. Vielleicht Liebe. Aber was war das schon? Kam und ging. Blieb selten länger. Seine Schwester war das beste Beispiel. Und was sollte er mit Mitte vierzig auch noch erwarten? Kinder wollte er keine mehr. Frauen in seinem Alter waren schwierig. Entweder lebten sie schon lange allein mit zwei Katzen oder kamen gerade aus einer Ehe oder Beziehungshölle. Und auch er war ja nicht ohne Macken. Das war ihm sehr wohl bewusst. Wenn ihn wie jetzt das Gefühl von Traurigkeit überkam, dann nur, weil ihm beim Anblick des alten Pollinger klar wurde, dass der neben seiner Schwester der einzige Mensch war, dem er vertraute. Das waren nicht viele. Aber andere hatten gar keinen.

»Was ist denn das für eine Firma, die Regina Hartl führt?«, fragte Quercher.

»*Hartl satellite system* – kurz: *Hss*. Reginas Schwiegervater war ein Ingenieur für Satellitentechnologie. Der hat das *Ariane*-Programm betreut, kam ursprünglich aus der Triebwerkstechnologie von MTU hier in Bayern und wusste frühzeitig, dass die Dinger da oben die Zukunft sein würden. Er scharte sehr gute Leute um sich, wurde von unserem alten Ministerpräsidenten Strauß nach allen Regeln der Kunst gefördert. Bald spezialisierte sich Hartl auf die Antriebssteuerung der Satelliten. Das lief jahrzehntelang richtig gut. Dann kamen die Chinesen, wollten auch ins All. Sie boten Hartl eine Menge Geld an, um sich beteiligen zu können. Der alte Hartl wies sie immer ab, sicher auch, weil die Staatsregierung das so wollte. Der Alte starb. Dann kamen die Inder. Wollten auch Satellitentechnologie haben. Und der junge Hartl gab sie ihnen. Sehr zum Missfallen der Chinesen. Um zu expandieren und weiter die Vormachtstellung auf dem Markt zu behalten, brauchte der junge Hartl Investoren. Wieder standen die Asiaten auf der Matte. Er plante einen Börsengang. Das gefiel der bayerischen Regierung wiederum nicht. Sie befürchtete, dass sich die Chinesen über den Umweg der Börse Zugriff auf die Technologie verschaffen könnten.« Pollinger räusperte sich und trank einen Schluck Heilwasser. »Dann kam der Jagdunfall. Der junge Hartl starb und Regina übernahm die Firma. Sie ließ in Schweinfurt auf dem Gelände der alten *Sachs*-Werke eine Fertigungshalle bauen. Das war vor der Wirtschaftskrise 2008. Damals arbeiteten dort schon über neunhundert Menschen. Regina Hartl hielt das Unternehmen ganz gut über Wasser. Aber es sind erhebliche Sanierungen und Modernisierungen vonnöten. Momentan ist das noch sehr Manufaktur, also alles eher auf Werkstattniveau. Perspektivisch soll das eine ganz neue Branche werden. Denn es geht jetzt vor allem um Software-Technologie für die Satelliten. Der Ministerpräsident träumt von einem zweiten Silicon Valley in Franken. Diese Idee hat er von Regina, die wiederum dringend Eigenkapital für die Sanierung braucht. Deshalb will sie dringend an das Erbe des Vaters. Der ist aber noch nicht tot.«

»Und jetzt verschwindet der Verwalter und sie hat Angst, dass damit auch das Testament weg ist. Aber ist das nicht eh wurscht, da sie einen Pflichtteil erhält und damit auch das Geld für ihre Firma? Weiß denn niemand, was in dem Testament steht?«

Pollinger schüttelte den Kopf. »Der bayerische Staat hat ein großes Interesse am Wald des alten von Valepp. Aber damit ist er nicht allein. Denn es gibt noch einen Mitbieter.«

»Und der wäre?«

»Ein Unternehmer aus dem Münchner Westen. Dem gehört auch die Schwaigeralm. Den kennst du doch auch, den Islbacher.«

Quercher nickte. »Ein übler Typ. Der ist auf einem Waldfest mal so ausgeflippt, oder?«

»Ja, genau.«

»Aber was hat er davon? Hier gelten doch sehr strenge Rodungsregeln«, meinte Quercher.

»Sagt wer? Max, der Baumexperte? Wir als Laien sehen den Wald immer nur romantisch. Dabei ist er inzwischen ein verdammter Wirtschaftsfaktor geworden. Und der bayerische Staat rodet sowieso am meisten. Im Übrigen ist das natürlich auch eine Strategie. Wenn nämlich der Islbacher den Wald kauft, hat Regina Hartl zwar Kapital, um Fremdinvestoren aus der Firma herauszuhalten, aber auch den Schwarzen Peter in der Hand. Sie verkauft unsere Heimat, um ihre Expansionspläne durchzusetzen. Das kommt bei ihrem Vater und den anderen Konservativen nicht so gut an. Also wird sie den Wald an den bayerischen Staat verkaufen. Das ist der Plan. Aber dafür muss sie den Wald eben erst mal erben.«

»Ach so, man möchte offiziell die schöne bayerische Heimat nicht an böse Zugezogene verscherbelt sehen, inoffiziell aber vor allem den Wertzuwachs des Waldes haben. Die gute alte bayerische Politik des Schacherns und Spezelns, nicht wahr?«

»Davon verstehe ich nichts«, erwiderte Pollinger kurz angebunden.

»Natürlich, gerade du, der in allen CSU-Zirkeln zu Hause war und sicher noch ist.«

»Ich muss mich für meine konservative Haltung nicht entschuldigen. Es gilt, unsere Heimat zu bewahren.«

»Und die eigene Macht ebenso«, stichelte Quercher, lenkte das Gespräch dann aber auf das Wesentliche, weil er um diese Uhrzeit keine politische Diskussion mit Pollinger führen wollte.

»Bleib bei deinem Auftrag und finde heraus, ob Duschl eines natürlichen Todes starb, ob er noch lebt oder ob ihn jemand ins Jenseits befördert hat. Parallel kümmerst du dich um das Testament. Das ist ja wohl nicht so schwer«, fand Pollinger.

»Klingt nach einer krummen Sache. So ein Testament liegt schließlich nicht einfach so herum. Das hat doch sicher auch ein Notar im Safe, oder nicht?«

»Das wissen nur zwei Menschen: der alte von Valepp und eben Duschl. Der Notar der Familie ist nicht befugt, darüber Auskunft zu geben, solange der Alte lebt. Sollte Regina nur einen Pflichtteil erhalten, wird der zur Finanzierung ihrer Projekte nicht ausreichen. So liegen die Dinge. Dann ist sie gezwungen, die Hartl-Firma zu verkaufen.«

Quercher schwieg. Ihm waren solche Probleme vollkommen fremd. Er hatte ein Haus geerbt, das zudem auch noch sehr baufällig war. Sein Vater, ein Schuster, hatte noch ein paar Holzspanner, Lederreste und kleine Nägel im Keller gelassen. Der Rest waren vergilbte Fotos aus einer anderen Zeit. Er erinnerte sich, wie er nach ihrem Tod den Schrank seiner Mutter ausgeräumt hatte, wie die Pullover, fein säuberlich gefaltet, nach ihr gerochen hatten. Da war sie schon Wochen tot. Das war alles, was übrig geblieben war: der Geruch und ein paar Kleider für das Rote Kreuz.

Hier hingegen erbte eine Frau von ihrem Mann eine Firma mit fast tausend Angestellten, bekam nach dem Tod ihres Vaters vielleicht noch einmal Millionen und war der Ministerpräsidentenliebling.

Quercher verspürte keinen Neid, nur Unverständnis.

»Wo sind deine Gedanken, Max?«

Quercher schüttelte den Kopf. »Diese Geldigen führen ein komisches Leben. Man kann doch nur ein Schnitzel am Tag essen. Warum gieren sie nach immer mehr? Jaja, ich weiß. Das ist naiv. Aber als ich heute auf der Bank beim Birmoser saß, habe ich seit Langem mal wieder so was wie ein tiefes Glück empfunden. Und das kann man nicht mit Kohle bekommen.«

Pollinger sah ihn schweigend an. Es war diese Nachdenklichkeit, die ihm an seinem Ziehsohn so gefiel. Trotz der zuweilen verstörenden Bilder, die ihre tägliche Arbeit mit sich brachte, war Quercher auf eine eigentümliche Art menschlich und verletzlich geblieben.

Für eine Sekunde überkam Pollinger ein Gefühl des schlechten Gewissens. Er wusste, dass Quercher genau diese Nachdenklichkeit verletzlich machen konnte, wenn er in den Kreisen wie denen der von Valepps ermittelte.

## Kapitel 6

*München, 16.08., 21.20 Uhr*

Der *Bogenhauser Hof* lag im teuersten Viertel der Stadt München. Hier kamen die Wirtschaftsführer zu diskreten Gesprächen zusammen. Der einfache Grund: Sie hatten es nicht mehr weit nach Hause zu ihren Villen, die etwas unterhalb des Restaurants angesiedelt waren. Die Fahrer warteten in einer Seitenstraße, bis die Herren und manchmal Damen vom Essen kamen und sich ermattet in den Fond der schwarzen Limousine fallen ließen.

Regina Hartl traf an diesem Abend den Chef ihrer Hausbank, Robert Klement. Der alerte Mittvierziger hatte ein erstklassiges Benehmen vorzuweisen. Er wartete, bis sich Regina gesetzt hatte, begann eine leichte Plauderei über den nicht enden wollenden Sommer und warf das ein oder andere Kompliment in das Gespräch ein. Er würde keine guten Nachrichten für sie haben. Deshalb ließ er ihr den Vortritt.

Regina hatte sich kurz zuvor in einem Park mental auf den Termin vorbereitet. Ihre Hände hatten gezittert. Für einen Moment schien die Panik sie zu überfluten. Unbemerkt von den Joggern, die an ihr vorbeiliefen, zog sie mit ihrem Autoschlüssel über ihren Unterarm, bis die Angst allmählich wieder verschwand. Als es anfing zu dämmern, war sie auf ihren High Heels zu dem Restaurant gelaufen.

Der Ober räumte die Vorspeisenteller ab.

Jetzt ist meine Show, dachte sie und kam zum eigentlichen Punkt des Abends. »Herr Klement, die Firma *Hartl* hat einen einzigartigen Auftrag in Aussicht gestellt bekommen. Zwei Telekommunikationsunternehmen aus Südamerika wollen unsere Technologie für mehrere Satelliten. Dieser Auftrag würde ein Umsatzvolumen von weit über hundertachtzig Millionen Euro über vier Jahre bedeuten. Wir wären damit auf lange Sicht auf dem internationalen Markt führend. Es ist im wahrsten Sinne des Wortes ein Griff nach den Sternen. Allerdings ist dies mit erheblichen Neuinvestitionen verbunden. Ich habe mit Ihren Mitarbeitern mehrfach über die Erweiterung des Kreditvolumens gesprochen. Bislang wurde ich, verzeihen Sie mir das schroffe Wort, hingehalten. Das ist für mich insofern ungewohnt, als mein Schwiegervater wie auch mein verstorbener Mann nie oder nur höchst selten über Kreditvergaben diskutieren mussten. Ich hoffe, dass Sie mir das näher erklären können.«

Klement lächelte fein. Er hatte sich den ganzen Tag auf diesen Termin vorbereitet. Telefonate mit der Frankfurter Zentrale und nicht zuletzt mit der bayerischen Staatskanzlei hatten ihn dazu bewogen, eine harte Entscheidung zu fällen.

»Frau Hartl, ich muss Ihnen nicht sagen, wie restriktiv mittlerweile die Vergabe von Großkrediten bei allen Geldinstituten gehandhabt wird. Seit der Wirtschaftskrise sind wir angehalten, sehr konservativ zu reagieren. Aus Ihren Unterlagen wird ersichtlich, dass Sie ein Volumen von fünfundfünfzig Millionen Euro anstreben. Das ist, so muss ich es leider sagen, für uns nicht zu stemmen. Der Kommunikationsmarkt in Südamerika ist sehr wechselhaft, und sollte dieser Auftrag aus verschiedenen Gründen scheitern ...«

»Verzeihen Sie, wenn ich Sie da unterbreche, Herr Klement. Aber die Höhe dieses Kredits ist ja nicht einfach aus der Luft gegriffen. Die Volatilität des Geschäfts ist mir durchaus bewusst. Gleichwohl sind unsere bisherigen Geschäftsbeziehungen wohl nie auch nur ansatzweise aus dem Ruder gelaufen, bargen nie irgendwelche Gefahren. Ich bin sicher, dass die Bewertung eines anderen Bankhauses wesentlich positivere Ergebnisse zeitigen würde.«

Sie wollte keine Zeit mit diesem Mann hier verlieren. Er war ein typischer Vertreter der aktuellen Bankergeneration. Man sicherte sich nach unten ab, um keine Risiken einzugehen. So rettete man seinen Job. Einer wie Klement mochte den deutschen Mittelstand mit großem Investitionsrisiko nicht. Lieber war ihm eine Schraubenfabrik im Schwäbischen mit überschaubaren Zahlen und regelmäßigen Golfturnieren auf Mallorca mit der Firmenleitung.

»Schauen Sie, Frau Hartl. Wenn ich Sie richtig verstehe, spielen Sie mit dem Gedanken, das Bankhaus zu wechseln. Das ist selbstverständlich Ihr gutes Recht. Ich denke aber, dass diese Lösung für beide Seiten äußerst unbefriedigend wäre. Sie fangen bei null an, von Konten über Vertrauen bis hin zu der öffentlichen Wirkung, die ein solcher Wechsel unweigerlich mit sich bringt. Aber auch für uns wäre das zweifellos unangenehm. Vielleicht sollten wir Lösungen außerhalb eines Kredits erörtern.«

Hartl wusste, was jetzt kam. Ein Kredit war derzeit für eine Bank ein lausiges Geschäft. Ein paar Prozente, langfristige Bindung. Aber eben kein wirklich lukratives Business.

»Mein Team sagt mir, dass ein Börsengang eine denkbare Option wäre.« Klement verlor keine Zeit. »Das hätte, das muss ich Ihnen ja nicht sagen, enorme Pros. Sie würden mit unserem Institut den Börsengang machen. Nach unseren Berechnungen würde das für Sie ein Volumen von mehr als hundertzwanzig Millionen Euro bedeuten. Für Sie persönlich könnte das …«

»Herr Klement, bitte. Mir sind die Vorteile ebenso bewusst wie die Nachteile. Ich würde erheblichen Einfluss an öffentliche Investoren abgeben. Meine Anteile an der Firma wären verwässert. Ich müsste jede noch so kleine unternehmerische Entscheidung mit irgendwelchen Hedgefondsmanagern abstimmen. Sie glauben doch nicht im Ernst, dass das eine Option für mich wäre. Auf keinen Fall.«

Klement zog die Augenbrauen hoch. Der Hauptgang wurde serviert. »Ich will mit Ihnen ganz offen sprechen, Frau Hartl. Es sind einige Gerüchte im Umlauf bezüglich Ihrer …«

»Liquidität? Sie wissen als Hausbank doch am besten, dass das an den Haaren herbeigezogen ist. Wir sind liquide. Unsere Patente, der Firmenwert – all das steht doch dagegen.«

»Das mag ja sein. Aber bei den Patenten ist das so eine Sache. Wir wissen aus Ihrem Haus, dass Sie wegen eines Patents einen Rechtsstreit mit einem chinesischen Unternehmen zu erwarten haben. Das kann teuer und langwierig werden. Zudem ist Ihr aktueller Investitionsbedarf enorm.«

»Sie wissen, dass wir schon immer einen langen Vorlauf für unseren Return of Investment hatten. Unser Geschäft ist traditionell risikoaffin. Das ist ja nichts Neues. Zu den Gerüchten um den Streit mit den Chinesen will ich mich nicht äußern.«

Klement schüttelte den Kopf. »So kommen wir nicht weiter. Sie wollen einerseits kontrollieren, aber andererseits gern unsere Geldmittel beanspruchen. Wir wissen auch, dass Sie schon seit Längerem versuchen, neue Kredite bei anderen Instituten zu bekommen. Aber wenn man ein Familienunternehmen hat, geht nun mal nicht beides: alleinige Kontrolle und unbegrenzt Geld vom Kapitalmarkt.«

Hartl wurde rot. Aus Zorn. Er behandelte sie wie eine dumme BWL-Studentin. Aber im Grunde, das wusste sie auch, hatte er recht. Sie war in einer Sackgasse: Einerseits saß sie auf einem Haufen Patenten und sehr wirkungsvollen neuen Technologien; aber andererseits floss zu wenig Kapital zurück. Als Beraterin hätte sie ihren Kunden ebenfalls einen Börsengang oder einen strategischen Partner empfohlen. Doch wenn sie sich darauf einlassen würde, wäre sie die gescheiterte Erbin geworden, eine, die immer nur Hilfe von außen benötigte, um weiterhin erfolgreiche Geschäfte machen zu können.

»Wir haben da einen Interessenten, der mit Ihnen über eine Partnerschaft reden würde.«

»Wie großzügig. Kommen Sie jetzt mit den üblichen Testosteron-Hedgefonds? Männer mit Ego, aber wenig Perspektive?«

»Frau Hartl, würden wir so jemanden empfehlen? Es handelt sich um die *Falba Group*. Da ist der ehemalige Minister Scholla mit im Vorstand. Ich würde Sie gern zusammenbringen. Zumal die Zeit ja auch drängt, nicht wahr? In vier Tagen laufen wir auf diverse Zahlungsziele hin. Ihr Finanzchef gibt diesbezüglich momentan auch nicht gerade ein gutes Bild ab. Er wirkt ein wenig apathisch.«

Er war geschickt. Natürlich kritisierte er ihren CFO, nicht sie. Nur um keine Missstimmung zu provozieren. Dabei wusste er genau, dass sie in der Firma alles selbst entschied. »Nicht jeder kann so agil sein wie Sie, Herr Klement.

Ich sehe dazu noch keine Notwendigkeit. Es sind elf Millionen Euro abzudecken. Die werden wir erreichen.«

Klement, der eigentlich weiter über eine Partnerschaft reden wollte, wurde mürrisch. Das Gespräch verlief in eine unerfreuliche Richtung, nur weil dieser Blaustrumpf so eigensinnig unabhängig bleiben wollte. »Es würde uns bei einigen Entscheidungen sehr helfen, wenn wir wüssten, inwiefern Ihre zu erwartenden Erberträge ausfallen.« Er räusperte sich. Eine unsichtbare Linie war überschritten worden. Würde sich Hartl das gefallen lassen?

»Das ist meine Familie. Die hat mit den unternehmerischen Aktivitäten der Firma *Hartl* nichts zu tun. Um das klarzustellen: Es gibt durchaus noch andere Kaufinteressenten. Ich zögere nicht, Gespräche aufzunehmen, gegebenenfalls auch in Asien. Damit ließe sich ein Rechtsstreit von vornherein vermeiden. Ich bin mir sicher, dass Sie heute bereits mit den interessierten Stellen in der bayerischen Staatskanzlei gesprochen haben. Es ist mir auch klar, dass der bayerische Staat mich nicht in meinen Investitionen unterstützen können wird. Das hat mir der Ministerpräsident bereits mitgeteilt. Aber dann wird *Hartl* eben an einen chinesischen Investor verkauft. Und das, lieber Herr Klement, wird passieren, weil Ihr Institut nicht in der Lage war, mir einen zweistelligen Millionenkredit zu verlängern. Glauben Sie mir, wenn der Betriebsrat und die Belegschaft in Schweinfurt davon erfahren, werden Sie nicht nur in der Zweigstelle, sondern auch in der Firmenzentrale Besuch bekommen. Und eine solche PR kann eine Bank, die noch vor wenigen Jahren unter den Rettungsschirm gekrochen war, nicht gebrauchen.« Sie tupfte ihre Lippen ab, lächelte Klement an und erhob sich.

Sofort stand auch der Banker auf.

»Sie entschuldigen mich. Ich müsste ein Telefonat führen.« Einer Königin gleich schritt sie aus dem Raum, trat auf die Straße und lief über den Bürgersteig zu einem Hauseingang. Erst dort presste sie die Hände auf ihren Magen und erbrach sich.

## Kapitel 7

*Miesbach, 17.08., 08.30 Uhr*

Picker rieb sich die Stelle, wo einst eine Kugel seinen Bauch durchdrungen hatte. Nur eine Notoperation hatte ihn damals noch retten können. Diese essenzielle Erfahrung hatte ihn verändert. Er, der Karrierist, der in Berlin im Innenministerium aufsteigen wollte, der ewige Gegenspieler Querchers im LKA, hatte seinen Platz gefunden. Seit wenigen Wochen leitete er die Kriminalpolizei im Landkreis Miesbach. Sein Verhältnis zu Quercher hatte sich deutlich verbessert. Der alte Feind hatte ihm das Leben gerettet. So einfach hatte sich Picker das erklärt und seine Schlüsse daraus gezogen.

»Was treibt dich denn her, die Steuererklärung?«, fragte er Quercher, der mit Lumpi vor ihm saß. Pickers Büro lag in Sichtweite des örtlichen Finanzamts.

»Ich bin nicht Präsident oder Wurstfabrikant. Nein, ich habe vom Pollinger ein eher mühsames Abschiedsgeschenk aufs Auge gedrückt bekommen.«

Picker grinste. »Machst du immer noch den Laufburschen?«

Lumpi schnupperte an einer Tüte mit belegten Broten.

»Und du kannst dir das Giftversprühen nicht verkneifen?«

»Ach was, ich wäre auch gern von Pollinger beschützt worden. Könntest du deinen Kommissar Rex mal von meinen Semmeln fernhalten?«

Quercher rief Lumpi zurück, die ihr Herrchen enttäuscht anblickte. »Pollinger hatte seinen letzten Tag.«

Picker nickte. »Ja, ich weiß. Er lebt jetzt im Tal mit seiner neuen Freundin zusammen.« Wieder grinste er.

Quercher blinzelte irritiert. Von einer Freundin wusste er nichts. Hatte der Alte ihm wieder etwas verschwiegen? Er ging nicht näher auf Pickers Bemerkung ein. »Ja, zum Schluss kommen alle zurück. Sogar die, denen man hier eine Kugel in den Bauch geschossen hat. Leiter Kriminalpolizei Miesbach. Eben noch riesenwichtig in Berlin, jetzt Rentnermorde im Tal aufklären. Reicht dir das?«

Picker zuckte mit den Schultern. »Mir reicht's. Und wer war noch gleich derjenige, der auf einer Insel im Mittelmeer Oliven anbauen wollte?«

»Kapern, es sind Kapern.«

»Mochte ich nie in Königsberger Klopsen.«

»Da endet ja auch dein kulinarischer Horizont.«

Beide lachten. Lumpi hob den Kopf und bellte.

»Also, was willst du?«, fragte Picker schließlich.

»Ich muss auf Regina Hartl ein Auge werfen. Ihr Prokurist Duschl ist verschwunden. Ihr habt ihn gesucht.«

Pickers Lachen gefror.

»Was ist?«

»Der Alte hat dich auf den Vermissten angesetzt?«

»Ruhig, Brauner, ich will nicht in deine Arbeit pfuschen. Ich weiß, dass ihr den Fall möglichst schnell abschließen wollt. Aber die Dame Gerass hat mich gebeten, mich ebenfalls auf die Suche nach Herrn Duschl zu machen. Und Pollinger meinte ...«

»Das ist mir völlig wurscht, was der Pensionist will. Quercher, dieser Fall ist nichts, was man nebenbei mal schnell ermittelt! Such dir eine andere Spielwiese. Hartl – das ist ein einziger schlimmer Filz.«

»Entschuldige mal, die Familie von Valepp gehört zu den Motoren der bayerischen Wirtschaft. Alter Adel und staatstreu«, erwiderte Quercher gallig.

Picker erhob sich, fasste sich kurz an den Bauch, verzog das Gesicht und ging in das Büro nebenan.

Quercher beugte sich nach vorn über Pickers Schreibtisch, griff sich die Papiertüte mit den Brötchen, riss sie auf und hielt Lumpi die Semmel hin. Wie ein Ameisenbär sog die Hundedame lediglich die Wurst herunter und schluckte sie sofort. Dann klappte Quercher die Semmel wieder zusammen und steckte sie zurück in die Tüte.

Picker brachte einen Stapel Akten aus dem Nebenzimmer mit, setzte sich erneut hinter seinen Schreibtisch und blickte misstrauisch auf den Hund und Quercher. »Wer ist die Familie von Valepp?«, fragte er schließlich.

Quercher verdrehte die Augen. »Bin ich hier bei *Wer wird Millionär?*«

»Nein, erzähl mal, was du weißt.«

Quercher stöhnte. Lumpi rülpste.

Wieder schaute Picker misstrauisch zum Hund. »Wenn der hier hinscheißt …«

»Im Gegensatz zu dir hat der Hund seine Körperöffnungen unter Kontrolle. Also, noch mal: die von Valepps. Reiche Familie. Mama Valepp lebte an der Côte d'Azur und vögelte sich dort die Küste hoch und runter. Der Herr Papa liegt dement in Kreuth. Zwei Töchter. Eine hat mal in Clubs Mucke aufgelegt, ist jetzt aber Esoterikerin im Hauptberuf. Und die andere ist eine Unternehmertrulla. Badet gern nackt.«

»Woher weißt du das denn?«

»Komplizierte Geschichte.

»Weiter.« Picker griff zu seiner Bäckertüte, nahm sich, ohne hinzuschauen, eine Semmel und biss hinein, ehe er sie nach zwei Bissen angewidert zurückwarf.

»Na ja, die Familie ist halt reich. Und Regina Hartl will in Schweinfurt ein zweites Silicon Valley aufbauen – unterstützt vom Landesvater.«

Picker verdrehte die Augen. Er schwieg und sah aus dem Fenster hinaus.

»Was denn? Himmel, Picker. Ist das die *Adams Family?*«

»Muss das Hundsviech nicht mal Gassi?«

Quercher sah ihn erstaunt an. »Was kümmert dich Lumpis Blase?«

Dann verstand er.

»Nimm die rote Akte aus der Mitte mit«, bat Picker Quercher, der das Schriftstück folgsam aus dem Stapel zog.

Belangloses redend, schritten sie die Treppe hinunter und traten in die Spätsommerhitze. Lumpi rannte sofort auf die gelbgrüne Rasenfläche, hockte sich hin und ließ es laufen. Sie fanden am *Waitzinger Keller* eine freie Parkbank und setzten sich.

Miesbach lag unter ihnen. Verwinkelte Gassen und die Kessellage sorgten dafür, dass man ständig bergab und bergauf ging. Zwischen Talbewohnern und den Miesbachern herrschte eine tiefe Abneigung. Auch Quercher fühlte sich in der Landkreishauptstadt nicht wohl.

»Also, was ist an der Familie von Valepp so unglaublich?«, hakte er nach.

Picker wirkte immer noch zögerlich. »Was ist für dich sehr reich?«

»Weiß nicht. Dreißig Millionen oder so?«

»Die Familie von Valepp ist mehr als vier Milliarden schwer!«

»Hör auf! Das würde die Öffentlichkeit doch mitbekommen. Im Übrigen müssten die dann doch einen Sicherheitsdienst vom Feinsten haben. Und vor allem: Nirgendwo sieht man den Luxus. Die Hütte, die die Hartl am See hat, ist ganz schick. Aber jeder mittelmäßige Fußballmillionär hat ein größeres Anwesen.«

»Max, das ist eine Klasse für sich. Diese Familie hat seit Jahrhunderten ein Vermögen. Das ist deutscher Hochadel.«

»Ich dachte bislang, dass die eher inzestuös geschädigt sind und Doktorarbeiten fälschen.«

Picker verdrehte die Augen. »Das ist kein verdammter Adel aufm Radl mit Einstecktuch und roter Samthose! Die hatten schon immer so viel Kohle, dass sie von Medien über Politik wirklich alles mitbestimmen konnten. Missliebige Artikel? Dann wurden halt Anzeigen geschaltet oder eben auch keine mehr. Kritischer Politiker? Spenden, bis es den Parteien unten rauskam. Und nie wurde auch nur irgendeine davon deklariert. Der alte von Valepp verstand das Ränkespiel des Gebens und Nehmens auf eine einzigartige Weise. Zwei Staatsanwälte haben sich bereits an ihm versucht. Beide sind heute Richter in anderen Bundesländern. Einfach weggelobt.«

»Warum lobt mich eigentlich keiner weg?«, fragte Quercher amüsiert.

»Weil dich alle so lieben«, giftete Picker und fuhr fort. »Diese von Valepps sind der Rahm in unserer Gesellschaft. Und wir sind die Brocken ganz unten in der Milchsuppe. Verstehst du? Und als Sahnehäubchen obendrauf haben die von Valepps schlicht alle einen Knall, einen sehr gefährlichen, verstehst du, Max? Die kennen nämlich keine Grenzen, kein Gesetz, nichts!«

Quercher sah einen aufgebrachten Picker. »Ich wollte auch nicht gegen die Familie von Valepp ermitteln. Mir wurde nur aufgetragen, ein wenig auf Frau Hartl aufzupassen und den Duschl-Fall noch einmal näher zu betrachten. Ich will dir nicht in die Arbeit pfuschen.«

Picker schien etwas auszubrüten. Er schwieg lange, während Quercher den Hund neben sich auf die Bank springen ließ und kraulte.

»Der Prokurist Duschl hatte ein Haus in Pattaya, Thailand. Wir haben das eher zufällig auf seinem Computer gefunden, denn das war alles tausendmal gesichert und versteckt. Duschl hatte da offensichtlich mehrere Affären mit Einheimischen ...« Picker machte eine Pause.

»Was heißt das?«

»Wir sind auf Querverbindungen zum Grafen gestoßen.«

»Mensch, Picker! Werde doch mal konkret.«

»Der Alte und Duschl waren über Jahre ein Paar. Die haben regelmäßig in Pattaya mit einer fremden Identität ein, nennen wir es mal, ein ›anderes Leben‹ geführt. Wir hatten den Computer hier im Haus. Aber seit gestern ist das Beweismaterial nicht mehr existent. Gelöscht.«

Quercher sah ihn erstaunt an. »Wieso Beweismaterial? Habt ihr einen Verdacht? Homosexualität ist ja nicht mehr strafbar.«

»Auf dem Rechner fanden sich Hinweise auf strafrechtliche Handlungen im Ausland.«

»Mit Mädchen oder ...?«

»Jungs, sehr jungen Jungs.«

»Bei Thais ist das schwierig einzuschätzen.«

»Stimmt, doch genau das wollten wir prüfen. Aber bei diesem Fall machen alle dicht. Keine Unterstützung durch die Staatsanwaltschaft, jeder hält sich merkwürdig zurück. ›Kein Anfangsverdacht‹, ›Datenschutz‹ und so weiter. Es ist, als ob ich in einem riesigen Minenfeld stehe. Nicht dass mich jemand bedroht oder gewarnt hätte. Aber ich laufe ins Leere. Also werden wir weiterhin offiziell nach Herrn Duschl suchen. Die ganzen anderen Ermittlungen sind direkt eingestellt worden, so viel kann ich dir sagen.«

»Wie sind die von Valepps zu ihrem Geld gekommen? Ich meine, so viel Kohle macht man doch nicht mit Kiesgruben und Wäldern?«, fragte Quercher.

Picker deutete auf die Akte, die auf Querchers Schoß lag. »Mach mal auf und nimm die Karte raus.«

Quercher tat, wie ihm geheißen. Es handelte sich um ein Schaubild mit unendlich vielen bunten Bildern und Bezeichnungen. Er verlor sofort den Überblick.

»Vor sechs Jahren hat ein junger Staatsanwalt in Augsburg, Albert Hellige, mit seinem Team eine Gesamtstruktur aller Firmen und Beteiligungen der Familie von Valepp anfertigen lassen. Offshore-Konten, Briefkastenfirmen, Beteiligungen über Strohmänner – das ganze Programm. Der Wald und die Kiesgrube sind nur Staffage. Denn hinter dieser Fassade geht es vielmehr um Beteiligungen an Rüstungskonzernen und Sicherheitstechnologiefirmen. Alles, was du von dieser Familie siehst oder hörst, seien es die Familienmitglieder oder die Firmen: Nichts ist so, wie es scheint!«

Quercher verstand die Aufregung seines Kollegen nicht und schob sie darauf, dass der ehemalige LKA-Beamte noch nicht ganz in der Provinz angekommen war. »Was glaubst du denn, wo der Duschl jetzt steckt?«

Picker zuckte mit den Schultern. »Vielleicht wurde er der Familie zu mächtig. Der Alte ist angeblich dement. Aber offiziell ist das von keinem Vormundschaftsgericht bestätigt worden. Der ist also geschäftsfähig. Und das stört natürlich die Kreise der Töchter. Aber da rührst du in einem großen Teich viel Unschönes auf.«

In diesem Moment erhob sich Picker völlig unvermittelt, hob noch einmal kurz die Hand zum Gruß und ging zum Polizeigebäude zurück. Dann drehte er sich noch einmal um und rief Quercher zu: »Grüß übrigens das glückliche Paar von mir.«

»Welches Paar denn?«, rief Quercher zurück.

Picker reckte beide Hände und streckte den Mittelfinger empor. Quercher sah ihm hinterher und bemerkte erst dann, dass Picker die Akte liegen lassen hatte – ohne sie selbst auch nur einmal angefasst zu haben.

## Kapitel 8

*Kreuth, 17.08., 09.43 Uhr*

Es ließ sich nicht mehr nachvollziehen, wer das Video ins Netz gestellt hatte. Aber es hatte nicht einmal vierundzwanzig Stunden gedauert, bis mehr als zweihunderttausend Menschen weltweit den verwackelten Film gesehen hatten und Zeugen wurden, wie Lush das verunglückte Kind erfolgreich wiederbelebt hatte.

Als der selbst ernannte Heiler in das Altenstift *Wallbergblick* in Kreuth trat, wussten die Pflegekräfte bereits, wer da kam. Aber man war Prominenz gewohnt. Hierhin wurden berühmte Größen von ihren nicht minder bekannten Verwandten zum Sterben gebracht.

Jakob Duschl hatte einen Flügel des Gebäudes komplett für den alten von Valepp belegen lassen. Eine automatische Schiebetür öffnete sich quietschend. Im Erdgeschoss roch es süßlich nach dem üblichen Essen, nach Urin und Desinfektion. An der Wand plärrte ein Fernseher. Davor saßen alte Menschen und stierten ins Nichts. Ein Fenster gab den Blick auf ein Tierheim frei. Jemand schrie. Andere waren eingenickt.

Cordelia blickte lächelnd in die Runde.

Einen Treppenaufgang und eine trennende Glastür weiter war alles still, sauber und wohlriechend. Lush passierte mit Cordelia zwei Herren, die am Eingang zu diesem Gebäudeteil auf unbequemen Stühlen saßen. Man hatte den Heiler und seine Frau bereits erwartet.

Fünf Jahre hatte Cordelia ihren Vater nicht mehr gesehen. Doch Lush hatte ihr immer gesagt, dass die Zeit dafür irgendwann kommen würde. Jeder Schritt im Tal war Erinnerung. Sie hatte hier ihre Kindheit verbracht. War hier zur Schule gegangen. Ein Schulfreund war mit dem Lamborghini seines Vaters in den häuslichen Pool gefahren und hatte die anrückende Feuerwehr mit Geldscheinen beworfen. Hinter einer Bushaltestelle hatte ein Angestellter ihres Vaters sie nach einem Waldfest im Suff entjungfert. Diese Bilder hatte sie im Kopf mit sich herumgetragen. Bilder, die groß wie Dämonen wurden. Schon München, wo sie lange gelebt hatte, hatte ihr Angst gemacht. Aber Lush hatte sie geheilt, ihr Zeit und Raum gegeben, sie, so hatte er es ausgedrückt, das Atmen wieder gelehrt. Vor einem Monat hatte sie sich wieder stark genug gefühlt. Aber eines war ihr klar geworden, als sie in Kreuth diesen Todesraum betreten hatte. Das würde der letzte Platz sein, den der Patriarch in dieser Welt noch sehen würde. Und: Es handelte sich hier nicht um einen Besuch – sondern um eine Übernahme.

Ihr Vater saß in einem Rollstuhl und starrte hinaus auf den Balkon, wo eine Krähe hockte und ihren Schnabel am Geländer kratzte. Im Hintergrund lag bedrohlich der massive Wallberg, der jeden Horizont nahm.

Sanft, fast unsicher trat sie neben den Alten und kniete sich zu ihm nieder. Sie wollte ihn nicht erschrecken. Sein Unterkiefer mahlte. Das Gesicht war wie versteinert. Aus einem Auge liefen ihm Tränen über die Wange. Das letzte Mal hatte sie ihn schreiend und geifernd erlebt. Als er sie enterben wollte, sie verflucht hatte. Obwohl er sie so geliebt hatte. Sie immer noch liebte. Das wusste sie. Jetzt war da nur noch eine starre Hülle, in der sein immer noch wacher Geist gefangen war.

Sie hob einen Finger und fuhr über die blau geäderte Haut seiner Hand, hin zu dem Finger mit dem blassen Siegelring.

»Er versteht Sie!«

Sie drehte sich um und sah einen jungen Arzt, der sie freundlich anlächelte.

»Intellektuell ist er da. Er sieht und hört Sie. Vielleicht etwas undeutlich. Aber er weiß jetzt, dass Sie da sind. Parkinson ist nicht Demenz.«

Sie erhob sich und sah den Arzt angriffslustig an. »Meine Schwester mag solche Belehrungen mögen. Ihr mag es helfen. Mir nicht. Da unten sitzen Menschen, die Ihnen gern zuhören. Ich gehöre nicht dazu.«

»Frau von Valepp, mir lag es ...«

Sie hob die Hand und der Arzt verschwand. Dann kniete sie sich wieder hin, legte den Kopf in den Schoß ihres Vaters. Lush saß auf einem Stuhl in der Ecke und hatte die Augen geschlossen. Nach einer Weile hob der alte Mann seine zitternde Hand und strich seiner Tochter über die Haare.

Cordelia sprach leise mit ihm. »Wir sind zurückgekommen, weil ich das nicht mehr mitansehen kann. Das war und ist unsere Heimat. Regina will dich entmündigen. Jedes Mittel wird ihr recht sein. Auch deine Liebe zu Jakob wird sie benutzen. Sie wird all das in die Welt hinausposaunen.«

Seine Hände zitterten stärker.

»Keiner wird sie aufhalten, wenn wir es nicht verhindern. Und dann wird das alles hier den Aufsteigern und Neureichen gehören.«

Der Kiefer mahlte, die knirschenden Zähne waren deutlich zu hören.

»Und Jakob ist noch immer verschwunden.«

Sein Atem rasselte.

»Sie will alles haben. Alles. Sie wird unsere Seele verkaufen. Ich kann das verhindern.« Sie erhob sich und zeigte in die Zimmerecke. »Das ist Lush. Du wirst bald wieder aus deinem Gefängnis kommen. Niemand wird dir deine Seele nehmen. Lush heilt dich.«

Der Alte sah sie mit aufgerissenen Augen an. Sein ganzer Körper wackelte.

Lush, der mit seinem weißen Gewand wie ein Geist aussah, stand auf. Er drehte seine Arme nach außen, sah mit festem Blick auf Cordelias Vater und atmete tief ein und aus. Dann fasste er dem Alten an die Schulter.

## Kapitel 9

*Wildbad Kreuth, 17.08., 14.35 Uhr*

Der Rumpf von Jakob Duschl hatte einen langen Weg zurückgelegt. Eine Schiffsschraube der *MS Rottach-Egern*, eines Ausflugsdampfers, hatte den von heimischen Fischen wie Hecht und Saibling bereits angefressenen Körper getroffen und ihn zerfetzt. Arme und Beine, in denen kleine Krebse bereits ihr Gelege zurückgelassen hatten, waren in fünfundsechzig Metern Tiefe auf den Grund gefallen. Der Rumpf mit den noch immer von Faulgasen und Luft gefüllten Lungen war jedoch hinauf an die Oberfläche getrieben. Auf und ab wippend war er am späten Nachmittag unbemerkt an schwimmenden Kindern, einer Segelregatta und einer Gruppe Nacktbadener aus Gmund vorbei nach Tegernsee getrieben. Ein Besucher der Seesauna war schließlich beim Kraulen mit dem Gesicht gegen die schon schwammige Masse gestoßen.

Das erzählte Picker seinem Kollegen Quercher ausführlich bei einem Telefonat, während dieser durch das Tal nach Kreuth fuhr.

»Woher wisst ihr, dass es Duschl ist, und warum fehlt der Kopf?«

»Zu Frage eins, Herr Inquisitor: OP-Narbe links hinten und vorn rechts. Zudem befanden sich noch Reste eines Hemdes an dem Rumpf, das wir ihm zuordnen konnten. Zu Frage zwei: Der Kopf scheint ebenfalls fein säuberlich von der Schiffsschraube abgetrennt worden zu sein.«

»Und ihr seid sicher?«

»Du meinst, dass jemand den Körper so zurechtgemacht hat? Na ja, das wäre schon sehr weit hergeholt. Aber der Torso ist auf dem Weg zur Rechtsmedizin. Morgen werden wir mehr wissen. Ach ja, der Zeuge aus der Seesauna ist Vegetarier und wird von einem Kriseninterventionsteam betreut.«

Beide mussten lachen.

»Glaubst du an Fremdeinwirkung?«, fragte Quercher.

»Schwer zu sagen. Spurensicherung und Arzt fanden auf den ersten Blick keine Wunden, die darauf schließen lassen. Aber wer weiß. Und was machst du gerade so?«

»Ich schaue bei der Regina Hartl vorbei. Kaffeetrinken beim Hochadel.«

»Warum habe ich immer das kürzere Ende der Wurst?«

»Wurst ist in Zusammenhang mit deinem Fund irgendwie ein schwieriges Bild, Picker.«

»Mahlzeit.«

Der Name Wittelsbach hatte in Bayern den gleichen Klang wie in den USA der Name Kennedy. Mit dem Unterschied, dass die Wittelsbacher ihr Land knapp achthundert Jahre länger regierten. Die weitverzweigte Familie wurde von konservativen Kreisen noch immer verehrt, lebte aber größtenteils zurückgezogen auf ihren Gütern. Nur dann und wann las man von Eheschließungen und ehrenamtlichen Tätigkeiten.

Ein weibliches Mitglied dieser Familie begrüßte erst Lumpi, dann den Besitzer des Hundes. Regina Hartl hatte Quercher zu einem Nachmittagskaffee bei einer Freundin aus dem Hause Wittelsbach gebeten. Die Prinzessin war in der örtlichen Tracht gekleidet. Auf dem Arm hielt sie einen Kurzhaardackel, der Lumpi aus sicherer Position böse anknurrte. Die wiederum schaute lediglich kurz auf und lief dann zu Regina Hartl, die an einem Holztisch saß und Akten durchsah.

Als die adlige Dame Quercher die Hand mit lockerer Geste hinhielt, griff er zu. »Sagen Sie, was wäre die richtige Anrede? Ich bin nicht so firm in diesen Dingen«, versuchte er, den eigenen Mangel an Wissen zu überspielen.

»Durchlaucht«, lächelte ihn die Prinzessin an. »Aber mit meinem Vornamen Helene komme ich prima klar.«

Sie zeigte auf einen Platz und Quercher musste in seinen hintersten Gehirnwindungen nach Resten der Etikette suchen, die er in seiner Jugend in der Tanzschule gelernt hatte. Er blieb stehen, bis sich die Dame gesetzt hatte. Diese Welt war ihm vollkommen fremd und es ärgerte ihn, dass er sich irgendwelchen alten und ungeschriebenen, sicher nicht mehr geltenden Regeln zu unterwerfen hatte. Ärger stieg in ihm auf.

Regina Hartl sah ihn prüfend an. »Ich wusste gar nicht, wen mir Dr. Gerass an die Seite gestellt hat, bis Helene mich aufklärte. Sie haben ja einen Ruf wie Donnerhall.« Sie sagte das ohne jede Spur von Ironie.

Quercher wusste dennoch nicht, was sie meinte.

»Sie haben vor zweieinhalb Jahren eine Lawine überlebt und einen Täter getötet. Helene hat es mir gerade erzählt. Das ist ja nicht weit von hier passiert.«

Jetzt verstand er. Seine alte Schulfreundin hatte damals ihren Mann, der sie jahrelang gequält hatte, nicht weit von hier erschossen – Quercher selbst hingegen hatte niemanden getötet. Aber da er die Bewunderung in Reginas Augen sah, verzichtete er darauf, diesen Sachverhalt richtigzustellen.

»Helene und ich sind zusammen in Kloster Ettal zur Schule gegangen. Die Mönche, sehr katholisch, sehr streng. Aber wir hatten unseren Spaß.«

»Max, ich hole Ihnen ein Stück Kuchen. Und Ihre Hundedame darf mit in die Küche kommen. Irgendwo im Hause

Wittelsbach sollte sich noch ein ausgekochter Rindsknochen befinden.«

Quercher sah Helene nach und wartete noch eine Sekunde, ehe er Regina Hartl eine direkte Frage stellte. »Was wissen Sie über das Liebesverhältnis Ihres Vaters zu Jakob Duschl?«

Sie hielt seinem Blick stand. »Herr Quercher, das war eine andere Generation. Ich will da nichts erklären. Es ist das Privatleben meines Vaters. Mehr ist dazu nicht zu sagen. Ihr Kollege aus Miesbach hat da auch schon insistiert. Und ich kann mir gut vorstellen, was in Polizistenköpfen gemutmaßt wird. Schwul und Adel. Das ist viel Stoff für Fantasie!«

Er nickte, wartete, schwieg und blickte hinunter in das angrenzende Tal der Felsweissach und auf die dort liegenden Fischteiche, die ebenfalls den Wittelsbachern gehörten. »Frau Hartl, Sie sind eine kluge Frau. Aber Sie sollten Ihre Kompetenzen kennen. In die Köpfe von mir und meinen Kollegen können Sie nicht schauen. Wir müssen eine Arbeit machen, die Sie sich nicht ansatzweise vorstellen können. Uns ist nach Jahren der Arbeit mit Toten, Mördern und Verdächtigen nichts fremd. Ihre Welt besteht aus Zahlen, meine aus aufgeblähten oder zerstückelten toten Körpern, aus Menschen mit abgrundtiefem Hass und Zorn. Wir machen diese Arbeit für einen Bruchteil Ihres Vermögens, weil wir an die Sinnhaftigkeit unserer Aufgabe glauben, die nicht nur aus dem Vermehren von Geld besteht. Ich kommentiere Ihre Arbeit nicht und ich darf Sie bitten, sich gegenüber meiner zurückzuhalten.« Noch nie war Quercher so hart und gezielt gegen die üblichen Angriffe hinsichtlich seiner Arbeit vorgegangen.

Regina Hartl wollte etwas erklären.

Quercher aber hob nur die Hand. »Ich bin es gewohnt, mit Hohn, falschen Vorstellungen und Bedrohungen konfrontiert zu werden. Aber gerade von jemandem wie Ihnen, der ohne Rechtsstaat schon am Baum hängen würde, hätte ich mehr Unterstützung erwartet. Der Prokurist Ihres Vaters ist verschwunden. Sie wollen an das Testament. Ihr Vater liegt in einem Seniorenheim. Ich finde, Sie haben die schlechten Karten, um Ihr Ziel zu erreichen, nicht ich. Das LKA Bayern ist so nett und gewährt Ihnen Unterstützung. Das würde dem Durchschnittsdeutschen sicher nicht passieren. Also, noch einmal kurz zusammengefasst: Seien Sie nett, dann bin ich es!«

»Zwetschgendatschi mit Sahne oder lieber ohne, Herr Quercher?«

Quercher hatte nach diesem Zusammenstoß eine eisige Stimmung erwartet. Doch die Hausherrin wusste das mit äußerst freundlichen Fragen und witzigen, selbstironischen Erzählungen über ihre Familie zu unterbinden. Als ein weiterer Gast auftauchte, führte sie ihn mühelos in die Runde ein.

»Timotheus Trakl, was für eine Freude! Timotheus ist ein Freund des Hauses. Er und ich machen einmal im Jahr eine Wallfahrt mit körperlich und geistig Behinderten nach Lourdes.«

Der große, hagere Mann reichte Quercher formvollendet die Hand und deutete einen Handkuss bei Regina und Helene an.

»Was führt dich her, Tim?«, fragte die Prinzessin.

»Ich habe einen Spender für die Renovierung der Kapelle gegenüber gefunden. Die Fresken sind ja in der Konservierung sehr aufwendig. Aber für das Heil und den Segen in dieser Welt durch unseren Herrn Jesus Christus ist kein Gang zu weit. Ich treffe da gleich einen Experten, den ich mit dem Geldgeber zusammenbringen werde. Und da dachte ich, komme ich vorher bei dir vorbei.«

Quercher war das zu viel Katholizismus auf einmal. Eine Spur zu rüde bat er Regina darum, zum Anwesen ihres Vaters aufbrechen zu können.

Sie hatte sich in sein Auto gesetzt, mit der Bemerkung, dass ein Angestellter ihren Wagen bei den Wittelsbachern abholen würde. Schon allein diese kleine Aussage hatte Quercher zornig werden lassen. Es war die Selbstverständlichkeit, dienstbare Geister zu haben, die ihn ärgerte. Während der Fahrt hatten sie dann über Geld gesprochen. Auch das verstörte Quercher, der sicher schon viele reiche Menschen kennengelernt hatte. Aber bei Regina Hartl war das etwas anderes. Ein diffuses Gefühl aus Neid und Respekt kroch in ihm hoch. Das gefiel ihm nicht.

»Wie muss ich mir das vorstellen, Ihren Reichtum?«, hatte er sie unverblümt gefragt, »Sie haben mehrere Hundert Millionen Euro zu erwarten, arbeiten sich aber trotzdem in Ihrer Satellitenfirma ab, statt das Geld zu genießen?«

Sie hatte ihren Arm um Lumpi gelegt und Quercher kopfschüttelnd angesehen. »Ihr kleinen Beamten mit eurem Pensionsanspruch denkt immer nur an Ausstieg. Als ob das die Lösung wäre. Kennen Sie namentlich Ihren Urgroßvater?«

Quercher zuckte mit den Schultern. »Kam, glaub ich, aus Südtirol. Aber ich müsste nachschauen. Wieso?«

»Sehen Sie, mein Urgroßvater beriet als Minister den Märchenkönig Ludwig den Zweiten. Und über einen anderen Vorfahren gibt es ganze Bücherreihen. Der hat das Christenvolk gegen die Türken verteidigt. Ein anderer war bei den Kreuzzügen dabei.«

»Eine über Jahre bewährte Methode, Geld anzusammeln. Kein schwarzes Schaf dabei?«

»Ganze Herden von schwarzen Schafen«, lachte sie. Es war ein helles, ein, wie er fand, ehrliches Lachen.

Das Haus des alten von Valepp lag weit oben auf der Ostseite des Sees. Quercher vermutete eine typisch bayerische Landhaushölle mit Geweihen und viel Holz. Er wurde nicht enttäuscht. Alle Räume waren, einer Zigarrenkiste gleich, mit dunklen Stämmen an der Decke und Eichendielen auf dem Boden verkleidet. Ein schwerer Tisch prunkte in der Mitte eines großen Wohnzimmers. An den Wänden, die mit roten Stofftapeten drapiert waren, blickten finstere Ahnen in Uniform und Festkleidung zu Quercher und Regina Hartl herab. In einer Ecke stand wie ein böser Geist eine mannshohe alte Fahne mit einem Wappen.

Fehlt nur noch ein Hausgeist, dachte Quercher. »Also das ist Ihr Elternhaus?«, fragte er laut.

Regina hatte die Terrassentür aufgerissen. Frische Luft, die vom See heraufzog, verdrängte den dumpfen Duft aus gelebtem Leben und baldigem Ende. »Nein, das ist das Haus meines Vaters. Er hat sich hier eingerichtet, als meine Mutter nach Frankreich ging. Die Einrichtung ist ein Sammelsurium aus unseren alten Gütern. Die Familie von Valepp ist Anfang des dreizehnten Jahrhunderts ...«

»Vielen Dank, Frau Hartl. Mir ist die Herkunft Ihrer Familie nicht ganz so wichtig. Sie wollten das Testament suchen. Eine Führung durch Schloss Valepp ist nicht nötig.«

Sein Ton war vielleicht eine Spur zu hart geraten. Fast hätte er um Entschuldigung gebeten. Aber ihre Reaktion verhinderte das, denn sie widersprach nicht. Mehr noch: Sie schien seine schroffe Art zu genießen. Und das wiederum reizte ihn. Regina Hartl schien aus einem anderen Leben zu stammen. Nicht eine ihrer Bewegungen oder Aussagen fiel aus der Rolle oder wirkte unkontrolliert. Ihr Schmuck war dezent und doch so eingesetzt, dass man den Reichtum spüren konnte. Sie war nahezu diskret schön, keine auffällige Person. Je länger Quercher Regina beim Suchen der Akten beobachtete, desto fasziniert war er. Sie ließ ihn nicht ruhen, regte ihn an und auf.

Sie hatte den Schreibtisch und zwei Schränke des Vaters durchforstet, aber nichts gefunden. War sie am Anfang noch systematisch vorgegangen, wurde sie zunehmend verzweifelter. Quercher beobachtete still und half dann und wann. Er konnte nicht glauben, dass eine milliardenschwere Familie ein handgeschriebenes Testament irgendwo in einer Altholzhölle verstecken könnte. Aber es handelte sich hier eben nicht um ein Unternehmen mit klaren Abteilungen. In dieser Familie wurde seit Jahrhunderten aus einer emotionalen Überzeugung, weniger aus wirtschaftlichem Kalkül, Geld verdient. Geld war hier nur ein Werkzeug. Richtig durchdrungen hatte er die Mechanismen bisher noch nicht. Wenn aber Gerass und Pollinger so viel Wert auf die Betreuung dieses Landadels legten, musste die Familie wirklich sehr viel Einfluss haben.

»Wie kann ich Ihnen vertrauen? Diese Unterlagen sind nicht nur für mich von entscheidender Bedeutung. Es mag für Sie wie eine billige Testamentsuche bei Opa unterm Sofa wirken. Aber das Konstrukt meines Vaters umfasst mehr, als Sie sich vorzustellen vermögen. Land, Firmen, Immobilien und Beteiligungen. Es wuchs im Stillen.« Regina Hartl atmete aus und setzte sich auf eine Truhe.

»Ich könnte auf meinen Beamtenstatus und meine Verpflichtung zum Schweigen verweisen. Aber ich mache es nicht. Tun Sie es einfach. Was wollen Sie mir sagen?«

Sie schüttelte den Kopf. »Nicht sagen, zeigen.«

Müde erhob sie sich und winkte ihn zu einer verzierten Holzverkleidung. Mit einer Hand schob sie diese nach rechts und erst jetzt erkannte Quercher, dass es sich um eine besondere Vorrichtung handelt. Dahinter befand sich eine Fahrstuhltür.

»Klar, ohne Geheimtür macht man es bei Reichens nicht. Was kommt als Nächstes? Eine Schatztruhe oder der geheime Folterkeller der Familie von Valepp für das störrische Gesinde?«

Sie schob ihn sanft in den Aufzug, als sich die Tür öffnete, und drückte einen Code. Nahezu geräuschlos fuhren sie in die Tiefe. Die Kabine war schmal, sie standen eng beieinander. Und wie zwei Dickköpfe schauten sie sich gegenseitig mit einem Lächeln an, jeweils bemüht, den Blick nicht als Erster abzuwenden.

»Fahren wir jetzt in Dagoberts Geldspeicher und schwimmen gleich in Talern?«, fragte Quercher, um die Stille zu durchbrechen.

»Ich durfte nie einen Comic lesen. Das war amerikanischer Unsinn«, antwortete Regina Hartl schnippisch.

Quercher spürte, dass sie gern etwas Freundlicheres gesagt hätte.

Die Tür öffnete sich. Statt in einer Halle mit Goldbarren waren sie in einem Tonnengewölbe angekommen. Es war kalt, roch aber nicht feucht. Dennoch verriet das Mauerwerk das Alter der Räume.

»Das Kloster Tegernsee hat vor vielen Jahrhunderten Tunnel in den benachbarten Berg hauen lassen. Teils wurden sie als Fluchtwege genutzt, wenn Krieg oder Plünderung drohte. Teils dienten sie auch als Lagerstätten. Diese Räume hier sind jedoch sehr speziell. Es waren wohl Orte der Zusammenkunft.«

Quercher sah sich erstaunt um. An einigen Stellen wies der neue Putz freie Flächen auf. Er konnte darunterliegende Farbschichten und verblichene pastellfarbene Fresken erkennen. Als ehemaliger Schüler des im einstigen Klostergelände beheimateten Gymnasiums wusste er von diversen Tunneln. Aber so frisch und perfekt renoviert war er den Überresten klösterlichen Lebens noch nie gekommen. Fresken mit christlichen Motiven wachten über einen langen Konferenztisch für mindestens zwölf Personen. Links und rechts zweigten einige kleinere Räume ab, die im Dunkeln lagen. Aber Quercher erkannte Metallschränke und Schemen von Computern. Er fühlte sich an ein Büro mit klösterlichem Ambiente erinnert. Am Kopfende des Hauptraums hing ein mannsgroßes Kruzifix mit einem leidenden Christus an der Wand. Davor befand sich ein kleiner Holztisch. Regina Hartl wischte über einen Lichtsensor. Jetzt erkannte Quercher, wo er sich befand: Es handelte sich um eine Kapelle mit angeschlossenem Konferenzbereich. Links an den Wänden hingen hinter schwerem Glas Seiten aus mittelalterlichen Büchern. *Laude la gloria*, las er. Den Rest konnte er nicht entziffern.

»Okay, und was haben wir hier? Hat der Herr Papa die örtlichen Illuminaten beherbergt?«

»Unsinn. Glauben Sie, ein Firmengeflecht dieser Größe ließe sich wirklich von einem Prokuristen leiten? Mein Vater war klug genug, hervorragende Menschen mit der Führung und Aufsicht zu beauftragen. Hier versammelten sich keine sakralen Geheimbünde. Hier wurden Entscheidungen der Firmen überprüft und diskutiert. Mein Vater legte sehr viel Wert auf die Meinung kluger Ratgeber. Dieses Ambiente ist seiner katholischen Herkunft geschuldet. Mehr nicht. Er wollte sich nicht in einem miefigen anonymen Bürokomplex mit seinen Vertrauten treffen.«

»Klar, das wäre ja auch igitt, so zu arbeiten wie der Pöbel«, stichelte Quercher, der sich mittlerweile an den Konferenztisch gesetzt hatte.

»Es wäre hübsch, wenn Sie Ihre Minderwertigkeitskomplexe zumindest während Ihrer Arbeit ablegen könnten. Ihre Herkunft ist nicht meine Schuld. Sie wollen das hier verstehen. Dann müssen Sie sich in die Strukturen hineindenken. Deswegen zeige ich Ihnen das. Strengen Sie sich an, Max Quercher.«

Sie lehnte neben ihm am Tisch. Er sah auf ihre enge schwarze Hose und den Gürtel, der einen flachen Bauch umschloss. Sie durchschaute ihn, was ihn ziemlich ärgerte. Außerdem hatte sie recht: Duschls Tod hatte hiermit zu tun. Deswegen hatten ihn Gerass und Pollinger sowohl auf das

Testament als auch auf Duschls Verschwinden angesetzt. Das eine schien mit dem anderen in einer noch nicht erkennbaren Verbindung zu stehen. Zudem wurde ihm langsam klar, dass hier nicht nur einfach Geld verdient wurde. Aber Quercher verstand die Details noch nicht. Er kannte nur das Ziel: das Erbe dieser Familie. Es war so groß, so undurchsichtig, dass es eben viele Interessenten gab. Eine davon lehnte neben ihm und sah ihn spöttisch an.

»Kommen Sie, suchen wir weiter. Irgendwo müssen Unterlagen zum Testament meines Vaters liegen. Wir haben wenig Zeit.«

Die nächste Stunde wühlte sich Hartl wieder im Erdgeschoss des Anwesens durch Schränke und Schreibtische, während Quercher still versuchte, sich in diese Familie hineinzudenken. Die Suche nach dem Testament schien Regina Hartl zu erschöpfen. Sie hatte das Jackett ausgezogen, die großen Schweißflecke unter ihren Armen ignorierte sie.

»Ja, gut, dass Sie fragen. Ich habe Durst!«

»Ich habe doch gar nicht gefragt.«

»Eben!«

Regina Hartl holte kopfschüttelnd zwei Flaschen mit Bier aus der Küche und wies Quercher auf die Terrasse. »Wenn der Herr so nett wäre.«

Die Terrasse war nicht nur so groß, dass eine dreiköpfige Familie dort hätte wohnen können, sondern bot auch noch einen spektakulären Blick auf den See.

»Na, Herr Quercher, fragen Sie! Ihnen steht die Frage förmlich auf der Stirn.«

Quercher nahm einen tiefen Schluck und folgte mit den Augen einem Steinadlerpaar, das in großer Höhe über den See kreiste. »Wenn man Milliarden besitzt, was treibt einen an, noch eine weitere hinzuzufügen? Sie haben keine Kinder. Die von Valepps sterben mit Ihnen und Ihrer Schwester aus. Das Vermögen geht in eine Stiftung. Nach achthundert

Jahren ist es das gewesen. In dieses Haus wird ein neureicher Spieler des FC Bayern ziehen und den Wald schnappt sich ein Betonverkäufer. Die Firma Ihres verstorbenen Mannes wird im Zweifel von jemandem gekauft. Ich bin da nicht so firm. Aber irgendeine Heuschrecke wird sich finden. Also, warum der Stress?«

Sie atmete durch. Bevor Quercher die Kaffeerunde in Kreuth betreten hatte, hatte sie sich vom Sicherheitsdienst ihres Vaters über Quercher informieren lassen. Neben ihr saß, das wusste sie jetzt, kein einfältiger, mit Geld zu beeindruckender Mensch. Deshalb war sie auf der Hut. »Dieser Reichtum ist tatsächlich über Jahrhunderte weitergereicht worden. Und ja, was Sie sagen, ist sicher gut beobachtet. Unsere Familie wird aussterben. So ist das eben. Aber schauen Sie sich die Bilder im Haus an. Das sind meine Ahnen. Sie haben diesen Reichtum immer gemehrt, haben gut gewirtschaftet. Und jetzt soll ich die Letzte sein, die das Haus abschließt und das Vermögen verjubelt? Ich trage eine Verantwortung. Das haben wir schon früh gelernt.«

»Klingt ja schön. Aber wenn Sie in zwanzig oder dreißig Jahren sterben, wird es egal sein. Dann sind Sie so tot wie Ihre Ahnen.«

»Das Vermögen, das mein Vater derzeit noch verwaltet, ist quasi nur geliehen. Sein größter Traum wäre gewesen, es an den nächsten Stammhalter weiterzugeben, der es auch wieder nur verwaltet. Nachwuchs hat in Dynastien eine andere Bedeutung, verstehen Sie? Dafür wurden sogar Kriege angezettelt. Und mein Vater war von unserer Kinderlosigkeit immer sehr enttäuscht. Dieses Vermögen muss weitergereicht werden, das war seine Überzeugung. Letztlich müssen Sie es sich wie einen Investorenfonds vorstellen. Da drin, an dem großen Tisch, der über vierhundert Jahre alt ist, sitzen meine Ahnen. Jedes Mal, wenn ich dort vorbeigehe, sehen sie mich fragend an: Was machst du mit unserem Vermögen?«

»Frau Hartl, die sind tot. Sie leben!«

Sie nickte. »Was würden Sie mit dem Geld machen?«

»Ausgeben«, antwortete Quercher lakonisch. »Das ist die Bestimmung von Geld. Nichts würde mich mehr ärgern, als irgendwann mit Millionen ins Grab zu fahren. Alles andere sind Allmachtsfantasien, die über den Tod hinausgehen sollen.«

»Wofür ausgeben? Soll ich Gnadentierhöfe eröffnen, Tafeln für Bedürftige unterstützen? Oder die Puppen tanzen lassen und Jachten am Mittelmeer kaufen? Einmal in der Woche in der *Bunten* auftauchen, spätestens in zehn Jahren mit aufgespritzten Lippen rumlaufen wie ein Zombie, mit einem Achtzehnjährigen an meiner Seite?«

Quercher lachte. Ihre feine Arroganz gegenüber Neureichen gefiel ihm. »Was ist also Ihr Plan?«

»Ich bin sicher, dass Sie sich ein Bild von dem Valepp-Firmenkonglomerat gemacht haben. Es ist verwinkelt. Wirkt wie ein undurchschaubares Netz zur Verschleierung von halbseidenen Dingen. Das werde ich ändern. Das ist mein Ziel. Das wäre im Sinne meiner Ahnen!«

»Klingt super. Nur dumm, dass der Herr Papa noch lebt, oder?«

Regina seufzte. Es war nicht leicht mit diesem Herrn. »Warum denken Sie das?«

»Nun, so wie es hier drinnen ausschaut, mag Ihr Vater eher das Traditionelle. Wissen Sie, Frau Hartl, wir kleinen Staatsbeamten denken von Ihresgleichen ja immer nur das Schlechte. Da mache ich keine Ausnahme. Ihr Plan klingt gut. Ich bin da kein Experte. Mich überfordert schon ein Kredit für ein kleines Ferienhaus. Und wenn mein Dispo überzogen ist, schlafe ich schlecht. Sie aber drehen das große Rad, essen mit dem Ministerpräsidenten, frühstücken mit Managern und jonglieren mit Milliarden. Am Ende, das lehrt mich meine Erfahrung, geht es um Gier.«

Quercher legte eine kurze Pause ein. Ihm war bewusst, dass er jetzt eine Grenze überschreiten würde. Aber er wollte Regina Hartl hinter ihrer adligen Fassade hervorlocken.

»Sie sind alleinstehend, ohne Zweifel attraktiv, aber so richtig etwas gerissen haben Sie noch nicht, oder? Bei einer Beratungsfirma kluge Reden gehalten, Leute entsorgt, so etwas. Aber nicht wie Ihre Vorfahren das große Ding gedreht. Jetzt wird es Zeit. Aber Sie brauchen das Erbe. Ihre Schwester macht Yoga, Ihr Mann ist tot. Nur der Herr Papa ist noch da. Um an das Geld der Familie zu kommen, muss Ihr Vater entweder die Zustimmung für Ihre Pläne geben oder schlicht, mit allem Respekt, Ihren Ahnen folgen. Erst dann können Sie wirklich durchgreifen. Es sei denn, Ihr Vater hat seinem Lebensfreund Duschl die Herrschaft über das Valepp-Vermögen zugestanden.«

Dieses Statement war ein extrem unfreundlicher Akt von Quercher. Aber diese Dame kannte sowieso keine Freunde. Vom Fund des Torsos hatte er ihr bisher bewusst nichts erzählt. Sollte sie ruhig glauben, dass Duschl noch verschwunden war.

Regina Hartl hatte sich Querchers Tirade unbewegt angehört. Jetzt lächelte sie fein. »Kommen Sie, Herr Quercher. Ich bringe einen Prokuristen um. Danach warte ich, bis mein Vater stirbt? Wir beide wissen, dass ich mich, als Jakob verschwand, im Ausland befand. Vielleicht sollten Sie einfach weniger Alpenkrimis lesen?«

Quercher erwiderte nichts. Denn er glaubte ihr. Still sahen sie eine Weile hinab auf das Tal.

»Brauchen Sie etwas, Frau Regina?«

Quercher zuckte zusammen. Als wäre sie aus den Ritzen der Dielen geklettert, stand plötzlich eine ältere Dame im Dirndl hinter ihnen.

Regina erhob sich ruckartig wie eine Schülerin, die soeben beim Rauchen auf der Toilette erwischt worden ist. »Frau

Rattenwender, ich wusste nicht, dass Sie noch einen Schlüssel für das Haus meines Vaters haben.«

Die Frau war Anfang siebzig, schätzte Quercher. Und wenn sie eine Hausangestellte war, dann präsentierte sie sich nicht wirklich so. Sie war schlank, nahezu langgliedrig und mit einer vollen weißen Haarpracht gesegnet. Ihr Gesicht hatte die Strenge einer Hauslehrerin des neunzehnten Jahrhunderts, und wie sie dort im Halbdunkel des Raums vor der Terrasse stand, wirkte sie wie die Hausbesitzerin selbst.

»Cordelia gab mir den Schlüssel. Ich soll das Anwesen wiederherrichten. Graf von Valepp ist genesen. Er kommt morgen zurück!«

## Kapitel 10

### *Gmund, 16.08., 23.22 Uhr*

War er zum Feuer gekommen oder das Feuer zu ihm? Er wusste es bis heute nicht. Es gab Tage, da verschwendete er keine Minute auch nur einen einzigen Gedanken daran. Und dann erfasste es ihn. Viel mehr: Es brannte in ihm, er brannte. Dann saß er im Aufenthaltsraum der Feuerwehr und stierte auf ein einzelnes Streichholz, nahm es in die Hand, drehte es zwischen Daumen, Zeige- und Mittelfinger, roch den Schwefel, legte es wieder auf den Tisch und schob es mit einem Finger vor und zurück. Meist ging es gut. Manchmal nicht, doch das waren alles Spielereien im Vergleich zu dem, was bald bevorstand.

Er hatte sich immer gewünscht, etwas Großes zu erschaffen, etwas, was lange nachwirken und nicht sofort vom Alltag aufgefressen würde. Sein Kind war so etwas, ja, aber das konnten andere auch. Das war alles nichts im Vergleich zu seinem Plan.

Er hatte sich notdürftig am See gewaschen und dann auf die Bank vor der Pension gesetzt. Das Tal war sein Ziel – gewesen! Mit seinen gelben Lichtern der Straßenlaternen. Seinen reichen Häusern. Er hatte einmal ausgerechnet, wie lange er arbeiten müsste, um sich hier ein Haus für seine Familie leisten zu können. Das Ergebnis erzeugte Zorn. Er würde zwei Leben brauchen. Warum das Feuer in ihm so brannte, hatte er sich lange gefragt. So wie er sich auch fragte, wer wirklich sein Vater war. Denn er sah jenem, der ihn hatte aufziehen wollen, nicht ansatzweise ähnlich, hatte nichts von dessen Grobheit. Obwohl Feuerwehrmann, war er schon früh dem Lesen und Träumen und Quälen und Verbrennen verfallen. Als er seine Frau kennenlernte, war all das ein wenig abgeebbt. Dann aber kam das Internet. Und er sah sich die Feuervideos an, die Exekutionen, das Brutale. Und alles wachte wieder auf.

Zerstören und dadurch etwas schaffen. Das war sein Ziel. Es musste etwas Einzigartiges sein. Der ultimative Brand. DAS Feuer. Etwas, was den Alten bestrafen, ihn auslöschen würde.

Es blieb auch weiterhin sehr trocken, aber der heiße Wind fehlte noch. Doch der würde kommen, das wusste er.

Sechzehn Brandherde hatte er in den letzten Monaten installiert. Alle waren per Funk aktivierbar. Nach Wochen würden Experten vielleicht Überreste finden. Aber das war ihm egal. Es ging ihm um den Moment. Danach wäre sein Werk vollbracht. Der Künstler träte zurück.

Er hatte alles bis ins kleinste Detail ausgearbeitet. Nichts davon war niedergeschrieben worden. Er hatte alles in seinem Kopf gespeichert. Er war Prometheus. Er brachte das Feuer ins Tal.

Als er in der Nacht zu seiner Frau heimkehrte, roch sie ihn bereits, noch bevor sie ihn sah. Sie hatte den Geruch schon oft an ihm bemerkt, ihn aber seinem Beruf zugeordnet. Doch hier, im Urlaub, was sollte er da löschen?

Er schien im Halbdunkel des schwülwarmen Zimmers ihr Misstrauen zu spüren. Er hatte geduscht. Aber der Geruch blieb. Zu lange hatte er vor den Benzinkanistern und Matten gesessen, sich in seiner Fantasiewelt verloren. Sein vom Wasser kalter Körper schob sich auf sie, er küsste sie. Sie stellte sich schlafend, lag bewegungslos und fast ein wenig starr da. Jede Frau eines Feuerwehrmannes wusste von Brandlegern in den eigenen Reihen. Doch konnte ihr Mann so jemand sein? Jener Mensch, der jetzt ungeschickt ihren Körper bearbeitete? Der seine große, schwielige Hand zwischen ihre geschlossenen Beine schob, um sie vorsichtig auseinanderzudrücken. Sie spürte seine Erregung und wusste, dass sie sich ihm noch einmal würde öffnen müssen. Dann, nach dem Urlaub, würde sie mit seinem Kommandanten einen Termin vereinbaren.

Ihm gefiel sie schon lange nicht mehr. Alles an ihr war Vergangenheit. Er grunzte, als er kam. Sie hatte Angst, dass die Tochter wach lag und alles hörte. Als er fertig war, schob sie sich unter ihm hinweg und wankte mit leisen Schritten zur Toilette. Als sie wieder zurück ins Bett kroch, schlief er bereits.

Sie ahnte nicht, dass er ihren Verrat bereits voraussah. Und sie wusste nicht, dass er alles tun würde, um ihn zu verhindern. Alles.

## Kapitel 11

*München, 18.08., 08.45 Uhr*

Picker saß in der blau-weißen Straßenbahn und war glücklich. Die Krankenschwester aus Hausham, die nebenbei als Gelegenheitshure gearbeitet und die Picker auch auf diesen Weg kennengelernt hatte, war jetzt seine Freundin. Wer sich darüber das Maul zerriss, erntete bei Picker nur ein Schmunzeln. Er war zu ihr gezogen, hatte sich mit ihrem Sohn anfreunden können und war mit der neuen Stelle in Miesbach als Leiter der dortigen Kriminalpolizei zufrieden. Er lebte jetzt auf dem Land. Er, der in der Stadt geboren und aufgewachsen war und sie noch nie zuvor verlassen hatte. Es gefiel ihm überraschend gut. Er war am Morgen nicht mit dem Dienstwagen nach München gefahren, sondern mit der Bayerischen Oberlandbahn, hatte sorgfältig den *Merkur,* die örtliche Zeitung studiert, aus dem Fenster geschaut und geträumt. Kurz nach dem Fund des Torsos hatte ihn Gerass, die neue LKA-Leiterin, angerufen und ihn für den nächsten Morgen nach München gebeten. Das traf sich gut. Denn so hatte er noch ausreichend Zeit, sich in der Rechtsmedizin erst einen Überblick über den Stand der Untersuchung zu verschaffen, ehe er in die Maillingerstraße weiterfahren würde – mit der Straßenbahn!

»Viel ist von dem Prokuristen ja nicht übrig geblieben«, begrüßte ihn Gerass in ihrem Büro, das einer Baustelle glich. Sie hatte bereits am Vortag die Umbauarbeiten veranlasst, unmittelbar, nachdem Pollinger das Präsidium verlassen hatte. Sie wies Picker in einen Konferenzraum, und als er aus dem Büro trat, wusste er, dass sein glücklicher Morgen ein jähes Ende gefunden hatte. Quercher stand auf dem Flur.

»Was willst du denn hier?«, fragte ihn Picker.

»Unsere Herrin ruft, wir kommen. Dinge ändern sich. Ich habe keine Ahnung. Man rief nach mir.«

Picker schüttelte ärgerlich den Kopf. Immer wenn Quercher unerwartet auftrat, gab es für ihn bestenfalls noch den Trostpreis.

Wie zwei Schuljungen folgten sie Gerass. Picker ging um den Konferenztisch, reichte den zwei Männern, die dort bereits saßen und zum Verfassungsschutz gehörten, die

Hand und legte ihnen Fotos vom Fundort an der Seesauna sowie aus der Gerichtsmedizin vor. Quercher setzte sich auf einen Stuhl und nickte den anderen lediglich zu.

Picker nahm neben ihm Platz. »Mir war ehrlich gesagt nicht klar, dass wir es hier mit einem Fall für den Verfassungsschutz zu tun haben. Und auch Wirtschaftskriminalität ist bei einem Torsofund im Tegernsee nicht sofort zu erwarten«, begann er mit einem schiefen Lächeln. Es sollte lässig wirken, aber keiner der Anwesenden reagierte darauf.

»Und wie darf ich Sie ansprechen? Bond und Bondchen?«, stichelte Quercher über den Tisch.

»Müller und Huber reicht«, antwortete einer der beiden und gab damit deutlich zu verstehen, dass sie Quercher ihre wahren Namen nicht unter die Nase reiben wollten.

»Komisch, ich hätte auf Hans und Wurst getippt.«

»Quercher, es reicht. Das sind Kollegen. Egal, wie sie heißen«, mahnte Gerass.

»Herr Picker, was hat die Rechtsmedizin gesagt?«, eröffnete der Kollege links neben ihm das Gespräch, ohne auf die Sticheleien einzugehen.

Picker griff nach seiner Akte und begann mit seinem Referat. Es war müßig, fand er, Gerass nach dem eigentlichen Grund dieser Runde zu fragen. Wenn schon irgendjemand den Duschl-Fall inklusive der undurchsichtigen Familienstrukturen der von Valepps übernehmen wollte, nur zu. Er selbst hatte nämlich geplant, das Wochenende mit seinem Ziehsohn beim Bergsteigen an der Rotwand zu verbringen.

»Zum ersten wichtigen Punkt: Die Identität ist zweifelsfrei geklärt. Bei dem Torso handelt es sich um Jakob Duschl. Zwei Narben, die noch identifiziert werden konnten, sowie DNA-Abgleiche mit gesicherten Spuren aus seiner Wohnung lassen keinen Raum für Spekulationen. Zweitens: Es sind vorerst keine Hinweise auf Fremdeinwirkung zu finden. Der Körper des Mannes muss, so unsere Fachkräfte, länger tief im See gelegen haben. Dort, wo die Temperatur konstant bei acht Grad liegt. Vielleicht blieb er in Algen oder Holz hängen.«

»Länger heißt was?«, fragte Gerass.

»Länger als fünf, weniger als vierzehn Tage.«

Sie nickte.

»Dann scheinen Faulgase den Körper nach oben geschwemmt zu haben. Er trieb wenige Meter unter der Wasseroberfläche, bis ein Schiff seinen Weg kreuzte. Der Körper wurde durch die Schiffsschraube mehrfach getroffen. Das scharfe Blatt trennte Beine, Teile der Arme sowie den Kopf unterhalb des Kehlkopfs ab. Die Schnittwunden sind sehr exakt. Taucher sind gerade dabei, nach weiteren Resten der Leiche zu suchen. Solange wir die nicht haben, macht die Klärung, ob ein Suizid vorliegt oder eine Fremdhandlung, nach meinem Dafürhalten keinen Sinn.«

Alle nickten. Einer der Männer vom Verfassungsschutz fühlte sich unbeobachtet, bohrte in der Nase und aß gedankenverloren einen Popel. Picker war froh, bald wieder in Miesbach zu sein.

»Zu den Fakten: Der Mann ist ertrunken. Das ergab die Untersuchung der Lunge. Am linken Restarm ist ein erhebliches Hämatom festzustellen. Wie gesagt: Wir suchen weiter nach anderen Körperteilen.« Mehr hatte Picker nicht zu sagen. Er sah in die Runde.

Gerass blickte auf ihre Hände, hob dann den Kopf und wies auf die Herren vom Verfassungsschutz.

Einer der Männer räusperte sich. »Herr Picker, ich denke nicht, dass wir Ihnen als versiertem Kollegen erklären müssen, dass es sich bei Herrn Duschl nicht um irgendeinen kleinen Prokuristen handelt. Der Tote hat im Namen der Familie von Valepp seit Jahrzehnten enge Kontakte zur bayerischen Staatsregierung gehalten, die immer Wert darauf gelegt hat, die heimische Wirtschaft zu schützen und auszubauen. Herr Duschl war diesbezüglich immer unser erster Ansprechpartner, wenn es um die Valepp-Firmen oder ihre Anteile ging.«

Allmählich verstand Picker. Duschl war ein Teil des Systems, der Machtelite. Und so einer ertrank nicht einfach.

Quercher hingegen verstand nichts. »Schützt ihr Jungs nicht nur die Verfassung, sondern auch heimische Wälder des Landadels, oder warum interessiert euch das so?«

Der Popelfresser schaltete sich ein, sah erst zu Gerass, dann zu Picker. Quercher ignorierte er. »Es gibt eine, sagen wir einmal, enge, über Jahre währende Verbindung zwischen wertkonservativen Politikern und Wirtschaftsführern hier in Bayern. Diese Verbindung hat dazu beigetragen, dass sich unser Freistaat seit den Sechzigerjahren kontinuierlich zu einem erfolgreichen Industrie- und Wirtschaftsstandort entwickelte. Ob das nun mit Ihren politischen Ansichten übereinstimmt oder nicht.«

Quercher ignorierte den Seitenhieb. »Hat das Kind einen Namen oder wird das generell unter ›Bayerische Mafia‹ rubriziert?«

»Herr Quercher, bitte?« Gerass wurde ungemütlich.

Picker sah aus dem Fenster und dachte, dass der Morgen nun garantiert nicht mehr schön enden würde. Die Vergangenheit holte einen immer ein.

»Sagt den Herren der *Männerverein* etwas?«, fragte einer der beiden Verfassungsschützer.

Quercher schüttelte den Kopf. »Der im Glockenbachviertel in München? Das ist ein Darkroom!«

»Auf Ihre Kompetenzen im schwulen Rotlicht haben wir gerade noch gewartet«, giftete sein Gegenüber.

Picker aber ahnte, was kam.

»Es geht um den *Katholischen Männerverein Tuntenhausen*«, sagte einer der Verfassungsschützer

Quercher grinste. »Siehst du, Picker. Doch schwul.«

»Ist das wirklich notwendig, dass wir das en détail besprechen?«, bat Picker mit leiser Stimme.

Selbst der ungläubige Quercher kannte diesen Verein. Zweimal im Jahr trafen sich im Marienwallfahrtsort Tuntenhausen die Großkopferten der CSU, hielten deftige Reden gegen den Schmutz der Welt und versicherten sich im trauten konservativen Kreis der gegenseitigen Liebe. So in etwa hatte er das zumindest in Erinnerung. Aber anscheinend war da noch mehr.

»Wir haben einen kleinen Zweig dieser Gruppe seit längerer Zeit unter Beobachtung. Das ist insofern heikel, als ...« Der Mann vom Verfassungsschutz stockte.

Gerass sah sich gezwungen, ein wenig moderierend einzugreifen. »Bis zum vorletzten Ministerpräsidenten war das kein Thema. Der hat die Dinge eher rustikal gesehen. Der jetzige MP sieht das ein wenig anders, weil Angst um einen Skandal sein ständiger Begleiter ist.«

»Haben die den katholischen Dschihad ausgerufen?«, ätzte Quercher weiter.

Der Popler sah erst maliziös zu Quercher und dann zu Picker. »Das kann Ihnen Ihr Kollege am besten selbst erklären.«

Quercher blickte überrascht zu seinem Sitznachbarn. »Du hast doch wohl nicht allen Ernstes bei diesen Tabernakeltaliban mitgemacht?«

Picker zuckte mit den Schultern. »Es half bei der Karriere.«

»Wenigstens bist du ehrlich«, flüsterte Quercher, sichtlich irritiert.

»Der *Katholische Männerverein* ist erst einmal eine ganz seriöse Gruppe von Konservativen«, begann Picker. »Zweimal im Jahr treffen wir uns. Sprechen, beten, essen und trinken. Mehr nicht. Was da in den Hinterzimmern besprochen wird, weiß ich nicht, dazu war ich ein zu kleines Licht.«

»Das aus deinem Mund«, konnte sich Quercher nicht verkneifen.

»Ach Max, du weißt nicht, wovon du sprichst.«

Der Popler schien die Situation zu genießen. Er drückte seinen Rücken durch, streckte sich und hob nun wie ein Raubtier zum entscheidenden Biss an. »Herr Picker, möchten Sie uns von Ihren Verbindungen erzählen?«

»Da gibt es nichts zu verheimlichen. Ich gehörte diesem Verein mehr als fünfzehn Jahre an.«

»Und daher kennen Sie auch Herrn Duschl, nicht wahr?«

Picker atmete tief durch, ehe er weitersprach. »Jakob Duschl hat vor zwei Jahren meinen Ausschluss aus diesem Verein veranlasst. Er und ich waren nicht wirklich eng. Er wollte mich von einigen exklusiven Zirkeln fernhalten. Er glaubte, dass ich aufgrund meines beruflichen Hintergrunds nicht qualifiziert sei für die dort vorherrschenden, nennen wir es einmal, Absprachen. Ich hatte Fragen zu seiner Funktion und dem Zusammenwirken mit der Familie von Valepp gestellt. Das wurde nicht geschätzt. Man legte mir dann später nahe, mich aus dem Verein zu lösen. Das tat ich auch.«

»Das hatte nichts damit zu tun, dass Sie auf Duschls sexuelle Orientierung hinwiesen?«, fragte Gerass.

»Das habe ich nicht so verstanden.«

Alle schwiegen.

»Wollen Sie mich deshalb von dem Duschl-Fall abziehen lassen?«, fragte Picker leise. Ihm war klar, dass er damit in Miesbach schlechte Karten haben würde. So ein Fall – und er dürfte ihn nicht leiten. Mehr noch, vermutlich würde man ihn wieder nach München zurückversetzen.

Quercher wurde ärgerlich. »Was soll das hier werden, Frau Gerass? Ist das die heilige Inquisition? Was werfen Sie dem Kollegen denn überhaupt vor und was soll ich hier?«

Gerass sah Quercher seltsam erfreut an. »Wir werfen Herrn Picker zunächst einmal gar nichts vor. Aber wir wollen wissen, welche Interessen er noch vertritt. Und warum er sich auf dunklen Kanälen Material über die Familie von Valepp bei einem ehemaligen Staatsanwalt besorgt hat. Die Frage ist: Handelt es sich bei diesen Ermittlungen eher um einen privaten Rachefeldzug von Herrn Picker oder können wir mit ihm und Ihnen an einem Fall arbeiten, der unter Umständen jede bisher bekannte Dimension sprengen könnte?«

»Wo ist das Material des Staatsanwalts?«, fragte der Popler scharf.

Picker schwieg.

Quercher wurde ungehalten. »Es reicht mir allmählich, Schlapphut. Du bist hier nicht im Folterkeller der CIA! Der Kollege Picker muss euch überhaupt nichts beantworten, bevor ihr nicht erklärt habt, worum es euch in diesem Fall eigentlich geht.«

Gerass lächelte immer noch. »Herr Quercher, auch wenn es Ihnen schwerfällt, hören Sie den Herren doch erst einmal in Ruhe zu.«

Der zweite Verfassungsschützer, ein kleiner Mann mit einer randlosen Brille und Neurodermitis an den Händen, aktivierte einen Beamer. »Wir haben Grund zur Annahme, dass Jakob Duschl seit drei Jahrzehnten mit hochrangigen Vertretern aus Politik und Wirtschaft ein nahezu perfektes Netz gegenseitiger Abhängigkeiten gesponnen hat. Dabei ging es um Zahlungen sowie das Einsetzen und Versorgen wichtiger Personen. Es ging um unlautere Großaufträge für die heimische Industrie, speziell die hier in Bayern vertretenen Rüstungs- und Energiekonzerne. Etliche dieser Straftaten werden schon verjährt sein, viele waren zum damaligen Zeitpunkt noch nicht strafbewehrt. Nichtsdestotrotz kämen sie jetzt durch unsere Ermittlungen an die Öffentlichkeit.«

»Was ist denn daran neu? Korruption gehört zur Tradition dieses Bundeslandes. Wer will denn so was noch aufdecken?«, fragte Quercher provokant.

»Zuhören ist nicht Ihre Stärke, Herr Quercher?«, fragte Gerass leise.

Der verschränkte trotzig die Arme. Mit Pollinger war alles einfacher, dachte er.

»Wir gehen sehr konkreten Hinweisen nach. Sie beinhalten Steuervergünstigungen sowohl betrieblicher als auch privater Form, Warnungen vor Verfolgung durch Ermittlungsbehörden und Insidergeschäfte. Dreh- und Angelpunkt war die Familie von Valepp. Wir haben aber faktisch nichts in der Hand gehabt, was umfangreichere Ermittlungen erlaubt hätte. Vor wenigen Wochen hat sich das geändert. Wir haben Kenntnis darüber bekommen, dass Duschl erhebliche Daten über all diese Vorgänge und Verbindungen zusammengestellt hat.«

»Durftet ihr dabei zuschauen?«, fragte Quercher spitz.

»Wir hatten Möglichkeiten«, wich der Verfassungsschützer aus.

Picker hob kurz die Hand. »Weiß denn der Innenminister davon?«

Die beiden schüttelten den Kopf.

»Nein, nur der Ministerpräsident selbst«, erklärte der Popler. »Er hat uns von allen Berichtspflichten gegenüber seinen Ministern vorerst befreit. Er befürchtet, dass ein Leck den Fall zu frühzeitig an die Öffentlichkeit bringen könnte und etwaige Zeugen und Verdächtige Material vernichten oder sich absprechen könnten.«

»Also ermitteln wir ohne staatsanwaltliche Weisung?«, fragte Picker.

»Das ist zum jetzigen Zeitpunkt noch nicht notwendig, weil unsere Ermittlungen auf dem Verschwinden von Herrn Duschl aufbauen.«

»Ein riskantes Spiel des Ministerpräsidenten. So etwas könnte die Partei bei der nächsten Wahl die absolute Mehrheit kosten«, schob Quercher ein.

»Nicht, wenn er als der große Aufräumer und Saubermann dasteht«, entgegnete Picker ironisch lächelnd, bevor er fortfuhr. »Duschl ist tot. Nehmen wir mal an, es ist kein Suizid. Vermuten wir einen Mord aus diesem Netzwerk heraus?«

Gerass schüttelte den Kopf. »Das ist bislang völlig unklar. Da wir noch keinen Staatsanwalt vollumfänglich eingeweiht haben, sind eine Recherche nach weiteren Materialien und das Befragen von möglichen Zeugen und Verdächtigen schwierig. Für Ermittlungen im Hinblick auf Suizid oder Mord wäre das aber notwendig. Das Ganze ist derzeit also noch ein wenig heikel. Außerdem möchte ich dabei ungern den neuen Leiter der Kriminalpolizei Miesbach verbrennen. Erst recht nicht mit seiner Vergangenheit in diesem ominösen *Männerverein*.«

»Woher wisst ihr Schlapphüte denn, dass der Kollege Picker sauber ist und nicht Teil des Netzwerks?«, wollte Quercher wissen.

»Wir haben ihn selbstverständlich ausgeleuchtet.«

Jeder an diesem Tisch wusste, was das hieß. Für drei Menschen in dem Konferenzraum war Picker jetzt durchsichtig.

»Also lasst ihr ihn weiterspielen, weil ihr Experten nichts bei ihm gefunden habt?«

»Doch, wir haben zum Beispiel herausgefunden, dass Ihr Kollege Sie vor zwei Jahren bei einer Razzia in einem Lokal ans Messer liefern wollte.«

Quercher lächelte müde. »Das gehört bei uns zum Volkssport. So wie ihr euch untereinander Nutella in die Schlapphüte schmiert – oder die Popel austauscht.«

Gerass verdrehte die Augen, aber Picker grinste über das ganze Gesicht.

»Also, warum sitzen wir jetzt zusammen? Sind wir ein Räumkommando?«, fragte Quercher ungeduldig. Lumpi lag unten in seinem Auto und brauchte dringend Auslauf.

»Herr Pickers Rolle in diesem Spiel war uns ziemlich lange überhaupt nicht klar«, erklärte Gerass. »Inzwischen glauben wir, dass er wie kein anderer das Innenleben des *Männervereins* kennt, aber gleichzeitig ein loyaler Polizist ist, der uns effektiv bei der Aufklärungsarbeit helfen kann. Er wird also künftig mit den beiden Herren vom Verfassungsschutz hinsichtlich des geheimen Netzwerks der von Valepps zusammenarbeiten. Der Fall trägt intern übrigens den Namen *Wallfahrt*.«

»*Tunten* wäre auch gegangen, oder?«

Alle ignorierten Quercher.

Einer der Schlapphüte erhob sich, reichte Picker die Hand und stellte sich vor. »Ich bin Dirk, das ist Dietmar. Auf gute Zusammenarbeit.«

Picker gab beiden reserviert die Hand.

»Sie hingegen, Herr Quercher, werden den Fall Duschl weiter betreuen«, fuhr Gerass fort. »Offiziell bleibt er bei den Kollegen in Miesbach. Sie unterstützen die dortigen Kollegen und werden weiterhin Frau Hartl im Auge behalten. Ich will einmal wöchentlich ein Meeting, in dem wir uns abstimmen. Außerdem übernehme ich die Kontakte zu den Dienststellenleitern und zur Politik. Ich bitte Sie eindringlich, weder mit einem weiteren Kollegen noch mit einem Außenstehenden darüber zu sprechen. Und da ich weiß, dass Sie …«, sie sah zu Quercher, »… das Wasser bei meinem Vorgänger Pollinger sowieso nicht halten können, werde ich selbst mit ihm reden. Ich bin mir noch nicht sicher, ob er von diesem Netzwerk weiß. Wenn ja, wird es heikel. Herr Quercher, für Sie noch einmal ganz langsam zum Mitschreiben: Pollinger ist nicht mehr Ihr Ansprechpartner für dienstliche Angelegenheiten. Verstehen wir uns? Oder haben Sie noch Fragen?«

»Was gibt's heute Abend zu essen, Mutti?«, schoss Quercher zurück.

Picker zog ihn am Arm und verließ eilig den Raum mit ihm, während Gerass sich entnervt an die Stirn fasste.

»Fährst du zum See? Du könntest mich bis Gmund mitnehmen. Da holt mich Maria dann ab«, fragte Picker seinen Kollegen, als der die Tür seines Pick-ups öffnete und Lumpi herausspringen ließ.

Quercher nickte, während seine Hundedame die Gelegenheit nutzte, sich mit gottergebenem Gesichtsausdruck neben den Dienstwagen der LKA-Chefin zu setzen und den Asphalt zu befeuchten.

Wenig später saß Picker von Lumpi an das Seitenfenster gedrängt in Querchers Wagen und sah hinaus. »Wenn wir die Familie von Valepp mit der Ermittlungsgruppe *Wallfahrt* angreifen, wird das ein ziemlich schmutziger Krieg. Und deine Freundin Regina steckt da knietief mit drin. Das ist dir klar?«

»Sie ist nicht meine Freundin. Ich muss nur auf die Dame aufpassen und die Reste des Familienprokuristen aus dem See fischen.«

»Du scheinst dich aber gut mit ihr zu verstehen«, setzte Picker nach.

»Unsinn. Das ist eine verknöcherte Adelstrulla, ein Blaublutstrumpf.«

»Du musst dich nicht rechtfertigen. Die Dame ist millionenschwer und Single.«

»Witwe, Picker. Witwe ist das richtige Wort.«

»Dann wärst du also ein Witwenschüttler?«

»Wenn man einen Namen wie du trägt, sollte man mit Wortspielen vorsichtig sein.«

»Pollinger meint, sie würde dir gefallen.«

»Der alte Kuppler möchte mich seit Jahren unter die Haube bringen. Ich komme mir bei ihm immer vor wie eine schwer vermittelbare alte Jungfer. Die Hartl kann ich übrigens nur schwer einschätzen. Ich glaube, sie will den Drecksladen ihres Vaters aufräumen, ehe wir kommen und die Leichen aus dem Keller holen.«

»Vielleicht hat die Hartl den Duschl gekillt?«

»Nein, sie war zu dem Zeitpunkt im Ausland beziehungsweise an anderen Orten in Deutschland«, erwiderte Quercher und hupte einer Gruppe Chinesen hinterher, die bei Rot über die Straße wollte. »Chinesenbeidel, elendige«, fluchte er.

»Sagt der Menschen- und Araberfreund Quercher.«

»Du trennst zwischen Menschen und Arabern?«

»Also die Hartl hat ein Alibi?«, lenkte Picker eilig ein. »Aber sie kann den Mord beauftragt haben. Immerhin hat Madame ein Motiv. Vielleicht war ihr der Zahlenheini im Weg. Vielleicht hat der alte von Valepp ihn ja im Erbe bedacht?«

»Spekulationen. Die Gute will jedenfalls unbedingt das Testament finden. Warum eigentlich? Ohne Testament erbt sie doch zumindest den Pflichtteil des Alten.«

»Hat sie dir das so zum Auswendigaufsagen mitgegeben?«, stichelte Picker.

In diesem Moment klingelte Querchers Telefon. Seine Freisprechanlage schaltete sich ein. »Herr Quercher, was machen Sie heute Abend?«

»Frau Hartl, guten Tag.«

»Guten Tag, sind Sie belegt?«

Picker sah ihn mit einer amüsierten Grimasse an und machte sofort Faxen, sodass Querchers Wagen gefährlich ins Schlingern geriet.

»Wieso, wollen wir weiter nach dem Testament suchen?«

Picker deutete zwischen seine Hose. Lumpi begann zu jaulen.

Falls Regina Hartl die Hintergrundgeräusche irritierten, ließ sie es sich nicht anmerken. »Nein, ich möchte Ihnen die

Hintergründe meiner familiären Situation erklären – und das würde ich gern in der *Villa am See* machen. Das Restaurant kennen Sie bestimmt.«

Picker schüttelte den Kopf.

»Ja, kenne ich«, antwortete Quercher.

»Ich freue mich auf Sie.«

»Ja, äh, also dann bis später.«

Das Gespräch war beendet. Picker schwieg, bis Quercher ihn an einer Ampel auffordernd anschaute.

»Sag's schon, du platzt ja gleich!«

»Adelstrulla, Blaublutstrumpf! Nein, schon klar. Der Herr Quercher ist im normalen Bayern angekommen!«

# Kapitel 12

### *Bad Wiessee, 18.08., 12.45 Uhr*

Er war über sechzig. Sein Leben war schon einmal fast gegangen. Jetzt wollte Pollinger es mit beiden Händen festhalten. Auch wenn auf seinen Handrücken schon die Friedhofsblumen blühten, dachte er grimmig.

Quercher zu fragen hätte nichts gebracht. Der Eremit hätte sich dagegen ausgesprochen. Aber das war Pollinger egal. Neben Querchers Elternhaus war das Anwesen einer älteren Dame frei geworden. Er hatte das Angebot von demselben Makler erhalten, der ihm auch das Haus in Rottach verkaufen wollte. Mit einem Handschlag wurde der ungewöhnliche Tausch besiegelt. Pollinger liebte einfache Lösungen.

So zog er mit ihr in das mittlerweile renovierte Haus ein, ohne Quercher auch nur ein Wort davon zu sagen. Natürlich wusste er um den Spott, der um ihn herum entstehen würde. Er, der alte Sack. Sie, die junge Frau. Das würde doch nicht gut gehen.

Jeden Tag war er in sein Büro gefahren, hatte mehr als dreißig Jahre für die bayerische Sicherheit gesorgt, seine Frau verloren, nie Kinder groß werden sehen. Alles hatte er seiner Arbeit untergeordnet. Urlaube hatte er kaum welche gemacht. Irgendetwas war immer dazwischengekommen. Sein Leben war eine Aneinanderreihung von Kämpfen gewesen. Gegen das Verbrechen, gegen Vorgesetzte oder unwillige Kollegen.

Jetzt, erst recht nach der Krebserkrankung, war ihm die Luft ausgegangen. Er konnte zwar nicht alles nachholen, aber seinem Leben einen Mittelpunkt geben. Das traf es. Viel war ihm nicht geblieben. Viel Geld, sicher. Aber nur wenige Menschen. Auf Quercher musste ja jemand aufpassen, auf sie sowieso. Sie war so anders, so fremd. Und ihm gleichzeitig doch so nah in ihrer Halsstarrigkeit, ihrer Neugier. Er wagte es kaum zu denken. Er war verliebt.

Quercher war seit dem Morgen in München bei einer Besprechung. Der Sauhund hatte ihm nicht sagen wollen, worum es ging. Aber seine Kanäle im Amt hatten ihn schon unterrichtet. Gerass arbeitete mit irgendwelchen Pfeifen vom Verfassungsschutz zusammen. Eine solche Kooperation war in seinen Augen eine Mischung wie Senf und Sachertorte. Was ihn aber besonders sorgte, war die Tatsache, dass der Innenminister von dieser Ermittlungsgruppe nichts wusste. Er hatte ihn diskret kontaktiert, aber in seinem Umfeld hatte offenkundig niemand auch nur den Hauch einer Ahnung von diesen Vorgängen. Er würde Quercher ausquetschen müssen.

Pollinger setzte sich in seinen Liegestuhl auf der Terrasse, von der er auf Querchers Haus sehen konnte. Neben ihm schlief der anderthalbjährige Max Ali. Arzu hatte ihn gebeten, ihn zu beaufsichtigen. Ein Klacks für ihn. Der Junge war ausgesprochen angenehm, krakeelte wenig, war eher ein ruhiges Kerlchen. Pollinger war überzeugt, dass das an dem

Kreuther Heilwasser lag, welches er dem Kleinen einflößte, wann immer es ging und die Mutter es nicht sah.

»Aus dir wird ein wahrer Bayer, entspannt und dem Genuss zugewandt«, hatte er gebrummt, als er den Jungen in die Hollywoodschaukel gelegt hatte, während die Männer des Umzugsunternehmens die wenigen Möbel in das Haus gebracht hatten. Der Kleine war wenig später schmatzend eingeschlafen.

Er war durch den Garten auf die Terrasse gelangt und Pollinger hatte ihn schon am Schnaufen erkannt: den alten Landrat Riedl. Vor einer Stunde hatte er sich bei Pollinger gemeldet.

Jahrelang hatte der ewig grinsende Mann aus Hausham den tiefschwarzen Landkreis hier im Oberland angeführt und war dann vor einem Jahr ehrenvoll in den Ruhestand verabschiedet worden. Riedl war ein echter CSUler. Er kam aus einfachen Verhältnissen, war durch geschicktes Taktieren, aber auch dank seines politischen Talents immer weiter nach oben gerutscht. Nur einmal, als es um einen Ministerposten ging, hatte er vergeblich auf die Zustimmung des Ministerpräsidenten gehofft. Aber der alte von Valepp, sein Förderer, hatte für den Sohn eines Bergbauerns natürlich eine Position gefunden. Landrat, das war wie Herzog, nur ohne Thron.

An Riedl war der Niedergang der Partei allzu deutlich zu erklären. Sie war einst eine echte Volkspartei gewesen, ein Sammelbecken für die einfachen Menschen, gerade für die vom Land. Jemand wie Riedl hatte immer die Chance, weit nach oben zu kommen. Oberbayer und katholisch. Da war die Herkunft egal. Bald gehörte er auch dem parteiinternen Netzwerk an, ging auf Wallfahrten und große Messen, um danach bei einem zünftigen Essen im Hinterzimmer die zu vergebenen Posten zu verteilen.

Aber wie so viele andere hatte auch Riedl die Zeichen der Zeit nicht rechtzeitig erkannt, den Hals nicht voll bekommen und war gierig geworden. Und das wurde ihm nun zum Verhängnis. Denn mit dem Franken an der Spitze der Partei war nicht zu spaßen. Der wollte nicht die gleichen Fehler machen wie seine glücklosen Vorgänger aus dem Norden. Der wusste, dass er hier in Oberbayern nie Freunde haben würde. Also ließ er gegen sie ermitteln. Alle Schmutzeleien der Vergangenheit würden ans Tageslicht kommen. Dorthin, wo sie nichts zu suchen hatten.

Er saß wie ein trotziges Kind neben Pollinger: Riedl, der Dinosaurier der alten Republik mit einst klaren Feindbildern. Kommunisten, Schwule, Moslems – andere eben. Doch heute zählte all das nichts mehr. Seine Zeit war vorbei. Damit hätte sich Riedl abfinden können. Aber dass jetzt alles falsch war, was man gestern noch für richtig gehalten hatte, dass alles herausgekramt wurde von Menschen, die ohne ihn nichts wären, kleine Bratwürschtl aus Nürnberg, die sich jetzt wie die heilige Inquisition aufspielten – das war unerträglich.

»Ferdi, wenn die uns das alles nachweisen können, nur weil der Duschl verschwunden ist und vorher dazu Unterlagen zusammengestellt hat, dann sind wir alle geliefert. Ich hatte vier Seiten in einem Umschlag in meinem Briefkasten. Die reichen für eine Anklage. Ich habe das auf unseren Kanälen dem MP stecken lassen. Keine Reaktion! Der scheint sich rechtzeitig mit den neuen Zeiten arrangiert zu haben und lässt sich verleugnen.«

Pollinger atmete tief durch. Riedl war keiner seiner Freunde. Aber er gehörte zu seinem Netzwerk. Sie waren beide gleich alt. Beiden waren in ihren Karrieren Geld und Positionen angeboten worden. Pollinger hatte immer freundlich, aber bestimmt abgelehnt. Er wusste, dass er sich damit zwar unbeliebt, aber autonom gemacht hatte. Einmal die Hand aufzuhalten, bedeutete lebenslange Abhängigkeit. Das war es ihm nie wert gewesen. Riedl war anders. Seine Gespenster speisten sich aus seiner Herkunft, trieben ihn wie so viele zu den Futtertrögen der Macht, aber auch in die Abhängigkeit von einigen wenigen.

Und als ob diese ganzen Geschäfte und Schiebereien nicht reichen würden, machten Riedl und seine Freunde mithilfe von Decknamen für die involvierten Personen eine Art Minimafia aus der ganzen Sache. ›Messner‹, ›der Bischof‹, ›die Ministranten‹ – alles Tarnnamen, lächerlich. Aber Pollinger wusste, dass so etwas für Menschen wie Riedl eine Heimat bedeutet hatte.

Jetzt saß der Mann neben ihm und ahnte, dass er und seine Familie bald von einer Lawine überrollt werden würde, sollten die Ermittlungen auch nur einen Bruchteil der Vergangenheit ans Licht bringen. Neben ihm, dachte Pollinger, saß ein gebrochener Mensch.

»Ferdi, du kennst uns doch. Wir haben es für Bayern gemacht, für unsere Heimat. Dann und wann fiel etwas ab. Aber wir haben auch unser Leben für dieses Land gegeben. Ich habe meine Kinder nicht aufwachsen sehen, war ständig unterwegs. Wir alle, selbst der alte von Valepp, haben nicht in Saus und Braus gelebt. Unser Land steht blendend da, weil wir zur Stelle waren und nicht die verdammten Sozis! Ich habe noch den Kummet um den Hals getragen. Und? Was ist aus uns allen geworden? Du bist doch auch aus dem Loch gekommen, von ganz unten. Nirgendwo anders hätten wir uns so nach oben bringen können. Wir sind das letzte Bollwerk.«

»Hör auf. Du weißt, dass das nicht stimmt. Dem Ministerpräsidenten bist du egal. Du bist Vergangenheit. Der will um jeden Preis die Zukunft sein. Jetzt ist eben eine Zeit für andere gekommen.« Es klang härter, als Pollinger wollte. Aber was könnte er für Riedl tun, der sich gerade ganz nah zu ihm herüberlehnte und schwitzte? Pollinger roch es.

»Kannst du nicht mit deiner Nachfolgerin ein Wort reden? Ich will ja nicht, dass wir etwas verhindern. Aber man muss doch die Kirche im Dorf lassen. Das ist alles Jahre her.«

Pollinger sah den Altlandrat mitleidig an. »Ich bin Pensionär. Da muss ich dir nicht sagen, wie wenig Einfluss ich noch habe. Meine Nachfolgerin möchte sich zu Recht von mir absetzen. So habe ich es gehalten. Und so wird sie es auch machen. Das ist doch klar. Du weißt doch besser als ich, dass es immer ein Rückspiel gibt. Ihr habt jahrzehntelang die Geschicke in diesem Land bestimmt. Jetzt wird eben dafür bezahlt. Der alte von Valepp stirbt. Und nicht nur sein Vermögen wird wie ein Stück Fleisch in einen Käfig voller hungriger Hyänen geworfen. Da fallen nun mal Kollateralschäden an, wie du und ich sie jahrzehntelang in Kauf genommen haben. Also nimm es mit Würde.«

Riedl verstand: Auch Pollinger konnte ihm nicht helfen. Er war allein. Wenn der MP weiter in der Sache von Valepp ermitteln würde, kämen auch seine eigenen Verfehlungen heraus. Irgendjemand wusste bereits von ihnen, denn man hatte sie ihm anonym, schwarz auf weiß, mit der Deutschen Post zugeschickt. Da wäre die Rückgabe des Bayerischen Verdienstkreuzes noch das Geringste. Er war zweiundsechzig Jahre alt. Für eine Verhandlung, ein Urteil, ein Zerren durch alle Gazetten und einen mehrjährigen Knastaufenthalt war er zu alt, zu stolz.

Er erhob sich mühsam und stöhnend, umfasste Pollingers Schulter und ging schweigend durch den Garten davon. Anschließend fuhr er nach Wildbad Kreuth. Als die Sonne hinter den Bergen verschwand, dachte er an seine Frau. Wie sie mit dem Abendbrot auf ihn wartete und irgendwann den Sohn anrufen würde. Und keiner würde wissen, wo der Papa war.

So saß der Altlandrat Riedl auf der Bank, sah auf das gelb getünchte Anwesen der CSU-Stiftung und weinte still. Er streifte seinen linken Lederschuh ab, den Socken legte er sorgfältig daneben. Eine Gruppe Wanderer, die aus der Wolfsschlucht kamen, sahen ihn von Weitem und dachten an einen erschöpften Kameraden. Er winkte ihnen zu. Dann schob er sich den Doppellauf seiner Jagdflinte in den Mund, hob seinen großen Zeh in den Abzug und drückte ihn durch.

## Kapitel 13

*Holz, 18.08., 15.45 Uhr*

Chaos war für Regina Hartl Alltag. Sie hatte als Unternehmensberaterin Hunderte Firmenkonglomerate erlebt, die weitverzweigt und unübersichtlich geworden waren. In langen Sitzungen hatte sie dann vor Jahren mit ihrem Team versucht, den unternehmerischen Wildwuchs zurückzustutzen, war immer wieder auf Grauzonen gestoßen, hatte das dem Vorstand erklärt und ohne viel Aufsehens oder staatliche Ermittlungen Konten in der Schweiz oder in anderen Steuerhäfen zurückgeführt, legalisiert und geordnet.

Somit war für sie auch das Netzwerk ihres Vaters auf den ersten Blick Alltagsarbeit. Sie hatte schon einen Tag, nachdem Duschls Tod offiziell bestätigt worden war, mit der Arbeit begonnen. Ihr Vater hatte ihr zuvor in einem kurzen, wachen Moment Zugriffscodes und wichtige andere Hinweise gegeben. So hatte sie es zumindest zwei befreundeten Wirtschaftsprüfern erklärt. Aber natürlich hatte sie andere, weniger legale Wege gefunden, um an die notwendigen Informationen zu gelangen. Dennoch war sie nahezu naiv in den Dschungel der Briefkastenfirmen, Beteiligungen und Dauerzahlungen gegangen und – hatte sich verirrt.

Sie würde das Imperium ihres Vaters nur mit sehr langwierigen und nachhaltigen Einschnitten wieder auf die Beine stellen können. Zudem rückte ihr Plan, das nötige Kapital für die Restrukturierung der *Hartl AG* aus dem Vermögen ihres Vaters zu ziehen, ohne vollständige Durchgriffsrechte in weite Ferne. Und selbst wenn der Vater jetzt stürbe, würde sie erst einmal mit ihrer Schwester reden müssen.

Ihre Schwester, die Lieblingstochter, die nie etwas auf die Reihe bekommen hatte, aber immer mit Zuneigung überschüttet worden war. Die jetzt mit einem dahergelaufenen Heiler vom Balkan zurückgekehrt war – gerade rechtzeitig, um das Erbe, das ihr bereits vor Jahren vorzeitig ausgezahlt worden war, anzufechten.

Der Vater war wieder erwacht. Sosehr sie sich auch dafür hasste, war Regina im ersten Moment darüber bestürzt gewesen. Sie hätte ihm einen schnellen Tod gewünscht, kein Dahinsiechen. Und natürlich, das wiederum hätte sie nie einem Menschen gegenüber zugegeben, hätte der Tod einiges einfacher gemacht. So jedoch musste sie ihren Plan ein wenig verändern. Sie würde die Pflegschaft über das Vermögen ihres Vaters übernehmen. Cordelia bekäme eine weitere Abfindung. Sie selbst könnte dann in Ruhe dieses Chaos ordnen und gleichzeitig sicherstellen, dass liquide Mittel in die *Hartl AG* flößen. Für Cordelias Abfindung allerdings benötigte sie schnell Kapital, das sie derzeit nicht zur Verfügung hatte. Doch in dieser Hinsicht hatte sich in den letzten Wochen eine Lösung aufgetan. Eine Lösung, die ihrem Vater sicherlich nicht gefallen würde. Aber schließlich ging es um die ewige Versorgung seiner Lieblingstochter, dachte Regina bitter. Dann musste er eben auch bereit sein, eine bittere Pille zu schlucken.

Diese Pille hieß Franz Schaflitzel, war ein ehrgeiziger Bauunternehmer aus dem Münchner Outback und süchtig nach Wald. Seit Jahren kaufte er jeden Quadratmeter im und um das Tegernseer Tal. Der kleinwüchsige Emporkömmling wollte sich ein Waldreich schaffen, wie es ihre Familie schon seit Jahrhunderten besaß. Als ob man eine solche Position kaufen könnte. Aber ihr sollte es recht sein.

Schaflitzel hatte sich verspätet und sie von unterwegs bereits angerufen. Jetzt fuhr er langsam die Einfahrt zu Reginas Haus hinauf, stoppte und wuchtete sich stöhnend aus seiner schwarzen Limousine, die keinen Zweifel an seinem Reichtum dank Mörtel und Steinen aufkommen ließ.

Privater Waldbesitz war eine eigene Welt. Wer Wald besaß, gab ihn meist nicht mehr her. Zu sehr hofften die meist adeligen Eigentümer auf immer weiter steigende Holzpreise. Außerdem dienten die Flächen auch als privates Jagdgebiet. Aber von Zeit zu Zeit stand auch dem gemeinen Blaublüter finanziell das Wasser bis zum Hals und dann wurde die seit Jahrhunderten der Familie gehörende Scholle verscherbelt.

Genau darauf spekulierte der Bauunternehmer.

Regina ahnte es. Sie bat ihn ins Esszimmer, wo bereits eine Karte auf dem Tisch lag, die den Valepp'schen Besitz abbildete.

Nach Austausch der üblichen Höflichkeitsfloskeln kam Schaflitzel schnell zum eigentlichen Grund des Treffens. »Liebe Frau Hartl, jetzt ist der Herr Duschl nicht mehr da. Ihr Vater, so höre ich, scheint wieder genesen zu sein. Ich setze mich ja gern mit hübschen Damen zusammen. Aber mit netten Plaudereien werden wir wohl nicht zu einem Geschäft kommen.«

Regina sah den feisten Mann mit einem feinen Lächeln an. »Herr Schaflitzel, es ehrt Sie, dass Sie sich um die Gesundheit meines Vaters sorgen. Nur sollten Sie wissen, dass wir von Valepps uns zu solchen Geschäften wie dem heutigen nur dann bemüßigt sehen, wenn wir auch gemeinsam davon überzeugt sind. Und um Ihnen gleich eine Hoffnung zu nehmen: Wir müssen den Wald nicht verkaufen. Wir wollen es. Das ist ein kleiner, aber sehr wichtiger Unterschied. Der Wald gehört im Übrigen mir, nicht meinem Vater.«

»Ach? Ich dachte, er wäre noch als Besitzer eingetragen?«

»Nein, dieser Teil unseres Waldes wurde mir vor Jahren überschrieben. Sie haben Ihre Hausaufgaben nicht richtig gemacht, Herr Schaflitzel.« Sie lächelte mokant.

Schaflitzel goss sich ein wenig Wasser in ein Glas, ehe er sich schweigend über die Karte beugte. Er hatte schon erhebliche Besitztümer an der Westseite des Sees erworben. Sein nächster Coup wäre der Wald in Glashütte, die Südhänge unterhalb der beiden Gipfel Buch und Roßstein. Er strich mit einem Finger über die markierten Stellen auf der Karte und blickte noch einmal prüfend in seine Unterlagen. »Natürlich, jetzt sehe ich es. Regina von Valepp. Ich habe immer auf Ihren Mädchennamen geachtet. Wie konnten Sie den nur abgeben?«

»Ja, das denke ich mir, dass Sie so etwas nie täten.«

Schaflitzel hatte drei Schwächen, für die er bereit war, alles zu zahlen: Wald, Frauen und Miniatureisenbahnen. Regina wusste das. Für sie war Schaflitzel ein kleiner, gieriger Provinzunternehmer ohne Klasse, aber mit dem fast psychopathischen Wunsch nach Anerkennung durch Vertreter des alten Geldadels. Er war Single, auch das hatte sie herausfinden lassen. Deswegen trug sie einen knappen Lederrock und eine etwas zu tief ausgeschnittene Bluse. Der Mann, so hatte man ihr berichtet, mochte es streng. Aufgrund dessen schlug sie den rüden Ton an. Ihre Leute vom Sicherheitsdienst der *Hartl AG* hatten heimlich Fotos machen lassen. Sie zeigten ihn beim trauten Kaffeeplausch mit seiner Mutter, mit der er in einem Prachtbau südwestlich von München residierte. Dort hatte er eine komplette Lagerhalle für seine Modellträume errichten lassen. Ein Foto zeigte ihn nackt mit einer Schaffnermütze auf dem Kopf vor einer Diesellok kniend. Der Bildausschnitt hatte allerdings nicht seinen Schmerbauch offenbart, an dem er sich jetzt in Reginas Esszimmer selbstvergessen kratzte und dessen weiße behaarte Haut zwischen zwei Hemdknöpfen zu sehen war. Alles an ihm roch nach Mörtel, Bier und Aufsteigergier.

Es dauerte nicht länger als eine Stunde. Schaflitzel hatte einen Vorvertrag dabei. Für Hunderte Hektar Wald würden fünfzehn Millionen Euro den Besitzer wechseln. Die Details würden die Anwälte klären.

»Darf ich Sie fragen, warum Sie diesen Waldbestand unbedingt haben wollen, Herr Schaflitzel?«, fragte Regina mit einem einnehmenden Lächeln.

»Für mich ist der Wald in Deutschland magisch. Er ist das, was uns von so vielen Ländern unterscheidet. Ich weiß, dass ich für Sie nur ein kleiner Unternehmer mit Ambitionen bin. Aber dieses Tal ist schützenswert. Doch je mehr von diesem Geschwerl aus Mountainbikern, Wanderern und Familienhorden durch die Wälder trampeln, desto mehr verliert der Wald seine Faszination. Da kann ich ihn gleich durchbetonieren lassen. Für Sie war der Wald Ihrer Familie immer da. Für mich ist er bedroht. Also kaufe ich ihn. Langsam, aber stetig, verstehen Sie?«

Regina verstand nicht, nickte aber. Jeder, der Wald kaufte, wollte nicht nur Rendite haben. Er wollte einen Zipfel der Ewigkeit haben, etwas, was blieb, wenn man abtrat. Aber es hatte nichts damit zu tun, etwas zu erschaffen, sondern nur mit einkaufen. In ihren Augen hätte Schaflitzel genauso gut in eine gigantische Sammlung Autos oder Erbsendosen investieren können. Am Ende war er eben, wie er selbst bereits gesagt hatte, nur ein Aufsteiger.

»Wollen wir zusammen auf die Jagd? Ich werde an der Mitteralm auf einen Zehnender gehen. Sie könnten mich begleiten. Danach könnten wir noch etwas essen gehen? Ich habe ja jetzt die Schlauseralm gekauft und könnte meinen Pächter anrufen. Der schmeißt die Touristen raus und wir genießen da oben ganz allein den Ausblick in den Nachthimmel.«

Sie lächelte unverbindlich, schüttelte sanft den Kopf. »Vielen Dank. Ein anderes Mal vielleicht.«

Regina war erleichtert, als sie von Holz nach Tegernsee fuhr. Die erste Aufgabe war gelöst. Jetzt musste sie sich mit ihrem Vater und ihrer Schwester auseinandersetzen. Dafür hatte sie zwei Stunden eingeplant. Dann wollte sie sich um diesen Polizisten kümmern, der ihr zunehmend nicht aus dem Kopf ging.

Der alte Mann saß aufrecht. Cordelia hatte ihn neu eingekleidet. Regina wusste, dass ihre Schwester bereits mit dem Vater geredet hatte. Die Luft in dem großen Raum, dessen bis zum Boden reichende Fenster den Blick auf den See in spektakulärer Weise freigaben, war stickig und roch ein wenig nach Urin. Wenigstens hatte Regina verhindern können, dass dieser selbst ernannte Heiler dabeisaß. Cordelia hatte anfangs darauf bestanden, aber ein schwaches Winken des Vaters genügte und Lush verließ den Raum. Die Hausdame, Frau Rattenwender, hatte Kaffeetassen und Kuchenstücke auf den Tisch gestellt und sich dann in den Küchentrakt zurückgezogen.

Täuschte sie sich oder lauerten ihre Schwester und ihr Vater tatsächlich wie hungrige Tiere auf etwas?

»Was hast du vor, Regina?«, fragte der alte Mann in die Stille.

Das war eine Aufforderung, ihre Ideen für die Zeit nach seinem Tod zu erklären. Doch sie würde hier und heute nicht agieren können wie in einem Businessmeeting. Ihre Schwester war schlicht und intellektuell überschaubar. Da glimmte nichts in ihren Augen. Cordelia kannte in ihrem Leben nur sich. Ihr Ziel war schon immer die maximale Befriedigung ihrer eigenen Bedürfnisse gewesen. Regina war überzeugt, dass ihre Schwester auch dieses Mal wieder wegen chronischen Geldmangels in das Tal zurückgekommen war.

Wie immer hatte es nur wenige Sekunden gedauert, um die übliche Front zwischen ihr auf der einen Seite und Cordelia und dem Vater auf der anderen herzustellen. Regina hätte sich noch so sehr anstrengen können, um ihrem Vater zu gefallen – Cordelia war das Sonnenkind. Hätte Regina wenigstens für einen Erben gesorgt, wäre sie vielleicht in der Gunst des Patriarchen gestiegen. Als ihr Mann noch lebte, hatten sie alles versucht. Aber sein Sperma hatte nicht ausgereicht. Sie erinnerte sich noch gut an das zufriedene Gesicht ihres Vaters, der die Heirat mit einem bürgerlichen Aufsteiger von Anfang an nicht goutiert hatte und sich dann erst recht bestätigt sah. Sie war jetzt fünfundvierzig Jahre alt und der unerfüllte Kinderwunsch nur noch eine längst vernarbte Wunde. Zumindest wollte sie das glauben.

»Ich habe unsere Unternehmungen, soweit es mir möglich war, analysiert. Ich spare mir Einzelheiten.« Sie sah zu Cordelia, die mit verschlossenem Gesicht die Hand ihres Vaters hielt. »Mit Jakobs Tod ist unsere Familie im schlimmsten Maße angreifbar. Er hatte Zugriff auf alle Daten. Es wird Wochen, wenn nicht Monate dauern, eine konkrete Übersicht zu bekommen. Für die Tochterfirmen sind eine Fülle an Patronatserklärungen abgegeben worden, die dem Mutterunternehmen nachhaltig schaden können. Kurz: Eltern haften für ihre Kinder. Zurzeit sind alle Firmen führungslos. Es weiß keiner, ob nicht irgendwo ein kleines Feuer einen Flächenbrand auslösen kann. Dabei geht es nicht nur um das Gesamtvermögen als vielmehr um den Ruf.«

Regina machte eine Pause. Noch immer bewegte sich nichts im Gesicht sowohl ihres Vaters als auch ihrer Schwester. Beide hörten schweigend zu. Nur die rechte Hand des Alten zitterte leicht.

»Unsere Unternehmen müssen wieder geführt werden. Das ist auch eine Verpflichtung unseren Ahnen gegenüber, denke ich.«

Cordelia lächelte fein, als ihre Schwester endete. »Lass mich raten. Du willst diese Führung sein, nicht wahr?«

Regina unterdrückte den Wunsch, ihrer Schwester die Frage zu stellen, ob sie als Goa-Jüngerin und Heilerliebchen sich selbst für geeigneter hielte.

»Ja, Cordelia. Ich glaube, dass nur so der notwendige Weg erfolgreich bestritten werden kann.«

»Du meinst, es gibt zu dir keine Alternative?«

Wieder unterdrückte Regina den Wunsch nach einer ehrlichen Antwort.

Die Stimme des alten von Valepp war brüchig, seine Lippen zitterten, als er zu reden begann. Aber die beiden Frauen verstanden ihn gut.

»Ich denke, Cordelia, Regina bringt wirklich die allerbesten betriebswirtschaftlichen Voraussetzungen mit für diese Stabübergabe.«

»Vater, ich gebe dir recht«, bestätigte Cordelia. »Regina ist die Expertin in solchen Fragen. Das ist ja klar. Mir geht es doch nur darum, das Erbe in einer Weise zu verwalten, die auch in die Zukunft reicht. Es muss zusammenbleiben, was zusammengehört. Da stimmst du mir doch zu, Regina?«

Regina nickte, doch ihre Nackenhaare stellten sich auf. Was war das hier? Cordelia und Tradition – das passte zusammen wie Nonne und Bordell.

»Lush und ich haben uns auch unsere Gedanken gemacht. Wir sehen das Tal als ein besonderes Refugium an. Wir glauben, dass wir als Familie von Valepp einen Auftrag von einer höheren Macht bekommen haben, um es zu schützen, zu erhalten. Wir würden gern mit dir zusammen eine Welle an Freude in diese Welt zurückbringen. Lush hat schon in der kurzen Zeit, die wir jetzt hier sind, so viele Menschen glücklich gemacht ...« Cordelia sah zu ihrem Vater, dessen Augen tränten. »Und mit dir, Regina, würden wir Stätten der Ruhe und der Heilung erbauen. Trennen wir uns von Unnützem.

Setzen wir auf unsere Heimat, unsere Wurzeln und unsere Quellen.«

Regina spürte Wut in sich aufkommen. Sie sollte den Schmalspur-Jesus und diese Mutter Theresa für Arme allen Ernstes in die Führung des Unternehmens aufnehmen? Das war vorprogrammierter Streit. Sie musste das verhindern.

»Wie genau soll das denn aussehen?«, fragte sie mit gepresster Stimme. Sie spürte, dass ihr Vater sie genau beobachtete.

»Das gesamte Vermögen kommt in eine Stiftung. Wir haben sogar schon eine Namen gefunden: *Talheilung*. Neunundvierzig Prozent wird das Bistum München-Freising erhalten. Vorläufig wird dieser Teil von einer Vertrauensperson unserer Familie treuhänderisch geleitet. Vater wird das näher bei der Neuaufsetzung eines Testaments erklären.« Cordelia schluckte.

Dieser Teil der Verabredung schien ihr besonders schwerzufallen. Vermutlich hatte sie auf das ganze Erbe spekuliert, vermutete Regina.

»Die entscheidenden einundfünfzig Prozent werden wir behalten. Weißt du, Regina, wir beide waren so zerstritten. Hier werden wir wieder zusammenkommen. Ich spüre das. Vertraue mir. Das ist jetzt wichtig.« Sie schien ihre Schwester wirklich überzeugen zu wollen. »Da sind gute Schwingungen. Zum Beispiel die Quelle in der Valepp. Lush meint, sie könnte viele Menschen von Leid befreien. Das sei ein alter, mit Energie aufgeladener Ort. Er würde sie fühlen.«

Noch fünf Minuten mehr von diesem Esoterikgesülze und sie würde ihre Schwester in Heilwasser ertränken.

»Wir sollten die Magie des Tals, die besonderen Plätze achten und schützen.«

Jetzt musste Regina dazwischengrätschen. »Ich glaube, dir und Vater sind die Auswirkungen der führungslosen Firmen nicht klar. Wir haben in der Politik schon längst nicht mehr den Rückhalt für unsere kleinen ›Unternehmungen‹ der letzten Jahre. Vater weiß, was ich damit meine. Denn sollten die in naher Zukunft ans Tageslicht kommen, können wir uns jedes Nachdenken über irgendwelche verstrahlten Heilquellen sparen. Eins ist ganz klar: Entweder ich bekomme die absolute Handlungsvollmacht oder ich ziehe mich aus allen Familienaktivitäten zurück.«

Der Alte stöhnte. Cordelia sah ihn erschrocken an, nahm dann ein Taschentuch und trocknete die Tränen, die dem Vater nach wie vor über die Wangen liefen.

Der ließ sich das kurz gefallen, ehe er wieder zu sprechen begann: »Heute Nachmittag rief mich ein Freund aus dem Landkreis an. Ein Herr Schaflitzel brüstet sich damit, dich gut zu kennen. Weißt du was davon?«

Regina hatte keine Chance. Das war ihr jetzt klar. Der Alte war nicht dumm. Seine Zuträger hatten ihm längst gesteckt, dass sie mit Schaflitzel über die Waldbesitzungen gesprochen hatte.

»Ja, das stimmt. Es geht um den Verkauf meiner Waldflächen in Kreuth. Schaflitzel zahlt eine deutlich zu hohe Summe. Ich nutze das Geld sowohl für meine wirtschaftlichen Aktivitäten als auch für die der Familie. Die *Valepp-Forst GmbH* ist sofort wieder liquide und kann ausstehende Zahlungen leisten, wie zum Beispiel die an die Waldarbeiter. Ich halte das für eine gute Idee.«

Schweigen.

Eine Fliege summte im Zimmer. Draußen verschwand die Sonne hinter dem Ringberg.

Leise, fast flüsternd, hob der Alte erneut an. »Du willst unsere Seele verkaufen. Das werde ich nicht zulassen.«

Reginas Augen füllten sich mit Tränen – vor Wut und Verzweiflung.

Der Vater wandte sich zu Cordelia. »Gut, dass du zurückgekommen bist.«

»Ja, das bin ich. Ich bin in meiner Heimat angekommen. Und noch etwas solltest du wissen, Regina. Vater habe ich es bereits erzählt: Lush und ich erwarten ein Kind, einen Sohn. Die Familie wird weiterleben!«

## Kapitel 14

### *Bad Wiessee, 18.08., 18.45 Uhr*

»Die ständige Sorge ums Geld. Es denkt dich! Du kannst nicht abschalten. Vor allem abends im Bett. Du betest die ganze Zeit: Hoffentlich wache ich nachts nicht plötzlich auf! Weil dann die Denkmaschine wieder einsetzt und du anschließend garantiert nicht mehr einschlafen kannst. Aber du musst ja ausgeschlafen sein. Dein Kind braucht dich. Alle zerren an dir. Du machst Rechnungen nicht auf, schaust beim Geldabheben nicht auf den Kontoauszugsdrucker. Und beruhigst dich: Das wird schon. Aber es wird nicht. Nie. Und dann überlegt man, wie es wäre, wenn man nicht mehr da wäre. Aber da ist ja Maxima. Mit wem redet man? Mit denen, die das auch so erleben? Doch für die ist das nichts Neues. Da ernte ich nur wissendes Nicken. Oder rede ich mit denen, die viel haben, gern mit klugen Tipps kommen, dir aber das Gefühl geben, dass du nur zu doof oder zu faul oder beides bist? Ich bin so wütend auf den Vater, der nichts zahlt. Der sich einfach verpisst hat. Ich bin stark, habe mich immer aufgerappelt. Aber nicht zu wissen, wie man die Rechnung für die verdammte Schulkantine zahlen soll, ist einfach fürchterlich. Bald steht zum Beispiel wieder eine Klassenfahrt an. Wie soll ich die denn finanzieren? Es ist so peinlich, jemanden um Geld zu bitten. Ich bereue manchmal sogar, ein Kind bekommen zu haben, verstehst du das?«

Die letzten Worte gingen in einem Schluchzen unter. Und Quercher saß da und wusste nicht weiter. Wusste nicht, wie er seiner Schwester helfen konnte.

Armut war beiden nicht fremd. Sie als Kinder eines kriegsversehrten Schusters waren Mangel immer gewohnt gewesen. Dann wurden sie erwachsen und glaubten, der Armut entfliehen zu können. Quercher hatte sich mit viel Dickköpfigkeit und Disziplin immer gegen sie gestemmt. Vielleicht war er auch deswegen Beamter geworden. Aber seine Schwester wollte unabhängig sein, zu den Gutverdienenden hier im Tal gehören. Als Gastronomin war die Linie zwischen großem Erfolg und schlimmem Scheitern allerdings sehr dünn. Es zerriss ihm das Herz, Anke so verzweifelt zu sehen.

»Und wenn du mit Maxima zu mir ziehst?«, fragte er leise, als er sie sachte in den Arm genommen hatte. Er sah über ihre Schulter. Maxima stand im Türrahmen und starrte beide stumm an.

»Max, ich zahl hier nichts. Es macht keinen Unterschied. Ich will auch kein Geld von dir. Die Saison ist bald vorbei. Im Winter werde ich oben auf der Aueralm wieder bedienen und abends im *Netto* putzen. Das klappt schon irgendwie.«

Regina Hartl wartete in einem Feinschmeckerrestaurant auf ihn. Er musste sich noch umziehen. Es war ihm peinlich, seine Schwester hier in der Sozialwohnung allein zu lassen und einfach so in die Welt der Habenden zu wechseln.

»Wenn ich zurückkomme, gehen wir durch die Zahlen. Das werden wir schon hinbekommen.«

Anke nickte und schluckte eine bittere Antwort hinunter.

Ihr Wagen stand vor dem Restaurant, das direkt am See lag. Sie saß auf dem Fahrersitz und telefonierte. Kein Wort drang nach draußen. Der Wagen schien eine besondere Isolierung zu haben.

Quercher hatte Lumpi bei seiner Schwester gelassen. Hier war sie fehl am Platz. Zu viel kleine Rattenhunde, die seine Hundedame mit ihrem Gekläffe nur stressen würden.

Regina sah ihn, winkte genervt mit der Hand, als ob sie eine Fliege verscheuchen wollte, und sprach ungerührt weiter. Quercher konnte geduldig sein. Aber er war nicht der Hausklave dieser Dame. Mit jeder Minute, die er auf das zweifellos schöne Panorama der Rottacher Bucht sah, wuchs sein Ärger.

Er setzte sich auf einen kleinen Holzzaun. Ein Gast mit einer großen Zigarre im Mund trat aus dem Restaurant, sah zu Quercher und schüttelte den Kopf. Quercher ignorierte ihn, was den Mann allerdings zu einem Kommentar veranlasste.

»Der Zaun steht auch ohne Sie. Besser wird er davon nicht.«

»Und wer sind Sie, der Zaunkönig?«, brummte Quercher, sah aber weiter an ihm vorbei zu Regina, die in ihrem Auto wild fuchtelnd anscheinend einen Streit ausfocht.

Der Kerl trug eine giftgrüne, etwas zu enge Hose, ein ebenso eng anliegendes Poloshirt und hatte sich definitiv zu lange der Sonne ausgesetzt.

»Was haben Sie gesagt?« Er stand inzwischen direkt vor Quercher und roch stark nach Wein und zu viel Wut. In seiner rechten Hand hielt er seinen Autoschlüssel wie ein Stilett.

Quercher reagierte nicht und beobachtete, wie Regina immer heftiger mit den Armen fuchtelte und auf das Armaturenbrett schlug.

Der Mann streckte seinen Arm aus und wollte Quercher schubsen. Der atmete tief durch, packte die Hand des Mannes, verdrehte sie und erhob sich langsam. Der Mann schrie. Quercher drehte weiter, schob den Mann neben sich her und schritt, ungerührt von seinem Klagen und Fluchen, zu Reginas Limousine.

Mit der freien Hand klopfte er an die Scheibe, merkte aber zu spät, dass sie aufgehört hatte zu telefonieren und weinte.

Eine Frau mit einer Schürze kam aus dem Restaurant gerannt. »Was machen Sie denn mit Herrn Vilgertshofer? Der wollte doch ...«

»Genau, der wollte betrunken in sein Auto steigen!«, ergänzte Quercher, ließ den Mann los und schubste ihn weg. Dann öffnete er die Fahrertür und drückte Regina sanft zur Seite, während er sich selbst ans Steuer setzte. Er fuhr mit der Limousine direkt neben seinen Pick-up, in den er Regina dann verfrachtete.

»Halt, mein Handy liegt noch in meinem Auto.«

Quercher reagierte nicht. »Wir fahren dann mal.«

Die Nacht war sternklar und warm. Er kannte die Straße zum Wallbergmoos. Das letzte Stück zur Freisinger Hütte fuhr er im Schleichtempo über einen schlecht ausgebauten Waldweg. Selbst hier oben auf eintausendfünfhundert Metern waren es noch angenehme achtzehn Grad.

Regina hatte die ganze Fahrt über kein Wort gesprochen und sich auf dem Beifahrersitz durchschütteln lassen. Jetzt saßen sie, beide einen Hauch overdressed, auf der Decke, die Quercher immer in seinem Wagen deponiert hatte, und blickten stumm hinunter ins Tal. Quercher hatte etwas zu rauchen dabei und baute sich entspannt einen Joint.

Sie sah ihn fassungslos an. »Ist das wirklich Haschisch?«

Quercher schüttelte den Kopf. »Nein, gutes oberbayerisches Cannabis. Besser als jedes Bier. Das Zeug aus der Asservatenkammer beim LKA will ja kein Schwein wirklich rauchen. Mieser Verschnitt.«

Sie musste zaghaft lächeln.

Quercher nahm einen tiefen Zug, legte sich auf den Rücken und blickte hinauf in die blinkenden Sterne. Er war in Binsenweisheitslaune. »Es läuft im Leben nicht immer so, wie wir wollen, Frau Hartl!«

»Vielen Dank für den Hinweis. Ich schreib's mir gleich auf. Ist aber jetzt auch nur so eine generelle Aussage, oder?«

»Klar, dass Sie immer was zum Schreiben dabeihaben«, kicherte er.

»Ich bin für Sie eine reiche, verwöhnte Trulla, nicht wahr?«

»Ich würde ›begabt‹ noch dazusetzen. Aber Trulla trifft es schon ganz gut.«

Sie schnippte mit dem Finger gegen seinen Arm. »Geben Sie schon her, sonst rauchen Sie alles allein auf und ich sitze dann mit einem schnarchenden, alten Mann die ganze Nacht hier oben.«

»Woher wissen Sie, dass ich schnarche? Hat das Ihr Sicherheitsdienst verraten?«

»Alle Männer in Ihrem Alter schnarchen. Da wird alles etwas schlaffer.«

Sie wunderte sich über sich selbst. Dieser Quercher gab ihr ein unerklärliches Gefühl der Ruhe und Gelassenheit. Kommentierte nichts, stichelte ein wenig. Aber er wollte ihr nicht imponieren. Alle Männer, die sie sonst kennenlernte, wollten angesichts ihres Namens und ihres Vermögens immer gleich ein Rad schlagen. Das war mühsam und ärgerlich zugleich. Diesem Quercher war das alles egal. Er wusste es nicht, aber schon nach dem letzten Treffen hatte sie sich auf das nächste Mal gefreut. Er war wirklich anders. Kam zwar aus dem Tal, benahm sich aber nicht so. Er war ihr nur eine Spur zu selbstsicher.

Quercher atmete tief ein und aus.

»Schlafen Sie jetzt ein?«, fragte Regina mit gespielter Entrüstung.

Er schüttelte den Kopf. »Welche drei Fragen darf man Ihnen jetzt auf gar keinen Fall stellen?«, fragte er sie unvermittelt.

»Warum ich eben geweint habe.«

»Warum haben Sie geweint?«

»Toll, Herr Quercher.«

»Gut, Sie können zwischen zwei Fragen wählen: Wann und wo hatten Sie das letzte Mal draußen Sex? Oder: Warum haben Sie gerade geweint?«

»Malediven, Strand, vor sieben, halt, acht Jahren.«

»Dass Sie das so genau wissen ...«

»Ich weiß auch noch das erste Mal.«

»Ich nicht«, erwiderte Quercher ungerührt.

»Also ich bitte Sie, das erste Mal vergisst man nicht! Waren Sie so schlecht?«, frotzelte sie und genoss die alberne Konversation.

»Warum schlecht?«

»Männer vergessen immer Momente, in denen sie schlecht waren.«

»Sagt die Männerexpertin Regina Hartl. Warum haben Sie den alten Namen nicht behalten?«

»Halten wir fest, Max Quercher raucht intensiv illegale Kräuter...«

»Nicht intensiv!«

»... und steht auf Adelsnamen.«

»Na ja, wenn ich Max Muschi hieße, würde ich von Valepp vorziehen.«

»Jetzt geben Sie endlich das Ding her.« Sie griff nach seiner Zigarette.

»Nichts da! Das macht Frauen immer riemig. Ich will hier nicht Opfer eines sexuellen Übergriffs werden.« Das war hart an der Grenze. Aber Quercher wollte sie aus der Reserve locken. Warum, wusste er in diesem Moment allerdings noch nicht so genau.

»Der kleine Max möchte aus dem Spieleparadies abgeholt werden!«, äffte sie die Stimme einer Warenhausdurchsage nach.

»Als ob Sie IKEA jemals von innen gesehen haben«, provozierte er weiter.

»Her mit dem Kraut, Sie Frauenversteher.« Sie zog und inhalierte, versuchte, den Rauch in der Lunge zu behalten, musste aber erbärmlich husten.

Quercher klopfte sachte auf ihren Rücken, spürte eine Gänsehaut und legte seine Jacke um sie. Sie ließ sich hintenüber fallen und schloss die Augen. »Das ist also für Sie ›riemig‹. Ich dachte, ich ersticke.«

»Kann ja auch nett sein«, gab er zu bedenken.

»Was Sie so alles wissen.« Langsam kroch eine Leichtigkeit in ihr auf.

Er wurde ernst. »Diese Wälder hier, das gehört alles Ihrer Familie, richtig?«

Sie nickte. Sofort hatte sie wieder das Treffen mit ihrer Schwester und ihrem Vater vor Augen. Wut und Trauer vermischten sich zu einem gewaltigen Monolith, der auf ihrer Brust lag. Sie begann zu erzählen. Es war eh alles verloren. Dann sollte er es eben wissen, bevor die ganze Geschichte in wenigen Tagen sowieso in der Zeitung stehen würde.

Sie erklärte ihm den Hintergrund des Erbes, beschrieb ihre Schwester und ihren Vater. Erzählte so sachlich, wie sie nur konnte, von Cordelias Schwangerschaft. Nach dem Familientreffen hatte sie mit der Staatskanzlei und dann mit ihrer Bank gesprochen. Binnen weniger Minuten war ihr klar geworden, dass alle ihre Pläne für die Katz waren. Sie würde nicht die erhofften Millionen aus dem Erbe erhalten. Damit konnte sie die *Hartl AG* nicht vor einer Übernahme schützen. Mehr noch: Sie würde alles verkaufen müssen. Sowohl in der Familie als auch in ihrem Unternehmen würde sie bald nichts mehr zu sagen haben. Stattdessen würde sie das Leben kaffeetrinkend mit einem Dackel auf dem Schoß bei ihrer Freundin in Wildbad Kreuth verplempern.

»Als Adler gestartet, als Suppenhuhn gelandet«, schloss sie bitter ihre Erzählung ab.

»Verzeihen Sie meine unbotmäßige Frage. Aber wenn Sie diese Satellitenklitsche abstoßen, was bleibt da für Sie so übrig? Nur mal so grob?«

»Das ist doch nicht entscheidend! Fakt ist vielmehr, dass alles, was ich anfasse, misslingt. Das wäre so, als ob jeder Fall, den Sie bearbeiten, nicht gelöst wird.«

Das Beispiel war für ihn auf den ersten Blick schlüssig, hatte aber einen Haken. »Dann muss doch die Erkenntnis sein, dass ich als Bulle die falsche Besetzung bin. Dann sollte ich die Branche wechseln.«

»Soll ich die Familie wechseln? Haben Sie da eine im Angebot?«

»Unsinn. Sie wissen genau, was ich meine.«

Beiden war klar, dass in diesem Moment ernsthafte Diskussionen über den Sinn und Zweck des Lebens nicht zu führen waren.

»Herr Quercher, Sie dürfen mich duzen.«

Er stutzte, stützte sich auf seine Arme und sah Regina an. »Echt, schlägst du mich zum Ritter?«

Sie zog ihn zu sich und küsste ihn. Einfach so. Das war etwas, was sie noch nie vorher in ihrem Leben getan hatte. Aber ihn wollte sie.

Er erwiderte ihren Kuss und war froh, dass Lumpi nicht da war, die diesen Augenblick garantiert mit peinlichem Schnüffeln zerstört hätte.

»War der auf den Malediven der örtliche Inselpolizist?«, flüsterte er leise, während er ihr mit dem Finger über die Wange strich und langsam weiter in den Blusenausschnitt fuhr.

»Auf jeden Fall eine Servicekraft. Wir Adeligen haben zuweilen den Hang zum Personal.«

## Kapitel 15

*München, 19.08., 09.45 Uhr*

Der Ministerpräsident hatte am Morgen in einer Kirche in der Innenstadt das heilige Sakrament der Beichte erhalten. Gläubige, die mit ihm in der Kirche vor dem Beichtstuhl gewartet hatten, sahen das mit Erstaunen und Anerkennung. In ihrem Staat war die Welt noch in Ordnung. Sie übersahen, dass der Geistliche unmittelbar, nachdem der Politiker gegangen war, eilig den Beichtstuhl verließ und in der Sakristei hektisch seinen purpurfarbenen Seidengürtel, Zeichen seiner päpstlichen Würde als Monsignore, umlegte. Er schien dringend fortzumüssen.

Der Ministerpräsident hingegen stand eine Stunde später wieder da, wo er sich sicher fühlte – im bayerischen Landtag.

Lange sah er der studentischen Hilfskraft mit der engen Jeans hinterher, während sein Referent ihm den Stand der Dinge hinsichtlich der *Hartl AG* erklärte.

»Unsere Partnerin wird das Investitionsvolumen also nicht aufnehmen können. Das heißt für uns, dass wir schnellstmöglich unser Konzept für den *Digitalpark Schweinfurt* neu kalibrieren müssen. Die *Hartl AG* wird ihre Liquiditätsengpässe nicht weiter kaschieren können. Ich habe mit Klement von der Hausbank gesprochen. Sie haben bereits einen Partner, einen Hedgefonds aus München. Gute Leute, nicht die üblichen Heuschrecken. Die Story ließe sich öffentlich gut verkaufen, so Regina Hartl mitmacht.«

Der Ministerpräsident nickte versonnen. Er wusste schon wieder mehr als sein eifriger Referent. Der Banker hatte ihn noch in der Nacht angerufen, die Transaktion erklärt und ein baldiges Treffen mit der Hartl versprochen. Er selbst hingegen hatte sich vorgenommen, sich in seiner Funktion als Politiker und Aufklärer bis auf Weiteres von dieser Familie fernzuhalten. Die Ermittlungsgruppe vom Verfassungsschutz und dem LKA sollte erst einmal weitersuchen. Wenn sich etwas fand, konnte er mit dem großen Aufräumen in der eigenen Partei nur gewinnen. Wenn nicht, hatte er eine reine Weste und alles getan, um die Leichen aus dem Keller zu holen. Das Spielen über Bande – das hatte er von der Kanzlerin gelernt – war immer ein Beobachten, nie ein sofortiges Auf-die-Lichtung-Laufen, wo man leicht abgeknallt werden konnte. Es hatte lange gedauert, bis er das verstanden und für sich adaptiert hatte.

Der Referent hielt ihm das Überwachungsprotokoll hin. Er las kurz darüber, nickte nur und drehte sich ohne Verabschiedung um. Er konnte nicht glauben, dass eine Familienstiftung mit einem Gesamtkapital von mehreren Milliarden künftig von einer Esoterikerin geleitet werden würde. Jahrhundertelang häufte dieser Adel das Geld an – und am Ende verscherbelte es eine nicht ganz gare Explattenauflegerin und Geliebte eines Geistheilers.

In einer Ecke des Landtags lehnte der Innenminister und gab artig Interviews. Als er seinen Chef sah, wurde er sofort etwas strammer in der Haltung. »Markus, warte einen Augenblick.«

Der Ministerpräsident hielt kurz inne. Die Sicherheitsbeamten schoben die Journalisten zur Seite, während sich die beiden Politiker dem großen Fenster zuwandten, von dem aus man auf die Maximiliansbrücke und die Isar hinaussehen konnte. Dahin, wo die Menschen am Fluss lagen. Menschen, die er, der Ministerpräsident, regierte. Ein schönes Gefühl. Machtvoll und endlich so, wie er es immer gewollt hatte.

»Du, Markus«, hob der Innenminister an, »ich höre, dass es da eine interne Ermittlungsgruppe geben soll, die sich um Parteivermögen kümmert. Und jetzt hat sich der Altlandrat

Riedl umgebracht. So was können wir im Augenblick wirklich gar nicht gebrauchen! Im Oberland wird bald gewählt. Das weißt du. Aber noch viel schlimmer: Das ist mein Weisungsbereich. Ich bin der oberste Dienstherr der Ermittler. Wie sieht das denn aus, wenn ich von den Ermittlungsergebnissen ausgeschlossen werde?«

Noch vor einem Jahr hätte genau dieser Parteikollege und Innenminister ihm intern eine üble Intrige hinter diesem Ausbooten unterstellt, hätte ihn angegriffen. Aber jetzt war das Kerlchen lammfromm, weil er ahnte, dass es auch ihn treffen konnte. Angst und Unwissen – das waren zuweilen gute Hilfen.

»Mach dir keine Sorgen«, beschwichtigte der Ministerpräsident. »Ich möchte mich nur nach außen hin absichern. Das ist eine reine Pro-forma-Ermittlung. In Wahrheit bleibt natürlich alles so, wie es ist. Wir haben in unserer Partei ja auch nichts zu verbergen. Zudem sind die, die die Vorgänge aus den alten Tagen noch kannten, längst tot, nicht wahr? Es gibt niemanden, der davon profitiert, wenn irgendwelche längst vergangenen Geschichten ans Licht gezerrt werden. Oder weißt du mehr?« Meckernd klopfte er dem Minister auf die Schulter. »Ich muss weiter. Aber ich halte dich natürlich auf dem Laufenden.«

Er musste jetzt unbedingt herausfinden, wo diese studentische Hilfskraft herkam.

## Kapitel 16

*Bad Wiessee, 19.08., 08.45 Uhr*

»Du bist zu alt für so etwas!«
»Und wann bist du nach Hause gekommen?«, fragte Pollinger.

Quercher schüttelte unwirsch den Kopf. »Du lenkst ab. Außerdem verhältst du dich wie mein Vater. Ich bin keine fünfzehn mehr!« Er war ernsthaft sauer. Der Alte war einfach so neben ihn gezogen. Als sei das das Normalste der Welt. Aber nicht allein das brachte Quercher am frühen Morgen auf die Palme.

Dabei war die Nacht noch großartig gewesen. Er hatte Regina, als es zu kalt wurde, in seinen grünen Armeeparka gewickelt und zum Auto getragen. Trotz des Rumpelns während der Fahrt war sie eingeschlafen und hatte die Augen erst wieder geöffnet, als er vor ihrer Haustür gehalten hatte. Schlaftrunken hatte sie sich mit einem Kuss verabschiedet und er war beseelt nach Hause gefahren.

Die Sonne war schon aufgegangen, als er mit Semmeln von der Tankstelle in seiner Küche stand und auf dem Nachbargrundstück den Alten gesehen hatte. Genauer: mit Arzu in inniger Umarmung erblickt hatte. Er hatte seinen Augen nicht glauben wollen. Dann küssten die beiden sich. Arzu, seine langjährige Kollegin, die er in München wähnte, und Pollinger, sein alter Chef, waren ein Paar!

Jetzt verstand Quercher auch Pickers Anspielungen. Warum hatte der das denn schon gewusst und er nicht? Und was sollte das werden, deutscher Spätherbst trifft auf türkischen Frühling? Wie sich der welke, alte Mann in die junge Frau züngelte, war echt widerlich, hatte Quercher gefunden und sich dann im Stillen selbst gescholten. Seine Exaffären, die er noch vor nicht allzu langer Zeit in irgendwelchen Clubs abgeschleppt hatte, waren auch sehr jung gewesen.

Trotzdem: Die gute Stimmung der Nacht war sofort verflogen. Er hatte sich auf Ruhe und Abgeschiedenheit gefreut. Seine Schwester wohnte nicht mehr hier. Arzu war mit ihrem Kind nach Monaten einer unfreiwilligen WG mit Quercher endlich ausgezogen. Doch jetzt kam diese Landplage zusammen mit Pollinger über die Hintertür wieder zu ihm herein. Und vor allem: ohne zuvor mit ihm darüber geredet zu haben!

Er hatte sich ins Bett gelegt und wollte schlafen, aber der Ärger hatte ihn nicht in Ruhe gelassen. Kurz darauf hatte Pollinger vor seiner Haustür gestanden und Quercher hatte ihn ohne jede Begrüßung sofort angeraunzt, was der Alte mit einer Frage zu Querchers abendlichen Aktivitäten beantwortete.

»Du bist dreiundsechzig Jahre alt, Arzu ist gerade mal zweiunddreißig!«

Pollinger sah ihn traurig an. »Willst du mir allen Ernstes Vorhaltungen über unsere Beziehung machen? Findest du das nicht ein wenig, sagen wir, unangemessen?«

Quercher atmete durch. Das war es tatsächlich. Und er hatte auch kein Recht dazu, darüber zu urteilen, was Pollinger und Arzu taten oder nicht. »Aber du hättest doch wenigstens vorher mit mir reden können!«

»Muss ich dir jetzt die Frage stellen, ob du mein Erziehungsberechtigter bist?«

»Nein, natürlich nicht. Aber das ist ja eine weitreichende Entscheidung, die du da für dich, Arzu und den Kleinen triffst.«

»Max, verschone mich jetzt bitte mit deinen rudimentär vorhandenen Pädagogikkenntnissen! Ich bin alt genug, meine Entscheidungen und ihre Folgen zu überdenken. Sollte mir irgendetwas Sorgen bereiten, komme ich gern rüber und frage den selbst ernannten Lebensführungsfachmann Max Quercher.«

Wenn Quercher sich auf unsicherem Terrain wie gerade eben bewegte, zerbröselten ihm die Worte im Mund. Er wusste letztlich gar nicht, was ihn an einer Beziehung zwischen seinen mittlerweile engsten Freunden so sehr störte. Also schaltete er in den Versöhnungsmodus, auch wenn das seinem Charakter so gar nicht entsprach. »Sei doch nicht gleich eingeschnappt. Ich freue mich doch für euch. Aber noch mehr Leute vom LKA ziehen jetzt nicht hierher? Nicht dass das hier so eine Bullenkommune wird. Wäre mir peinlich.«

Pollinger grinste versöhnlich. »Wir grillen morgen Abend. Kommst du rüber?«

»Ja, gern. Aber vorher muss ich mich noch ein wenig um den Duschl-Fall kümmern. Ich war gestern Abend mit der Hartl am Wallberg. Also, wir haben über Duschl geredet und so ...« Er macht eine Pause. »Aber dann kaufe ich das Fleisch ein. Bei dir läuft es ja eh auf fieses Fleisch vom Metzger Killer heraus.«

»Das ist das beste hier im Tal.«

»Ja, aber man kann auch andere Dinge grillen.«

»Verdächtige? Oder geht man mit denen neuerdings bei Mondschein wandern?«

Quercher verdrehte die Augen.

»Das verstehst du also unter enger Beobachtung?« Pollinger lachte, wurde dann aber sofort ernst, als er leise sagte: »Es ist mir egal. Du musst nur wissen, dass du ab sofort nicht mehr unbefangen bist. Und auch wenn du es mir nicht erzählst, weiß ich, dass ihr intern gegen die von Valepps und die ganze Parteibande ermittelt. Also sei vorsichtig, in welche Ebenen du dich begibst.«

Es überraschte Quercher nicht, dass sein alter Chef von der angeblich streng geheimen Ermittlungsgruppe *Wallfahrt* wusste. Picker hatte ihm bereits gestern Nachmittag erzählt, dass der Altlandrat wohl vor seinem Freitod bei Pollinger gewesen war. Er musste nur eins und eins zusammenzählen, um zu verstehen, dass der Politiker von Pollinger sowohl Informationen als auch Einflussnahme auf die Ermittlung gefordert hatte. Der nachfolgende Suizid sprach dafür, dass Pollinger hart geblieben war. Quercher hatte nichts anderes von ihm erwartet. Aber dennoch machte es ihn froh, dass sich einmal mehr gezeigt hatte, dass der alte Fuchs nicht zu den korrupten und den schwachen Menschen im System gehörte.

»Die Ermittlungsgruppe wird direkt vom MP gesteuert. Sie ist erst einmal ergebnisoffen. Ich muss diesen Mord an Duschl, so es denn einer war, aufklären. Das ist der Dreh- und Angelpunkt, glaube ich.«

»Was hat dir Regina über die Zukunft des Familienbesitzes der von Valepps erzählt?«

»Ferdi, das geht nicht. Und das weißt du auch! Das ist, also, das ist ...«

»Privat. Verstehe. Ich will dich nicht in Bedrängnis bringen. Aber du solltest dich nicht zu einem Spielball verschiedener Interessen machen. Ich kann dich nicht mehr wie früher schützen. Du bist in einem sehr gefährlichen Spiel nur ein Einwechselspieler.«

»Was soll ich deiner Meinung nach machen?« Quercher war nervös, auch weil er übernächtigt war.

»Es wird dich nicht überraschen: Erzähl mir alles, was du weißt. Dann können wir entscheiden, an welcher Stelle wir den Stecker ziehen werden. Du wirst auf gar keinen Fall für den Ministerpräsidenten aus Franken die Drecksarbeit machen! Und Picker auch nicht.«

»Der gehörte doch ebenfalls zu diesem komischen *Männerverein Tuntenhausen!*«, rief Quercher gequält.

»Na und? Ich auch.«

»Wie bitte? Du bist doch wohl nicht mit diesen Hardcorekatholiken auf dem Kirchenboden rumgerobbt?«

Pollinger lächelte nachsichtig, erwiderte aber nichts.

»Also wirklich, Ferdi! Du und dieser Mittelalterverein! Das kann doch nicht dein Ernst gewesen sein?«

»Deine religiöse Toleranzschwelle ist überschaubar. Damals half es und tat nicht weh. Zudem verschaffte es mir Informationen und ich muss dir nicht sagen, wie wichtig die sind. Eines noch: Picker ist aus dem Verein rausgeflogen«, lenkte Pollinger ab.

»Stimmt. Überhaupt scheint mir der alte Stinkstiefel allmählich zu einem Menschen zu werden. Er glaubt allerdings, dass die von Valepps die personifizierte Inkarnation des Bösen sind, um in der Diktion deines Vereins zu bleiben.«

»Kein ärgerer Feind als ein abgelehnter Liebhaber«, dozierte Pollinger. »Bring doch morgen deine Wanderfreundin zum Grillen mit.«

»Du Manipulator! Die Wanderfreundin darf heute die Trümmer ihrer Zukunft beiseiteräumen, da wird sie wohl kaum große Lust auf Grillwurst bei Arzu und Ferdi verspüren. So, dann wackle mal zu deiner Patchworkfamilie rüber. Ich darf meine Herzensdame abholen.«

»Regina Hartl?«

»Nein, La Lump!«

## Kapitel 17

*Tegernsee, 19.08., 10.45 Uhr*

Der Notar Andrian von Mimistein war völlig verschwitzt. Noch nie war er so dringlich zum alten von Valepp gerufen worden. Meist waren es Termine mit Jakob Duschl gewesen. Ausgerechnet heute hätte er einen wichtigen Termin bei der gemeinnützigen Stiftung *Tegernseer Tafel* gehabt, deren zweiter Vorsitzender er war. Aber unter ihresgleichen machte man Kompromisse. Wenn ein von Valepp rief, dann folgte auch ein von Mimistein.

Zwar war der Alte zittrig und schwer zu verstehen, aber von Mimistein sah keinen Grund, am Geisteszustand des Mannes zu zweifeln. Das neue Testament konnte schnell aufgesetzt werden. Von Mimistein schrieb wie ein braver

Sekretär die Sätze des Alten mit, während Cordelia von Valepp und dieser seltsame Mann im Leinengewand still und lächelnd auf einem Sofa saßen und zuschauten.

»Nach meinem Tode wird der gesamte Familienbesitz in einer neuen Stiftung *Sonnental* aufgehen. Neunundvierzig Prozent wird dem Stefanswerk zugeführt. Alleinberechtigte in allen Belangen wird meine Tochter Cordelia sein. Bei ihrem Todesfall wird das Vermögen auf ihr Kind übergehen. Die Eltern werden bis zur Volljährigkeit des Kindes die Stiftung treuhänderisch führen. Meiner Tochter Regina wird der Pflichtteil nach unten aufgeführten Statuten schon jetzt übergeben. Die dazu notwendigen Maßnahmen werden im Einvernehmen zwischen meinen Nachlassverwalter Andrian von Mimistein, Cordelia von Valepp, Regina Hartl und ...«, er machte eine längere Pause, »... mit dem vorläufigen Treuhänder, Monsignore Karl-Ludwig Deschner, geregelt.«

Cordelias Hände zitterten.

»Regina Hartl wird ausdrücklich kein Land der Familie zugewiesen. Das gilt vor allem für den Waldbesitz. Der Erbteil muss aus dem Verkauf vorhandenen Besitzes erfolgen. Liquide Mittel werden weiterhin zur Begleichung von laufenden Kosten genutzt. Die Projekte, für die federführend mein Schwiegersohn Lush Kolaj verantwortlich zeichnet, werden inhaltlich und budgetseitig dem Testament beigefügt. Weitere Formen des Nachlasses sind ...«

Eine Stunde diktierte der alte Mann. Dann schüttelte er den Kopf und schwieg. Er hatte das Werk, so gut er konnte, vollendet. Ob seine Vorfahren mit ihm zufrieden waren, würden sie ihn, so glaubte er, bald wissen lassen. Ein Junge würde geboren werden. Der Albaner war egal. Es zählte der Stammhalter. Die heilige Kirche war bedacht worden. Von dort drohte für seine Nachkommen kein Ungemach. Franz von Valepp spürte, wie eine Last von ihm fiel, wie gleichzeitig aber auch der letzte Lebenswille erlosch. Es war getan.

Cordelia erhob sich, stöhnte, rieb sich über den Bauch und schob ihren Vater dann in ein abgedunkeltes Zimmer, wo er sofort einschlief.

Der alte Mann hatte die Wölbung genau gesehen. Endlich ein Mann.

Nur eine Stunde, nachdem Andrian von Mimistein das Anwesen mit den neuen Direktiven verlassen hatte, fuhr ein Notarztwagen die Serpentinen des Leebergs hinauf. Franz von Valepp hatte einen Schlaganfall erlitten.

## Kapitel 18

*Hausham, 19.08., 07.45 Uhr*

Maria hatte den Umschlag nach ihrer Nachtschicht im Krankenhaus Agatharied aus dem Briefkasten gefischt und auf den Küchentisch gelegt. Dort hatte Picker ihn vorgefunden. Er hatte Marias Sohn zu einer Ferienfreizeit nach Schliersee gefahren und sich hinterher in die stille Wohnung gesetzt. Nur das Ticken einer Wanduhr und das Brummen des Kühlschranks waren zu hören. Im Obergeschoss schlief seine Freundin.

Er zog seine Latexhandschuhe an und nahm die silberne Mappe aus dem Umschlag. Es war ihm von Anfang an klar, dass diese Postsendung etwas mit *Wallfahrt* zu tun haben musste. Drei Fragen schossen ihm sofort durch den Kopf: Was würde ihm hier geliefert werden? Wer war der Absender? Und warum hatte ausgerechnet er diese Unterlagen bekommen?

Er stellte sein Handy aus, zog den Stecker des Festnetztelefons und breitete vorsichtig das Material aus der Mappe vor sich aus. Es waren Kopien von Quittungen, Kontoauszügen und Mails. Es folgten Organigramme mit Buchstabenkürzeln und Zahlenreihen. Drei SD-Karten und ein sehr flacher USB-Stick fielen aus einem zusammengefalteten Papier.

Ein Organigramm fiel ihm besonders ins Auge. Horizontal war eine Zeitleiste getippt worden, vertikal tauchten zwölf verschiedene Namen auf. Picker erkannte die Namen einiger Partei- und Wirtschaftsgrößen. Neben den Namen waren Balken angebracht. Es war nicht schwer zu erkennen, dass es sich um Geldsummen handelte, die diese Personen bekommen hatten. Stunde um Stunde versuchte er, in das Konvolut eine Struktur zu bekommen. Es schien nur auf den ersten Blick ungeordnet zu sein. Derjenige, der das zusammengestellt hatte, schien genau zu wissen, warum er es aufbewahrt hatte. Das waren keine losen Indizien. Das war eine Waffe! Allerdings, so schien es zumindest bislang, handelte es sich nur um Daten, die weit in die Vergangenheit reichten. Keine Person, die hier beschrieben wurde, lebte noch. Aber er hatte auch noch nicht einmal ein Drittel gesichtet.

Inzwischen war Maria aufgestanden, hatte ihren Arm auf seine Schulter gelegt und sofort begriffen, dass sie jetzt besser nicht nachfragen sollte.

Pickers Hände zitterten. Wenn diese Dokumente echt waren, war das für *Wallfahrt* der Durchbruch, die Fakten für eine Ermittlung waren sozusagen auf dem Silbertablett geliefert worden. Die erste Frage nach dem Was hatte er sich somit bereits beantwortet. Das Wer hingegen war schwieriger zu lösen. Und über das Warum musste er sich mit den Kollegen auseinandersetzen.

Musste er? Er war unschlüssig. Dieses Material war äußerst heikel. Was, wenn es einfach verschwand, weil der Dienstherr es so wollte?

Vor ihm lag vermutlich Beweismaterial. Es konnten Fälschungen sein, um Ermittlungen zu diskreditieren. Aber wenn das hier authentisch war, würden damit jahrelange Ermittlungen und Untersuchungsausschüsse einhergehen.

Picker griff nach seinem Mobiltelefon, ging hinaus auf die Terrasse und rief Quercher an.

Jürgen Klauser hatte zu diesem Zeitpunkt den ersten Schritt gemacht – und seine Familie ausgelöscht.

Schon in aller Frühe hatte er den Wetterkanal im Fernsehen angeschaut. Jeden scheinbar unbeobachteten Moment sah er auf die App in seinem Smartphone. Dann war alles klar. Seine Unsicherheit verschwand. Nun sollte es also endlich so weit sein: Jürgen Klauser, der Feuerwehrmann und Familienvater, wollte morgen das Tal in die Feuerhölle schicken.

Als seine Frau mit der Tochter noch einmal zum See hinuntergefahren war, hatte er sich unter der Dusche rasiert. Klauser hatte einmal gelesen, dass sich die Attentäter vom elften September vor ihrer Tat alle Haare am Körper abrasiert hatten. Er versuchte es auch, schnitt sich aber schon am Schambein. Es war ihm eigentlich auch egal. Heute wäre sein letzter Tag in diesem Leben. Morgen schon würde nichts mehr von ihm übrig sein. Er würde mit dem Feuer gehen.

Als er sich anzog, brummte das Smartphone seiner Frau. Sie hatte es auf der Anrichte in der Küche vergessen. Einem Impuls folgend griff er danach und sah eine Nachricht auf dem Display. Jemand bestätigte einen Termin.

Klauser erkannte die Nummer seines Vorgesetzten. Sofort drückte er sich in das Menü und las die komplette Konversation. Sein Hass quoll auf wie eine überkochende Suppe.

Seine Frau wollte ihn verraten. Nein, seine Frau hatte ihn verraten.

Er musste sich abstützen, weil ihm schwindelig wurde. Sein Kopf schien zu zerspringen, alles rauschte. Sein Plan, seine Idee – würde er so kurz vor dem Ziel scheitern?

Ein weiteres Mal las er die Mails, die sie an den Kommandanten verschickt hatte. In zu klaren Andeutungen bat sie den Arsch um Hilfe. Ihr Mann habe psychische Probleme, man müsse sofort handeln. Sie würde sich nicht mehr sicher fühlen. Da würde bald etwas passieren.

Klauser schlug mit seinem Kopf mehrere Male gegen die Wand, bis er wieder etwas spürte. Als er das Smartphone weglegte, wusste er, dass er vor dem Brand noch etwas erledigen musste.

## Kapitel 19

*München, 19.08., 12.45 Uhr*

Ein langer Tisch. Ein Teppich, der alles schluckte, auch den Geifer der Anwesenden. Zwölf Stühle, schwingend, damit man sich entspannt geben konnte. Und eine Frau aus Anatolien mit einer Schürze, die Tassen von einem Rollwagen nahm und auf den Tisch stellte. Das war der größte Konferenzraum jener Bank, die Regina Millionen gegeben hatte und sie nun wiederhaben wollte.

Draußen wärmte die Augustsonne die Stadt auf. Regina sah die Zwiebeltürme der Frauenkirche, das Olympiastadion. Alles war von hier oben Miniatur, auch die Menschen und die Arbeitsplätze, um die es gleich gehen würde. Bald würden Menschen ihre Arbeit verlieren, weil andere, nur wenige, viel mehr verdienen wollten. So einfach war das. Ihre Firma war gesund. Aber sie musste wachsen. Alles musste immer wachsen. Nie stehen bleiben.

Aber gestern Nacht war sie stehen geblieben. Schon lange wollte sie ihre Dämonen bezwingen, hatte allerlei Therapien gemacht, es mit Yoga, Familienaufstellung und all den neuen Methoden versucht, die viel Geld verschlangen und nichts brachten. Dann kam Quercher. Just in dem Moment ihres größten Scheiterns. Er hatte, und das vermutlich völlig unbewusst, in ihr einen Knoten gelöst. Nicht hektisch und ungeduldig, sondern sanft und mit viel Ruhe. Dieser komische Polizist hatte, nachdem sie sich ungelenk und dennoch schön geliebt hatten, ruhig neben ihr gelegen. Hatte ihre vom Mond beschienene Haut gestreichelt, sich über ihre kleine silberne Halskette mit dem Stein lustig gemacht und ihr dann von sich erzählt. Auch er kannte die Dämonen, wusste von Stunden der Angst und Leere. Sie hatte ihm in dürren Worten ihre Situation erklärt, ihre Welt aus Verpflichtungen und Verantwortungen. Es war das erste Mal, dass sie das getan hatte. Sie hatte fröstelnd in seinem Parka gelegen und es war, als ob sie ein fehlendes Puzzleteil gefunden hatte.

Jetzt war sie wieder in ihrer alten Welt, die so modrig und abgestanden roch wie ein Hotelzimmer nach einem schlechten One-Night-Stand mit einem schwitzenden, eitlen Mann. Zwanzig Jahre hatte sie immer wieder Tage und Nächte in solchen Konferenzräumen verbracht. Sauber, einfallslos, mit einem kleinen Repertoire Fruchtsaftflaschen auf dem Tisch.

Der Gedanke war ihr auf der Autofahrt hierher gekommen. Die Idee war absurd, aber machbar. Und sie hatte einen bestimmten Reiz, der sie nicht losließ, bis sie in die VIP-Kundengarage der Bank gefahren war. Eine halbe Stunde hatten die vier Telefonate in Anspruch genommen. Dann war sie ausgestiegen und mit dem Fahrstuhl in jene Etage hinaufgefahren, in der die Konferenz stattfinden sollte.

Klement würde sich wundern.

Dann kamen sie herein, selbstsichere Gestalten in Anzügen wie Rüstungen und mit einem Lächeln, das so falsch war wie ein Bild von Kujau.

Sie bemühten sich. Das musste sie den Herren zugestehen. Neben Klement hatte der CEO des Hedgefonds Platz genommen, hatte sich in charmanten Auslassungen über ihre beeindruckende und erfolgreiche Arbeit in der *Hartl AG* ergangen. Auch Klement hob immer wieder die Solidität des Unternehmens hervor, erwähnte aber auch die riskante aktuelle Situation.

»Frau Hartl, unser international agierender Hedgefonds wird Ihre Rechtsposition mit den Chinesen hervorragend verteidigen«, erklärte der CEO selbstgefällig, »wir sind da die besten Partner. Mit einer strategischen Partnerschaft können wir die *Hartl AG* die nächsten Jahre erfolgreich für den internationalen Wettbewerb aufstellen. Wir haben Beteiligungen mit ähnlichen Zweigen, sodass Synergien naheliegend sind, die den Wert der *Hartl AG* in kürzester Zeit steigern könnten.«

Was er nicht sagte, was für Regina als erfahrene Unternehmerin jedoch mitschwang, war der Zusatz, »... wenn wir das Unternehmen möglichst schnell hoch verschulden, Dividenden für uns Investoren herausquetschen, indem wir die *Hartl AG* an die Börse bringen werden, um noch mehr Kapital herauszusaugen.«

Das alte Spiel.

Sie hörte sich alles ruhig an, blätterte durch die bunten Präsentationen, nickte beifällig und ließ die beiden Gockel in dem Glauben, auf dem richtigen Weg zu sein.

Zwei Stunden dauerte die Sitzung, überwiegend hatten die Männer gesprochen. Regina hingegen hatte zum Schluss aus dem Fenster gesehen. Ein Stück Papier war von einer Windböe aufgewirbelt worden, tanzte vor den bodentiefen Fenstern, als ob es ihr zuwinken wollte, machte Salti und segelte dann weiter, ehe es, nur noch ein Punkt am Himmel, wieder hinab auf die Straßen der Stadt segelte. Wo Quercher wohl gerade war? Sie musste ihn gleich anrufen. Vielleicht hatte er Zeit für sie.

»Frau Hartl?«

Sie drehte den Männern ihr Gesicht wieder zu, lächelte und begann. »Meine Herren, ich bedanke mich für Ihre Ausführungen. Für die *Hartl AG* scheint es, das nehme ich mit aus Ihrer Projektion, eine gute Perspektive zu geben. Ich schätze Ihre Bewertung dazu und glaube ebenso wie Sie, dass wir die *Hartl AG* auf neue Füße stellen sollten.«

Klements Finger zuckten unmerklich. Für einen Banker wie Klement wäre dieses Geschäft wie ein Sechser im Lotto. Langjährige Kunden aus dem Familiensektor in den öffentlichen Bereich zu führen, war für ihn weitaus lukrativer als das tägliche Brot-und-Butter-Geschäft mit Krediten und Zahlungsverkehr.

»Ich bin sicher, dass Ihre Zeit sehr kostbar ist. Zudem lasse ich Geschäftspartner ungern im Unklaren. Die *Hartl AG* wird ihren Kreditverpflichtungen mit diesem Institut vollumfänglich nachkommen. Eine Partnerschaft ist nicht akzeptabel. Wir sind von den Vorteilen nicht überzeugt. Ich möchte deshalb jetzt mit meinem Relation Manager Klement unter vier Augen sprechen. Ich wünsche Ihnen einen guten Tag.« Sie hatte den Namen des CEOs, der sich jetzt, nach anfänglichem Zögern und einem bösen Blick zu seinem Sitznachbarn, abrupt erhob und aus dem Raum verschwand, nicht ein einziges Mal in den Mund genommen.

Klement sah ihm verzweifelt hinterher. Die Alte musste verrückt geworden sein. »Frau Hartl, ich muss Ihnen sagen, dass uns die Zusammenarbeit mit Ihnen sehr schwerfällt und wir ...«

Sie hob nur kurz die Hand.

Klement schwieg mit verärgertem Gesichtsausdruck.

»Herr Klement. Die *Hartl AG* bedankt sich für viele Jahre der zufriedenstellenden Kundenbetreuung. Sie waren meinem Schwiegervater sowie meinem verstorbenen Mann immer ein sicherer Hafen für alle Entwicklungen unseres Kerngeschäfts. Ihre Vorgänger und zum Teil ja auch Sie haben mit Ihren Mitteln unseren Weg erst möglich gemacht. Aber seit geraumer Zeit liegen uns bessere Alternativen vor. Und wie heißt es so schön: Das Bessere ist stets der Feind des Guten. Wir werden mit sofortiger Wirkung die Geschäftsbeziehung mit Ihrem Institut in jedem Bereich beenden. Im kommenden Geschäftsjahr wird uns ein neuer Partner betreuen. Sie werden verstehen, dass ich bis auf Weiteres nichts über ihn sagen kann. Aber die *Hartl AG* wird Sie und die Öffentlichkeit zeitnah informieren. Um Schaden von Ihrem Institut abzuwenden, wird meine Pressestelle mit Ihrer Zentrale die PR bezüglich des Übergangs formulieren. Ich werde zudem mit dem Vorstand Ihres Instituts in einer Telefonkonferenz meine Beweggründe und das weitere Prozedere besprechen. Ich wünsche Ihnen dennoch einen guten Tag. So eine Krise ist ja auch immer die Chance für einen Neubeginn.« Sie erhob sich, schob ihr Smartphone in die schwarze Tasche mit dem Bambusgriff und hielt ihm dann lächelnd die Hand hin.

Klement nickte nur. Und zerdrückte den Kugelschreiber in seiner Faust, um ihn nicht in ihren Kopf zu stoßen.

Als sie wieder im Auto saß, das Leder roch, die Sinne sich wieder beruhigten, spürte sie den Impuls, Quercher anzurufen, unterdrückte ihn aber und ließ sich mit der Frankfurter Zentrale der Bank verbinden. Erst nach diesem Telefonat wählte sie seine Nummer.

»Wo bist du?«

»Bei den Leichen.«

»Schönes Intro. Hast du geübt?«

»Ja, ich muss dich doch irgendwie beeindrucken. Nein, ich bin in der Rechtsmedizin und sehe mir Teile des Prokuristen an.«

»Ja, du kannst formulieren, das merke ich schon. Musst du da lange bleiben? Ist doch bestimmt kalt da.«

»Regina, die liegen hier nicht auf Eis. Das ist nur in schlechten Krimis so. Aber ich bin eigentlich schon fertig. Soll ich noch die Hände waschen?«

»Nein, nicht nötig. Ich werde dich sowieso unter die Dusche schicken.«

»Treffen wir uns im Ungererbad?«

»Nein, in meiner Stadtwohnung.«

»Klar, Stadtwohnung. Wo sonst? Schön, dass du nicht von der Residenz gesprochen hast.«

»Da hatten meine Ahnen mehrere Zimmer.«

»Wo darf ich mich denn frischmachen, Herrin?«

Es war ein Penthouse im Lehel, einem der gutbürgerlichen Stadtteile Münchens. Obwohl Quercher nach Desinfektion roch, fielen sie sich an, kaum dass Regina ihm die Tür geöffnet hatte. Das war auch nötig. Denn Querchers Vormittag war bis dahin eher negativ verlaufen.

Er hatte nach dem Gespräch mit Pollinger zur Kripo nach Miesbach fahren wollen. Doch Picker rief ihn vorher mit angespannter Stimme an.

»Bring den Hund mit. Wir treffen uns nicht bei mir. Wir gehen wandern.«

Also machte er einen Umweg über Hausham, lud Picker ein und fuhr hinauf zum Spitzingsee.

Sie schwiegen während der gesamten Fahrt, nachdem Picker verschwörerisch einen Finger auf den Mund gelegt und eine kreisende Bewegung über seinem Kopf gemacht hatte. Er fürchtete offensichtlich, dass sie von wem auch immer abgehört werden würden. Erst als Lumpi erfreut aus dem Auto sprang und begann, die Umgebung abzuschnüffeln, fing Picker schließlich an zu erzählen. Er hatte die silberne Mappe dabei und bedeckte sie mit beiden Händen auf seinem Schoß. In schnellen, hastigen Sätzen erklärte er Quercher den Inhalt und die Dimension.

»Warum zeigst du das denn mir und nicht deinen Kumpels vom Verfassungsschutz?«, hatte Quercher verständnislos gefragt.

»Weil ich nur einem Menschen mit eigenem Kopf vertraue, Max! Das hier ist eine Atombombe. Das kann sehr viel für uns und dieses Land bedeuten.«

»Du denkst an einen neuen Karriereschritt? Diese Unterlagen sind also dein Ticket raus aus Miesbach?«

Picker hatte ihn kopfschüttelnd angesehen. »Das ist Unsinn. Und du weißt das! Ich will aufklären, was sonst nie aufgeklärt werden würde. Aber wenn wir das mit den Kollegen besprechen, werden diese Unterlagen garantiert verschwinden.«

»Wir leben nicht in einer Diktatur. Was du mir erzählst aus diesen Akten, ist nur Vergangenheit. Damit kann man ein paar Säulenheilige aus Politik und Wirtschaft stürzen, von denen die meisten sowieso schon tot sind. Mehr nicht. Das ist nicht unsere Aufgabe. Das können Journalisten machen. Du hast nur Material, das die Verbindungen zwischen Wirtschaft und Politik zeigt. Und? Was ist daran neu, werden die meisten fragen. So läuft das Spiel eben. Läuft ja in diesem Land auch nicht so schlecht. Menschen sind auf wichtige Posten gesetzt worden, ohne Rücksicht auf ihre Qualifikation, sondern aufgrund ihres Parteibuchs. Echt? Das ist doch fad. Weiß eh jeder. Okay, dann ein paar Schiebereien, Zahlungen von links nach rechts. Aber das kümmert hier doch keinen!«

»Warum bist du plötzlich so skeptisch geworden? Ich habe erst einen Bruchteil gesichtet und du wirfst bereits die Flinte ins Korn. Warum? Bist du der Familie von Valepp zu nahegekommen? Haben wir womöglich einen kleinen Interessenkonflikt?«

»Bin ich in dieser schwulen Turnmannschaft Tuntenhausen gewesen oder du?«

Picker hatte in diesem Moment begriffen, dass Quercher sich mit diesen Unterlagen nicht würde auseinandersetzen wollen. Schweigend waren sie zurückgefahren.

Als Picker in Miesbach ausstieg, hatte Quercher ihm noch zugerufen, dass er sich jetzt um Duschl in der Rechtsmedizin kümmern wolle.

Picker hatte den Kopf geschüttelt. »Was soll das? Denk doch mal über deinen Tellerrand. Es fanden sich bislang keinerlei Spuren von Fremdeinwirkung. Die Staatsanwaltschaft wird auf Unfall plädieren. Es sei denn, du findest noch die restlichen Teile des Mannes im See. Das ist, zumindest haben mir das die Taucher dort erzählt, unwahrscheinlich.«

»Aber vielleicht ist Duschls Tod der Schlüssel zu eurem Fall *Wallfahrt*?«

»Ich brauche keinen Schlüssel. Die Tür steht mit diesen Unterlagen weit offen. Ob der Prokurist freiwillig in die Schiffsschraube kam oder nicht, das ist für meine Arbeit unerheblich. Es sei denn, Duschl hat diese Unterlagen zusammengestellt und weggeschickt. Dann wiederum wären auch Mitglieder der Familie von Valepp an einem Tod des Mannes interessiert gewesen«, antwortete Picker.

»Du willst die Familie hochgehen lassen, oder?«

»Nein, nicht notwendigerweise. Aber ich will sie auch nicht wie du schützen.«

»Red keinen Scheiß. Die sind für mich nur Zeugen«, hatte Quercher erwidert.

»Ja, klar. Für dich gelten wieder Sonderregeln. Ich kann es nicht mehr hören. Wir beide wissen, wie du reagiert hättest, wenn man dir die Unterlagen in den Briefkasten gelegt hätte. Du selbstgerechtes Arschloch!«

»Und was bist du, du Superbulle aus Miesbach?«, schrie Quercher, sodass Lumpi auf dem Beifahrersitz zusammenfuhr. Er sah eine kleine Gruppe Wanderer am Straßenrand, die missmutig zu den beiden schaute, und wollte Picker noch etwas Versöhnliches hinterherrufen. Doch der hatte die Tür des Pick-ups schon zugeknallt.

Und jetzt lag Quercher neben Regina Hartl, geborene von Valepp, und hatte ein schlechtes Gewissen.

Es brummte in ihrer Handtasche.

Sie hatte schläfrig auf dem Bauch gelegen und stöhnte jetzt unzufrieden. »Gehst du ran?«, fragte sie müde.

»Und wenn einer einen Satelliten haben will, sage ich, die sind gerade aus?«

»Ja, im Sommer sind Satelliten immer aus. Das ist wie mit der Piemontkirsche.«

»Was ist das denn?«, fragte Quercher amüsiert.

Es brummte noch immer.

»Aus der Werbung. Diese ekelhafte Schokopraline mit Alkohol.«

»Nimmst du das Gespräch an, du Blaublutpraline?«

Sie kniff in seinen Po, warf sich dann über ihn und griff in ihre Tasche. »Hartl.« Sie hörte schweigend zu.

Quercher vernahm aus der Ferne eine Frauenstimme.

Regina legte auf. Langsam drehte sie sich zu ihm um. Sie weinte leise. »Er stirbt.«

# Kapitel 20

*Kreuth, 19.08., 14.35 Uhr*

Lush brachte das Licht. Er hatte nicht annonciert. Es gab keine Werbung. Keine Website. Und dennoch standen auf der Wiese mindestens siebenhundert Menschen. Die Polizei hatte große Mühe, den Andrang in halbwegs geregelte Bahnen zu führen. Die Straßen in der näheren Umgebung waren zugeparkt. Sogar aus Österreich waren seine Anhänger gekommen. Seine jüngste ›Heilung‹, die Wiederbelebung des verunglückten Kindes, hatte sich binnen Stunden über die sozialen Netzwerke verbreitet. Jene Plattformen, in denen sich Menschen über Begegnungen mit Engeln austauschten, Wasseradern und Energieorten nachspürten. In einer postreligiösen Zeit suchten die Menschen noch immer nach Erklärungen jenseits der Wissenschaft. Wollten plötzlich und unerklärlich geheilt werden, nicht den qualvollen langen Weg der Schulmedizin gehen.

Das Gelände, auf dem Lush nun heilen wollte, gehörte den von Valepps. Die Helfer der Familie, allesamt Waldarbeiter, die Cordelia zu dieser Arbeit gebeten hatte, spannten Seile, gaben Wasserflaschen aus und stellten Müllsäcke auf. Die Sonne schien, kein Wind wehte. Ein Schwarm Krähen zog vorbei. Einige Menschen flüsterten, andere sprachen beruhigend auf geistig Kranke ein, die lallend und stöhnend in ihren Rollstühlen saßen.

Cordelia hatte den Platz bewusst gewählt, ehe sie zurück an das Sterbebett ihres Vaters eilen musste. Die Wiese, auf der die Menschen saßen, stieg ein wenig an. Von oben her schritt Lush auf die Menge zu. Die Arme ein wenig ausgebreitet, die Handflächen nach außen gerichtet, mit einem Lächeln angesichts der Menschenmassen. Wieder trug er seinen weißen Leinenanzug.

Wanderer, die nichts von dieser Zusammenkunft gelesen oder gehört hatten, standen am Rand der Wiese und beobachteten die Szenerie erst amüsiert, dann immer faszinierter. Keiner wagte zu applaudieren.

Lush blieb schließlich auf einer Anhöhe vor den wartenden Menschen stehen und schaute sie nur an. Zwei Männer an Krücken und eine blinde Frau mit einem langen weißen Stock traten aus der Menge, mühten sich das kurze Stück Wiese hinauf und fielen vor Lush ins Gras. Er lächelte, legte jedem der drei die Hand in den Nacken und nickte dabei. Anschließend hob er den Blick, und alles wurde still.

Minuten vergingen. Die Menschen schwitzten. Einige murrten schon. Dann aber stand einer der Männer auf, ließ seine Krücken liegen und breitete seine Arme aus. Er wankte, fiel aber nicht. Zitternd und zu allen Seiten blickend machte er den ersten Schritt. Die Ersten klatschten, einige jubelten, bis Lush wieder signalisierte, dass Stille einkehren sollte.

Er machte einen Schritt nach vorn, ging an dem zitternden Mann vorbei und trat vor die Menge. Der Mann folgte ihm wie paralysiert. Das ganze Szenario hatte die Anmutung einer Messe.

Bis zu diesem Zeitpunkt.

Dann erklang plötzlich laute Musik – aus einem Auto mit geöffneten Türen. Alle drehten sich um. Nur Lush blickte weiter lächelnd geradeaus. Aber sosehr er auch lächelte: Die Magie des Moments war zerstört.

Ein Mann war dafür verantwortlich. Ebenso wie für die unhöfliche, aber umso passendere Musikauswahl.

Quercher hatte die weinende Regina in seinen Wagen gepackt, sie mehr oder minder an Lumpi angelehnt und war mit großer Geschwindigkeit zurück zum See gefahren.

Die Hundedame steckte ihren Kopf unter Reginas Arm hindurch und drückte ihn an ihre Brust. So als ob sie den Schmerz der Frau verstünde.

»Es ist wie ein Fluch. Geht es mir gut, folgt bald darauf das Drama. Als ob mir jemand das schöne Leben verweigert«, sprach Regina leise, mehr zu Lumpi als zu Quercher. Dann weinte sie hemmungslos.

Frauen haben beim Heulen ein ähnlich falsches Timing wie Männer beim Schlussmachen, fand Quercher. Sie waren im Auto eingezwängt. Er hatte keine Chance, sie in den

Arm zu nehmen oder einfach wegzugehen, was Quercher wie alle Männer gelegentlich auch als Option sah. Es war für ihn kaum auszuhalten. Er musste radikal gegensteuern.

»Du weißt, dass das Unsinn ist. Es gibt niemanden, der das alles lenkt. Für Hokuspokus sind deine Schwester und dieser Laienjesus zuständig.«

Regina sah ihn zunächst irritiert an und lächelte dann.

»Vor allem ist Selbstmitleid mit mehreren Millionen auf dem Konto, einem gesunden Körper, soweit ich das eben noch überprüfen konnte, und einer der schönsten Hundedamen neben sich unangebracht.«

»Mein Vater stirbt.« Sie war verärgert, dass er ihren Reichtum angesprochen hatte.

Quercher reagierte sofort. »Es wird immer so sein, dass du Millionen hast und ich nicht. Mir macht das nichts. Ich beurteile dich nicht nach deinem Kontostand. Genauer gesagt, ist er mir wurscht. Mehr ist dazu nicht zu sagen.«

»Du wärst der Erste, der so denkt.«

»Man kann sich die Paranoia auch einreden. La Lump mag dich, ich mag dich. Das muss reichen.«

Regina sah Lumpi an, die mit vorgereckter Schnauze den Verkehr beobachtete, sodass ihre Vorderzähne ein wenig herausschauten. »Madame hat ja einen Überbiss«, konstatierte sie, als Quercher gerade von der Autobahn auf die Bundesstraße fuhr.

»Das ist äußerst uncharmant, Regina. Madame mag das nicht.«

»Entschuldige!« Sie kraulte Lumpis Rücken und stellte zu ihrem Entsetzen fest, dass ihr schwarzes Kleid über und über mit rotbraunen Hundehaaren übersät war.

Quercher sah es. »Das macht sie extra. Weil du dich über den Zustand ihrer Zähne lustig gemacht hast. Um noch mal zum Thema zurückzukommen: Wer ist eigentlich dieser Geistvogel an der Seite deiner Schwester?«

»Er nennt sich Lush. Sie ist von ihm schwanger.«

»Meine Frage zielte weniger auf seine Fähigkeiten als auf die Herkunft des Typen ab.«

Regina musste trotz ihres Kummers lachen. »Sie hat ihn in einem Meditationscamp auf Goa kennengelernt. Er war von einem Guru dorthin eingeladen worden. So hatte sie es mir mal geschrieben, als mein Mann starb. Sie wollte mich wohl trösten, empfahl mir Ayurveda und diesen Lush.«

»Mit Öl im Po trauert es sich auch besser. Ganz gar ist Cordelia nicht, oder?«, fragte er.

»Na ja, sie hat mit ihrer Masche immer alle Männer in ihrem Umfeld um den Finger wickeln können. Ich bin aber keine neidische, ältere Schwester.«

»Zumindest willst du es nicht sein!«, stichelte Quercher. Er war froh, Regina ablenken zu können, und spürte, dass ihr weniger das Sterben ihres Vaters Sorgen bereitete als das, was danach auf sie zukam.

Sie schnippte über Lumpis Rücken hinweg an Querchers Schulter. Sofort knurrte Madame. »Ist ja gut, alte Zicke. Herrchen wird nicht gefoltert«, beschwichtigte Regina den Hund.

»Ja, die einzige Frau, die weiß, wie wichtig ich für sie bin.«

»Also, der Lush mit den weißen Leinenhemden ... Ich weiß nicht. Er ist nicht so mein Typ. Aber was soll ich machen? Er ist durch meine Schwester in diese Familie hineingekommen.«

Sie schien das Thema nicht wirklich anschneiden zu wollen. Aber etwas in Querchers Bauch hatte rumort. Diesen Lush hatte bisher so gar keiner auf der Rechnung. »Na ja, so eine Beziehung und ein bevorstehendes Erbe ist mehr als eine Gottesgabe für jemanden, der sonst alte Jungfern von Wechseljahrsbeschwerden befreit.«

»Vermutlich heilt er auch Potenzprobleme!«

»Echt? Muss ich mal ausprobieren. Mir ist nicht klar, wie der so schnell in der Gunst deines Vaters steigen konnte.

Der kommt aus irgendeinem Loch und plötzlich ist er der Kronprinz.«

Regina lächelte gequält. »Nicht ganz. Aber er hat der Familie einen männlichen Nachfolger geschenkt. Das ist zwar alles nicht nach den Vorgaben des Adelshandbuchs. Aber für meinen Vater ist es wichtig, dass sich unser Blut weitervererbt. Du magst lachen. Aber Tradition hat uns über Jahrhunderte das Überleben gesichert.«

»Aber wer sagt euch, dass der Typ koscher ist?«

»Max, die Familie von Valepp mag zwar alt sein und sicher auch ein paar dunkle Geschäfte getätigt haben. Aber wir sind nicht die Mafia! Da darf die Tochter schon mal einen Geistheiler heiraten.«

»Wäre ich auch okay?«

»Nein. Du warst schon einmal verheiratet.«

»Ist das dein Ernst? Und woher weißt du das überhaupt?«

»Hat mir Frau Dr. Gerass verraten. Auch dass deine Frau sich mit dem Kollegen eingelassen hat, dem du ein paar Jahre später das Leben gerettet hast.«

»Die Dame redet zu viel über ihre Mitarbeiter.«

»Und du hast mich übrigens auch noch nicht gefragt, ob ich vielleicht gern zum Grillen kommen möchte! Dein Nachbar Dr. Pollinger hat mir eine Einladung zukommen lassen.«

»Ich, also, ich dachte, dass du ... wegen deines Vaters. Klar nehme ich dich gern mit.« Er wurde rot. Und das ärgerte ihn. Der Pollinger wurschtelte da schon wieder im Hintergrund herum. Immer diese Alleingänge. In der Rechtsmedizin hatte er vorhin auch schon angerufen, um mehr über Duschls Tod zu erfahren.

Sie hatten den See erreicht.

»Wenn du den Geistheiler mal in Aktion erleben willst, fahr nach Kreuth. Der heilt heute unter freiem Himmel. Das hat jedenfalls meine Schwester gerade erzählt.«

»Melde dich, wenn ich dich abholen soll. Ich bin da.«

Sie hatte ihn mit traurigen Augen angesehen, sich abgewandt und war langsam die Auffahrt zum Anwesen ihres Vaters hinaufgegangen. Quercher hatte ihr hinterhergeblickt und dann den Entschluss gefasst, sich Lush mal genauer anzusehen.

So hatte er sich die Show des Heilers nicht vorgestellt. Wut kam in ihm auf. Und eine Erinnerung an die Erzählungen der Alten im Tal.

Sein Vater war in Kriegsgefangenschaft. Verschollen. Seine Mutter, so hatte es eine Tante erzählt, war zu einem Heiler und Seher gegangen. Von denen hatte es nach dem Krieg viele gegeben. Seine Mutter hatte wissen wollen, wo ihr Mann war. Das wenige Ersparte gab sie dafür aus. Nur um zu hören, dass er angeblich tot sei. Doch dann war er 1955 einer der Letzten, die aus der Gefangenschaft zurückkamen. Dreizehn Jahre berührten sich die beiden nicht. Sie ihn nicht, weil sie sich schuldig fühlte, er sie nicht, weil sie nicht mehr an ihn geglaubt hatte. In schierer Verzweiflung, so hatte es ihm seine Mutter in einem Anfall von Zorn einmal entgegengeschrien, zeugten sie erst Max und zwei Jahre später seine Schwester. Elf Jahre hatte es der Vater anschließend noch in dieser Welt ausgehalten. Dann war er auf den See hinausgerudert, hatte sich einen Betonsockel an die Füße gebunden und war in der Tiefe verschwunden. Nur eine Socke hatte man Wochen später am Ufer gefunden. Mehr war von ihm nicht geblieben, dem Schuster Quercher.

Das kreiste in Querchers Kopf, als er diesen Heiler sah. Er hatte sein Smartphone an die Anlage im Auto angeschlossen und *Always look on the bright side of life* aufgedreht. Der Song aus dem Monty-Python-Film war Musik für Atheisten. Wer ihn nicht kannte, musste trotzdem unwillkürlich lächeln.

Einige Männer liefen auf Quercher zu, der nur seinen Dienstausweis hochhielt und sie mit einer energischen Handbewegung zum Stehen brachte. Das funktionierte zu Querchers Erstaunen. Zwei Helfer von Lush erklärten über Megafone die Veranstaltung für beendet, versprachen aber ein Ersatzevent.

Quercher blieb und sah sich den Abbau in Ruhe an. Lumpi lag auf dem Beifahrersitz und ließ sich die Nachmittagssonne auf den schon grau werdenden Bauch scheinen.

Er hatte ihn weder gehört noch gesehen. Wie aus dem Nichts stand Lush plötzlich vor ihm und lächelte.

Lächeln, fand Quercher, war eigentlich nichts anderes als Zähne zeigen. Im Laufe der Zeit wurde daraus ein scheinbar freundlicher Akt.

Aber dieser Lush machte aus seinem Lächeln eine Waffe. Die Zähne waren eine Spur zu weiß. Und wenn man den ganzen Heilerhokuspokus beiseiteließ, verbarg sich hinter dem seligen Grinsen ein üblicher Vertreter des Balkanmackertums. So sahen auch die Kriegsverbrecher in Bosnien aus, dachte Quercher.

»Sie wird sterben.« Lush sah zu Lumpi, deren Rückenfell sich aufstellte.

»Wir alle werden sterben. Oder muss die Welt dich länger als üblich ertragen?«

»Sie sind Max Quercher. Und Sie riechen nach der Schwester meiner Frau.«

»Netter Versuch, Lutsch. Aber die Stelle als Schnupperhund hat Lumpi schon besetzt. Da hilft auch kein Balkanfluch!«

»Lush. Es spricht sich ›Lush‹ aus.«

»Weil du das kleinste Licht in der Schule warst?«

»Warum der Hass, Max?« Der Mann war nun auch zum Du gewechselt.

»Warum das Gelaber, Lutsch? Ist es das Geld?«

Lush trat nah an Quercher heran. »Du wirst deinen Hass verlieren.« Er wandte sich um und ging mit sicheren Schritten auf die Wiese zurück, von der er gekommen war.

Quercher hätte es nie zugegeben. Aber eine Gänsehaut kroch seinen Rücken hinauf. Auch weil Lumpi auf dem Beifahrersitz des Wagens winselte.

Sein linkes Augenlid hing halb über dem tränenden Augapfel. Seine Haut war wächsern. Der dürre Brustkorb hob und senkte sich in unregelmäßigen Abständen. Der Alte starb.

Cordelia hatte allein entschieden, dass der Vater nicht mehr ins Krankenhaus Agatharied gebracht werden sollte. Hier in Tegernsee, wo er mehr als achtzig Jahre seines Lebens verbracht hatte, wo ihn seine Mutter mithilfe einer Hebamme in die Welt gepresst hatte, würde Franz von Valepp diese auch wieder verlassen.

Obwohl sie nicht gefragt worden war, war Regina mit der Entscheidung ihrer Schwester zufrieden. Es war richtig so, fand sie, als sie ihren Vater dort liegen sah. Cordelia hatte zwei Kerzen auf den Nachttisch gestellt und ein wenig Weihrauch verbrannt. Den Duft, den der Alte immer schon gemocht hatte.

Als Regina verschwitzt zur Tür hereinkam, hatte Cordelia sie gleich wieder aus dem Raum geschoben.

»Er ist noch bei uns und will nicht loslassen. Aber er ist auf einem guten Weg«, hatte sie erklärt. Sie hatte Regina gebeten, sich zu waschen und sich dann an das Bettende zu setzen.

Und so saßen die beiden Schwestern zum ersten Mal seit Jahren still nebeneinander und warteten auf den Tod des Vaters. Erst war Regina noch angespannt. Als ältere Schwester war es für sie ungewohnt, dass die Jüngere die Regie übernommen hatte. Aber ihr selbst fehlte die Kraft dazu. Sie war sogar dankbar. Nach ewigen Minuten fiel eine unbestimmte Last ab. Ihr war, als ob jemand in das Zimmer getreten war.

Sie sah ihre Schwester an. Reginas Gedanken wurden zu einem Strom. Bilder aus ihrer Kindheit kamen ihr in den Sinn. Wie sie bei der Neujahrsansprache ihres Vaters vor den Angestellten neben ihm stehen durfte. Wie sie davon geträumt hatte, es auch einmal so zu machen wie er. Die wenigen Male, die er sie zusammen mit in den Wald genommen und ihr die Baumarten erklärt hatte. Ruhig und mit tiefer Stimme. Duschl war schon damals dabei gewesen. Sie war dann allein über den großen Waldweg wieder zurück nach Tegernsee gelaufen, während die beiden Männer noch dort blieben.

Regina sah das eingefallene Gesicht ihres Vaters, das mehr einem Totenkopf glich. Sie stellte sich vor, wie viel Schmerz das Verstecken ihn gekostet haben musste. All die Jahre unter den konservativen Schwulenhassern. Jedes Anfassen, jedes flüchtige Anschauen konnte verräterisch sein. Nie hatte er darüber gesprochen. Diese Angst nahm er mit ins Grab.

Ein tiefer Atemzug.

Der Alte bäumte sich auf. Sank zurück.

Stille.

Regina erhob sich, beugte sich über den Vater, prüfte den Atem.

Nichts.

Sie drehte sich zu ihrer Schwester und schüttelte den Kopf.

Cordelia öffnete das Fenster. »Seine Seele geht.«

In diesem Moment fand Regina auch das schlüssig. Es war das letzte Mal, dass sie ihre Schwester verstand.

## Kapitel 21

*Miesbach, 20.08., 19.45 Uhr*

Man hatte den Sharan in einem Waldstück nahe der tschechischen Grenze gefunden. Die Kollegen aus Hof hatten den Fall erstaunlich rasch an die Münchner Kollegen übergeben. Das Auto war auf einen Jürgen Klauser angemeldet. So konnten die Leichen schnell identifiziert werden. Die Frau, die auf dem Rücksitz ihr Kind fest umschlungen hatte, war die Mutter, Britta Klauser. Es sah auf den Fotos so aus, als ob sie ihre Tochter vor dem Messer hatte schützen wollen. Die Rechtsmedizin fand Schnitte in ihrer Hand und ihrem Arm. Anhand der Wunden entdeckten die Mediziner, dass der Täter mehr als zwölf Mal zugestoßen hatte. Da das Messer nirgendwo entdeckt werden konnte, ging man davon aus, dass der Täter es noch haben müsste.

Die Erfahrung bei sogenannten Familientragödien besagte, dass meist der Ehemann der Täter war und sich am Ende selbst richtete. Meist ging das schief. Feigheit hielt die Männer davon ab, den eingeschlagenen Weg dann auch konsequent zu gehen.

Die Münchner baten die Miesbacher Kollegen, sich das Ferienhaus der Familie näher anzuschauen, um Hinweise auf den Aufenthaltsort des Vaters zu bekommen. Eine Ortung seines Handys ergab, dass er sich zwar noch bis vor Kurzem im Raum Würzburg aufgehalten hatte. Aber man wollte sichergehen. Zwei junge Kripokolleginnen fanden am Morgen aber lediglich eine sauber aufgeräumte Wohnung in Ostin vor. So verschob sich der Ermittlungsradius wieder nach München und Würzburg, wo auch Radiodurchsagen nach dem Verbleib des mutmaßlichen Täters verbreitet wurden. Am See hingegen drang von alldem nichts an die Öffentlichkeit, sodass sich auch keiner einen Reim auf den Mann im Tarnanzug machte, der in den Wäldern um den See mit einem Rucksack herumstrich. Die Kripo in Miesbach erhielt ebenfalls keine Order, die Augen aufzuhalten.

Der stellvertretende Leiter der Dienststelle war froh darüber. Er hatte mit einem Fall in den eigenen Reihen genug zu tun. Denn der Chef war nicht zur Arbeit erschienen. Stefan Picker fehlte seit sechsunddreißig Stunden. Seine Freundin hatte angerufen und aufgeregt nach ihm gefragt. Man hatte sie beruhigt. Doch dann wurde es kompliziert: Nachdem Picker einen ganzen Tag verschwunden war, wollte man seine Freundin befragen. Aber sie wollte ihre Aussagen nur gegenüber Kollegen vom LKA machen. Prompt waren auch zwei Männer aus München nach Miesbach gekommen und hatten sich lange mit der Frau unterhalten. Keiner sagte Pickers Kollegen etwas Genaueres. Das Polizeipräsidium in Rosenheim ließ ausrichten, dass die Kollegen vom LKA sich der Sache annehmen wollten und auch Mitarbeiter aus der Internen Ermittlung dabei seien. Pickers Stellvertreter solle weiterhin Max Quercher im Duschl-Fall unterstützen.

Quercher hatte den Tag in Duschls Wohnung verbracht und nach weiteren Hinweisen gesucht, die mit dem Tod des Prokuristen in Zusammenhang stehen könnten. An einem penibel aufgeräumten Schreibtisch hatte er die Auflistung der Telefonnummern, die ihm die Kripobeamten gegeben hatten, durchgelesen. Für jemanden, der ein Familienunternehmen wie das der von Valepps geführt hatte, hatte Duschl erstaunlich wenig Nummern gewählt. Gab es noch ein anderes Telefon? Die Haushälterin Rattenwender, das wusste er von Regina, hatte sich auch um Duschls Wohnung gekümmert. Quercher hatte sie angerufen und sie gebeten zu kommen.

Selten hatte er eine Frau erlebt, die ihre eigene Weiblichkeit auf fast schon schmerzhafte Weise zu verbergen versuchte. Ihr hageres Gesicht, die kalten grauen Augen und die dürre Gestalt strahlten keinerlei Freude aus. Ihr Dirndl hing an ihrem Körper wie eine zu große Plastiktüte über einem Stock. Ihre Hände wirkten in ihrer Knochigkeit arthritisch.

»Ich komme gerade von der Villa des verstorbenen Herrn«, erklärte sie. »Dort ist jetzt viel vorzubereiten. Die Töchter wollen schon in drei Tage die Trauerfeier abhalten.« Sie sagte das, als sei es eine Unverfrorenheit, den Alten so schnell unter die Erde zu bringen.

Quercher hatte lange mit Regina telefoniert. Hatte sie weinen lassen und versucht zu trösten. Sie hatte ihm von den Beisetzungsplänen berichtet. Und er hatte sie darin bestärkt, die ganze Geschichte möglichst schnell hinter sich zu bringen. Beerdigungen waren für die anderen. Regina selbst hatte sich schon längst verabschiedet.

Aber das erzählte er der Rattenwender nicht. Die Frau machte ihm auf eine sonderbare Weise Angst, als sie am Tisch in Duschls Arbeitszimmer saß. Nur eine Uhr an der Wand tickte.

Sie beobachtete ihn, wie er Schubladen öffnete, hinter Bilder schaute, stets in der Hoffnung, irgendeinen Hinweis zu finden, der Aufschluss über die Umstände geben konnte, die zu Duschls Tod führten. Die Rattenwender schwieg die ganze Zeit über.

Erschöpft hatte er sich nach der erfolglosen Suche zu ihr gesetzt und ihr fest in die Augen gesehen. Sie schien etwas zu wissen. Aber sie wollte nicht darüber reden.

»Wissen Sie, Frau Rattenwender, so ein Tod bedeutet für uns alle eine Veränderung. Das ist, je älter man wird, manchmal kaum zu ertragen. Mir ist klar, dass Sie für beide Männer über sehr viele Jahre die wichtigste Hilfe waren.«

Sie antwortete nicht. Die Uhr tickte weiter. Draußen mähte jemand den Rasen.

Quercher versuchte es erneut. »Was passiert jetzt mit Ihnen, wo alle tot sind? Haben Sie eine Rücklage? Sind Sie versorgt?«

Sie nickte. Aber er sah, wie sich ihre grauen Augen langsam mit Tränen füllten.

»Es geht doch nicht um Geld«, kam es leise über ihre von Falten umsäumten Lippen. »Es geht eine Ära vorbei. Der Graf war der Letzte, der die Idee des Adels lebte. Keine Lächerlichkeiten, keine Fehltritte. Und der Herr Duschl war sein Knappe, sein eiserner Heinrich. Jetzt kommen die Schwestern und dieser ...« Sie stoppte, sah Quercher prüfend an, schwieg aber.

Quercher verstand. Die Dame konnte dem Halbtagsheiler wenig abgewinnen. »Sie glauben nicht an die Heilkräfte von Lush?«, streute Quercher noch Salz in die Wunde.

Rattenwender schnaufte verächtlich. »Früher waren es junge Männer aus Münchner Tanzlokalen, heute ist es ein Tschusch, morgen ein Penner. Die Cordelia ist haltlos, war sie immer schon.«

Quercher musste ein Grinsen unterdrücken. Er erinnerte sich, wie er die DJane vor vielen Jahren in einem Münchner Club hoch oben auf der DJ-Empore gesehen hatte, Kopfhörer über den Ohren, laut lachend und eine Champagnerflasche schüttelnd, die sie sich unter den Rock führte. Partygirl pur. ›Und heute ist es ein Heiler.‹ Rattenwender konnte recht haben.

»Cordelia braucht immer eine neue Idee. Innen ist sie hohl. Na ja, bis auf das Kind, das diese beiden Wahnsinnigen in diese Welt setzen wollen. Allerdings glaube ich ihr kein Wort. Cordelia erwartet kein Kind!«

»Wie kommen Sie darauf?«, fragte Quercher, dem natürlich sofort der Begriff ›Neid‹ in den Sinn kam, was ihn ärgerte. Nur weil die Rattenwender kinderlos war, musste man ihr nicht sofort missgünstige Gedanken unterstellen.

»Eine Frau spürt das. Wenn sie ein Kind erwartet, verhält sie sich nicht so. Aber es ist natürlich nur eine Vermutung und zudem ist es nicht mehr wichtig. Der Graf ist tot. Und Cordelia konnte ihn zum Schluss auch noch mal auf ihre Seite ziehen!«

»Und die Regina?«

»Schickt Sie Regina, um mich das zu fragen?«, fragte Rattenwender misstrauisch.

Quercher schüttelte den Kopf.

»Regina hätte standesgemäß heiraten sollen. Dann wären wir jetzt nicht in so einer Katastrophe. Ihr Vater hätte ihr mit dem Herrn Duschl noch zu Lebzeiten das Vermögen übertragen. Aber die Ältere wollte ihren Willen durchsetzen. Und was hat sie davon? Witwe ohne Kind ist sie.«

Wieder Schweigen.

»Wissen Sie, Herr Quercher, ich zeig Ihnen etwas.« Rattenwender erhob sich und nahm ein gerahmtes Bild von der Wand. Es zeigte den alten von Valepp mit Rattenwender auf Duschls Terrasse. Vorsichtig öffnete sie den Rahmen und schob das Farbfoto heraus.

Quercher sah, dass es an der Seite eingeknickt worden war. Jemand hatte gewollt, dass dieser Teil des Fotos nicht zu sehen war.

Sie reichte es ihm.

Der Streifen zeigte Duschl mit nacktem Oberkörper. Es musste im Sommer gewesen sein. Der alte von Valepp blickte nahezu sehnsüchtig zu ihm.

Rattenwenders knochiger Zeigefinger deutete auf einen kleinen Punkt am äußersten Rand.

Quercher verstand nicht. »Was ist das?«

»Die Mappen von Herrn Duschl. Die seien sein Computer, hat er mir mal erzählt. Die haben nie das Haus verlassen.

Drei Stück. Silbern, Grün und Rosa.« Sie deutete auf den Schreibtisch. »Da drüben waren sie drin.«

»Wo? In der Schublade?« Quercher ging schnellen Schrittes zu Duschls Tisch.

»Heben Sie die grüne Matte auf dem Tisch an.«

Quercher tat, wie ihm geheißen. Unter der Schreibtischauflage war eine kleine Platte eingelegt.

»Drücken Sie auf beiden Seiten.«

Die Platte schnellte nach oben, sodass Quercher sie verschieben konnte. Doch die Metalleinfassung war leer.

»Da lagen sie. Das war sein Geheimfach.«

»Aber was konnte schon in einer Mappe oder einem Ordner sein?«, fragte er sie.

»Alles«, war ihre lakonische Antwort.

»Also wissen Sie es nicht?«, erwiderte Quercher eine Spur zu gereizt.

»Ich sah nur ein paarmal, wie Herr Duschl und der Herr Graf sich über große Blätter und kleine Kladden beugten und sich berieten. Die Kladden sahen aus wie diese alten Bücher auf dem Katasteramt.«

Quercher nickte. »Und wer sagt Ihnen, dass das brisantes Material war?«

Sie stellte sich neben ihn, ging in die Knie und suchte etwas unter dem Schreibtisch. Plötzlich schrak Quercher zurück. Aus vielen kleinen Öffnungen quollen Feuerstrahlen. Jedes Papier, das sich in dieser Metallwanne befand, würde so bei Gefahr sofort verbrannt werden. Hier schien jemand etwas verborgen zu haben. Und das war nicht mehr da.

Dank der alten Rattenwender hatte er jetzt ein Motiv für Duschls Tod. »Noch was. Hatte Herr Duschl eigentlich nur ein Telefon?«

»Ja, er mochte diese Handys nicht. Seine Arbeit war, wie er immer sagte, von langsamer Präzision. Er lebte für die Arbeit.«

»Es sei denn, er angelte oder schwamm«, ergänzte Quercher nachdenklich.

Rattenwender lachte. »Der Herr Duschl konnte nicht schwimmen. Er hasste Wasser.«

»Haben Sie das den Kollegen gegenüber auch gesagt?«

»Mich hat keiner danach gefragt«, erwiderte sie knapp.

»Vielen Dank, Frau Rattenwender. Vielleicht klärt sich ja bald einiges auf.«

Er wollte gehen, als sie ihn noch einmal am Arm berührte. »Herr Quercher, ich kannte Ihren Vater. Es tut mir sehr leid für ihn. Ich weiß, wie sehr eine Familie Schmerzen bereiten kann.«

»Danke, Frau Rattenwender. Sein Tod ist schon lange her.«

»Der See hat ihn genommen. Wie den Herrn Duschl.«

»Ja?«

»Beide ruderten am Ringsee. Vielleicht finden Sie da mehr!«

Quercher fuhr langsam den Weg ab, den Duschl womöglich genommen hatte, als er zum See wollte. Bislang war nicht klar, wie er dorthin gekommen war. Querchers Kollegen hatten den Hinweis eines Anwohners in die Ermittlungsakten gelegt. Der Mann vermisste ein Ruderboot.

Wenn jemand nicht schwimmen konnte und trotzdem bis in die Mitte des Sees gekommen war, sprach viel für ein Boot.

Der Mann war weit über siebzig. Er hatte vor vielen Jahren das Grundstück direkt am Ringsee, einem Seitenarm des Tegernsees, erworben und konnte damit einen der sehr begehrten Bootsstege sein Eigen nennen. Eine schwere Knochenkrankheit hinderte ihn aber jetzt daran, auf den See zum Angeln fahren.

»Vermieten Sie Ihre Boote denn von Zeit zu Zeit?«

Der Alte sah ihn skeptisch an. »Nein, ich hab ja kein Gewerbe!«

Quercher verstand. Der Gute hatte Angst, als Steuersünder zu gelten. Damit gehörte er hier am See zwar zum mitgliederstärksten Verein, aber das war Quercher wurscht.

»Hören Sie, mir ist es egal, ob Sie das nebenher machen oder nicht. Ich brauche Ihre Hilfe und müsste die Namen jener Personen wissen, an die Sie Boote ›weitergegeben‹ haben.« Er sah den Alten verschwörerisch lächelnd an.

Der schnaufte und überlegte. »Ich habe hier schon länger niemandem mehr ein Boot gegeben. Aber mir ist eins gestohlen worden. Das habe ich der Polizei auch gemeldet.«

»Ach? Und wann war das?«

»Am achten August. Das weiß ich genau«, antwortete der Mann bestimmt.

»Was macht Sie so sicher?«

»Ich habe an dem Tag Geburtstag.«

Quercher nickte. Seit diesem Tag war Duschl verschwunden. Das könnte passen, dachte er.

Da der Mann noch einen Termin hatte und dringend wegmusste, verabschiedete Quercher sich. Als er wieder in seinem Wagen saß und Lumpi streichelte, bemerkte er, dass in der Zwischenzeit sieben Anrufe auf seinem Smartphone eingegangen waren. Alle stammten von Constanze Gerass, seiner Chefin.

»Du hast jetzt mal Sendepause«, murmelte er.

Stattdessen rief er Arzu an. Seine neue Nachbarin konnte ihn mal ein wenig mit ihren Kommunikationskenntnissen unterstützen. Quercher wollte wissen, wer in dem Zeitraum um Duschls Verschwinden an dieser Stelle des Sees telefoniert hatte.

Als er Arzu den Auftrag durchgegeben hatte, hielt er hinter dem Rathaus in Wiessee. Er wollte mit einem alten Tauchexperten reden. Danach erst würde er bei der Herrin aus München Männchen machen.

»Siebzig Meter. Da tauchst du nicht eben mal runter. Das wäre eher ein Job für Polizeitaucher, die mit *Nitrox* unter Wasser gehen. Hinzu kommen die Suchfläche und die Strömung. Ich muss dir als Wiesseer nicht sagen, dass allein auf unserer Uferseite mehr als vier Bäche in den See laufen. Die erzeugen eine tiefere Strömung, aufgrund derer Körperteile nicht einfach zu Boden sinken. Das heißt, es würde Wochen dauern, bis du etwas finden würdest. Also schreib die Körperteile einfach ab.«

Hans Bohn war Wiesseer, Taucher und Schnupftabakabhängiger. Permanent drückte er sich das Teufelszeug auf den Handrücken. Quercher schüttelte den Kopf. Er stand in einem dunklen, etwas muffig riechenden Raum hinter dem Wiesseer Rathaus und war von Tauchflaschen und Neoprenanzügen umgeben. Bohn war die wenigste Zeit hier am See, meist reiste er in der Welt umher, um Tauchbasen mit neuestem Equipment zu versorgen oder altes zu reparieren.

»Das weiß ich auch. Aber fangen wir mal systematisch an: Der Mann geht am Ringsee ins Wasser. Die Zuflüsse aus den Bergen treiben ihn vielleicht ein paar Meter weiter, aber vor allem tiefer. Das würde in dieser Bucht hier bedeuten, dass er im Schlamm des noch nicht tiefen Sees stecken bleibt beziehungsweise versinkt. Kein Ausflugsdampfer fährt dort hinein. Darf keiner. Also spricht vieles dafür, dass der Mann sich ein Boot nahm. Zweite These: Der Mann rudert allein oder mit jemandem zusammen hinaus auf den See. Dort fällt er ins Wasser. Seine Leiche treibt weiter in die Seemitte, direkt in die Schifffahrtslinien, wird von einer Schiffsschraube zerfetzt und verteilt sich im See. Kann das sein?«

Bohn zuckte mit den Schultern. »Kommt darauf an. Interessanter ist doch, wie der Duschl aus dem Boot gekommen ist und dass das keiner gesehen hat.«

»Das war vielleicht frühmorgens? Zumindest weisen einige Indizien darauf hin.«

Bohn schüttelte den Kopf. »Die ersten Angler sind immer schon vor Dämmerungsbeginn da draußen. Dazu kommen die ganzen Pfeifen mit viel Tagesfreizeit, die von ihren Frauen zum Gassigehen mit dem Hund rausgejagt werden. Sehr ungewöhnlich, dass da niemand etwas gesehen haben soll. Wenn Duschl jemanden dabeigehabt hätte, wäre es zu einem Kampf und zu Geschrei gekommen. Denn man kippt ja nicht mal einfach so auf die Schnelle jemanden in den See. Ein Schuss? Hätte man gehört. Vor allem aber geht eine Leiche erst mal nicht unter, wenn sie ins Wasser fällt. Zumindest kannst du dir nicht sicher sein.«

»Sag mal, Hans, du hast dir ja richtig Gedanken gemacht«, spottete Quercher.

Bohn nieste ihn an, sodass selbst Lumpi den Kopf einzog. »Der Mörder kam aus dem See«, schniefte er.

»Du hast zu viel Edgar Wallace gelesen«, engegnete Quercher und versuchte, eine Pressluftflasche mit einer Hand hochzuheben.

»*Gasthaus an der Themse*. Kenn ich. Hat mich zum Tauchen gebracht«, antwortete Bohn ungerührt. Eine Flasche wackelte und drohte umzufallen. »Vorsicht! Du kennst dich damit nicht aus!«

Quercher sah draußen im Hof ein altes Ruderboot, in das mehrere Töpfe mit Geranien gestellt worden waren. »Komm mal mit, Hans«, rief er und eilte mit Lumpi aus dem Tauchladen.

Bohn wankte mürrisch hinterher. Kaum hatte er das Boot erreicht, nahm er eine weitere Prise Schnupftabak.

»Setz dich mal rein.«

»Muss das sein?«

Quercher kannte Bohn schon lange. Er war ein freundlicher Kauz, der ihn immer wieder zum Tauchsport hatte überreden wollen. Aber angesichts des Schicksals seines Vaters hatte Quercher darauf verzichtet. Geblieben war ein sporadischer Kontakt zwischen den beiden Männern, der nie abriss. »Ja, es muss sein.«

Widerwillig nahm Bohn die Töpfe aus dem morschen Boot und setzte sich hinein. Dann tat Quercher es ihm nach. Lumpi stand knurrend daneben und wollte hinterherspringen.

»Nein, Madame. Hunde müssen draußen bleiben!«, mahnte er, bevor er sich Bohn zuwandte. »Also, erste These: Sie sind zu zweit. Der oder die andere schießt unvermittelt. Duschl fällt nach hinten oder zur Seite.«

»Dauert lange. Hinterlässt Spuren am Boot. Wird vom Ufer gesehen. Ist laut«, erwiderte Bohn.

»Kluger Mann. Nehmen wir an, es war ein Unfall. Duschl genießt die Umgebung, steht auf, der andere auch. Das Boot schwankt. Duschl fällt hinein ...«

»Und geht sofort unter? Gibt es nur im Film. Und warum hätte der andere dann nicht sofort Hilfe gerufen?«, widersprach Bohn.

»Gut. Die nächste Idee. Die Bohn-These. Der Mörder trägt Gummi.«

»Das heißt Neopren, du Schwimmbadtaucher!«

»Jemand taucht auf, umfasst Duschl und zieht ihn aus dem Boot«, philosophierte Quercher unbeeindruckt weiter.

»Ich gebe zu, dass das schwierig werden würde. Aber es wäre möglich. Wenn man so was ordentlich vorbereitet, geht das. Danach zieht der Mörder das Boot wieder in den Ringseebereich zurück. Alle glauben, Duschl hätte sich umgebracht. Der Tote wird von einer Schiffsschraube erfasst, seine Überreste liegen auf siebzig Metern Tiefe.«

»Konnte ein Täter mit der Schiffsschraube rechnen?«, fragte Quercher und kraulte vom Boot aus den Hund, der winselnd neben ihnen stand.

»Nein, eigentlich nicht. Wenn er die Leiche noch beschwert, sackt die sehr schnell hinunter.«

»So etwas machen nur Profis«, schränkte Quercher ein.

»Ja, das machst du sicher nicht beim ersten Tauchschein zwischen Nachttauchgang und Ausbalancieren.«

Quercher nickte gedankenverloren, ehe er sich abrupt erhob und Bohn dankte. »Ich muss noch ein paar Würste fürs Grillen kaufen.«

»Musst du nicht. Ich habe noch welche in der Kühltruhe. Eins a, von einem Ökobauernhof bei Reichersbeuern.«

Sie gingen zurück zu Bohns Büro.

»Seit wann machst du denn auf Öko?«, fragte Quercher spitz.

»Seitdem ich alt und weise geworden bin.«

»Kann nicht lange her sein«, lachte Quercher und sah sich, während Bohn in einem Nebenraum eine altersschwache Kühltruhe öffnete, vergilbte Fotos von Tauchlehrgängen aus früheren Jahren an. Gerade als er ein Bild genauer inspizieren wollte, kam Bohn mit einem großen Packen feiner Rindswürste um die Ecke. Lumpi jaulte.

»Nein, das ist nichts für alte Damen«, wehrte Quercher den bittenden Hundeblick ab.

Im Auto klingelte sofort sein Telefon. Arzu hatte bereits erste Ergebnisse für ihn. Anschließend wählte er die Nummer von Gerass.

»Ehe Sie sich aufregen, ich recherchiere brav im Fall Duschl und erstatte morgen auch bei Ihnen die ersten …«

»Picker ist weg!«, unterbrach ihn seine Chefin.

»Ja? Und was soll ich da tun? Suchen gehen?«

»Herr Quercher, das ist nicht witzig! Picker war mit dem *Wallfahrt*-Fall beschäftigt. Seit gestern ist er verschwunden. Seine Lebensgefährtin sagt, dass Sie der letzte Mensch gewesen sein sollen, mit dem er sich treffen wollte.«

»Keine Ahnung. Wir sind gestern Morgen zum Spitzingsee hinaufgefahren. Er wollte mir etwas zeigen: Beweismaterial, das ihm irgendjemand in den Briefkasten gelegt hat.

Eine silberne Mappe. Mehr weiß ich auch nicht. Danach bin ich gefahren. Der wird schon wieder auftauchen. Vermutlich ist das eine dieser typischen Picker-Undercover-Nummer. Ich würde mir keine Sorgen machen, der kommt spätestens dann zurück, wenn er Hunger hat«, spottete Quercher und sah dabei mindestens so gierig wie Lumpi auf die Würstchen von Bohn.

»Hm, was waren das für Unterlagen?«

Quercher wollte nicht am Telefon darüber sprechen. Er hatte keinen Verdacht, aber ein ungutes Gefühl. Und natürlich verunsicherte ihn Pickers Abtauchen mehr, als er zugeben wollte. Aber er musste jetzt der Reihe nach vorgehen. Er saß am Duschl-Fall und der kam ihm immer obskurer vor. Dennoch meinte er, irgendeinen wichtigen Gedanken aufblitzen gesehen zu haben, als er Gerass von der Mappe erzählt hatte, die Picker erhalten hatte. Weil er aber einfach weitergeredet hatte, anstatt sofort darauf einzugehen, konnte er sich jetzt nicht mehr daran erinnern.

»Darf ich Ihnen das morgen erzählen?«

»Ich hoffe, dass Sie dafür eine gute Erklärung parat haben. Schönen Abend.«

Er zog eine Grimasse und fuhr den restlichen Weg zu sich nach Hause. Als er in die Einfahrt seines Elternhauses einbog, stand sie schon da.

Sie mochte in Trauer sein, aber dafür sah sie hinreißend aus. Ein schwarzer Hosenanzug, eine ebenso schwarze Seidenbluse. Quercher entdeckte an sich eine Schwäche für erwachsene Businessfrauen. Sein Faible für die jungen Partytrullas schien im Alter zu vergehen. Reginas braune Haare waren zu einem lockeren Zopf hochgebunden. Und sie roch unglaublich.

Als er sie umarmte, schnüffelte er an ihr wie Lumpi.

»Mmmh, was ist das?«

»So riecht der Tod.«

Er verdrehte die Augen. »Wenn der so riecht, will ich sterbenskrank sein.«

»Keine Scherze über den Tod, bitte.«

Immer wieder verrutschten ihm bei Regina die Sätze. Sie gab ihm ständig das Gefühl, nie den richtigen Ton zu treffen. Er fragte sich, ob das eine Masche war, um ihn zu verunsichern. »Es tut mir leid, Regina.«

Sie nickte nur.

Er bat sie in sein Elternhaus, das er aus irgendeinem Grund immer noch so nannte, auch wenn es längst ihm gehörte und dort nichts mehr an seine Mutter oder seinen Vater erinnerte.

»Hast du das hier eingerichtet?«, fragte sie interessiert.

Er mochte es nicht besonders, wenn andere Menschen in dieses Haus kamen. Genau genommen war auch Regina noch eine Fremde. Auf dem Weg hierher hatte er sich gefragt, warum er immer zuerst mit den Frauen schlief, ehe er sie wirklich kennenlernte, hatte das dann aber als weiblichen Gedankenunsinn abgetan. Dennoch hatte diese Frage einen faden Nachgeschmack hinterlassen und wollte ihm nicht mehr so recht aus dem Kopf gehen.

»Nicht direkt. Zwei Kolleginnen, die hier mal für ein paar Wochen gelebt haben, durften sich auf meine Kosten innendekortechnisch austoben. Ein großer Fehler!«

»Optisch nicht, aber hast du dich da sexuell nicht ein wenig übernommen?«

»Die haben hier nur gewohnt.« Schon wieder so eine Provokation von Regina, dachte er. Doch sobald er auf so etwas reagierte, machte sie auf trauernde Tochter.

»Zahlt der bayerische Staat so wenig, dass die Damen sich die Miete nicht leisten konnten?«

»Lange Geschichte. Erzähl ich dir ein anderes Mal. Eine der Inneneinrichterinnen wirst du jedenfalls gleich kennenlernen. Die wohnt jetzt mit meinem alten Chef zusammen.«

Er sah Reginas irritiertes Gesicht und registrierte jetzt erst, was er da sagte. »Ja, die beiden sind jetzt ein Paar«, beeilte er sich zu erklären. »Aber ich war nie mit ihr zusammen.«

»Aha!«

Wenn Frauen ›Aha‹ sagten, meinten sie: Ich glaube dir kein Wort, werde der Sache aber garantiert auf den Grund gehen, Freundchen!, dachte Quercher resigniert. Er musste das Thema wechseln. »Weißt du etwas von Mappen in verschiedenen Farben, die Jakob Duschl und dein Vater nutzten? Die Haushälterin zeigte mir am Schreibtisch ein Geheimfach. Da seien sie immer aufbewahrt worden. Jetzt sind sie aber nicht mehr da.«

Regina stöhnte. »Ja, das war so eine Marotte der beiden. Silber, Grün und Rosa. Die Farben stehen für irgendetwas Kirchliches. Doch für Duschl und meinen Vater zeigten die Farben nur eine bestimmte Dringlichkeit. Welche Mappe wofür stand, weiß ich nicht. Aber Duschl erschien manchmal am Sonntag nach dem Kirchgang und hatte eine der Mappen dabei. Mal legte er sie meinem Vater nur auf den Schreibtisch, mal ging er mit meinem Vater, der sie dann abzeichnete oder genehmigte, gleich ins Arbeitszimmer. Ich war da als Tochter nicht gern gesehen. Die beiden haben um die Mappen immer eine große Geheimniskrämerei gemacht. So sehr, dass ich in eine hineingesehen habe.«

»Und?« Quercher hoffte auf eine Überraschung.

Regina grinste.« Da waren nur Kreuzfahrtangebote drin.«

»Und es gab nur diese drei Mappen?«, insistierte Quercher leicht enttäuscht.

»Ach was, sämtliche Mappen, die bei uns im Umlauf waren, waren nach diesen Farben geordnet. Alle Geschäftsführer unserer Firmen und Tochterfirmen mussten mit diesem System arbeiten. Ich weiß noch, dass sich einer mal darüber lustig gemacht hatte. Es wäre doch besser, die Ampelfarben grün, gelb und rot zu nehmen. Der war nicht mehr lange in

Duschls Diensten, denn dem waren die Farben total heilig. Eben ein Gewohnheitsmensch.«

»Die Farben waren ihm heilig«, murmelte Quercher nachdenklich.

## Kapitel 22

*Kreuth, 20.08., 20.45 Uhr*

Franz Schaflitzel, der Baukönig, hatte heute den Mercedes-Geländewagen gewählt. Er stieg aus und öffnete die Hecktür. Ein Münsterländer sprang aus einem Käfig und lief ein paar Meter tief in den Wald, ehe der Mann das Tier mit einem Ruf zurückbeorderte.

Schaflitzel war auf Pirsch am Bodigberg. Es war trocken, die Dämmerung brach herein, die verdammten Touristen, die illegalerweise über seine Wege trampelten, waren verschwunden. So konnte er zu dem Hochsitz in seinem Revier gehen, das nur wenige Hundert Meter von der deutsch-österreichischen Staatsgrenze entfernt war – trotz seiner Wampe, die von einem grasgrünen Hemd umspannt wurde.

Die Straße, deren Verkehr er hier oben nur als Rauschen wahrnahm, war die einzige Verbindung ins Nachbarland. Sie führte über den Achenpass nach Tirol. Ein gutes Revier, schlechter Baumbestand zwar, aber genug Rotwild. Auch wenn die Jägerkameraden und die Gemeinde Kreuth jammerten, dass er zu viel Wild in seinen Revieren hielt, so erfreuten er und seine ausgewählten Jagdfreunde sich an der Menge und der Leichtigkeit, mit der man speziell heuer zu einem Abschuss kam. Einen dieser Herren erwartete er noch. Der Chef einer österreichischen Jagdgesellschaft hatte ihn telefonisch über seine Verspätung informiert. So sind sie halt, die Ösis, hatte Schaflitzel leicht säuerlich noch gedacht.

Aber dann war das andere Gefühl in ihm aufgestiegen, hatte jede Form der schlechten Laune vertrieben.

Heute würde er töten, lächelte er zufrieden.

Jürgen Klauser lebte bereits seit mehr als vierundzwanzig Stunden im Wald. Den Schmerz über den Verlust seiner Familie hatte er mit mehreren Tabletten und einem Vollrausch betäubt. Inzwischen war er wieder nüchtern. Jetzt wurde es Zeit.

Er roch nach Harz und Schweiß. Hier bei Glashütte, wenige Meter vom Achenpass entfernt, sollte das Feuer seinen Anfang nehmen. Das würde die Hilfe aus Österreich behindern. Er sah es vor sich, sah die meterhohen, zischenden, pfeifenden und zerplatzenden Baumfackeln. Die Hölle würde beginnen.

Der Wind stand gut, strich beständig von Süden her über den Bodigberg. Im Winter wurde der Weg hinauf zum Mittereck als Loipe genutzt. Jetzt war alles trocken und mit Kalksteinen belegt. Klauser hatte schon vor Tagen einen Tankwagen aus dem Schuppen eines Bauern gestohlen. Der Tank war halb voll mit Diesel. Die andere Hälfte hatte Klauser mit einem Gemisch aus Holzteer, mit dem Jäger ihr Wild anlockten, und Leichtbenzin gefüllt. Die Mischung brauchte eine hohe Entzündungstemperatur. Auch dafür hatte er gesorgt. Eine kleine Rohrbombe, selbst gebastelt aus dem Zündmaterial von seit Langem gesammelten Silvesterraketen, würde ausreichen.

Klauser sah auf seine Bergsteigeruhr und wusste, dass er auf achthundert Metern angekommen war. Er stieg von dem Trecker, der den Wagen gezogen hatte, und öffnete mit Mühe den Verschluss des Tanks. Sofort schwappte etwas Flüssigkeit heraus und Klauser sprang zurück. Noch nicht, dachte er. Noch nicht.

Franz Schaflitzels Hochsitz befand sich oberhalb einer gerodeten Fläche. Der Revierförster war wegen der Lawinengefahr zunächst nicht damit einverstanden gewesen. Nachdem er jedoch mit einer kleinen Zuwendung beruhigt worden war, fand er es dann doch übertrieben, von einer Gefahr zu sprechen.

Der Mond nahm ab, aber die Mücken waren bestialisch. Schaflitzel wollte sich allerdings nicht einsprühen, aus Angst, dass das Wild etwas riechen und damit vertrieben werden könnte. Also ertrug er zähneknirschend, dass Bremsen und Mücken sich über sein fettes Fleisch hermachten.

Er hörte ein Käuzchen, dann das Reiben eines Geweihs an einem Baum. Wieder war es still. Nach einer Weile sah er eine Gruppe junger Hirsche, die durch Farne und Büsche auf die Lichtung traten. Schaflitzel hatte Mais streuen lassen, der sie wohl angelockt hatte. Ein Zweijähriger kam als Erstes. Schaflitzel nahm vorsichtig das Gewehr aus der Tasche und hob es an.

In diesem Moment wurde die Stille jäh von einem näherkommenden Krach unterbrochen. Sowohl Schaflitzel als auch die Tiere drehten den Kopf in die Richtung, aus der der Lärm anschwoll. Es war offensichtlich ein Traktor. Schaflitzel wurde puterrot vor Wut. Hier hatte niemand etwas zu suchen! Schon gar keiner von diesen idiotischen Almbauern.

Er kletterte für seine Körperverhältnisse behände den Hochsitz hinunter und lief über die Lichtung. Die Hirsche sprangen mit großen Sprüngen wieder in den Wald, was ihn nur noch zorniger werden ließ. Er sah den Trecker, der einen Tankwagen zog und sich laut knatternd den steilen Weg hinaufquälte. Schaflitzel stolperte, fiel in einen für ihn nicht sichtbaren Graben voller Brennnesseln und begann zu schreien. Als er sich wieder erhob, sah er einen Mann, der den Tankwagen am hinteren Ende zu öffnen schien. War der völlig irre?

Kurz bevor Schaflitzel den Wagen erreichen konnte, fuhr der Mann wieder los. Als Schaflitzel den Kiesweg betrat, roch er etwas, was hier nicht hingehörte. Er lief schnaufend und völlig außer Atem hinter dem Wagen hinterher. Noch ein Meter trennte ihn von der Tankrückseite. Er griff danach, stürzte, hielt sich an einem Griff fest. Der schnappte nach links und fiel dann direkt auf Schaflitzels Gesicht. Er schrie vor Schmerz auf, das runde Metallstück hatte sein Nasenbein gebrochen und mehrere Vorderzähne herausgeschlagen. Als er vornüber unter die Tanköffnung fiel, spürte er, dass sich irgendetwas über ihn ergoss.

Klauser hatte ihn erst sehr spät bemerkt. Der Traktor stand jetzt in einer provisorischen Einfahrt für Waldarbeiter, direkt unter Fichten. Er war vom Bock aufgestanden und hatte nach hinten gesehen. Für einen Moment war er unschlüssig. Dann drückte er die Hydraulik und der vordere Teil des Tankwagens hob sich. Klauser sprang vom Traktor, stellte sich an die Seite und beobachtete, wie die stinkende Brühe über den Mann kippte. Der hatte sich aufgerafft und schreiend sein Gesicht betastet. Wie ein langer Bach floss das Gemisch an Flüssigkeiten mittlerweile über den Waldboden auf den Weg, wo es jedoch nicht versickerte. Der Mann mit dem Gewehr sah jetzt zu ihm herüber und brüllte irgendetwas.

Klauser schüttelte den Kopf. »Du stirbst!«

Schaflitzels Augen brannten wie Feuer. Trotz der höllischen Schmerzen begriff er intuitiv, was der Mann wollte. Niemand mit Verstand würde nachts mit so einer Ladung in ein knochentrockenes Waldstück fahren. Seine Wut wurde übermächtig. Er riss die Waffe hoch und schoss blind in die Richtung, in der er den Mann vermutete. Die Entzündungstemperatur der Treibladung reichte aus, um die Dämpfe, die sich inzwischen gebildet hatten, zu entzünden. Aber die Explosion warf ihn nur in den Graben. Schaflitzel rappelte sich auf. Alles war glitschig. Es roch unglaublich streng nach Benzin. Noch einmal versuchte er, sich die Augen freizuwischen. Dann erkannte er das Metallstück in der Hand des Mannes. Schaflitzel rannte los, fiel hin, rappelte sich wieder auf, hetzte in schierer Verzweiflung den Weg hinunter. Dorthin, wo sein Wagen stand, wo Rettung war.

Klauser entzündete die Schnur der Rohrbombe und warf das Feuerzeug unter die Öffnung des Tanks. Dann sprang er in das Erdloch, das er vorbereitet hatte. Die Explosion drückte das Gespann aus Wagen und Traktor einen Meter in die Höhe und entzündete das Rinnsal des hochexplosiven Gemischs binnen einer Sekunde.

Die Flammen erreichten Schaflitzel kurz vor seinem Mercedes, umgaben ihn und entbrannten seine Kleidung. Wie eine menschliche Fackel torkelte und stolperte er in den nahen Wald, entzündete Meter um Meter, ehe er endgültig fiel und sein Körper einen steilen Hang hinunterrollte. Erst ein dicker Fichtenstamm stoppte ihn. Da hatte Schaflitzel das Bewusstsein noch nicht gänzlich verloren. Er schnappte nach Luft, aber da war keine. Nur Hitze. Das Harz des Baumes brannte sofort lichterloh.

## Kapitel 23

*München, 20.08., 23.44 Uhr*

Das war ihre Zeit. Die Büros um sie herum waren verwaist. Die Reinigungskräfte waren wieder abgezogen. Stille herrschte in der fünften Etage des Landeskriminalamts an der Maillingerstraße. Constanze Gerass saß an ihrem sehr funktionalen Schreibtisch und genoss.

Die SMS war vor einer Stunde gekommen. Picker hatte geschrieben. Er sei in Österreich, würde sich in drei Tagen melden. Die Unterlagen seien sicher. Alles sei okay. Als Beweis schickte er drei Fotos.

Gerass hatte Diagramme und Zahlenkolonnen erkannt und die SMS samt den Fotos direkt an die Kollegen vom Team *Wallfahrt* weitergeleitet. Die wiederum waren nach einer vorläufigen Analyse des Materials völlig aus dem Häuschen. Das erste Foto hatte ein Zusammenwirken zwischen Tochterfirmen der von Valepps und einzelner Parteigrößen in den Achtzigerjahren gezeigt. Vor mehr als vierzig Jahren hatte Franz von Valepp Konten und Dauerzahlungen eingerichtet. Parteimitglieder, junge wie auch altgediente, waren versorgt und gelenkt worden. In mehreren Briefwechseln und Telefonprotokollen schienen auch Positionen besetzt worden zu sein, nicht nur in der Partei, sondern auch in Vereinen, Verbänden, Stiftungen und Unternehmen. Lottogesellschaften, Sparkassenverbände, das ganze Spektrum der öffentlichen und privaten Elite schien eingebunden gewesen zu sein.

Der einzige Haken: Alle Akteure, inklusive des alten von Valepps, waren tot.

Aber der Fall kam langsam in Fahrt. Morgen würde sie dem Ministerpräsidenten einen Zwischenbericht liefern können. Gerass las einen ersten Berichtsentwurf, den die Kollegen gerade geschickt hatten, und schüttelte versonnen den Kopf. Das war auch das Netzwerk ihres Vorgängers Pollinger. Sie hatte ihn zu schätzen gelernt. Er hatte ihr bei ihrer Einführung in das Amt geholfen. Der Entführungsfall am Tegernsee vor einiger Zeit wäre sicher nicht so erfolgreich gelöst worden, wenn sie der Alte mit seinen obskuren Methoden nicht unterstützt hätte. Aber wenn er von diesem

Netzwerk gewusst oder gar mitgemacht hatte, würde auch er in den Fall hineingezogen werden. War es das wert?

Sie sah die Striche und Kreise, die vor und um einzelne Namen gezogen worden waren. Jahrzehnte hatte das Netzwerk die Elite des Landes unterstützt und geschützt. Zu seinem Nachteil? Dieser Gedanke war ihr erst heute Abend gekommen. Natürlich war es ihre ureigene Aufgabe, Korruption und Filz aufzudecken, mochte dieser auch noch so alt sein. Wenn der Filz bis in die Gegenwart reichte, war er zu bekämpfen. Aber das, was da vor ihr lag, konnte auch das Geheimnis des Erfolgs ihres Bundeslandes sein. Vielleicht war diese Verfilzung die Basis für Bayerns Status als Klassenbester. Erstaunlich war für sie nur, wie diese Unmengen an Geld immer wieder verschoben werden konnten, ohne von Finanzämtern oder anderen Aufsichtsgremien bemerkt zu werden. Bestechung und Korruption funktionierte nur, wenn man sichere Häfen hatte, wo man das Geld parken und waschen konnte. Es würden vermutlich, das sagte ihre Erfahrung, die üblichen Steuerparadiese sein. Aber um das tatsächlich aufdecken zu können, benötigten sie weiteres Material. Das alles war erst eine Ahnung. Picker musste mehr liefern.

Constanze Gerass hatte sich ein Glas Rotwein eingegossen und trank einen Schluck. Als kleine Beamtin hatte sie sich immer nach einer Position gesehnt, in der sie Ermittlungen einfach einstellen oder weiterführen konnte. Jetzt war sie an dieser Schnittstelle zur Politik. Da, wo die Luft angeblich so dünn wurde. Das stimmte. Mit der Zeit legte man sich eine dicke Haut zu, wusste, was passieren würde, wenn man fiel. Dann ließen die Freunde und Kontakte einen nicht nur liegen, sie traten auch noch auf dich drauf, dachte sie bitter.

Wenn sie diesen Fall nur schwelen und still weiterermitteln ließ, würde die Politik an jeder Stelle die Luft herauslassen können. Würde sie jedoch nur einen kleinen Hinweis in dieser Sache an die Öffentlichkeit lancieren, dann wäre sie geschützt. Aber auch unter Druck, einen Erfolg zu präsentieren. Und sie hätte nicht mehr die alleinige Kontrolle.

Sie schnalzte mit der Zunge, um den Wein stärker zu schmecken.

Alles schien jetzt von den Unterlagen abzuhängen, die Picker besaß. Wer immer sie ihm geliefert hatte, wusste, dass ermittelt wurde. Das machte die Sache noch heikler.

In Constanze Gerass kamen Zweifel auf. Was, wenn Picker verschwunden blieb? Sie hätte darauf drängen sollen, dass das Material hier ins Haus kommt. Konnte sie sich wirklich auf ihn verlassen? Er hatte sich mit Quercher getroffen, bevor er beschloss abzutauchen. Ausgerechnet. Denn der saß am Duschl-Fall. Und er war ein enger Freund von Pollinger.

Aus dem Gedanken wurde von Sekunde zu Sekunde das Gefühl von Panik. Was wurde hier wirklich gespielt?

Sie griff nach ihrem Smartphone, schrieb an Picker, dass er sich sofort melden möge, und rief die Nachtschicht an. Die Kollegen sollten das Handy orten.

Wenig später riefen die Techniker aus dem Nebengebäude an. »Das Handy des Kollegen befindet sich auf der Staatsstraße 2154 bei Furth im Wald. Es bewegt sich Richtung Osten.

»Das ist doch an der tschechischen Grenze?«

»Richtig.«

»Bitte informieren Sie die dortigen Kollegen. Sie sollen Picker stoppen.«

»Aber wir haben keinen Hinweis, in welchem Fahrzeug er sitzt.«

»Können wir ihn nicht genauer orten und dann stoppen?«

»Nein, nicht so schnell. Die Kollegen dort haben auch nur eine überschaubare Manpower. Zumal das Netz da oben noch immer nicht gut ausgebaut ist. Warten Sie …«

Der Kollege hörte einer Stimme aus dem Hintergrund zu, warf ein paar Fragen ein, die Gerass nicht verstand. Sie war schon versucht hinüberzueilen, als der Mann sich wieder meldete.

»Wir haben das Signal verloren. Es ist zuletzt auf tschechischem Staatsgebiet gewesen.«

Gerass kam der letzte Schluck Wein die Speiseröhre wieder hoch. Sie musste die Herren vom Verfassungsschutz alarmieren. Hier war irgendetwas nicht in Ordnung. Sie wählte die Nummern der beiden Kollegen, doch sooft sie es auch versuchte, sprangen die Mailboxen an. War das normal?

Fieberhaft versuchte Gerass, sich zu konzentrieren. Geriet sie gerade grundlos in Panik oder verlor sie Zeit, weil sie die Brisanz der Situation nicht erkannte? Ein bleiernes Gefühl der Einsamkeit überfiel sie. Sie fühlte sich wie paralysiert, kaute angestrengt an ihren Fingernägeln und blickte starr aus dem Fenster in die Münchner Nacht.

Wo bist du, Picker?

Noch einmal wählte sie die Nummern der Verfassungsschützer. Wieder die Mailboxen. Gerass fluchte und warf ihr Telefon auf den Tisch. Es rutschte darüber hinweg und fiel auf den Boden.

Sie war in einer Falle. Mit wem sollte sie diesen Fall besprechen? Ihr Dienstherr war der Innenminister. Der aber war nicht eingebunden – auf ausdrückliche Weisung des Ministerpräsidenten. Den wiederum konnte sie nicht mit einem vermissten Ermittler behelligen. Es blieb nur der Chef des Verfassungsschutzes, dessen Mitarbeiter ebenfalls involviert waren. Doch eine übergreifende Zusammenarbeit war immer heikel. Einen Austausch zwischen den Behörden hatte man in der Politik lange Zeit nicht gern gesehen. Das hatte sich zwar seit dem NSU-Fall und der Bedrohung durch den Islamismus geändert. Dennoch war man sich nicht immer grün. Schon die zwei Kollegen, die ihr zur Seite gestellt worden waren, waren mehr als misstrauisch gewesen. Denn auch sie wussten, auf welch dünnem Eis sie sich mit ihren Ermittlungen bewegten. Ein MP, der gegen die eigene Partei ermitteln ließ, konnte seine Meinung schnell ändern und plötzlich Sündenböcke benötigen. Da waren Ermittler immer gern gesehene Bauernopfer.

Erschwerend kam hinzu, dass ihr Verhältnis zu dem Chef des Verfassungsschutzes eher zwiespältig war. Peter von Preysing war ein Bürokrat der alten Schule. Er wusste, auf welchem Minenfeld er tagtäglich agierte, und sicherte sich bei kritischen Fragen lieber ab, als auch nur einmal ein Risiko einzugehen.

Dennoch – es musste sein: Gerass bückte sich nach ihrem Smartphone und scrollte auf dem Display nach der Nummer des Kollegen. Derart späte Anrufe waren ungewöhnlich, aber die Situation erforderte es. Sie brauchte Verbündete.

Als sie die Nummer gerade wählen wollte, klingelte ihr Telefon. Als Absender erkannte sie einen der Schlapphüte.

»Gerass!«, meldete sie sich eine Spur zu laut.

»Mit wem spreche ich?«

»Gerass, Landeskriminalamt. Und wer sind Sie?«, fragte sie jetzt verunsichert.

»Ach, Frau Kollegin. Ich bin es, Peter von Preysing. Ich habe das Telefon meines Mitarbeiters in der Hand. Es wurde am Unfallort gesichert.«

»Unfallort? Was ist denn passiert?« An Gerass' Körper schienen sich sämtliche Haare aufzurichten.

»Heute Abend sind Dirk Jossa und Dietmar Zurwehme bei einem Unfall in Oberwarngau verstorben. Ihr Wagen ist in einer Kurve auf die Gegenfahrbahn geraten und in einen Kieslaster gerast. Sie waren sofort tot.«

# Kapitel 24

*Bad Wiessee, 20.08., 21.23 Uhr*

Er hasste grillen. Und er tat es kund: »Das stundenlange Herumstehen im fettigen Rauch der zerplatzenden Würste, genauso wie das ständige Fragen, ob noch jemand etwas haben will. Das fiese Geräusch, das dann entsteht, wenn einer von euch aus einer halb leeren Ketchupflasche rote Geschmacksrotze auf das Fleisch spritzt.«

Keiner hörte Quercher zu.

Pollinger saß neben Arzu, die seine knochige Hand streichelte, der kleine Max Ali lag in seinem Kinderwagen und Regina unterhielt sich mit Querchers Schwester Anke über ihre Probleme mit den Bankkrediten. Kurz: Alle hatten Spaß – bis auf Quercher, der vor sich hin quengelte.

Er tat es auch, weil er überrascht war, wie schnell sich Regina in diese obskure Runde hatte einfügen können. Sie saß neben seiner Schwester. Links eine Frau mit mehr als dreißigtausend Euro Schulden, rechts eine Frau mit einem dreistelligen Millionenvermögen. Sie sprachen über den pickeligen Bankberater, der Anke in einen Easy-Credit-Vertrag gequatscht hatte. Regina hatte sich die Lage beschreiben lassen und Anke dann in klaren Worten versprochen, sich »diesen Burschen einmal näher anzusehen. Da hilft ja manchmal nur ein kurzes lösungsorientiertes Gespräch.«

Genau, eine ehemalige Investmentbankerin und Unternehmensberaterin trifft auf einen Sparkassenbengel. Quercher konnte sich das ansatzweise vorstellen und schwor sich, bei diesem Massaker nicht dabei zu sein.

Kaum war Regina zum Händewaschen in Pollingers neues Domizil gegangen, stichelten alle in Richtung Grillmeister.

»Sie könnte alle haben. Alle. Den halben europäischen Adel. Wirtschaftsbosse aus New York, London oder Paris. Und wenn nimmt sie? Den hüftlahmen Max aus Wiessee«, begann Arzu.

»Ja, schon als Kind funktionierte das gut mit dem Mitleid. Fremde wollten ihn einfach nur wegen seiner Dackelaugen adoptieren«, fuhr Anke giggelnd fort.

»Der Max hatte ja schon immer eine recht enge Beziehung zu seinen Zeugen. Da können wir nur froh sein, dass es wenigstens Frauen wie Regina sind«, setzte Pollinger noch einen drauf.

Quercher äffte sie nach. »Ihr benehmt euch wie Insassen einer psychosozialen Betreuungseinrichtung. Sind euch die Gesprächsthemen ausgegangen? Kommt, ich gebe euch auch mal einen mit: Wie ist das denn so, *Harold and Maude* als Lebenskonzept.«

Das war an den alten Pollinger und seine junge Freundin Arzu gerichtet, verfing aber nicht. Die beiden waren besoffen glücklich, wie Quercher sich säuerlich eingestehen musste. Pollinger, der jetzt rote *Converse*-Sneakers trug. Mit dreiundsechzig Jahren!

»In deinem Alter werden eigentlich hautfarbene Sandalen mit verwaschenen Socken angezogen«, giftete Quercher, der sich mit dem Altersunterschied zwischen Pollinger und Arzu nicht abfinden wollte, was ihn gleichzeitig jedoch fuchste.

Anke erhob sich. »Maxima ist allein. Ich muss mit dem Rad heim. Es war schön. Selbst mit dir«, rief sie in Richtung ihres Bruders, der nur müde mit der Grillzange abwinkte.

Regina war wieder aus dem Haus gekommen und wandte sich an Anke. »Anke, ich kümmere mich. Machen Sie sich keine Sorgen. Wenn die Beerdigung vorbei ist, werden wir das in die Hand nehmen. Geldangelegenheiten sind kein Hexenwerk, alles eine Frage der Disziplin.«

Anke nickte, ging noch einmal zu Quercher und umarmte ihn. »Wenn du das vermasselst, schlägt dich deine große Schwester«, flüsterte sie in sein Ohr.

»Du bist deutlich jünger«, grantelte er und versuchte, ihr mit der Grillzange in den Po zu kneifen, ehe sie in der Nacht verschwand. »Eine letzte Wurst ist noch zu haben«, rief er dann.

Alle schüttelten den Kopf. Lumpi nahm sich, zu Querchers Missfallen, der Reste dankbar an.

»Regina, erklären Sie mir eins: Ihre Familie tauchte nie in irgendwelchen Millionärsrankings auf. Die von Valepps sind unsagbar wohlhabend und einflussreich. Aber keiner nimmt davon Notiz«, fragte Arzu, die Regina mit dem Vornamen ansprach und siezte – wie Pollinger.

Dass Paare immer alles gleich machen müssen, dachte Quercher kopfschüttelnd. Außerdem fand er Arzus Frage dämlich.

Aber Regina reagierte souverän. »Nun, wir haben immer auf Diskretion Wert gelegt. Und die veröffentlichte Meinung lässt sich ja auch bis zu einem gewissen Grad steuern.«

»Klingt total nach Meinungsvielfalt«, frotzelte Quercher.

»Nein, aber wenn du keine Interviews gibst, keine Fotos machen lässt, dich aus der Öffentlichkeit zurückziehst, ist das möglich.«

Quercher klappte den Metalldeckel über den Grill und setzte sich zu den dreien an den Tisch. Wie selbstverständlich griff er nach Reginas Hand, die seine erst zögernd, dann aber fest umgriff. Im Flackern der Kerzen auf dem Tisch sahen die anderen kaum, dass sie glücklich lächelte. Ihr Smartphone brummte. Sie sah auf die Nummer, entschuldigte sich und stand auf, um sich in die Dunkelheit des Gartens zurückzuziehen.

»Wie weit bist du mit dem Duschl-Fall?«, fragte Pollinger unwillkürlich. Mit einer fahrigen Bewegung kratzte er sich an seinem neuen Holzperlenarmband, das ihm Arzu umgebunden haben musste. Er war noch nicht so hundertprozentig in der Modewelt seiner Freundin angekommen.

Quercher begann, von seinen Ermittlungen zu erzählen. Er traute Regina zwar. Aber er wusste nicht, ob sie eventuell mit Menschen sprach, die in irgendeiner Form mit der Tat in Verbindung gebracht wurden, und dabei unwissentlich den aktuellen Ermittlungsstand preisgeben könnte.

»Bis heute Nachmittag war ich mir unsicher, ob Duschl sich nicht doch selbst getötet hat. Weil er kaum schwimmen konnte, normalerweise niemals freiwillig in ein Boot gestiegen wäre und auch, weil wir eigentlich keinen Hinweis auf ein Mordmotiv haben. Klar, es fehlt das Testament. Aber das ist auf den ersten Blick nicht so schlimm. Reginas Vater hatte wenige Tage vor seinem Tod ein neues Testament aufgesetzt. Gut, damit konnte ein möglicher Mörder Duschls nicht rechnen. Aber wir haben eben nicht einen konkreten Beweis dafür, dass Fremdverschulden mit im Spiel war. Dann allerdings kamen drei neue Punkte hinzu. Erstens: Ein Anwohner vermisst ein Boot. Zufall?« Quercher nahm einem Schluck aus seiner Bierflasche und schaute Pollinger an. »Ich habe deine neue Lebensabschnittspartnerin gebeten, ihre Finger mal wieder in die Welt der Daten zu stecken.«

Pollinger hob erstaunt die Augenbrauen, schwieg aber. Arzu schien ihn noch nicht eingeweiht zu haben.

»Und siehe da: Genau für diesen Bereich am Ringsee, in dem das Boot verschwand, waren um die frühe Uhrzeit drei Nummern aktiv. Entweder sie wurden angerufen oder jemand rief von ihnen aus woanders an. Alle drei waren Prepaid-Nummern. Noch ein Zufall? Zweitens: Danach sprach ich mit Bohn, einem Taucher hier aus Wiessee. Der sagt, dass niemand einfach so stirbt und in den See kippt. Er glaubt, dass es einen Einfluss außerhalb des Bootes gab.«

»Was sollte das sein?«, fragte Arzu skeptisch.

»Etwas Leises und Schnelles«, antwortete Quercher.

»Jemand auf dem See?«

»Nein, aus dem See heraus. Ein Taucher!«

Pollinger sah Quercher spöttisch an. »Was soll das geben? Ein Profikiller wartet im See auf den Prokuristen? Das ist eine Agentenpistole. Hör auf.«

Quercher ließ sich nicht beirren. »Arzu hat sich die Zeitläufe und Bewegungen der Handys angeschaut. Zwei davon wurden bei einem Händler in Rosenheim gekauft. Das eine hat seit diesem Morgen keinen Mucks mehr gemacht, ist quasi von der Bildfläche verschwunden. Das zweite hat sich noch genau zwei Mal in ein Netz eingewählt. Einmal am See und einmal auf der Autobahn. Seitdem herrscht jedoch auch in dieser Hinsicht Funkstille. Das dritte Handy haben wir noch am See lokalisiert. Es gehört einer Bediensteten in einem der Häuser direkt am Ufer. Das hat der Besitzer der Villa bestätigt. Die Frau ist neunundsechzig Jahre und konnte nachweisen, dass sie in dieser Zeit in Kroatien bei ihrer Verwandtschaft war, weil in dem Anwesen am See gerade renoviert wird. Sie hat ihr deutsches Handy nicht mitgenommen, um hohe Roamingkosten zu vermeiden.«

»Ja, und? Was ist die Story? Zwei einsame Handys in der weiten Welt?«, frotzelte Pollinger.

»Nein, ich glaube, dass Duschl da unten am See war, und zwar am achten August. An diesem Tag verschwand das Boot. Er war mit jemandem verabredet, der nicht gesehen werden wollte, der aber Zeuge des Mordes wurde. Und sich dann aus dem Staub gemacht hat.«

»Vielleicht war derjenige aber nicht nur ein Zeuge. Vielleicht war er Duschls Mörder?«, fügte Arzu beflissen und mit einem dramatischen Unterton hinzu.

Quercher zog die Augenbrauen hoch. »Warum würde er so einen Fehler machen und wie ein Amateur abhauen, wenn er gleichzeitig so hochprofessionell tötet?«

»Weil Duschl etwas Wichtiges dabeihatte, was der Täter gern gehabt hätte?«

»Nicht schlecht, Arzu. Rattenwender, Duschls Haushälterin, hat mir von drei Mappen in verschiedenen Farben erzählt, die der Prokurist immer in seinem Schreibtisch deponiert hatte, eine grüne, eine silberne und eine rosafarbene. Wir sind im Besitz einer silbernen Mappe mit Hinweisen auf die komplexen Strukturen des Imperiums der von Valepps. Sie wurde Picker anonym zugesandt und könnte von Duschl stammen«, versuchte Quercher zu erklären.

Arzu schüttelte den Kopf. »Die ist doch erst vor ein paar Tagen bei Picker gelandet. Duschl verschwand am achten August. Der hat die Unterlagen doch nicht aus dem Jenseits geschickt?«

Quercher atmete tief durch. Seine Kollegin hatte recht. Das passte nicht.

»Was genau befand sich in der Mappe?«, fragte Arzu.

»Na ja, entlarvendes Material über die alten Großkopferten in Politik und Wirtschaft. Aber strafrechtlich relevantes Zeug war wohl nicht dabei. Auf mich wirkte das, was Picker erzählte, wie ein Warnschuss nach dem Motto: Hallo, ich habe hier was – und ich habe eventuell noch mehr. So in etwa.«

»Etwas dünn. Ich sehe ehrlich gesagt auch die Verbindung zwischen der Mappe von Picker und Duschls Tod noch nicht. Konzentriere dich darauf. Solange du nur Vermutungen hast, aber keine weiteren Leichenteile, die einen Mord schlüssig machen, ist alles andere nutzlos«, erwiderte Pollinger. »Such das Motiv. Das ist viel spannender. Warum musste Duschl verschwinden? Wobei«, er drehte den Kopf, »das können Sie uns vielleicht besser erklären, Regina.« Pollinger hatte aus dem Augenwinkel heraus gesehen, wie Regina wieder zurück auf die Terrasse getreten war. »Welche Rolle spielte Duschl im Valepp-Kosmos wirklich? Der ist doch nicht nur Prokurist gewesen. Und falls Sie die Frage als deplatziert empfinden, muss ich Sie auch an diesem lauschigen Abend daran erinnern, dass jemand, der einen Duschl aus dem Weg räumt, vielleicht auch vor Ihnen nicht haltmacht.«

»Oder genauer: Er will das System haben«, ergänzte Regina leise.

Arzu gähnte. »Was denn für ein System? Jemand will an das Geld der Familie von Valepp. Das ist doch nicht so schwer zu verstehen. Duschl hatte Zugang zu allen Konten. Er war homosexuell, vielleicht hatte er andere Liebschaften. Promiskuität ist unter Schwulen eher akzeptiert als unter Heteros. Und kommt mir jetzt bloß nicht mit Klischees gegen Minderheiten, ich bin selber eine. Vielleicht lief da ein ganz schnöder Erpressungsversuch mit Mord.«

»Klar, mit einem Taucher vom Straßenstrich am Hauptbahnhof.«

»Mann, Quercher, du mit deiner Tauchergeschichte. Das ist doch ein Familientrauma!« Arzu merkte sofort, dass sie eine unsichtbare Grenze überschritten hatte. »Entschuldige, Max.«

»Welche Tauchergeschichte?«, fraget Regina arglos.

Niemand antwortete.

Quercher sah hinauf in den Himmel. Vielleicht hatte die vorlaute Arzu recht. Verrannte er sich da in etwas, nur weil sein Vater einst auch im See ertrunken war? Pollinger konnte richtigliegen. Er musste das Motiv suchen. Aber das würde er morgen mit Gerass besprechen.

»Sagen Sie, Regina, Ihre Schwester ist jetzt Haupterbin, obwohl sie sich ihr Erbe doch schon einmal hat auszahlen lassen. Richtig?«, fragte Pollinger.

Regina lächelte höflich. »Das ist bei uns ein wenig komplizierter.«

»Lassen Sie uns teilhaben«, forderte Pollinger sie auf.

Arzu erhob sich und nahm Max Ali aus dem Kinderwagen. Erbfragen waren nicht ihr Gebiet.

»Unter Adeligen gab es über Jahrhunderte die Praxis des sogenannten Familienfideikommisses. Das ist ein Erbrecht, durch das man das Vermögen einer Familie unveräußerlich machen wollte. Der jeweilige Besitzer des Rechtes, meist der älteste Nachkomme, besaß das Nießbrauchrecht. Er musste die anderen Geschwister finanziell unterstützen, so sie das benötigten. Das Vermögen, also Grund und Häuser, konnte er jedoch nicht beleihen. Dieses Fideikommiss wurde in den letzten hundert Jahren verändert und ausgehöhlt, hat aber durch die neuen Formen der Stiftungen wieder Bedeutung bekommen. In unserem Fall ist nun meine Schwester die Inhaberin des Fideikommisses. Ihr gehören unser Stammschloss, die meisten Waldflächen sowie mehrere mittelständische Unternehmen. Die Firmenbeteiligungen fallen, so ist zumindest ihre Ansicht, auch darunter. Mir kommt ein erheblicher Strom an liquiden Mitteln zugute. Das war es dann aber schon.«

»Ich finde, dass das jetzt ziemlich bescheiden formuliert ist«, schob Quercher lächelnd ein. »Sei doch froh. Sie hat die Last der Verantwortung und du die Kohle.«

Regina runzelte die Stirn. Quercher verstand sofort, dass ihre Welten für eine Sekunde wieder völlig unterschiedlich waren.

»Entschuldigen Sie, wenn ich das so robust sage«, insistierte Pollinger. »Aber damit hat ja, was man so hört und sieht, quasi der schwächste Teil der Familie den einflussreichsten Bereich bekommen.«

»Wenn Sie das so sehen wollen.« Regina atmete tief durch.

»Und das nur, weil Ihr Vater sozusagen noch einmal zu uns Lebenden zurückgekehrt und außerdem ein neuer Stammhalter für die Familie unterwegs ist.«

Sie nickte. »Das neue Testament hat alles umgedreht.«

»Das heißt, dass Ihre Firmenneustrukturierung jetzt nicht mehr stattfindet.«

Wieder nickte Regina.

»Alles bleibt beim Alten?«

»Nun, bis auf die neuen Pläne meiner Schwester. Sie will mit Lush zusammen ein Gesundheitszentrum hier im Tal aufbauen.«

»Natürlich. Weil das bei den hiesigen Querulanten ja so einfach ist«, spottete Quercher. »Da kannst du keinen Zaun ohne Genehmigung ziehen.«

»Zumal Ihre Schwester in diesem Fall auch über wenig liquide Mittel verfügt«, ergänzte Pollinger. »Ihr Vater hat es nahezu in der Mitte geteilt. Das hat ja was vom kaukasischen Kreidekreis.«

Regina hielt sich die Hand vor den Mund und gähnte. »Entschuldigen Sie, es war wunderschön heute Abend. Aber ich muss morgen nach Schweinfurt fahren. Da ich früh rausmuss, verabschiede ich mich jetzt von Ihnen.«

Die beiden Männer erhoben sich sofort. Quercher sah, wie Regina fröstelte, und legte ihr seine Jacke über die Schultern. Sie sah ihn dankbar an.

»Eine Frage noch, Regina. Können Sie tauchen?«, fragte Pollinger.

Aber er bekam keine Antwort. Ein gewaltiger Knall erschütterte das Tal, also ob irgendetwas explodiert wäre. Im Haus schrie Max Ali. Sekunden später heulten die ersten Sirenen.

»Das muss in Kreuth sein. Vielleicht eine Gasexplosion«, vermutete Quercher.

»Bringst du mich nach Hause?«, fragte Regina leise.

Quercher nickte.

Als sie von Wiessee nach Holz zu Reginas Haus fuhren, kamen ihnen unentwegt Feuerwehrfahrzeuge und Rettungswagen entgegen. Quercher ahnte, dass es sich um etwas Größeres handeln musste. Aber das war ihm jetzt egal. Er wollte schlafen. Der Tag war anstrengend gewesen. Er musste seine Gedanken sortieren. Und er wollte noch einmal mit Regina allein sein. Lumpi war schon auf dem Rücksitz eingeschlafen.

»Komm, heute Nacht wird es weicher. Kein harter Berg«, lockte sie. »Aber erst duschen. Du riechst ein wenig zu sehr nach Wurst.«

Er verdrehte die Augen. »Und vergiss bloß die Fingernägel nicht«, äffte er sie nach.

Während Quercher kurze Zeit später unter einer voluminösen Dusche stand, zog sich der alte Pollinger seine Sneakers aus und suchte in einem Umzugskarton nach seinen Bergschuhen.

Es würde eine lange Nacht werden. Seine Nachfolgerin wäre in einer Stunde hier. Zum ersten Mal seit seiner Pensionierung würde er wieder eine Waffe in die Hand nehmen. Gerass war in Gefahr – und damit auch er, daran bestand kein Zweifel. Denn wenn Gerass hierherkam, brachte sie mögliche Täter zu ihm nach Hause wie Kinder die Läuse aus dem Kindergarten.

Läuse musste man zerquetschen.

Pollinger setzte sich in den großen Stuhl, füllte das Magazin seiner Waffe und wartete.

# Kapitel 25

*Kreuth, 21.08., 06.45 Uhr*

Verbrannte Menschen fand man meist in der Fechterstellung auf. Durch die Hitze schrumpften die Muskeln. Beine und Arme beugten sich. Knochen barsten. Die ebenfalls zusammengeschrumpfte Haut wies sogenannte Hitzerisse auf. Durch das Zusammenkneifen der Augen kurz vor dem Tod entstanden Krähenfüße um die Augen herum, in denen sich keinerlei Rußpartikel ablegen konnten.

Bei dem Betonunternehmer Schaflitzel hingegen war der Fall ein gänzlich anderer: Sein Gesicht glich einem Brikett. Der Kopf war angesichts der Hitze geplatzt.

Vier Stunden hatten die Rettungsmannschaften auf über tausend Meter gekämpft. Sie liefen dem Feuer sozusagen hinterher. Die ursprüngliche Brandquelle war schon eine halbe Stunde nach Ausbruch unterhalb der Geißalm ausgemacht worden. Alois Geltner, der Kreisbrandmeister vom Tegernseer Tal, übernahm vor Ort die Koordination. Das war nötig. Denn alle fünf Orte am See leisteten sich nicht nur eine eigene Verwaltung samt eigenem Bürgermeister, sondern auch eine eigene Sektion der Freiwilligen Feuerwehr. Diese Kleinteiligkeiten bedurften einer sorgfältig geplanten Leitung. Denn das hier konnte ein Albtraum werden.

Das Feuer fraß sich in die trockenen Waldhänge wie ein nächtlicher Drachen, erhellte das enge Tal zwischen Königsalm im Süden und Buchstein im Norden. Schnell ließ der starke Rauch das Atmen ohne Maske fast unmöglich werden. Am Morgen war der Wind von Süden aufgefrischt und blies wie ein Fön in die Flammen. Es würde nicht lange dauern, bis sie Wildbad Kreuth erreicht hätten.

Um halb sechs morgens hatte Geltner Katastrophenalarm ausrufen lassen. Die wenigen Sonnenstrahlen, die sich durch den dichten Rauch kämpften, erleuchteten nur schemenhaft die Stelle, an der das Feuer ausgebrochen war. Alles war grau, schwarz oder glimmend rot. Geltner musste husten. Der Rauch biss in seinen Lungen. Der Kreisbrandmeister spuckte auf den Boden, griff nach einer halb leeren Wasserflasche und spülte den Mund aus. Aber der Geschmack von Brand und verkohltem Fleisch wollte einfach nicht weggehen.

Das Gerippe eines komplett ausgebrannten Geländewagens stand auf dem Waldweg. Die Brandermittler hatten sofort ihre Arbeit aufgenommen, obwohl sich nur wenige Hundert Meter entfernt das Feuer weiter in den Wald malmte. Dass keine natürliche Brandursache vorlag, war schnell klar, weil in den Resten eines Tankwagens Dieselölrückstände sichergestellt wurden. Fachabteilungen des Landeskriminalamts waren schon unterwegs. Sie würden den Tatort aber erst betreten können, wenn davon auszugehen war, dass sich die Richtung der Feuerwalze nicht ändern würde. Hubschrauberstaffeln würden die Flammen zunächst aus der Luft bekämpfen.

Man hatte anhand des Kennzeichens den Halter des Geländewagens bestimmen können. Geltner sah auf den seltsam verbogenen Körper des Mannes, dessen Gesichtszüge immer noch ein wenig an den lebenden Schaflitzel erinnerten.

Hatte er das hier inszeniert? Geltner wusste, dass es Schaflitzels Wald war, der hier brannte. Warum also? Oder war er abgepasst worden? Es war nicht seine Aufgabe, das herausfinden, dachte Geltner, während der Husten erneut in seinem Hals aufstieg.

»Loisl, wir haben was für dich. Du musst mal hier herunterkommen«, knarzte es aus seinem Funkgerät. Es war sein Stellvertreter.

Hustend und spuckend lief Geltner über das noch glimmende Unterholz. Er sah seine Kameraden erst wenige Meter, bevor er auf sie traf. Sie bildeten zu viert einen Kreis.

Vor Geltner lag ein Mensch. Er hatte sich unter einer schweren Branddecke, die nur Feuerwehrleute besaßen, in ein Bachbett gelegt und vermutlich gehofft, so den Flammen zu entkommen. Die Walze war zwar weitergezogen. Aber sie hatte ihm jede Luft genommen. Er war erstickt. Inhalationshitze. Verbrannte Atemwege. Man kann schöner sterben, dachte Geltner und beute sich über den Toten.

Schuhe, Hose und die darunterliegende Haut waren trotz der Decke verbrannt. Die Haare am Hinterkopf waren völlig verschwunden. Geltner drehte den Leichnam um und sah auf den Resten einer Feuerwehrjacke ein Namensschild. *Klauser,* las er. Ein Kamerad der Münchner Feuerwehr.

Geltner war zu lange in seinem Beruf tätig, als dass ihm nicht unmittelbar ein Gedanke durch den Kopf geschossen wäre: Überproportional viele Feuerwehrleute waren unter den Feuerteufeln zu finden. Meist handelte es sich um junge Burschen von Freiwilligen Wehren, die einfach mal einen ordentlichen Brand erleben wollten. Doch es gab auch Pyromanen, die über Jahre immer wieder kleine oder große Brände legten. Eine Berufskrankheit, sozusagen. Und Klauser schien, zumindest war das Geltners erster Gedanke, dazuzugehören.

»Schickt die Ermittler vom LKA zu mir, sobald sie da sind. Ich glaube, der hier wird sie interessieren«, ließ er seinen Kollegen an der Bundesstraße wissen.

Zwei Stunden später konnten die Polizisten aus München schon eine erste These aufstellen. Wenn es sich um Klauser handelte, so hatte er, wie sie herausgefunden hatten, seine Familie nahe der bayerischen Grenze zu Tschechien ausgelöscht und war hierher zurückgekehrt, um den Brand zu legen. Dabei war er zufällig auf Schaflitzel gestoßen, hatte ihn getötet und nicht mehr rechtzeitig vor den Flammen fliehen können.

Gegen Mittag sollte eine Pressekonferenz in München stattfinden. Man wollte die Löscharbeiten am See nicht mit diesem Familienmord vermischen. Das war jedenfalls der Wunsch der LKA-Leiterin Gerass, die sehr früh am Tatort erschienen war. Sie schien wenig geschlafen zu haben, fand der Brandmeister, als sie ihm die Hand zum Gruß reichte. Es war mittlerweile Mittag und er hatte gerade an einem Fahrzeug des Roten Kreuz seine erste warme Mahlzeit des Tages bekommen. Die einzige Verkehrsverbindung nach

Österreich war inzwischen gesperrt. Links und rechts der Bundesstraße parkten große Löschwagen der deutschen wie auch der österreichischen Feuerwehr aus Achensee. Die Ermittler des LKA standen etwas abseits und wunderten sich, dass ihre Chefin extra für diesen Fall hergekommen war. Aber da der Tatort nicht weit von der CSU-Stiftung Wildbad Kreuth entfernt lag und sowohl der Landrat als auch der Innenminister ihr Kommen angekündigt hatten, durfte sie natürlich nicht fehlen.

»Wie sieht es aus?«, fragte Gerass unvermittelt.

Geltner zuckte mit den Schultern. »Die Österreicher schicken uns vier Löschhubschrauber, von der Bundeswehr sollten fünf kommen, doch vier konnten wegen Schäden nicht starten. Aber es wird. Der Wind hat nachgelassen. Wenn nicht noch weitere Brandnester oder der Funkenflug neue Brandherde erzeugen, haben wir das Feuer bald unter Kontrolle. Dann können Sie sich die Tatorte auch genauer ansehen.«

Sie nickte, wusste aber, dass da nichts mehr zu finden sein würde. Zu viele Rettungskräfte waren dort gewesen. Was das Feuer nicht vernichtet hatte, wurde zertrampelt oder mit dem Löschwasser weggespült. Ihre Ermittlungen mussten sich auf Klauser konzentrieren.

Gerass hatte die ganze Nacht nicht geschlafen. Jetzt kam die Müdigkeit. Picker weg, zwei Kollegen vom Verfassungsschutz tot. Das war kein Zufall. Sie musste jetzt mit ihrem direkten Dienstherrn sprechen.

Auf der Fahrt zum See hatte sie mit dem Innenminister telefoniert. Er musste dringend von den Ermittlungen gegen die Partei informiert werden, auch wenn der Ministerpräsident das nicht erlaubt hatte.

Anschließend hatte sie aus schierer Verzweiflung ihren Vorgänger Pollinger angerufen und lange mit ihm geredet.

Er hatte sich alles in Ruhe angehört und sie dann zu sich nach Wiessee gebeten. Als sie dort angekommen war, hatte sie ihn im Mondschein auf der Terrasse sitzend kaum erkannt. Viel zu spät aber hatte sie die Waffe neben ihm entdeckt. Da wusste sie, dass auch er vom Ernst der Lage überzeugt war.

»Sie werden sich absichern müssen. Sonst sind Sie das Bauernopfer. So schnell können Sie gar nicht schauen. Aber wenn Sie jetzt, sicher ein wenig verspätet, noch Ihre Loyalität zeigen, wird er Sie nicht kegeln wollen.«

Das hatte sie überzeugt und beruhigt.

»Und noch etwas: Es wäre hilfreich, wenn Sie nach dem Gespräch mit dem Minister ein wenig Vorsicht walten lassen«, hatte Pollinger ergänzt. »Ich gehe zwar nicht davon aus, dass der oder die Täter sich an einem Amtsleiter vergreifen würden. Aber so ein fingierter Unfall ist schnell gemacht.«

In diesem Moment hatte ihre Hand zu zittern begonnen.

Auf der Wiese vor dem Tagungsgebäude der CSU hatte das Technische Hilfswerk Zelte, Tische und Stühle aufgebaut und versorgte die Einsatzmannschaften. Der Minister sah Gerass und winkte, woraufhin sich der Landrat, der neben ihm hockte, sofort erhob und zu einer Gruppe Bürgermeister schritt. So saßen Gerass und der Minister schließlich allein im Schatten der im Rauch stehenden Blauberge.

Sie wollte gerade anfangen zu reden, als der kleine dicke Mann mit fränkischem Akzent ihr zuvorkam. »Frau Gerass, ich habe bereits heute Morgen mit unserem Ministerpräsidenten gesprochen. Ich habe ihm frank und frei mitgeteilt, dass Sie mich um Rat in dieser Frage gebeten hatten. Wir waren uns einig, dass wir von weiteren Ermittlungen in diesem Fall absehen werden. Die Beweislast ist doch sehr dünn. Der alte von Valepp ist tot. Sein Prokurist auch. Überhaupt lebt keine der infrage kommenden Personen mehr. Ihr Mitarbeiter, dem die Mappe zugesandt wurde, ist uns ja durchaus bekannt. Er lebt doch nach wie vor mit dieser Teilzeitprostituierten zusammen. Ich würde deshalb eher im Milieu suchen lassen, Frau Gerass.«

Sie wollte ihn unterbrechen und Picker verteidigen.

Der Innenminister hob nur die Hand. »Generell schätze ich es nicht so, wenn meine Mitarbeiter ein Eigenleben führen. Aber Sie haben Erfolge vorzuweisen. Deshalb will ich jetzt also nicht bürokratisch werden. Zukünftig wünsche ich mir aber, dass der Dienstweg eingehalten wird. Das würden Sie in Ihrer eigenen Behörde wohl ebenfalls bevorzugen, oder?«

»Was ist mit den beiden Kollegen vom VS?«

»Ich habe mit dem Chef der zwei Männer, von Preysing, gesprochen. Er geht von einem schlichten Unglück aus. Das Lenkrad verrissen, in den Gegenverkehr gekommen. Das war es. Kann passieren. Der Fahrer hatte erhebliche Mengen an Beruhigungsmitteln im Körper. Schlafstörungen. Hat seine Frau bestätigt. Es ist tragisch. Aber ich sehe da keinen Zusammenhang. Der Verfassungsschutz soll sich künftig auf unsere äußeren Feinde wie die Islamisten konzentrieren, anstatt historische Altlasten zu bergen, die keinen mehr interessieren und vor allem aber keinen gefährden.«

Gerass war fassungslos. Das ging gerade alles so schnell, dass sie nicht richtig reagieren konnte. »Sollten wir nicht zumindest alles dokumentieren, was in diesem Fall eventuell noch auftaucht?«, fragte sie eine Spur zu zaghaft.

Der Minister sah sie gönnerhaft an. »Ich werde in meinem Ministerium eine Arbeitsgruppe einrichten. Die wird sich zeitnah mit Ihnen in Verbindung setzen und Akten anfordern. Es wäre hilfreich, wenn Sie die Kollegen unterstützen könnten. Wie gesagt: Die Angelegenheit hat für mich eher historischen Charakter. Tempi passati.« Er lächelte, löffelte den letzten Rest Gulaschsuppe aus dem Plastikteller und erhob sich. »Ach ja, wie ich höre, ist dort oben ein erfolgreiches Mitglied der bayerischen Wirtschaft getötet worden. Darauf sollten Sie Ihren Arbeitsschwerpunkt legen. Sicher kein Fall für den Ministerpräsidenten, aber ich als Minister interessiere mich sehr dafür.«

Sie hatte verstanden. Doch ihre Panik war noch übermächtiger geworden. In ihr keimte die Angst, schlicht aus dem Weg geräumt zu werden.

Gerass rief Pollinger an, der sie schon erwartet hatte.

»Und was genau ist jetzt Ihr Wunsch?«, fragte er mit seiner sonoren Stimme.

»Herr Dr. Pollinger, wir haben Erkenntnisse über ein semikriminelles Netzwerk auf höchster Ebene. Soll ich das unter den Teppich kehren?«

Er schwieg lange. »So ist das eben», antwortete er schließlich. »Aber wenn Sie schon einmal in Kreuth sind, seien Sie so lieb und gehen Sie beim Bauern Hohenleitner vorbei. Das ist der Hof unterhalb des Parkplatzes. Er ist mein Wasserlieferant. Sie sind ja noch jung. Bringen Sie mir zwei Kisten von dem Kreuther Heilwasser mit. Danke!«

## Kapitel 26

*Holz bei Bad Wiessee, 21.08., 07.23 Uhr*

Hier war er ein Fremder. Quercher tapste mit nackten Füßen durch das Haus. Von Berufs wegen sah er häufiger fremde Wohnungen an. Aber dann in seiner Funktion als Ermittler.

Er strich mit der Hand über die gebürstete Betonplatte des Mittelblocks in der Küche. Quercher musste nicht kombinieren, um zu wissen, dass hier nur selten gekocht wurde. Er öffnete den gigantischen US-Kühlschrank, der die Größe eines Kinderzimmers besaß. So etwas hatte er noch nie gesehen. Milchprodukte, Fleischwaren und Gemüse waren wie in einem Edelsupermarkt angeordnet. Er nahm eine Milchflasche heraus und beschäftigte sich dann mit der Espressomaschine. Viele Gedanken erwachten jetzt in ihm, krochen in seinem schlaftrunkenen Kopf herum und störten die morgendliche Ruhe. Während die Maschine laut vor sich hin brodelte, stand er am Fenster, das den Blick auf den See freigab. Am anderen Ufer lag Sankt Quirin, aber man konnte nichts davon erkennen. Quercher hatte auf seinem Smartphone gelesen, dass in Kreuth der Wald brannte. Das war von hier sehr weit entfernt. Aber der dichte Rauch legte sich wie ein Leichentuch über den See.

Regina telefonierte oben im Bett. Er hatte nicht zuhören wollen. Es ging um ihre Firma. Reginas Sorgen waren groß. Der Tod des Vaters, der Verlust des Familienvermögens an ihre Schwester und nun der Verkauf ihres Unternehmens. Ziemlich viel für einen Menschen. Quercher setzte diese Nöte in Relation zu den Ängsten seiner Schwester. Aber sofort kamen ihm Zweifel. War das vergleichbar? Es wäre zu leicht, fand er, Reginas Ängste und Kummer als Luxusproblem abzutun.

Während er den Espresso in eine kleine braune Tasse laufen ließ, hörte er, wie sie in englischer Sprache auf einen Menschen einredete. Heute Morgen hatte sie plötzlich um sich geschlagen. Als er sie geweckt hatte, war sie zunächst orientierungslos gewesen. Dann hatte sie leise gesagt, dass dreitausend Mitarbeiter auf ihrer Brust lägen. Menschen, die vielleicht bald entlassen werden würden.

Trotz der Last, die sie trug, hatte sie ihn verzaubert. Das klang kitschig, aber er konnte es für sich kaum besser formulieren. Sie war völlig autonom. Er fühlte sich von ihr eingenommen, aber eben nur bis zu einem gewissen Punkt. Sie hatten Sex, der schön, aber vor allem erwachsen war. Ja, das traf es. Mit ihr war es erwachsen. Kein Geplänkel mehr, alles passierte auf Augenhöhe. Wie zwei erfahrene Spieler, die sich ihre Pässe nahezu instinktiv zuschossen.

Pollingers gestriger Hinweis auf das mögliche Mordmotiv beschäftigte ihn. Schon im Dämmerschlaf hatte er darüber nachgedacht. Perverserweise kamen ihm nach dem Sex immer gute Gedanken. Nie würde er das zugeben. Es ging ja kaum unromantischer: »Bin gerade gekommen und da habe ich direkt an den zerstückelten Prokuristen gedacht.« Er musste mehr über Duschl und sein Verhältnis zu Reginas Vater erfahren. Der Alte war tot. Und längst hatten sich Kreise formiert, die sich für das Vermögen und die Unternehmen interessierten. Auch Regina zählte dazu.

Sein Telefon klingelte im Schlafzimmer. Er fluchte und rannte in die obere Etage, wo Regina splitternackt vor dem Fenster stand und telefonierte. Er wollte sie nicht stören und kramte sein Smartphone aus seiner Hose, als Regina ihr Gespräch gerade beendete.

»Quercher.« Er legte sich auf das Bett, während sie ihn mit einem Lächeln beobachtete.

»Hier ist die Lizzy vom LKA. Die Gerass bat mich, dich anzurufen. Du sollst uns beim Brandteufel helfen.«

»Bei wem?«

»Beim Brandteufel vom Tegernsee. Heute Morgen schon in die Nachrichten geschaut? Ein Feuerwehrmann aus München hat bei euch dahinten in der Wildnis den Wald angezündet und einen Bauunternehmer gleich mit. Der ist jetzt nur noch ein Stück Brikett. Dummerweise hat der Feuerwehrmann es selbst auch nicht geschafft. Klauser hieß er. Hat zuvor noch seine Familie ins Jenseits gestochen.«

Quercher verstand immer noch nicht. Aber es fiel ihm gerade auch schwer, sich zu konzentrieren, weil sich Frau Hartl zwischen seinen Beinen ausbreitete und mit ihren Fingern die Innenseite seiner Oberschenkel bearbeitete.

»Und wie soll ich da jetzt helfen? Ich bin weder Pyromanen- noch Brandexperte.«

»Klaro, aber du bist an diesem Torso-Fall dran, sagte man uns. Duschl, richtig? Dieser Klauser hatte den Duschl seit Monaten mit Briefen und Forderungen belagert. Die sind immer wieder zu ihm zurückgeschickt worden. Wir haben sie in Klausers Haus gefunden. Erst waren die Briefe freundlich fragend. Zum Schluss hat er gedroht. Der letzte Brief allerdings war nur eine Kopie. Darin forderte er ein Treffen mit ihm – am See!«

Quercher war jetzt hellwach. Er wollte sich aufrichten, was aber nicht ging. Regina hielt ihn fest – mit dem Mund.

»Himmel! Du hast schon mal besser ausgesehen«, begrüßte ihn die LKA-Kollegin im Haus von Klauser.

Querchers Morgen hatte gut, sehr gut begonnen und dann in einem Fiasko geendet. Sein verdammter Pick-up war nicht angesprungen. So hatte er Reginas Angebot annehmen müssen, den Porsche aus ihrer Garage zu benutzen. Kaum saß Lumpi neben ihm auf dem Beifahrersitz, hatte sie zu jaulen begonnen. Die Hundedame schien Produkte aus Stuttgart-Zuffenhausen nicht zu schätzen. Also war er zu Pollinger gefahren, hatte ihm den Hund aufs Auge gedrückt und wurde gezwungen, ihm von den neuesten Entwicklungen im Fall Duschl zu erzählen.

Dann war er mit Höchsttempo nach München gefahren – und prompt geblitzt worden. Von jungen Kollegen. Keine, die er kannte. Das würde teuer werden. Mit reichlich Verspätung und schlechter Laune war er in die Straße mit den Reihenhäusern in Unterhaching gebogen. Der Münchner Vorort lag im Süden der Stadt. Hier hatte die Familie Klauser gewohnt.

Die Kollegin führte ihn herum. Das Leben einer Familie auf neunzig Quadratmetern liebevoll eingerichtet. Es roch nach Duftstäbchen und frischer Wäsche. Hier ein Wachsmalbild der Tochter. Ihr Stundenplan. Da ein Familienfoto, lächelnd, alle hielten sich im Arm. Das Kinderbett frisch bezogen. Überall war es ordentlich und innig. Und doch hatten hier auch Wut und Angst und Hass gewohnt. Wo hatte der Mann das gelassen? Diese täglichen Wünsche und Begierden nach Bränden und Morden. Hatte er seine Wut an dem Rudergerät draußen im Garten ausgelassen? Oder im Ehebett? Nichts von der Familie war mehr da. Alle drei Teile dieser Einheit waren tot, ausgelöscht.

»Da, wir haben sie hier in seinem Hobbyraum gefunden«, sagte Lizzy.

Auf einer Werkbank lag ein Stapel Briefe. Daneben ein Laptop. Quercher erkannte darauf einen Aufkleber der Münchner Feuerwehr.

»Geht der Rechner zum LKA?«

Sie nickte.

»Ich nehme die Briefe mit. Ist das für euch okay?«

Die Kollegin zuckte mit den Schultern. »Na ja, der Täter ist tot. Wir suchen hier nur nach Hinweisen auf weitere Taten in der Vergangenheit. Die Briefe werden für dich wohl wichtiger sein.«

Quercher betrachtete die Werkzeuge, die Klauser sehr sauber und in gleichmäßigen Abständen an einer Holzwand befestigt hatte. Ihre Umrisse waren mit Bleistift aufgezeichnet worden.

»Da fehlt eins«, fiel Quercher auf, als er den Raum gerade verlassen wollte.

»Ja, ein Teppichmesser. Die Tatwaffe. Damit hat er seiner Tochter die Kehle durchgeschnitten.«

Er musste weg.

Die Kollegen, die ihre Mittagspause beendet hatten und über den Parkplatz des Landeskriminalamtes liefen, schauten eher neidisch denn belustigt, als er mit dem Porsche in die freie Lücke fuhr.

»Ich frage nicht, woher der Wagen kommt. Aber er fällt auf.« Gerass war zeitgleich mit ihrem grauen Passat aus dem Tal gekommen, hatte neben Quercher geparkt und war mit ihm in ihr Büro gegangen. »Der Fall *Wallfahrt* ist abgeschlossen«, teilte sie ihm dann ohne jede Vorrede mit, als sie beide an Gerass' Schreibtisch Platz genommen hatten.

Quercher sah sie überrascht an. So etwas erzählte man doch nicht im Vorbeigehen. Das roch doch! »Aha, warum?«

»Ansage von oben.«

Quercher schüttelte den Kopf. »Wieso wundert mich das nicht? Da hat wohl jemand kalte Füße bekommen.«

Sie zuckte mit den Schultern.

Quercher bemerkte, dass sie wieder stark an ihren Fingernägeln gekaut hatte. Er glaubte ihr nicht, dass sie damit einverstanden war, den Fall abzuschließen.

»Machen Sie mit dem Duschl-Fall weiter. Diese Geschichte scheint ja jetzt doch auf Mord hinauszulaufen«, wechselte sie schnell das Thema.

»Abwarten. Ich muss mir erst einmal die Briefe von Klauser durchlesen.«

Gerass nickte und reichte ihm die Hand.

Quercher saß in seinem Büro und hatte sich in die Briefe vertieft. Allmählich bekam er ein Bild von diesem Klauser.

Nach zwei Stunden rief seine Kollegin Lizzy an und bat ihn zu sich. »Unsere Fälle überschneiden sich. Ich erfahre in diesen Briefen viel über Klauser und seine Feuerliebe, du über eine völlig neue Verbindung zu deinem vermissten Prokuristen. Wenn wir uns die Briefe aufteilen, geht es schneller.«

Er nickte. »Ich vermute außerdem, dass auch ihr bei eurer Ermittlung ein zeitliches Problem habt. Denn nur weil Klauser tot ist, will das nicht heißen, dass er nicht trotzdem weitere Feuerfallen gelegt hat.«

Lizzy verstand sofort.

»Ich habe das einmal sortiert. Klausers Lebenslauf. Sein Werdegang und seine Forderung. Das alles hat er in diesen Briefen an Jakob Duschl, den Prokuristen und geheimen Statthalter des Von-Valepp-Reichs, geschickt. Nicht nur über Wochen, sondern über Monate«, begann Quercher.

Lizzy lief in ihrem Büro auf und ab, während Quercher die Briefe auf einem Tisch sortierte. Sie war deutlich jünger als er, vielleicht dreißig. Kurze dunkle Haare, die aber wohl als Locken ausgefallen wären, wenn sie die Haare länger getragen hätte. Sie schien sportlich zu sein, hatte sich in eine enge Jeans gepresst und trug ein verwaschenes T-Shirt. Quercher sah sie ein wenig irritiert an, ehe er vorschlug, für beide Kaffee und etwas zu essen zu besorgen.

Leise fluchend stand Quercher kurze Zeit später in der Kaffeeküche. Er hatte eine großartige Nacht hinter sich, roch sogar noch nach Regina und schaute schon wieder einer Kollegin hinterher. Hörte das denn nie auf? Wohl eher nicht, wenn er an Pollinger und seinen türkischen Frühling dachte. Quercher atmete tief durch und kehrte mit zwei Kaffeebechern und Semmeln in Lizzys Büro zurück. Sie teilte es sich mit einem Kollegen, der gerade in Erziehungsurlaub weilte. Quercher fiel ein metallenes Kruzifix an der Wand auf, das er aber unkommentiert ließ.

»Fangen wir hier an: Klauser wird, so schreibt er und belegt das auch mit Kopien von seiner Geburtsurkunde, vor neununddreißig Jahren in Glonn bei München geboren. Die Mutter stirbt noch während der Geburt. Den Namen des Vaters hat sie vorher nicht preisgegeben. Der Junge kommt in ein Kinderheim bei Rosenheim. Ein dort tätiger Pfarrer erzählt ihm, dass er wüsste, wer sein Vater sei. Klauser müsse ihm nur bei Vorbereitungen zu einer Wallfahrt in Tuntenhausen dienlich sein. Klauser deutet Missbrauchsvorfälle an. Unter anderem scheint ihm auch dieser Pfarrer zu nahe gekommen zu sein. Als Klauser die Heimleitung darüber informieren will, gesteht ihm der Pfarrer das Geheimnis. Er sei ein unehelicher Sohn des Grafen von Valepp. Und er würde bald ein Vermögen erben, mehr noch: Macht haben. Klauser versucht als Jugendlicher, in Tuntenhausen mit von Valepp Kontakt aufzunehmen, wird aber abgewiesen. Gibt dann auf. Er wird Heizungsbauer, geht zur Feuerwehr.«

Lizzy hörte Quercher aufmerksam zu und blickte ihn unverwandt an.

»Zu seiner Überraschung wird ihm vor wenigen Monaten ein Packen mit Dokumenten zugeschickt. Sie sollen belegen, wie seine Mutter gegen Geld Sex mit von Valepp hatte. Der Grund: Seine katholischen Freunde hatten von Valepp in Verdacht, schwul zu sein. Duschl hat dann angeblich ein delikates Arrangement für von Valepp getroffen. Er sollte seine wahre Neigung auf einer Feier im Haus eines Politikers quasi ›widerlegen‹. Der Graf schien das auch getan zu haben, so Klauser, der das sehr drastisch schildert und auch Namen anderer Anwesenden nennt. Er wiederum sei das Resultat dieses Beweises. Mit all diesen Informationen konfrontiert Klauser postalisch den Prokuristen. Der antwortet nicht, schickt die Briefe erst geöffnet, später ungeöffnet zurück. Aber anscheinend reagiert er im Hintergrund doch. Klauser trifft jemanden, der ihn besänftigen soll. Leider taucht dessen Name nicht auf, Klauser bezieht sich aber auf zwei Treffen mit diesem Typen. Der wiederum scheint ein Vertrauter Duschls zu sein.«

Quercher machte eine Pause, weil er glaubte, dass Lizzy auch eine benötigte. Sie war aufgestanden, um sich zu strecken. Dabei sah sie aus dem Fenster auf den Parkplatz hinunter, wo Querchers Leihbolide stand.

»Fette Karre fährst du. Deine?«

»Nein, geliehen.«

Anerkennend schürzte sie die Lippen, verkniff sich aber jede Bemerkung. Dennoch fühlte sich Quercher bemüßigt, sich zu rechtfertigen.

»Gehört einer Bekannten. Mein Wagen sprang heute Morgen nicht an ...«

»Aha.«

»Ja, ich selber würde so ein Ding nicht fahren.«

»Klar.«

»Passt nicht zu mir.«

»Bestimmt.«

»Zurück zu den Briefen«, bat er.

»Gut.« Lizzy lächelte versonnen.

»Dieser hier ist offensichtlich ein Wendepunkt. In diesem Brief, datiert auf den September des letzten Jahres, scheint Klauser seinem Brieffreund Auszüge aus dem Grundbuchamt geschickt zu haben. Sie zeigen die Waldflächen, die der Familie von Valepp gehören. Bis zu diesem Brief hat Klauser nie offen gedroht. Er hat nur immer wieder angedeutet, dass von Valepp seine Pflichten aus dieser einen Nacht erfüllen soll. Jetzt wird er deutlicher. Hör zu: *Ich bin kein Lakai. Ich bin ein Mensch. Und ich verlange, dass Sie mich so behandeln. Fast vierzig Jahre durfte der Graf sein Leben führen und mich vergessen. Jetzt ist Schluss damit. Bevor er in die Grube fährt, soll er zu mir stehen. Ich verlange das. Hier auf den Karten sind seine Besitztümer. Und nicht nur Wald gehört ihm. Aber alles ist vergänglich. Nichts kann man mitnehmen. Herr Duschl, wenn Sie glauben, dass Sie das alles bekommen, irren Sie sich. Ich möchte nur reden und eine Vereinbarung treffen.* Klauser wird von Brief zu Brief deutlicher. Im Januar dieses Jahres dreht er auf. Jetzt legt er Fotos von Duschl und vom Grafen bei. Sie zeigen die beiden in der Wintersonne auf der Terrasse. Sie scheinen sich zu küssen. Dazu kommen noch Bilder älteren Datums. Auch hier wieder sehr private Aufnahmen von einem Badeurlaub auf einer, den weißen Häusern nach zu schließen, griechischen Insel. Mit dabei sehr junge Kerle, vermutlich Einheimische.«

Lizzy sah Quercher verwundert an. »Ein Feuerwehrmann aus München mit Mutti und Kind reist dem schwulen Paar hinterher. Das wirft doch Fragen auf. Das macht doch keine Ehefrau mit. Oder wusste sie von dieser Erpressung?«

»Warum sonst dieser Mord mit dem Teppichmesser?«

»Ach so«, begann Lizzy zu erklären, »Klausers Vorgesetzter wurde von der Ehefrau nur wenige Tage vor ihrem Tod kontaktiert. Sie deutete an, dass Klauser sich seltsam verhalten würde, bat um ein Gespräch. Das scheint der Auslöser der Tat zu sein. Denn der Mord an der Familie wirkt nicht geplant, eher überstürzt.«

»Noch einmal zu den Fotos vom Mittelmeer. Das wirkt auf mich, als ob Klauser unterstützt wurde. Jemand versorgte ihn mit Material. Die Auszüge aus dem Grundbuchamt bekommst du nicht einfach so. Nur Beamte und Notare haben da einen Zugang.«

»Hier ist ein übrigens noch ein interessantes Foto«, meinte Lizzy und zog ein weiteres Bild aus einem Stapel heraus.

Quercher atmete schwer ein.

Die Aufnahme zeigte unzweifelhaft einen Mann, den auch er kannte. Das war Pollinger!

## Kapitel 27

*München, 21.08., 12.35 Uhr*

Wie oft hatte sie schon einer Horde Männer gegenübergesessen? Hatte ihre Silberrückenattitüden ertragen? Ihre kleinen Witzchen mit einem müden Lächeln bestätigt? Sie war jetzt fünfundvierzig Jahre alt. Zwanzig Jahre Zipfelspiele.

Aber die Zeit dieser Macker war abgelaufen. Sie selbst würde es nicht mehr erleben. Aber jene jungen Frauen, die sie in den letzten Jahren gefördert, an sich gebunden hatte, würden diesen Herren das Leben schwermachen.

Ihre Hausjuristin, die Strategiechefin und ihre Unternehmenssprecherin kamen herein. Nicht einer der Männer wagte, anzügliche Bemerkungen zu machen oder eine Augenbraue zu heben. Jeder wusste, dass das seinen sofortigen Positionstod bedeutet hätte. Dieser Respekt gegenüber Frauen war vor allem in ihrer sehr techniklastigen Branche äußerst ungewöhnlich.

Regina Hartl würde heute den Stab übergeben. Kein leichter Entschluss. Aber er spukte schon länger in ihrem Kopf. Nichts an dieser Firma reizte sie mehr. Es war immer das gleiche Spiel. Meetings folgten auf Meetings. Fraßen ihre Zeit, ihr Leben. Sie brannte nicht mehr für die Macht, war der Spiele überdrüssig geworden. Sie konnte schon jetzt die Reaktionen von fast jedem einzelnen Konferenzteilnehmer vorhersagen.

Sie würde Luan Meyer, einer Deutsch-Chinesin, die Leitung der *Hartl AG* überlassen. Ihr Lebenslauf war nahezu perfekt: Studium in Aachen an der TU, anschließend nach Boston zum MIT, Schwerpunkt Satellitentechnologie. Ihre Statur war klein, ihr Verstand brillant und ihr Willen ungebrochen. Zudem war sie loyal. Sie war genau die Richtige für diesen Job. Regina würde weiterhin stille Anteile halten, sich aber völlig aus dem operativen Geschäft zurückziehen.

Das würden die Herren jetzt erfahren. Ebenso wie die Tatsache, dass eine chinesische Beteiligung an dem Unternehmen anstand. Willkommen in der Globalisierung, Herr Ministerpräsident. Den würde sie direkt nach dem Meeting mit den Direktoren der *Hartl AG* informieren. Von wegen Laptop und Lederhose. Wenn, dann Lederhose süß-sauer, dachte sie vergnügt.

Regina machte sich keine Illusionen. Der neue Mann in ihrem Leben würde auch nur wieder eine Episode sein. Einer jener Herren, die sich von dem unglaublichen Reichtum der Familie von Valepp angezogen fühlten, ein wenig mithalten wollten, aber dann, weil die Relationen nicht stimmten, ihren Schwanz einzogen. Welcher Mann hielt schon so ein Ungleichgewicht aus? Nur Heiratsschwindler und Trottel, hatte ihr Vater einmal zynisch gesagt.

Liebe war für Regina nur eine temporäre Gefühlslage. Passierte, ging wieder weg. Dieser Max war zwar anders, aber am Ende würde auch er nur wie die Made im Speck leben wollen. Wie ein Parasit, so hatte sie es zeitlebens erfahren müssen.

Entweder man heiratete jemanden mit Vermögen, was fad war, weil beide Partner das gleiche Leben hatten, die Gespräche um die gleichen Probleme kreisten. Oder aber man tauchte für eine kurze Zeit in ein komplett anderes Leben ein. Das wiederum war spannend und sorgte für Abwechslung, ging jedoch in der Regel nur für eine Weile gut.

Für einen Moment befiel sie eine tiefe Traurigkeit. Oder eher Einsamkeit. Sie schüttelte sich unbemerkt.

Ihr Smartphone vibrierte und eine Nachricht leuchtete auf.

*Hallo Millionärstrulla, heute Abend eine italienische Nacht bei mir? Garantiert ohne lästige Nachbarn. Würde gern mit dir über die Aufteilung deines Vermögens sprechen. Macht man doch so mit euch reichen Damen, oder? Nein, du musst nichts einkaufen. Kuss, Max.*

Vielleicht lag sie ja falsch mit ihrer Meinung über ihn? Jedenfalls musste sie lachen und schrieb zurück. *Hallo arbeitsscheuer Beamter (A 13, oder? Mit Krankenversorgung?), kochst du nackt? Meine Küche ist größer als dein Haus. Nur so ein Angebot. PS: Das Wort ist ›Milliardärin‹. So viel Zeit muss sein ...*

Für einen Polizisten war er tatsächlich schlagfertig. Und er spielte mit ihren Ängsten. Das hieß, dass er sie zumindest erahnen konnte.

*A 14 – aber wenigstens ehrlich verdient. Kann nicht jeder sagen. Bis heute Abend um sieben Uhr. Porsche wird dann dreckig und mit leerem Tank vor dem Anwesen stehen. Bitte bis morgen auffüllen! Und für den Abend: schwarz mit nichts drunter.*

Sie lächelte erneut. Jetzt aber erröteten ihre Wangen. Dann schaltete sie das Telefon aus und erhob sich. »Meine Damen, meine Herren ...«

Es war reiner Zufall, dass zur selben Zeit in geringer Entfernung von dem Konferenzraum des Nobelhotels am Promenadeplatz ein weiteres Treffen zum selben Thema stattfand – aber ohne weibliche Beteiligung.

Zum Ordinariat des Münchner Bischofs waren es nur ein paar Schritte. Der aktuelle Hirte hatte das Palais für hundertdreißig Millionen Euro umbauen lassen, notwendige Investitionen, um die Kräfte in den Zeiten des atheistischen Gegenwindes zu konzentrieren. Vor allem, seit dieser Argentinier einem das schöne Leben streitig machen wollte. Da war es angebracht, rechtzeitig vorzubauen.

Die Kardinal-Faulhaber-Straße barg das alte, schon längst vergessene Machtzentrum des Landes. Einen Steinwurf entfernt lag die Residenz, einst Sitz der Könige. Banken hatten ihre Hauptzentrale in derselben Straße oder in den umliegenden Gassen. Über allem wachten die Zwiebeltürme des nahen Liebfrauendoms. Der Himmel war blau, die Straßen sauber. Hier war Bayern so, wie sie sich es wünschten. Hinter den Mauern der Rokokofassaden saßen sie, die einst offen ihre Macht ausübten und jetzt im Verborgenen agierten. Die gegen die Feinde von außen kämpften: Liberale oder – noch schlimmer – Ungläubige. Jene, die sich Demokraten nannten. Sie alle wollten die Strukturen ihres konservativen Freundeskreises ans Licht zerren, ihn zerstören. Und warum? Nur damit ihre linken, progressiven Ideen finanziert würden. Homoehe, Migrantenpflege – der ganze Dreck.

Diese Gedanken gingen dem Geistlichen durch den Kopf, während er in einem Café seinen Espresso mit gespitzten Lippen probierte. Er war Mitte fünfzig, vorübergehende Passanten würden ihn jünger schätzen, aber in seinem Kopf war das ganze Alter seiner Kirche vertreten. Im Diözesanamt führte er die Geschäfte der kirchlichen Liegenschaften, der Immobilien. Das war sein Reich. Ihm selbst bedeuteten Geld und Prunk nichts. Beide dienten lediglich dazu, seine Familie zu schützen, die Familie der heiligen römisch-katholischen Kirche. Im Augenblick jedoch wartete er auf einen Manager, der sich wegen einer dringenden Angelegenheit verspätete.

Plötzlich stand er einfach da. Er war ein grauer Mann, einer dieser Menschen, die auf jedem Foto nahezu unsichtbar wirkten. Das war umso erstaunlicher, als sein Name für eine alte Familie stand. Die von Galnsteins trieben schon vor Jahrhunderten ihr Gesinde über die Äcker oder in den Krieg, um ihre gottgewollte Stellung zu manifestieren. Er war gerade erst fünfundvierzig Jahre alt geworden. Seine Firmen waren jedem bekannt. Galnstein hatte sie geerbt und neu aufgestellt. Klug, still und erfolgreich. Er selbst aber hielt sich, so gut es ging, aus der Öffentlichkeit heraus. Keine Charity-Partys, keine Empfänge. Der Manager arbeitete. Das war sein Elixier. Auch deswegen hatte er keine Familie gründen wollen, war lange ohne Frau geblieben. Erst vor wenigen Monaten hatte von Galnstein eine graumäusige Dame mit Adelshintergrund gefunden. Sie war still und duldsam. Das gefiel ihm.

»Guten Morgen, Monsignore von Deschner.«

Der Geistliche deutete auf den Stuhl neben sich und lächelte. »Die Sonne scheint. Hier ist es noch angenehm kühl. Ein schöner Tag, nicht wahr, mein Lieber?«

Von Galnstein nickte. »Hartl macht mir Sorgen«, begann er unvermittelt.

Ehe der Geistliche antworten konnte, kam die Bedienung und fragte nach der Bestellung. Von Galnstein wählte ein Wasser. Er wollte heute noch joggen gehen. Im Herbst würde er in New York den Marathon laufen. Dinge, die er sich vornahm, zog er auch durch.

»Ihre Sorgen sind unbegründet. Im Übrigen habe ich Sie heute Morgen vermisst. Sie haben die Möglichkeit der Beichte nicht genutzt.«

Der Manager nickte betroffen.

»Gleichwohl darf ich Ihnen als Ihr Beichtvater natürlich auch einen Rat geben. Wir würden uns alle leichter tun, wenn Sie Ihre Kontakte zu Regina von Valepp wieder intensivieren könnten. Sie wären damit im heiligen Stand der Ehe. Und gleichzeitig wäre das Ganze eine organische Verbindung, die vieles vereinfachen würde.«

Galnstein sah ihn jetzt amüsiert an. »Die Dame heißt jetzt Hartl. Glauben Sie mir, das alles wäre auch in meinem Sinne. Aber sie war schon in unserer Schulzeit von anderen Dingen geleitet. Sie hat nie wie ich den Weg zu Gott gefunden. Zudem, nun ja, sie scheint ja aktuell auch von einem anderen Mann befriedigt zu werden.«

Der Geistliche hustete. Er schätzte es nicht, wenn sein Gegenüber seine dunkle Seite so vor ihm ausbreitete. Doch dem schien das zu gefallen.

»Vielleicht fahre ich zum See«, ergänzte von Galnstein.

»Dort brennt es gerade gewaltig. Sie sollten sich vom Rauch fernhalten. Ihre Zeit wird kommen!«

»Wie sieht das Testament aus?«, fragte der Manager eine Spur zu hastig.

»Nicht zu schlecht, nicht zu gut. Wir sind beteiligt. Noch ist die Situation zu kontrollieren. Noch! Aber vielleicht brauchen wir Ihre Fähigkeiten in nicht allzu ferner Zukunft trotzdem noch einmal.«

## Kapitel 28

*Tegernsee, 21.08., 17.20 Uhr*

»Von zehn Uhr an wird der Sarg in der Aussegnungshalle aufgebahrt. Wir stellen ein Kondolenzbuch auf. Sechs Gebirgsschützen werden Totenwache halten. Es folgt die einstündige Trauerfeier, die der Erzbischof selbst zelebrieren will. Wir werden Plätze in der Kirche reservieren müssen. Schon jetzt haben sich bei uns im Büro einige prominente Trauergäste gemeldet. Der Ministerpräsident ist verhindert, schickt aber die Wirtschaftsministerin. Der Landrat, die Talbürgermeister ... nun ja, es wird eng. Es wird auf Wunsch des Bischofs eine lateinische Messe gehalten. Die Gebirgsschützen werden mit ihren Kameraden später den Sarg zum Grab geleiten. Der Kommandant wird vorneweg auf einem roten Samtkissen die Orden und das Große Bayerische Verdienstkreuz Ihres Vaters tragen. Am Grab wird ein Ehrensalut abgegeben.«

Der Bestatter Reidl organisierte solche Großveranstaltungen nicht zum ersten Mal. Schon viele reiche Menschen wurden von ihm auf ihrem letzten Weg begleitet. Er hatte hier im Tal ein Monopol. Wer das Tal für immer verließ, kam an Reidl praktisch nicht vorbei.

Cordelia hatte am Morgen zwei Stunden im Bad verbracht, ihren Körper mit Salzen eingerieben, einen ayurvedischen Tee getrunken, einen Schluck Öl aus Goa zu sich genommen und versucht, die Gifte der letzten Tage aus ihrem Körper zu schrubben und zu spülen. Es hatte gewirkt. Zu sehr. Sie saß in der Ecke unter dem schweren, dunklen Holzkruzifix, dort wo ihr Vater immer so gern gesessen und hinaus auf den See gesehen hatte, und litt. Niemals würde sie so eine Feier zulassen. Das war genau das, was sie einst aus dem Tal getrieben hatte. Diese Männerbündelei, das Herrische, das Kostümartig-Traditionelle – und alles mit dem Segen der Kirche. Wenn es erlaubt wäre, hätte sie den Körper ihres Vaters am Seeufer öffentlich in einer Hinduzeremonie verbrannt. Seine Asche wäre dann dort, wo auch sein Lebensfreund lag. Im nächsten Sommer wäre sie schließlich mit Lush über den See gerudert, hätte ihre Hände in das Wasser gehalten und auf eine seltsame und dennoch berückende Weise ihren Vater berühren können. Doch stattdessen wollte ihn dieser kleine Mann vor ihr in eine Holzkiste drücken und in der Erde versenken, ihn bedecken und dann ein schweres Kreuz auf ihn stellen.

»Er soll den See sehen. Er soll am Ufer aufgebahrt werden. Das muss doch möglich sein.« Ihr Darm rumorte.

Reidl sah sie erstaunt an. »Wie meinen Sie? Ich habe ja schon auf Ihren ausdrücklichen Wunsch hin die Feierlichkeiten bewusst klein und nahezu familiär gehalten. Das können wir jetzt kaum mehr rückgängig machen. Und am Ufer des Sees – das wird niemals gehen. Dafür werden selbst wir keine Genehmigung bekommen.«

Reidl fühlte sich unwohl. Seit einer Stunde saßen sie jetzt schon hier. Er hatte heute noch drei andere Trauergespräche. Das musste ein Ende finden. Und dieser Mann von Cordelia von Valepp war ihm auch nicht geheuer. Er saß schon die ganze Zeit stumm neben ihm und starrte ihn mit einem Lächeln an. Anfangs fand Reidl das nur ungewöhnlich. Doch langsam ging es ihm auf die Nerven.

»Frau von Valepp, es ist in Deutschland nicht gestattet, Särge mit Toten außerhalb von Aussegnungshallen und

Kirchen zu, nun, also, zu präsentieren.« Ihm fiel kein besseres Wort ein.

»Herr Reidl, es ist alles eine Frage des Willens und des Geldes. Ich habe mit dem Bürgermeister in Tegernsee gesprochen. Die Feier wird auf der Point stattfinden. Keine Gebirgsschützen. Alle sollen Weiß tragen. Ich will keine Bevorzugung einzelner Würdenträger oder scheinbarer alter Freunde. Wer kommt, kommt. Lush wird eine Ansprache halten. Es wird ein Sitarspieler aus Indien spielen, dazu werden bunte Fahnen und Bänder installiert. Das macht eine Eventfirma aus München. Die ist auf moderne Feiern spezialisiert. Hier ist die Nummer der Ansprechpartnerin, Anke Palowski. Bitte setzen Sie sich mit ihr ins Benehmen. Sie wiederum wickeln dann die Verbrennung ab. Die Urne mit der Asche meines Vaters wird in die Schweiz verbracht. Damit wäre eigentlich alles geklärt. Wir sehen uns also in drei Tagen!« Cordelias Ansage kam klar und deutlich.

Lush lächelte noch immer. Reidl schrieb mit, schwieg und ging dann mit einem Kopfnicken.

Sie sahen ihm hinterher, wie er die lange Einfahrt hinunter zu seinem Auto lief. Hinter dem kleinen Mann in seinem schwarzen Anzug stiegen die Rauchschwaden der brennenden Wälder in Kreuth wie ein Finger Gottes auf. Cordelia ging es, kaum waren die Gespräche über die Beerdigung beendet, merklich besser. Sie wollte sich mit Lush den Umbaumaßnahmen der nächsten Woche widmen. Die Pläne lagen bereit. Das Haus ihres Vaters würde, wie überhaupt alle ihre Immobilien hier am See, einen neuen spirituellen Charakter bekommen. Sie hatte gestern alle namhaften Schamanen noch existierender Kulturen über ihr Netzwerk angeschrieben, um die Energieorte hier in der Umgebung zu finden und Menschen heilen zu können. Aus diesem Bonzental würde sie mit Lush eine Kraftquelle für alle Menschen entstehen lassen. Und niemand würde sie daran hindern.

Denn das Geld, in dieser Welt das wichtigste Instrument, war ja da.

»Cordelia, wir müssen unbedingt deine Schwester treffen. Sie sollte zumindest über unsere Pläne in Kenntnis gesetzt werden.«

Regina, die immer alles Wissende. Natürlich musste sie auch hiervon ›wissen‹. Cordelia wusste jetzt schon genau, was für kluge Sprüche ihre ältere Schwester von sich geben würde. Wie sie wieder alles Gute zerreden und sie klein und dumm erscheinen lassen würde. Regina, die Artige. Cordelia, die Schlampige.

Lush spürte, wie der Zorn in Cordelia aufflammte. Er kannte das.

»Ich komme gleich wieder.« Cordelia erhob sich stöhnend und lief zur Toilette.

Kaum war sie verschwunden, stand Lush auf und griff zu seinem Smartphone. Er öffnete die Terrassentür und wählte eine Nummer.

Eine Stunde später saßen sie beide im Auto und Cordelia schluckte die kleinen homöopathischen Kugeln, in der Hoffnung auf eine schnellere Linderung. Aber als sie den See umrundet hatten und in Holz die Einfahrt zu Reginas Haus hinauffuhren, krampften sich ihr Magen und der Darm wieder zusammen. Als sie wenig später zu dritt auf der Terrasse standen, reagierte Regina auf ihre Ausführungen bezüglich der Bestattungszeremonie wie erwartet.

»Ihr seid doch wohl nicht ganz bei Trost! Unser Vater war gläubiger Katholik. Ach was, mehr als das: Er war im *Tuntenhauseuer Männerverein*. Und dann ausgerechnet dieses obskure Spiel mit der Urne! Ihr wollt sie zunächst in die Schweiz bringen und dann heimlich zurück zum See schaffen, um sie dort irgendwann bei Nacht und Nebel ins Wasser zu kippen? Cordelia, denkst du vielleicht mal ein bisschen mit?

Der Mann, um den es hier geht, ist nicht irgendjemand, das ist unser Vater!«

Lush hob die Hand. »Vielleicht finden wir ja einen Kompromiss«, versuchte er mit seinem leichten Balkanakzent in der Stimme zu vermitteln.

Regina sah ihn an, als sei er eine lästige Wespe, die sich soeben auf einen Zwetschgendatschi gesetzt hatte, und winkte entnervt ab.

Lush ließ sich nicht beirren. »Regina, euer Vater ist tot. Nur ihr seid noch übrig. Eure Feinde warten wie hungrige Wölfe auf euch. Wollt ihr euch nicht über alle eure Grenzen und Ängste hinwegsetzen und zusammen eine Lösung finden? Der Körper eures Vaters lebt nicht mehr. Aber ...«

Regina sah ihn müde an. »Lush, hör zu. Ich kenne dich nicht. Und dass ich dich duze, ist nur der Liebe zu meiner Schwester geschuldet. Du bist jemand, der sehr von unserer Familie profitieren wird. Also sei so lieb und genieße das, aber verschone zumindest mich mit deinen Esoterikweisheiten.«

»Wir werden das Gesamtvermögen liquidieren«, warf Cordelia in diesem Moment angriffslustig ein.

»Wie bitte?«

»Wir haben ein Konsortium aus mehreren Investoren gefunden. Sie wollen jene Teile dieses Firmenirrsinns übernehmen, die sowieso keine positive Energie spenden.«

»Und das wären?«, fragte Regina fassungslos. Sie standen noch immer auf der Terrasse, die den Blick in den Garten freigab. Obwohl die Sitzung heute Mittag viel Kraft gekostet hatte, hatte Regina extra Tee bereitgestellt. Und dieses komische Mondwasser, das Lush bevorzugte, wie Cordelia in einer SMS erklärt hatte. »Du hast doch noch überhaupt keinen Überblick über die gesamten Beteiligungen. Wie willst du da irgendetwas verkaufen? Und überhaupt, dir fehlt doch jede Sachkenntnis, die können dich völlig über den Tisch ziehen!«

»Du hast nichts mehr zu sagen, Regina. Das Testament ist eindeutig.« Das war genau die Gesprächsrichtung, die Cordelia vermeiden wollte. Wieder im alten Fahrwasser, wieder auf Konfrontation aus, statt Regina von ihren Plänen zu überzeugen und dadurch auf ihre Seite zu ziehen. Hoffnungslosigkeit stieg in ihr auf.

Regina hingegen kam sich vor, als sei sie in einem Rosamunde-Pilcher-Film gelandet. Ihrer Schwester war nicht im Ansatz klar, um was es sich bei diesem Erbe handelte. »Das ist nicht irgendein Konto, auf dem ein paar Millionen liegen! Es geht auch nicht um den Verkauf von ein paar Häusern mit Seegrundstück! Unsere Familie hält Anteile an börsennotierten Unternehmen. Wenn diese überstürzt verkauft werden, hat das dramatische Konsequenzen für die jeweiligen Firmen. Andere Investoren würden hysterisch reagieren. Arbeitsplätze stehen auf dem Spiel.« Regina wurde laut. Das war nicht gut, denn ihre Schwester wurde immer trotziger. Aber es musste raus. »Du hast immer nur von Vaters Vermögen gelebt. Hast es dir hübsch eingerichtet. War ja immer genug Geld da. Auf die Idee, dass man dafür auch Verantwortung übernehmen muss, bist du nie gekommen. Du wolltest Spaß haben. Und jetzt kommst du mit diesem Burschen hier an, der Leute anlächelt und dafür Geld kassiert. Cordelia, werde erwachsen! Von unseren Entscheidungen hängen Existenzen ab.«

»Existenzen wie die der *Hartl AG*?«, fragte Lush lächelnd.

Regina drehte sich um und schlug ihm mit der flachen Hand in sein schmales Gesicht. Im Bruchteil einer Sekunde griff Lush nach ihrer Hand und bog sie nach hinten. Regina fiel auf den Boden und schrie. Cordelia war wie erstarrt.

»Schlag mich nie wieder, Schwägerin. Du bist nicht mehr die Haupterbin. Das sind wir!«

Regina kniete vor ihm. Er schien es zu genießen, sie sah es in seinem Gesicht.

Aber sie sah noch etwas anderes.

Quercher war auf der Terrasse erschienen. Er hatte überlegt, die Waffe zu ziehen. Aber tief in seinem Herzen war er eben doch Bayer und löste so etwas eher in Bierzeltmanier. Er holte mit seinem rechten Bein aus und trat zu.

Kein Mann machte das gern. Jeder wusste um den darauffolgenden Schmerz, der einem den Atem raubte und einen glauben ließ, dass der Hoden sich im Halsbereich befände.

Fast schien es, als ob Lush ein wenig vom Boden abhob, ehe er nach vorn kippte und sich schreiend krümmte. Cordelia wollte ihm helfen, aber Lush wedelte nur abwehrend mit der Hand.

Das aber wiederum hinderte Quercher nicht, sich zu ihm hinunterzubeugen und ihm etwas ins Ohr zu flüstern. »Komm ihr noch einmal näher als drei Schritte und dein Ei bleibt da, wo du es gerade vermutest. Haben wir uns verstanden? Und jetzt steh auf, tief durchatmen. Wird besser. Vielleicht trinkst du einen Sliwowitz, ist ja auch was mit Geist.«

Quercher legte Regina, auch wenn sie unwillig war, einen Eisbeutel auf das Handgelenk.

»Ist das so eine Adelstradition? Sich um das Erbe zu schlagen? Kommen da die Raubrittergene durch?«

Sie lächelte matt. »Ach Max, es ist eine Katastrophe. Wir erweisen uns wirklich als nicht erbfähig.«

Sie saßen in der Sonne. Alles um sie herum war sauber, schön und idyllisch. Nichts erinnerte an Drangsal und Sorgen. Er erwischte sich dabei, wie er das genoss. Wurde er gerade von diesem schicken Leben korrumpiert?

»Ihr könntet doch beide ein wunderbares Leben mit eurem Vermögen führen. Sie macht ein wenig auf Geistheilung, du kümmerst dich um ... zum Beispiel um mich. Reicht es nicht einfach, reich zu sein?«

Sie lächelte, obwohl ihre Hand schmerzte.

»Hast du Hunger?«, fragte er.

»Ja, sehr.«

»Komm mit, setz dich in die Küche. Ich finde bestimmt was.«

»Du kannst kochen?«, wunderte sie sich.

»Aber ja, ich habe sogar einmal ein arabisches Restaurant besessen.«

Quercher stand vor dem Herd. In der Pfanne brutzelte es. Regina hatte sich auf die Küchenzeile gesetzt und ließ ihre Beine baumeln. Mit ihrem verstorbenen Mann hatte sie so etwas nie erlebt. Da gab es dienstbare Geister, die das Essen bereits fertig servierten. Sie musste nachdenken, wann sie das letzte Mal überhaupt selbst gekocht hatte.

»Himmel, in dieser Küche steht alles an seinem Platz, aber nichts wurde benutzt. Das gibt's doch nicht. Das ist ja eine Geisterküche. Hier fehlen Fett, Dreck und Gestank.«

»Ich hatte auch nicht vor, ins Pommesbudengeschäft einzusteigen.«

»Bella, vermutlich wäre das die sauberste Frittenbude Süddeutschlands.« Er küsste sie und goss ihr danach ein Glas Rotwein ein.

Mit Verwunderung nahm sie Querchers zärtlich-ungelenke Form der Fürsorge wahr. Vielleicht war es das, was sie dazu brachte, sich für einen Moment zu öffnen. »Es ist an der Zeit, dir etwas zu erklären«, hob sie an.

»Ja, weises Blaublut, lass deinen Knecht am Wissen des Adels teilhaben.«

»Vollidiot!« Sie trat ihn sachte. »›Reich‹ ist ein Begriff für Menschen, die nicht reich sind. Sie schauen zu uns auf und denken, dass wir doch eigentlich keine Probleme haben. Aber es gibt da sehr große Unterschiede, die sich nicht allein in der Anzahl der Nullen hinter dem Komma dokumentieren. In diesem Land wird seit Jahrzehnten Wert darauf gelegt, dass quasi jeder, der sich anstrengt, es nach ganz oben schaffen kann. Die Frage ist nur: Was ist ›ganz oben‹? Bedeutet es, in Klatschblättern zu stehen oder ein großes Haus zu haben? Oder Dinge auf höchster Ebene nach deiner Überzeugung zu lenken? Mein Vater zum Beispiel war, anders als meine Mutter, nicht an Reichtum interessiert. Er wäre gern in die Politik gegangen.«

»Warum hat er es nicht getan?«, fragte Quercher, während er Zwiebeln schnitt.

»Max, mein Vater war homosexuell. Stell dir das in den Sechzigern vor. Er hätte keine Chance gehabt.«

Quercher weinte und suchte eine Küchenrolle. »Das geht mir sehr nah.«

»Was blieb ihm übrig? Er war konservativ-katholisch. Also übernahm er von seinem Vater die Traditionen, half, wo er konnte, gab sicher auch die ein oder andere Spende. Er tat das, weil er an dieses Land glaubte.«

Die Zwiebeln spritzten im Öl, als Quercher Speckstücke dazugab. »Das glaubst du nicht wirklich, diesen Sozialkundemist, oder?«

»Wieso?«

»Meine liebe Supererbin mit vielen Nullen dran, jemand wie dein Vater oder der Herr Duschl agierte im Verborgenen. Aus welchen privaten Gründen auch immer. Aber es ging ihnen nicht um den Rechtsstaat. Sie wollten, dass dieser konservative Klüngel bestehen bleibt. Dafür bestachen, bedrohten, umgarnten und verführten sie. Warum? Weil sie es können. Würde ich vermutlich auch tun. Die Frage ist, wie lange sie das machen dürfen, bis ihnen jemand auf die Finger klopft. Meist sind das Leute wie meine Kollegen und ich. Ich mache meine Arbeit seit nunmehr vierundzwanzig Jahren. Wow, ich habe im nächsten Jahr silberne Hochzeit mit dem Polizeidienst! Seit dieser Zeit sind mir Herren wie dein Vater immer mal wieder über den Weg gelaufen. Sei es als kleiner Streifenpolizist, der einen Betrunkenen anhält und vom Chef erfährt, dass jener Mann keine Anzeige bekommt. Sei es bei einer Razzia im Puff, wo bestimmte Herren ihre Identität nicht preisgeben müssen. So war das noch vor ein paar Jahren. Heute hat sich das ein wenig geändert. Man kann nicht mehr so leicht manipulieren. Es braucht halt immer ein Werkzeug, eine Struktur dazu. Das ist der Grund, warum ich von eurem Prokuristen nicht loskomme. Der ist der Dreh- und Angelpunkt in diesem undurchsichtigen Gefüge. Ihr Reichen seid es gewohnt, dass man euch hasst. Das war immer schon so. Darauf habt ihr euch eingestellt. Aber gefährlich wird es für euch, wenn eure Strukturen offengelegt, wenn sie seziert und dann zerschlagen werden. Das ist eure Angst. Deswegen frage ich mich, wer an diese Struktur heranwill. Magst du Knoblauch?«

»Du glaubst also allen Ernstes, dass meine Familie, nur weil sie wohlhabend und einflussreich ist, auch kriminell ist?«

»Bella, der Grad zwischen ›einflussreich‹ und ›kriminell‹ ist sehr dünn. Ich glaube gar nichts. Ich weiß es.«

»Hältst du mich für eine Kriminelle?«

Er drehte sich zu ihr und küsste sie.

»Das ist keine Antwort!«, wehrte sie ihn ab.

Er grinste. »Doch!« Er widmete sich wieder den Zwiebeln in der Pfanne. »Hast du schon einmal den Namen Klauser gehört?«, fragte er unvermittelt.

Sie schüttelte trotzig den Kopf. Quercher hatte gerade eine unsichtbare Grenze gezogen. Ihr war noch nicht klar, warum er das tat.

»Was wäre, wenn dein Vater in grauer Vorzeit einen Sohn gezeugt hätte?«

Regina musste wider Willen lachen. »Ach Max, das gehört bei uns zum Alltag. Seit Bestehen der Familie versuchen nicht so begüterte Menschen, sich mit unserem Namen zu schmücken.«

»Was für ein Schicksal, hat bei uns keiner gemacht«, warf er leise, aber spitz ein.

»Was ist mit diesem ... Klauser?«, fragte sie säuerlich, während er die Tomaten schälte.

»Das ist jemand, der sehr beharrlich und mit vielen scheinbaren Fakten seine Herkunft klären wollte – mit Herrn Duschl.«

»Also ist das einer, der glaubt, er sei ein von Valepp. Und will er Geld?«

»Du kennst ihn sicher nicht?« Er warf die klein geschnittenen Tomaten- und Peperonistücke in den Topf.

Sie schüttelte den Kopf.

»Ich merke schon, das sind nicht gerade deine vornehmlichen Fragen.« Er lächelte.

»Nein, stimmt. Es mag kaltherzig klingen, aber ich kann solche Sachen, die Leute denken oder sagen, nicht beeinflussen. Genauso wenig wie das Valepp-Vermögen. Ich zerbreche mir außerdem über andere Dinge den Kopf. Zum Beispiel: Was ist das mit uns?«

Eine Frage, die Männer auf der ganzen Welt so sehr herbeisehnten wie schorfigen Grind im Schritt, dachte er. Was sollte er sagen? Sex ist doch in Ordnung?

Angriff war die beste Verteidigung.

»Also, ich möchte gern mit dir Kinder haben. Es wäre schön, wenn du zu mir ziehen könntest, das Haus hier verkaufen und dein Vermögen notleidenden Menschen spenden würdest. Einfach noch mal ganz neu anfangen, weißt du?«

Regina sah Quercher fassungslos an.

Er verzog keine Miene.

»Ist das dein Ernst?«

»Was jetzt? Kinder oder das Spenden?« Er lachte.

Regina biss in seinen Nacken.

Sein Telefon klingelte. Er sah, dass es Lizzy war. Ausgerechnet jetzt, ausgerechnet sie. Frauen müssen Sensoren für solche Momente haben. Er nahm das Gespräch an und wand sich aus Reginas Umarmung.

»Die Rechtsmedizin hat die Leichname obduziert. Der eine ist wirklich Schaflitzel. Zahnabdruck und DNA stimmen überein. Beim zweiten Körper sind die Kollegen hundertprozentig sicher: Das war nicht Klauser! Es scheint sich um einen anderen Jäger zu handeln, den Schaflitzel da oben an einem Hochsitz treffen wollte. Er ist auch nicht an Verbrennungen gestorben. Er hat einen Stich ins Herz erhalten, vermutlich von Klauser, der ja zuvor schon seine Familie mit einem Messer auslöschte.«

»Was heißt das?«, fragte Quercher sinnloserweise, denn die Antwort war klar.

»Der Feuertyp lebt noch und geistert bei euch da draußen herum. Und er hat neue Waffen. Die Jagdflinten von Schaflitzel und dessen Spezl mit hundert Schuss Munition!«

## Kapitel 29

*Kreuth, 21.08., 19.15 Uhr*

»Jürgen Klauser, neununddreißig Jahre alt. Eins neunzig groß, sehr sportlich. Dunkles Haar, keine besonderen Merkmale. Aktuelle Kleidung nicht bekannt. Er ist im Besitz zweier Schusswaffen. Klauser war bei der Bundeswehr, ist mit Waffen also vertraut. Extrem gefährlich. Wird vermutlich sofort schießen. Wir wissen nicht, ob er noch lebt, auf der Flucht ist oder sich schon selbst gerichtet hat.«

Lizzy Baldner stand vor einer Gruppe Männer und fühlte sich wohl. Gerass hatte sie aus München an den See kommen lassen. Die Dreiunddreißigjährige war ein polizeiliches

Naturtalent. Sie kam mit den Männerhorden sehr gut zurecht, war handfest, war sich außerdem für niedere Arbeiten nie zu schade und liebte es zu führen. Die Suche nach Klauser würde sie leiten. Auch, weil sie sich im Gelände extrem gut auskannte.

»Wir werden zudem aus München das SEK aktivieren. Seien Sie vorsichtig, achten Sie auf Eigensicherung.« Sie nickte.

Die Männer gingen an die Arbeit. Lizzy wollte sich ein Bild der Lage machen und nahm die Gelegenheit wahr, um mit dem Polizeihubschrauber, der gerade auch für die Feuerwehr in Kreuth im Einsatz war, einen Rundflug über das Tal zu machen. Manchmal half es, Suchaktionen von oben zu koordinieren.

In geduckter Haltung lief sie zu dem grün-weiß gestrichenen Helikopter. Der Rotorenlärm ließ sie das Klingeln ihres Handys nicht hören. Erst als der Hubschrauber hundert Meter über dem Sportplatz in Kreuth schwebte, sah sie die Nachricht auf ihrem Display.

*K. war an der Seilbahn zum Wallberg.*

Sie nahm sofort Funkkontakt zu dem Einsatzwagen auf, der unmittelbar unter dem rotierenden Hubschrauber stand. »Was heißt das?«

»Eine Kassiererin hat ihn um Viertel vor fünf bemerkt. Er sei mit der letzten Bahn hinauf auf den Berg, wollte keine Rückfahrkarte. Ihr fiel vor allem eins auf: Aus seinem Rucksack lugte der Lauf eines Gewehrs. Sie glaubte erst, dass es sich um einen Jäger handeln würde, der oben am Wallberg auf die Pirsch ginge. Aber er wirkte nicht so klar. Sie rief uns an, wir überprüften die Videoaufnahmen. Auch die von der Bergstation. Da oben läuft er gerade rum. Völlig unbeeindruckt. Er ist es!«

Lizzy sah auf die Uhr. »Wie lange brauchen wir dorthin?«, fragte sie den Piloten.

»Vier Minuten, maximal.«

»Dann mal los. SEK verständigen! Ich will, dass dieser verdammte Rentnerhügel Wallberg von uns besetzt wird.«

Klauser hatte das Restaurant betreten. Dort räumten die Kellner bereits die Tische ab, ihr Tag war gelaufen. Der Sommer hatte noch einmal richtig Fahrt aufgenommen. Viele Familien waren aus der Stadt ins Grüne herausgekommen, auf diesem von Menschen zersiedelten Berg herumgelaufen und hatten das Panorama bestaunt. Einige von ihnen waren geblieben und wollten hier oben den spektakulären Sonnenuntergang abwarten.

Die Müdigkeit schien seinen Kopf förmlich zu zersprengen. Seine Haut brannte. Unter dem neuen Overall, den er aus dem Container einer Baustelle geklaut hatte, pochten die Brandblasen. Sein Gesicht hatte er notdürftig gewaschen. Die Baseballmütze verdeckte die versengten Haare und die offenen Brandwunden. Sein Kreislauf hatte mehrfach gestreikt. Den Weg von Kreuth hierher hatte er nur unter beinahe unerträglichen Schmerzen zurücklegen können.

Er wollte nicht mehr töten. Er wollte seinem Werk beim Entstehen zusehen. Den Wanderern wollte er nichts antun. Sie saßen auf Bierbänken und sahen über die Gipfel im Westen. Diese Menschen würden einen Weg hinunter finden. Er jedoch würde hier oben bleiben. Auf dem höchsten Punkt des Tals. Alles überblickend. Den Tod erwartend.

Drei Gondeln setzten sich gerade in Bewegung. Klauser hatte den Mann, der die Bahn bediente, niedergeschlagen und die Brandbeschleuniger und Benzinkanister in die freien Kabinen gestellt. Die Sonne verschwand hinter den Bergen. Er hatte den Logenplatz.

Der Hubschrauber flog über den Setzberg und steuerte auf die Bergstation zu. Die Einsatzkräfte hatten Klauser schon auf der Webcam des Restaurants erkannt. Er saß, wenn nichts schiefging, in der Falle. Sie mussten ihn Richtung Gipfel treiben, der sich links neben der Station befand. Trotz des Ruckelns setzte Lizzy das Fernglas an die Augen. Den SEK-Scharfschützen hatten sie nach einem schnellen Zwischenstopp in den Helikopter aufgenommen. Er saß mit seinem großen Gewehr neben ihr und setzte die Zielrohrvorrichtung ein. Beide konnten sich über Funk verständigen. Sie überflogen die Bergstation zu schnell, um zu registrieren, dass soeben drei Gondeln Richtung Tal fuhren.

»Da oben klettert er, auf ein Uhr!«, rief der Kopilot in sein Headset.

Lizzys Blick folgte der Richtungsweisung. Tatsächlich, ins Abendrot getaucht, stand ein Mann in einem grünen Overall, nur wenige Meter vor dem Gipfelkreuz in einer Felsspalte.

»Schlechtes Schussfeld«, rief der Schütze neben ihr.

Sie nickte. Der Hubschrauber wurde von den Winden, die sonst die Gleitschirmflieger nutzten, durchgerüttelt. Sie wollte Klauser auf jeden Fall lebend. Aber sie wusste, dass sie in diesem Hubschrauber auch zur Zielscheibe werden konnte. Sie war nicht nur Jägerin, sie war auch Gejagte.

»Wir haben nur wenig Licht«, warnte der Pilot.

»Sollen wir Besatzung mit Nachtsichtgeräten anfordern?«

»Positiv«, antwortete Lizzy. Im selben Augenblick hörte sie die Explosionen. Sie konnte sich in ihrem engen Sitz kaum umdrehen, um nachzusehen, was geschehen war.

Aber die Kollegen informierten sie über Funk.

»Die Gondeln brennen. Drei Stück. Und sie fahren nach unten. Alarmiert die Feuerwehr.«

Der Hubschrauber kam dem Gipfel immer näher. Jetzt erkannten sie Klauser ganz deutlich. Noch immer trug er den Rucksack. Lizzy glaubte auch, den Lauf des Gewehrs ausmachen zu können. Der Mann hielt sich am Fels fest. Sein Ziel schien das Kreuz zu sein.

»Ich will Klauser unbedingt hier oben festnageln. Er darf auf gar keinen Fall wieder tiefer gehen. Dann würden wir ihn garantiert in der Nacht verlieren.«

Der Pilot hob den Daumen.

Das Gipfelkreuz stand auf einem steinernen Sockel und war mit mehreren Drahtseilen gegen die demnächst wieder aufkommenden Herbststürme befestigt. Klauser hatte nur noch wenige Meter vor sich. Völlig außer Atem kroch er auf allen vieren über die Steine, riss sich dabei die Hände auf.

*Gegrüßet seist du, Maria, voll der Gnade,*
*der Herr ist mit dir.*

Er spürte den Schmerz nicht mehr. Er war fast am Ziel. Klauser blickte kurz hinter sich, sah die brennenden Gondeln. Eine schaukelte bedenklich. Kaum hatte er sich wieder dem Kreuz zugewandt, hörte er, wie sie sich aus ihrer Verankerung löste. Die Flammen aus der Kabine hatten exakt jene Wirkung entfaltet, die er im Sinn gehabt hatte. Mit einem Knirschen fiel die Gondel vom Seil und streifte mehrere Fichten, ehe sie krachend auf die Latschenkiefern fiel und diese sofort in Brand steckte.

*Du bist gebenedeit unter den Frauen,*
*und gebenedeit ist die Frucht deines Leibes, Jesus.*

Klauser sah das Feuer von oben, sah die Sonne verschwinden, spürte den Wind, der den harzigen Duft der Latschen hierher trug. Er hörte auch mehrere Hubschrauber aus dem Tal aufsteigen. Einer stand nur einen Steinwurf entfernt in der Luft, Männer seilten sich gerade ab, hasteten mit angelegten Maschinenpistolen dem Gipfel entgegen.

Er atmete ein. Er atmete aus.

*Heilige Maria, Mutter Gottes, bitte für uns.*

Dann lehnte er sich an das Kreuz und griff hinter sich.

*Jetzt und in der Stunde unseres Todes.*

»Was machen wir, wenn er auf uns zielt?«, rief der Pilot.

»Abdrehen«, antwortete Lizzy. Dann schnallte sie sich von ihrem Gurt los, um etwas mehr Bewegungsfreiheit zu bekommen.

Die Winde am Berg sind tückisch und schwer vorherzusehen. Am Abend, wenn die Sonne verschwindet, ändert sich die Thermik binnen weniger Minuten. Der Pilot war erfahren und wusste um diese Gefahr. Ruckartige Bewegungen wie die von Lizzy wurden bei solchen Bedingungen umgehend bestraft. Der Pilot musste den Helikopter in eine frontale Position zum Gipfelkreuz drehen, um die Balance halten zu können. So blickten er und sein Kopilot direkt auf Klauser und sahen, wie er die Waffe zu sich zog.

*Amen.*

Klauser legte an und schoss.

## Kapitel 30

*Bad Wiessee, 21.08., 19.36 Uhr*

Quercher hatte sie darum gebeten. Also tat sie es und kontaktierte ihre Abteilung sowie ein paar ›Freunde befreundeter Dienste‹, wie sie es nannte. Kontaktpflege, von der weder ihr Lebensgefährte noch Quercher wissen musste.

Am frühen Abend saßen Pollinger, Max Ali, Lumpi und sie auf einem Spielplatz. Genauer: Sie telefonierte abseits mit ihren ›Freunden‹ und Pollinger schubste begeistert Max Ali in einer Schaukel an, während die Hundedame auf einer Bank lag und die letzten Sonnenstrahlen genoss.

Hier oben, auf dem Spielplatz am Waldrand, war es drückend warm. Aber immer noch besser, als im Haus zu sitzen. Dieser Spielplatz wirkte inmitten der Domizile alter Menschen wie eine Jugendoase. Hier warteten hinter hohen Hecken Pensionäre auf den Schnitter. Das durfte Pollinger nicht passieren. Er spürte das. Wollte aktiver sein. Zumindest interpretierte Arzu das so.

Sie ahnte, dass das in Zukunft ihre größte Herausforderung werden würde. Sie musste arbeiten, Pollinger aber hatte viel Tagesfreizeit. Klar, er kümmerte sich mit Hingabe um den Kleinen. Aber sie war schon jetzt sehr eingespannt, obwohl sie momentan lediglich eine Halbtagsstelle beim LKA innehatte. Kam sie abends nach Hause, sollte sie Pollinger noch detailliert erzählen, was sie am Tag gemacht hatte. Auch jetzt war er neugierig, als sie sich wieder zu ihm und Max Ali gesellte.

»Arzu, Schatz, was hat dir der Quercher wieder für informelle Aufträge zugeteilt?«, fragte er, während er den juchzenden Max Ali in der Schaukel anschob.

»Ferdi, wollen wir nicht ein wenig zwischen Beruf und Privatem trennen?«, antwortete Arzu alarmiert.

Pollinger setzte sich zu ihr und schob Lumpi von ihrem Platz, die das nur widerwillig ertrug. »Der Max ist auf dem Holzweg. Der verbeißt sich. Der soll nur den Mörder von Duschl finden, keine Weltverschwörung aufdecken. Wenigstens hat er mir am Telefon von diesem Klauser und seinen Briefen an Duschl erzählt. Aber auch nur, nachdem ich mehrfach nachgefragt hatte!«

Arzu streichelte seine Wange. »Das ist nicht leicht für dich, oder? So ganz ohne Einfluss?«

»Ach was, ich genieße diese Zeit«, wischte er ihre Vermutung unwirsch beiseite. »Ich habe inzwischen einfach mal ein paar von Querchers Hausaufgaben übernommen. Denn der Herr scheint sich ja gerade vorrangig um seinen Hormonhaushalt zu kümmern.«

Arzu verstand, warum Quercher manchmal über Pollinger stöhnte.

»Ich habe mir Querchers Taucherthese angesehen. Und siehe da: Jürgen Klauser war für zwei Jahre in der Taucherabteilung der Feuerwehr München. Hat dort eine sehr anspruchsvolle Ausbildung absolviert.«

»Und jetzt machst du den Pyromanen zum Täter, weil der Duschl ihm nicht auf seine Briefe geantwortet hat?«, fragte Arzu spöttisch, während sie sich erhob und der Schaukel wieder einen Stups gab. »Ich hab dafür noch was Neues über die Telefone in Erfahrung gebracht: Wir hatten ja bereits herausgefunden, dass sich am achten August zwischen fünf und sieben Uhr im Bereich des Ringsees drei aktive Handys orten ließen. Zwei waren Prepaidtelefone. Das dritte gehörte einer Kroatin, die im Urlaub war. Aber da bin ich stutzig geworden. Aus purer Routine habe ich drei Stunden später noch einmal einen Abgleich gemacht. Und siehe da: Das Handy der Kroatin war benutzt worden. Kann nichts bedeuten. Kann alles bedeuten.«

»Bitte, Arzu. Diese Unsinnsbinse hast du von Quercher gelernt und der hat sie von mir.«

Arzu lächelte, ging aber auf solche Zipfelspiele nicht ein. Ihr Bauch sagte ihr, dass sie vorerst an dieser Kroatin dranbleiben sollte, und natürlich würde sie weder Pollinger noch Quercher etwas davon erzählen. Anschließend musste sie den zweiten Teil von Querchers Aufgabenliste abarbeiten. Er hatte ihr eben eine Mail geschrieben und wollte etwas über diesen Albaner Lush wissen.

Sie bat Pollinger, Max ins Bett zu bringen, weil sie mit ihrem Rad noch eine Runde drehen wollte.

Pollinger sah sie fragend an, bekam aber keine Erklärung. Kopfschüttelnd setzte er Max Ali in einen Anhänger, den Querchers Schwester ihnen geschenkt hatte, und fuhr dann mit dem Rad nach Hause, während Arzu zum See hinunterradelte.

Ein Knattern lag in der Luft. Am Wallberg schien jemand gerettet werden zu müssen. Sie sah einen Hubschrauber um den Gipfel kreisen. Vielleicht aber brannte es da oben auch.

Der Feuerteufel schien ja, so hatte sie es im Radio gehört, noch unterwegs zu sein.

Sie war definitiv nicht mehr in Form für solche Touren. Nach einer halben Stunde qualvollen Radelns erreichte sie die letzte Steigung vor dem Ringsee. Hier standen prachtvolle Villen mit Seezugang, natürlich alle im Landhausstil.

Das Haus, in dem die Kroatin für Ordnung sorgte, lag versteckt hinter großen Hecken. Es befand sich direkt am See und war nur durch einen kleinen, asphaltierten Weg vom Ufer getrennt. Neben der Anlegestelle für das Boot stand ein Holzhaus. Arzu stieg ab und schritt auf das Haus zu. Auf dem Klingelschild war lediglich ein Buchstabenkürzel zu lesen.

Kaum stand sie vor dem Holztor, sprang ein Motor an. Das Tor öffnete sich. Arzu ging sofort vor ihrem Mountainbike in die Knie und tat so, als müsse sie die Kette überprüfen. Ein gelber Transporter fuhr langsam von dem Gelände. Aus den Augenwinkeln konnte sie müde wirkende Arbeiter erkennen. Der Wagen hatte ein bulgarisches Kennzeichen. Langsam ratternd schloss sich das Gatter wieder. Instinktiv sah sich Arzu nach einer Kamera um, erkannte den toten Winkel und schob sich gerade noch rechtzeitig druch eine schmale Toröffnung auf das Privatgrundstück. Bis jetzt war es Hausfriedensbruch, dachte sie vergnügt, aber doch mit Sorge. Sie hatte keinerlei Anhaltspunkte dafür, dass wirklich etwas nicht stimmte. Es schien ihr nur ein zu großer Zufall zu sein, dass dort vorn am See das Boot von Klauser gelegen hatte und hier das einzig aktivierte Handy mit nachvollziehbarer Adresse benutzt worden war. Etwas klingelte in ihr, aber sie konnte es nicht einordnen.

Sie schlich über das Grundstück, vorbei an riesigen Rhododendronhecken und Latschenkiefern. Die Fenster waren vergittert, dahinter waren ein paar Bauernmöbel zu sehen. Es schien eines der üblichen Landhäuser jener Talbewohner zu sein, die nur für wenige Tage im Jahr am See gastierten. Im Garten schien ein Licht auf eine Statue, die Arzu nicht identifizieren konnte. Sie umschritt das Haus und überprüfte, ob sich irgendwo eine Kamera befand. Das war nicht der Fall. Sie rüttelte an den Türen, doch die waren alle verschlossen. Aber in einem Kellereingang war lediglich eine provisorische Tür angebracht, die sie aufstemmen konnte.

Sie zögerte. Sie hatte nicht vor, zu dem bereits begangenen Hausfriedensbruch auch noch Einbruch hinzuzufügen. Aber vielleicht fand sie ja einen Hinweis. Arzu sah auf die Uhr. In einer halben Stunde sollte sie daheim sein, sonst würde Ferdi stutzig werden.

Sie öffnete die Tür. Ein muffiger, feuchter Duft schlug ihr entgegen. Der Keller war nass, kein Zweifel. An und für sich auch kein Wunder angesichts der Nähe zum See. Aber wer so viel Geld hatte, sich eine solche Villa zu kaufen, sollte auch die finanziellen Mittel für die Trockenlegung seines Domizils haben.

Nach wenigen Schritten bedeckte das Wasser den ganzen Boden und lief in ihre Turnschuhe. Schwimmbad natur, dachte sie. Aber hier war nichts zu finden. Sie musste nach oben ins Erdgeschoss. Allerdings würde sie jetzt aufgrund der Nässe Spuren hinterlassen. Also streifte sie sich die Turnschuhe ab, ehe sie über die Steintreppe in den Wohnbereich ging.

Hier war es warm und stickig. Es roch nach Männerschweiß und Bier. Planen lagen auf dem Boden, Farbeimer standen darauf, mehrere Pinsel lagen in einer Wanne. Vielleicht sollte das Haus verkauft werden. Die Handwerker arbeiteten sicher schwarz und gehörten zu den üblichen Kolonnen, die manche im Tal gern engagierten, wenn es schnell gehen sollte. Zuweilen produzierten sie Pfusch, aber das konnte dem Kunden wurscht sein. Dafür musste er nicht Wochen warten, bis sich die deutschen Handwerker aus dem

Tal bequemten und Zeit für ihn fanden. Das hatte ihr Quercher zumindest gestern erklärt, als sie ihm ihre Umbauwünsche für ihr Haus schilderte.

Sie stieg in das Obergeschoss. Hier schien es mehrere Zimmer zu geben, sämtliche Türen standen offen. In der Ecke eines Raumes stand ein Rucksack. Arzu öffnete ihn. Eine grüne Mappe kam zum Vorschein, die mehrere Dokumente und Klarsichthüllen enthielt. Das Papier musste im Wasser gelegen haben, einiges war schon verwaschen und nicht mehr lesbar. Arzu hielt die Luft an. Grün. Hatte Quercher nicht etwas von farbigen Mappen erzählt? Was war das hier? Ihre Nackenhaare standen zu Berge, sie war in Alarmbereitschaft.

Plötzlich hörte sie, wie das Holztor sich wieder öffnete. Arzu schrak zusammen und lief zum Fenster. Der gelbe Transporter kam zurück. Sie reagierte schnell. An ihrem Oberarm hatte sie ihr Smartphone in einer Halterung befestigt. Sie schoss eilig mehrere Fotos von der Mappe und suchte dann nach einem Fluchtweg. Am Ende des Flurs war eine Schuttrutsche befestigt worden. Ohne nachzudenken, sprang sie hinein. Mit Wucht rutschte sie hinunter, riss sich an Armen und Beinen die Haut auf und landete in einem Container, der auf der Ostseite des Hauses stand und für die Männer nicht einsehbar war. Arzu biss die Zähne zusammen, rannte, so schnell sie konnte, über den Rasen und schwang sich auf die Mauer. Jetzt zischte sie vor Schmerz. Die Wichser hatten einen Stacheldraht knapp über dem Mauerrand befestigt. Sie ließ sich auf die andere Seite fallen. Fünfzig Meter entfernt lag ihr Mountainbike. Einer der Männer war aus dem Wagen gestiegen und schien sich für das Rad zu interessieren. Doch so wie sie aussah, konnte sie ihn unmöglich ankeifen und sich das Rad schnappen. Stattdessen schoss ihr eine noch widersinnigere Idee in den Kopf: der See!

Sie tapste über die Straße, rutschte die Böschung hinab und lief geduckt zu dem Bootshaus, ehe sie in Windeseile ihre Kleidung bis auf die Unterwäsche auszog und in das kalte Wasser glitt. Sie hielt die Luft an. Arzu hasste Schwimmen. Zumindest in diesen Breitengraden. Sie kam vom Mittelmeer, da stieg man erst ab siebenundzwanzig Grad ins Wasser. Scheißbergsee. Die Schürfwunden brannten wie Feuer. Einer der Männer auf dem Grundstück rief laut. Sie konnte ihn von hier aus nur hören, aber nicht sehen. Arzu umschwamm den Steg, der vom Bootshaus hinaus ins Wasser führte. Sie konnte hier noch stehen. Es war ein schlammiger Boden. Ihre Füße standen auf etwas, das sich wie ein Netz anfühlte.

Jemand kam näher, rief etwas in einer Sprache, die sie nicht verstand. Mit einem Schwimmzug war sie unter dem Steg. Noch immer bewegte sie sich auf diesem Netz. Es schien Bojen zu bedecken. Der Typ rannte soeben durch das Bootshaus. Sie musste entweder abtauchen oder sich zu erkennen geben. Unschlüssig linste sie unter dem Steg hervor. Der Mann stand jetzt direkt am Ufer. In seiner linken Hand trug er einen Hammer. Aber das war es nicht, was Arzu beunruhigte.

Seine rechte Hand umschloss ihre Turnschuhe.

Sie tauchte. Hörte dumpf Schritte über sich, die näher kamen. Hielt die Luft an. Ihre Lungen schmerzten. Die Schritte entfernten sich wieder. Ihre Füße traten in etwas Scharfes. Es war klein, schnitt aber in ihren Fuß. Sie tauchte auf. Holte Luft. Tauchte wieder ab. Öffnete die Augen. Sah es. Und schrie. Wasser in ihrem Mund.

Ihr Fuß steckte immer noch fest. In einem Kopf!

## Kapitel 31

*Bad Wiessee, 21.08., 23.12 Uhr*

Der Porsche war in der Garage geblieben. Quercher hatte das Damenfahrrad der Zugehfrau benutzt und es an den Passat von Gerass gelehnt. Er wusste, dass sie das hasste. Vor drei Monaten hatte er sie einmal völlig verzweifelt vor ihrem Wagen kniend erwischt, wie sie versucht hatte, eine Schramme wegzupolieren.

Constanze Gerass und der Kripochef aus Rosenheim hatten den Konferenzraum der Wiesseer Polizeiinspektion zur Einsatzzentrale umfunktionieren lassen. Alle waren schon da. Quercher grüßte den Kollegen an der Sicherheitsschleuse der Polizeiwache und stellte sich neben einen Ermittler aus Rosenheim, weil am Tisch kein Platz mehr war.

Er sah Arzu, die bei einer Kollegin aus dem Profilerteam saß, schaute sie an, hob den Fuß und machte ein Gesicht, als sei er in Hundekot getreten.

Arzu streckte ihm die Zunge heraus.

Gerass nickte Quercher zur Begrüßung zu und begann dann zu sprechen. »Die Soko *Feuerteufel* unter Leitung der Kollegin Elisabeth Baldner war heute sehr erfolgreich. Jürgen Klauser konnte gestellt werden. Er hat sich erschossen. Das ist an sich zwar betrüblich. Aber angesichts der Bedingungen, die am Gipfel vorgeherrscht haben, ist das Ermittlungsresultat dennoch als Erfolg zu werten. Weitere Brandstiftungen konnten so verhindert werden. An der Stelle möchte ich auch die Kollegen, die jetzt nicht hier sind, aber eine großartige Arbeit geleistet haben, erwähnen: die örtlichen Feuerwehren sowie die Hubschrauberstaffel. Die Feuer sind unter Kontrolle, die meisten konnten schon gelöscht werden, und das trotz der vor einigen Stunden hereinbrechenden Dunkelheit. Geben Sie das bitte weiter an die Kollegen!«

Applaus und Klopfen auf dem Tisch setzte ein. Zufrieden biss man in eilig bereitgestellte Semmeln und Brezn.

»Frau Baldner, wie ist der Stand?«

Lizzy stand auf und blickte in die Runde. »Das Dringlichste zuerst: Klauser ist zwar tot. Aber wir müssen davon ausgehen, dass er weitere Brandherde angelegt hat. Sowohl das Feuer in Kreuth als auch das am Wallberg waren nach ersten Erkenntnissen bereits Monate vorher präpariert worden. Für Zweiteres beispielsweise hatte er die Kanister am Berg in einem Schuppen der Betreibergesellschaft der Seilbahn versteckt. War keinem aufgefallen. Man hatte weder bemerkt, wie er die Kanister hinaufschaffte, noch wie er sie deponierte. Das heißt, wir werden uns in seine Gedankenwelt begeben müssen. Die Kollegen vom Profilerteam sind hier, um den ›Brandplan‹ für das Tal zu erforschen. Uns wird also nichts anderes übrig bleiben, als die Wälder um den See herum nach Brandfallen zu untersuchen. Das bayerische Forstamt wird uns unterstützen. Zu Klausers Taten: Wir vermuten, dass Klauser die Wälder als sein rechtmäßiges Erbe betrachtete. Die Begegnung mit dem Unternehmer Schaflitzel und dessen Jagdfreund ist zufällig passiert. Er schien nicht zu wissen, dass die beiden dort auf die Jagd gingen, und als sie ihm da oben über den Weg liefen und seinen Plan zu durchkreuzen drohten, hat er sie getötet. Diese Vorgehensweise passt auch in das Motiv zum Tod von Jakob Duschl. Ein Fall, den der ...«, sie machte eine Pause und lächelte, »... geschätzte Kollege Quercher betreut. Nach unseren Erkenntnissen hat Duschl als Sachwalter der Valepp'schen Wälder Klauser das von ihm erwartete Erbe verwehrt, indem er den Zugang zum alten von Valepp nicht zuließ. Darum musste er sterben. Unsere Kollegin Arzu Nishali fand heute in einem Netz im See den Kopf einer

Leiche. Sie hat uns rechtzeitig informiert, aber der Kopf scheint abgetrieben zu sein. Wir haben jedoch das Netz, in dem er sich befand, sichergestellt. Es stammt aus der Ferienwohnung der Klausers in Ostin. Eine Nachbarin hat uns das eben bestätigt. Das heißt: Jürgen Klauser scheint am Ringsee auch Jakob Duschl beobachtet und dort getötet zu haben. Als mögliche Mittäter kommen fünf Bulgaren infrage. Sie sind noch flüchtig. Arzu konnte uns eine gute Beschreibung von ihm geben. Das würde auch Klausers immensen Aufwand erklären, den er allein wohl kaum bewältigt haben konnte. Wir stehen zwar noch am Anfang der Ermittlungen, können die Sache aber etwas beruhigter angehen. Der Täter ist tot. Jetzt müssen wir die Motivlage genauer betrachten.«

Lizzy setzte sich wieder. Sie war heute mit dem Leben davongekommen, das hatte sie deutlich gespürt. Der Hubschrauber war mächtig ins Trudeln geraten, als der Pilot ihn vom Gipfel wegzudrehen versuchte. Sie war fast hinausgefallen und in die Tiefe gestürzt. Der SEK-Kollege hatte ihren Arm gegriffen, sie wieder zurück in die Kabine gezogen. Aber noch stand sie so unter Hochspannung, dass sie ihre Panik wie einen bissigen Hund im Käfig kontrollieren konnte.

»Fragen?« Gerass war zufrieden.

Quercher hob die Hand. »Wir finden einen Kopf in einem Netz. Eine halbe Stunde später ist er verschwunden. Was soll das sein? So ein Kopf geht doch nicht einfach so auf Reisen!«

Einige Kollegen lachten mit vollem Mund.

Lizzy sah ihn verwundert an. Wollte Quercher sie ärgern? Sie hatte von anderen Kolleginnen erfahren, dass der Eigenbrötler zwar gern mit Frauen zusammenarbeitete, aber nur, wenn er am Ende auch die Lorbeeren ernten durfte. Gut, das waren Damen, die sich ihm auf unterschiedlichste Art und Weise geöffnet hatten und enttäuscht wieder von dannen gezogen waren.

»Max, was soll ich dir sagen? Es war dein Fall! Warum hast du den Kopf bislang nicht auftreiben können, etwas kopflos gewesen?« Lizzy grinste.

Quercher schüttelte angenervt den Kopf.

»Wir kürzen das hier jetzt mal ab«, unterbrach Gerass den Wortwechsel unwirsch. »Der Duschl-Fall geht ab sofort in die Verantwortung der Kollegin Baldner über. Herr Quercher, Sie arbeiten ihr bitte zu. Danke. Es ist spät. Die Zuständigkeiten sind geklärt. Ich wünsche allen noch einen schönen Abend.«

Die Kollegen gingen an Quercher und Arzu vorbei. Sie saß aufrecht auf ihrem Stuhl, aber Quercher spürte, dass sie fürchterlich angespannt sein musste. Er setzte sich zu ihr und legte stumm seine Hand auf die ihre.

»Weißt du, Max, ich will echt nicht gegen die herrschende These von Gerass und Lizzy anstänkern. Aber niemals hat ein Feuerwehrmann mit ein paar komischen Vögeln aus Bulgarien so ein Verbrechen begangen.«

Er nickte.

»Ich bin so müde. Als ich da halb nackt durch den Ort lief, war das so beschämend. Ich war so schutzlos. Verstehst du das?«

»Ja, natürlich. Nichtsdestotrotz: Die Feuer wird er gelegt haben. Dafür sprechen schlichtweg zu viele Beweise.«

»Du glaubst also auch Lizzy?« Sie sah ihn enttäuscht, aber auch verwundert an. War Quercher weich geworden? Wollte er in dieser Von-Valepp-Story nicht weiterbohren, weil er sich in Regina verknallt hatte? »Ist Picker wieder aufgetaucht?«, lenkte sie ab.

Quercher schüttelte den Kopf. »Arzu, geh nach Hause, erhol dich. Morgen ist ...«

»Auch noch ein Tag?«

»Ja, ist eine Binsenweisheit, ich weiß. Aber so ist es tatsächlich.«

»Weißt du, dass mich deine Erfahrung, auf den Bauch zu hören, wenn irgendetwas in einem anfängt zu klingeln, überhaupt erst in dieses Haus gebracht hat?«

»Na, siehst du, dann hat mein Gequatsche ja doch etwas geholfen.«

Wenig später saß Quercher auf dem Rad und fuhr aus dem Ort hinaus zurück nach Holz. Es ging bergan und er musste kräftig treten, als die rostige Kette absprang. Er fluchte, kippte das Rad und begutachtete den Schaden.

»Hättest das Auto nehmen sollen!«

Er drehte sich abrupt um. Hinter ihm hatte Lizzy ihren Wagen gestoppt und lehnte sich aus dem Fenster zu ihm herüber. »Hätte, hätte, Fahrradkette!«, äffte er sie nach.

»Du fährst jetzt Fahrräder ohne Stange? Ist einfacher draufzusteigen, oder?«

»Lizzy, fahr nach Hause und such den verschwundenen Kopf, bitte!«

»Was hast du, Max? Wolltest du die Leitung behalten? Können wir gern so drehen. Ich rede morgen mit Gerass. Du kennst dich hier im Tal besser aus. Ich bin nicht so statusorientiert. Ist vielleicht eine Generationsfrage.«

Er verdrehte die Augen, atmete durch, stellte das Fahrrad auf den Ständer und beugte sich zu ihr in den Wagen. »Lizzy, ich wollte dich nicht bloßstellen. Mir geht das mit Klauser einfach zu schnell. Einzeltäter ...«

»Nein, er hatte Komplizen, diese Bulgaren. Hat ihnen vermutlich viel versprochen.«

»Was denn? Er wusste doch, dass er kein Erbe zu erwarten hatte.«

»Kann man im See noch schwimmen?«, fragte sie unvermittelt.

Das waren Situationen, die Quercher immer vermeiden wollte, aber doch nicht ablehnen konnte. Sie würden im

Mondschein schwimmen gehen, alles wäre fein, dann eine wilde Nummer auf dem Rücksitz, schwitzend und eifrig. Aber der Kater kam schon kurz danach. Vielleicht war es eine Frage des Alters, dass er das Ende solcher Geschichten immer schon vor dem Anfang denken konnte.

Er lächelte. »Ja, kann man.«

Helles Licht blendete sie. Ein Röhren. Der Wagen kam von vorn, blieb auf der anderen Straßenseite an einer Bushaltestelle stehen.

Regina saß in jenem Porsche, mit dem Quercher am Morgen beim LKA vorgefahren war. Sie stieg aus. Rote High Heels, Lederrock, weiße Bluse, die Haare frisch frisiert. Elegant stolzierte sie vor den Lichtern von Lizzys Dienstauto herum, winkte huldvoll in das Wageninnere und gab Max einen Kuss. »Ich dachte mir schon, dass du aufgehalten wirst. Herr Quercher hat Feierabend«, flötete sie Lizzy zu. »Gute Heimfahrt.«

Lizzy lächelte maliziös zurück. »Der Kleine war heute ganz brav. Aber er soll sein Pausenbrot essen.«

Regina hob die Augenbrauen. »Schönes Auto, gehört es Ihnen?«

Zu diesem Zeitpunkt hatte Quercher bereits schimpfend das Fahrrad abgeschlossen, war zu Reginas Porsche hinübergegangen und hatte sich missgelaunt auf den Fahrersitz gesetzt. Es gab Situationen, die man einfach stumm ertragen musste.

»Wir fahren bitte zu Familie Pollinger«, bestimmte Regina, als sie sich auf dem Beifahrersitz platziert hatte.

»Gern, Herrin. Sind wir fertig mit Beinchenheben?«

Statt zu antworten, lächelte sie nur versonnen, bis sie vor Querchers Nachbarhaus standen.

»Arzu duscht noch. Zum dritten Mal heute Abend!«

Pollinger war für seine Verhältnisse betroffen. Er hatte Regina gebeten, Max auf dem Heimweg abzufangen. Arzu war durch den Wind, das wusste er. Sie war halb nackt aus dem See geklettert, hatte bei einem Nachbarn geklingelt. Keiner hatte geöffnet. So war sie mehrere Hundert Meter in den Ort gelaufen, bis ein Bauer sie gestoppt und zur Polizei mitgenommen hatte.

Sie hatte sich geschämt und geekelt. Aber vor allem hatte sie pure Angst verspürt. Sie war zwar Polizistin, hatte aber schlagartig wieder vor Augen, wie sie vor nicht allzu langer Zeit nur knapp einem Mordanschlag in einer Frauenarztpraxis entkommen war. Trotzdem hatte sie Lizzy sofort informiert. Das Haus am See war unmittelbar durchsucht worden, aber weder Rucksack, Fotos noch Kopf waren aufzufinden. Die Arbeiter hatten gründlich aufgeräumt. Letztlich blieb es bei ihrer Aussage.

Als sie nach der Besprechung daheim angekommen war, hatte sie Pollinger auch von der Auseinandersetzung zwischen Quercher und Lizzy erzählt.

Pollinger hatte resigniert den Kopf geschüttelt. »Junge Kollegin oder reiche Erbin, die gleichzeitig auch Zeugin ist. Querchers Schwanz lässt wirklich kein Fettnäpfchen aus.«

»Kein schönes Bild, Ferdi«, hatte Arzu schief lächelnd geantwortet.

Sie fühlte sich bei Pollinger sicher. Das linderte ihre Panikattacke. Dennoch wohnte nun die Angst in ihr. Sie wusste nicht, ob die Männer am See sie gesehen hatten. Sie konnten also jederzeit zurückkommen und sie bedrohen. Denn sie war tatsächlich die Einzige, die sie identifizieren konnte. Dabei fürchtete sie nicht so sehr um ihr eigenes Leben als um das ihres Sohnes.

Nach einer heftigen Diskussion mit Pollinger hatte sie Querchers Schwester Anke angerufen und sie gebeten, den Kleinen für ein paar Tage zu sich zu nehmen. Die stand nun an der Haustür des noch immer nicht fertig eingerichteten Hauses, als ihr Bruder mit Regina in die Einfahrt fuhr.

Nachdem Anke den beiden erklärt hatte, dass sie Max Ali abholen würde, nahm Regina sie zur Seite. »Ich habe heute mit der Bank gesprochen.«

»Ich will keine Almosen«, erwiderte Anke reflexhaft.

Regina sah sie kopfschüttelnd an. »Ich verteile keine Almosen. Ich spreche nur mit Menschen. Man wird mit einem deutlich verbesserten Angebot auf dich zukommen.«

»Ach, hast du mit Herrn Sareiter gesprochen?«

»Nein, wer ist das?«

»Na, mein Kundenberater.«

»Nein, ich habe mit einem Vorgesetzten geredet.«

»Mit dem Filialleiter?«

»Nein, mit dem Vorstandschef.«

Anke riss die Augen auf.

»So geht reich«, kommentierte Quercher lakonisch, als er an den beiden vorbeiging.

»Hör nicht auf ihn«, meinte Regina. »Die drei wollen ihre privaten Ermittlungen besprechen. Da ich dabei wohl nicht zuhören soll, kann ich dich und Max Ali zu dir fahren und bei der Gelegenheit über deine Bücher gehen.«

»Bücher?«

»Rechnungen und so was. Geld schläft nicht.«

Anke nickte fassungslos angesichts Reginas unerwarteten Engagements mitten in der Nacht. Es war dann auch ein sehr komisches Bild, als der schlafende Max Ali auf dem Beifahrersitz des Porsches in einem Maxi Cosi befestigt wurde, während sich Anke auf die Rückbank quetschen musste.

»Also familientauglich ist so ein Porsche ja nicht wirklich«, stöhnte sie.

»Dafür ist er auch nicht gemacht. In diesem Auto macht man andere Dinge«, erklärte Regina anzüglich und sah zu Max, der die Augen verdrehte und resigniert den Kopf schüttelte.

»Das beruhigt mich. Sex wird es in diesem Fall nicht sein. Dazu ist mein Bruder zu unbeweglich.«

»So, so. Das ist mir neu.«

Quercher begann der Dialog zwischen den Frauen unangenehm zu werden. »Könntet ihr jetzt bitte fahren? Danke!«

Regina hatte Querchers Wagen bereits repariert und vor seinem Haus in Bad Wiessee abstellen lassen. So fuhren Pollinger, Arzu, Quercher und Lumpi zu später Stunde noch einmal zum Ringsee. Es war Arzus Wunsch gewesen. Sie wollte so schnell wie möglich die Geister des frühen Abends loswerden und mit Quercher zusammen vor Ort eine andere These finden, bevor die Ermittler morgen weiter der Klauser-Spur nachgingen. Es war eine sternklare Neumondnacht.

»Das ist das Haus«, erklärte Arzu überflüssigerweise, als sie ausstiegen.

Viel Geld hieß nicht automatisch guter Geschmack. Die Nadelbäume waren so geschnitten, wie sich ungebildete Menschen Schlossgärten vorstellten.

»Fehlt nur noch ein Schwan aus Buchsbaum«, merkte Quercher an.

»Gibt's auch, etwas weiter vorn«, erklärte Arzu.

Mehrere Polizeiwagen standen in der Auffahrt, die über eine Distanz von mehr als fünfzig Metern zu dem Anwesen hinaufführte. Alle Lampen im Garten wie auch im Haus brannten. Die Spurensicherung war noch bei der Arbeit. Das unnatürliche Licht der aufgestellten Scheinwerfer goss alles in ein hartes Weiß. Mückenschwärme tanzten vor den Laternen herum.

»Wem gehört das Anwesen?«, fragte Pollinger.

»Einem Unternehmer aus München. Warte, ich habe den Namen in meinem Smartphone gespeichert. Der Mann ist aber nur sehr selten hier, hat das Haus von einem Prominenten übernommen, der vor zwei Jahren Suizid begangen hat ... Ah, hier. Von Galnstein.«

Pollinger stöhnte unmerklich auf.

»Der Besitzer ist auf einer Geschäftsreise. Aber sein Büroleiter war erreichbar. Die Bulgaren wurden von einem heimischen Bauunternehmer engagiert.«

Quercher räusperte sich. »Gut. Irgendwann am Morgen des achten August kommt Duschl hierher. Er geht in das Bootshaus, löst ein Boot aus der Verankerung am Steg, setzt sich hinein und rudert auf den See hinaus. Wasser ist nicht Duschls Element. Trotzdem fährt er da raus. Wurde er gezwungen? Hier am Ringsee herrschen spezielle Strömungen, wenn das Wasser von den Bergen kommt. Sonst ist es jedoch eher ruhig. Seit Wochen herrscht hier Trockenheit. Es ist also davon auszugehen, dass er recht weit hinausrudern konnte. Er hat das Boot genommen, welches eigentlich Klauser gehörte, zumindest von ihm und seiner Familie genutzt wurde. Zufall? Wusste Duschl, dass es Klausers Boot war? Oder hat man ihn absichtlich dahingelockt? Bislang läuft immer alles auf Klauser zu. Der abgelehnte Erbe, der Pyromane, dem man alles hinschieben kann. Das ist mir einfach zu glatt.«

»Komm zum Punkt. Noch hast du nichts Handfestes gegen die Klauser-Theorie vorgebracht!« Pollinger wusste, an welchen Schrauben er bei Quercher drehen musste.

»Arzu findet in einem Rucksack eine grüne Mappe. Das heißt, wir haben nach einer silbernen nun eine grüne. Genau solche Mappen hatte Duschl immer benutzt. Drei davon waren scheinbar im Umlauf, die geheime Dokumente enthielten. Fehlt in diesem Fall also nur noch eine rosafarbene!« Triumphierend sah er Pollinger an.

»Nicht nur Picker hatte Informationen. Auch Klauser wurde mit Informationen über sein mögliches Erbe gefüttert. Die hat er benutzt, um Duschl zu erpressen. Das Ziel ist ja klar: Er wollte Alleinerbe des Vermögens werden. Wie wir von deiner neuen Freundin hörten«, Pollinger lächelte süffisant, »gab es ja das Familienfideirecht, das einem das Erbe ungeteilt zuspricht. Es wäre nicht ungewöhnlich, wenn es sich dabei ausdrücklich um einen männlichen Erben handeln würde. Klauser wusste das. Duschl hatte das Testament. Und schwupps! wäre aus dem einfachen Feuerwehrmann der Erbe eines der größten Familienvermögen Deutschlands geworden.«

»Aber warum sollte ihn jemand mit diesen Informationen versorgen? Vor allem: Wer? Das müsste ja jemand sein, der von diesen Strukturen weiß. Das könnten dann auch deine Freunde aus Tuntenhausen sein«, forderte Quercher ihn heraus.

»Mir war klar, dass du das früher oder später hervorkramen würdest«, antwortete Pollinger ungerührt. »Aber das ist erstens lange her. Zweitens gehörte es zum guten Ton, sich da als LKA-Chef einmal im Jahr blicken zu lassen. Und drittens ist es immer besser zu wissen, wer mit wem zusammenhockt. Das muss ich euch zweien nicht erzählen. Du hast das mit den Islamisten vor Jahren genauso gemacht. Arzu macht es elektronisch. Unsere Arbeit besteht daraus, die langfristigen Linien von A nach Z zu verfolgen. Die Punkte dazwischen sind unerheblich. Du hattest dich mit Picker kurzzeitig über das Projekt *Wallfahrt* ausgetauscht. Das hat mir Gerass erzählt. Du hast mir nichts davon gesagt, weil du befürchtet hast, dass ich da mit drinstecke. Das tut mir weh, aber vielleicht wäre ich auch so vorgegangen.«

Quercher biss sich auf die Lippen. »Es tut mir leid, Ferdi. Ich habe ein Foto von dir mit all diesen komischen Großkopferten gesehen.«

»Ich verstehe dich, Max. Wir, die wir brav vor uns hinleben, können kaum erahnen, wie sich die Seilschaften da oben zusammenfügen. Das Foto, das mich zeigt, ist 1987 aufgenommen worden. Da brannte in der Wiederaufbereitungsanlage in der Oberpfalz die Luft. Es gab Ungereimtheiten, Verdacht auf Vorteilsnahme und so. Ich wurde zu einem Essen in einer Gastwirtschaft in Tuntenhausen zitiert. Meine Vorgesetzten saßen bei Schweinsbraten und Knödel zusammen, schoben mir eine Maß hin und erklärten mir sehr explizit, was ich zu tun habe und was nicht. Da saßen Menschen am Tisch, die, sagen wir mal, eine nicht so eindeutige Vergangenheit hatten und mir klar zu verstehen gaben, dass sie mich sehr schnell kaltstellen könnten.«

»Das hat dich abgehalten?«, fragte Quercher leise.

»Ich stand vollkommen allein da. Niemand wollte helfen: kein Staatsanwalt, keine Kollegen vom BKA und schon gar nicht die Leute in Bonn. Die damalige Eigentümerin, die VIAG AG, hatte Beteiligungen an unglaublich vielen Unternehmen. Wer hat das damals inszeniert? Richtig, der alte von Valepp. An besagtem Tisch in der Tuntenhausener Gastwirtschaft war damals eine extrem hohe Dichte an Trägern des Bayerischen Verdienstordens und des Bundesverdienstkreuzes, wenn ihr versteht, was ich meine.«

Quercher versuchte, Pollingers Andeutungen zu verstehen. Warum erzählte er das? Was hatte das mit ihrem Fall zu tun? »Und?«

»Was und? Ich will damit sagen, dass ihr zwei Dickköpfe in dieser Sache nicht gegen einen Haufen Kleinkrimineller ermittelt!« Pollinger machte eine Pause, sah hinaus in die Nacht und dachte angestrengt nach. Würde er den beiden die ganze Dramatik erklären, die diesem komplexen Fall zugrunde lag, wären sie erst recht heiß darauf, die Ermittlungen an sich zu reißen. Das musste er verhindern! Koste es, was es wolle. Pollinger musste seine Familie, Arzu und den Kleinen, schützen. Wenn nötig mit einer Lüge.

»Das Vermögen ist eine Waffe!«, flüsterte Quercher.

»Woher hast du das?«, zischte Pollinger.

»Das hat Regina mir so gesagt, heute Abend, als ich eine köstliche Amatriciana gekocht habe.«

»Schön für dich. Du vögelst diese Waffe gerade!«

Arzu konnte sich nicht erinnern, ihren Exchef und Lebensgefährten schon einmal so emotional erlebt zu haben.

»Das hier ist kein ›normaler Fall‹, versteht ihr? Duschl wollte jemanden vom Erbe des alten von Valepps fernhalten. Zu diesem Zweck hat er ihn einmal kurz in seinen Munitionsschrank mit heiklen Informationen schauen lassen. Das Ergebnis: Man hat Duschl getötet. Wer auch immer das tat, scheut nicht davor zurück, alle Strippen zu ziehen, um an dieses verdammte Erbe zu kommen.«

»Dann müssen wir uns doch eigentlich mit Picker in Verbindung setzen, denn der hat ja weitreichende Infos, oder nicht?«, fragte Arzu.

»Ich bin mir ziemlich sicher, dass Picker entweder tot oder untergetaucht ist. Ersteres glaube ich, Zweiteres hoffe ich. Du bist in Gefahr, Liebes! Ich will nicht noch mehr Menschen, die mir etwas bedeuten, verlieren. Wofür? Um den Beweis zu führen, dass unermesslicher Reichtum immer mit kriminellen Strukturen verbunden ist? In all den Jahren haben wir gegen Nazis, Islamisten, die RAF oder gegen die Mafia gekämpft. Aber nie, wirklich nie hatten du oder ich die Chance, gegen die Strukturen der Elite in diesem Land zu ermitteln. Schaut euch nur das Beispiel der deutschen Einheit an. Wer lebt nach wie vor vollkommen unbehelligt da drüben in Rottach? Der DDR-Devisenbeschaffer, beschützt vom Land Bayern.«

»Wird das jetzt eine Vorlesung? Picker ist vielleicht auch bloß in einem Puff versackt. Der steht auf Nutten«, versuchte Quercher zu beschwichtigen.

Im selben Augenblick trat Pollinger auf ihn zu und packte ihn mit stahlhartem Griff am Hals. »Du wirst mir jetzt mal zuhören, Max! Wenn du unbedingt im Alleingang, ohne

Rückendeckung deiner Vorgesetzten oder der Staatsanwaltschaft, ermitteln willst, nur weil du an das Gute glaubst, dann tu, was du nicht lassen kannst. Aber ich warne dich: Halte Arzu da raus! Haben wir uns verstanden?«, schrie Pollinger wie von Sinnen, sodass sich die Polizisten, die sich im Außenbereich des Anwesens aufhielten, nach ihnen umsahen.

Quercher schluckte. »Mann, Ferdi, komm bitte mal wieder runter! Ich mache nur unsere Arbeit. Ich muss einen Mordfall aufklären.«

»Der Fall ist gelöst!«, brüllte Pollinger.

»Wir sind Polizisten. Das Dranbleiben gehört zu uns. Willst du Arzu das verbieten?«, antwortete Quercher.

»Komm mir nicht so! Du willst doch immer die großen Fälle! Fälle, bei denen der Herr mal wieder dem ganzen LKA zeigen kann, was für ein Superermittler er ist. Ich bin ja selbst schuld, habe jahrelang die Hand über deine Methoden gehalten. Aber hier ist eine Grenze. Arzu wird da nicht mitmachen! Leg dich an, mit wem du willst. Aber wir halten uns da raus.«

»Ferdi, da habe ich ja wohl auch noch ein Wörtchen mitzureden!«, empörte sich Arzu.

»Ja, hast du. Aber du hast auch die Verantwortung für deinen Sohn!« Pollinger hatte Mühe, nicht auch Arzu anzufauchen.

Sie atmete durch, aber dennoch liefen ihr die Tränen über die Wangen.

Minuten vergingen.

Jeder blieb, wo er war. Die Dunkelheit der Nacht bedeckte ihre Angst.

»Mensch, Ferdi ...« Arzu streckte die Hand nach Pollinger aus.

Er nahm sie zögernd. Dann zog er sie zu sich, umarmte sie und ging mit ihr davon.

Zurück blieb Quercher mit einer winselnden Lumpi. Er fühlte sich schuldig, obwohl er sich keiner Schuld bewusst war. Er hatte nur das gemacht, was ihn all die Jahre ausgezeichnet hatte. Spuren nachzugehen, die andere nicht mehr weiterverfolgen wollten. Das war seine Arbeit. Dafür wurde er bezahlt. Und er kannte keine Unterschiede, was den sozialen Status anbelangte. Er hatte vor Jahren sogar einen Bundesminister hochgehen lassen. Und Ferdi war immer da gewesen, hatte ihn immer bestärkt, das Richtige zu tun. Was war das hier? Wollte er wirklich Arzu schützen? Oder steckte Pollinger selbst in dieser Seilschaft der bayrischen Elite?

Misstrauen zwischen Freunden – das war ein mieses Gefühl. Aber es ließ sich kaum vermeiden bei einem Beruf, der das Misstrauen zu einer Grundlage für die eigene Arbeit gemacht hatte. So waren sie geprägt worden.

## Kapitel 32

*München, 28.08., 12.32 Uhr*

»Ich habe es Ihnen schon mehrfach gesagt: Wir sind kein Tierheim! Wenn hier jeder sein Haustier mitbrächte, könnten wir einen Streichelzoo aufmachen.«

Constanze Gerass hatte sich vor Quercher aufgebaut, der gerade dabei war, hinter seinem Stuhl im Konferenzraum seine Jacke auf den Boden zu legen, damit sich Lumpi darauf ausruhen konnte.

»Ja, aber wir sind auch keine Jugendherberge und ich bin kein pubertierender Schüler. Der Hund war immer schon mit mir im Präsidium. Die meiste Zeit lasse ich ihn ja unten im Auto, aber das funktioniert eben nicht ständig. Niemand hat je geklagt. Und jetzt kommen Sie mit Ihrer herrschsüchtigen Art! Das wird keinen Erfolg haben. Irgendwann werden Sie in Not sein und nur dieser Hund wird Ihr Leben retten können. So sieht es aus.«

Gerass schüttelte resigniert den Kopf. Sie hatte keine Lust, mit Quercher über diesen Unsinn zu diskutieren. Sie waren schließlich keine Akteure in dieser alten österreichischen Krimikomödie, deren Titel ihr nicht mehr einfallen wollte. Dass der Hund im Präsidium sein durfte, war ein alter Zopf aus Pollingers Zeiten, den sie aber nicht zwingend abschneiden musste. Sie wollte kein Exempel statuieren, solange sie mit Quercher noch allein im Raum war. Die Sitzung würde erst in einer halben Stunde beginnen.

Eine Woche hatte Quercher seiner Kollegin Lizzy Baldner brav zugearbeitet. Nahezu ohne jede zwischenmenschliche Störung hatten sie Klausers Leben und seine Motivlage auseinandergenommen. Das gestaltete sich zunächst recht schleppend, da Klauser weder schriftliche Aufzeichnungen noch digitale Hinweise zu Tatorten oder Zielen erstellt hatte. Er musste alles in seinem Kopf gespeichert haben. Ein Kopf, dessen Überreste die Spurensicherung vom Gipfelkreuz am Wallberg kratzen musste, nachdem Klauser sich die Flinte in dem Mund gesteckt und abgedrückt hatte. Ein Wanderer hatte diese Szene aus einiger Entfernung mit seinem Handy gefilmt. Zur Freude vieler Freaks lief sie bereits seit Tagen im Internet. Wann sonst hatte man schon einmal die Gelegenheit, einen zerplatzenden Kopf vor Alpenpanorama in HD-Qualität zu sehen?

Aufgrund der Briefe, die Klauser an Duschl geschickt hatte, vertraten sowohl Quercher als auch Lizzy recht schnell die These, dass Klauser und die nach wie vor verschwundenen Bulgaren das Erbe der von Valepps erpressen wollten. Lizzy war sich sicher, dass Klauser von einem Testament zu seinen Gunsten überzeugt war. Irgendwann musste ihm klar geworden sein, dass er das Erbe nicht bekommen würde. Daraufhin tötete er Duschl und wollte das Tal in Brand setzen.

Er wurde schließlich um das Erbe seines vermeintlichen Vaters gebracht. Seine Obsession begann vor Jahren und hatte sich gesteigert. Am Ende standen eine tote Tochter und Ehefrau, ein verbrannter Unternehmer und ein ertrunkener Prokurist. *Vier Tote für ein Erbe*, so hatte eine Tageszeitung getitelt.

»Ach übrigens: Picker ist wieder aufgetaucht«, sagte Gerass eher beiläufig.

»Wie bitte?«

Sie schob sich einen Keks aus einer Blechdose in den Mund und grinste, während Quercher ungeduldig wartete, bis seine Vorgesetzte zu Ende gekaut hatte. Lumpi war ungewohnt behände von Querchers Jacke aufgestanden und sah mit großen braunen Augen erwartungsvoll zu Gerass. Kekse standen auch bei Madame auf der Speisekarte sehr weit oben.

»Geh weg. Du stinkst«, giftete Gerass.

»Das sind entweder die Kekse oder Sie. Der Hund riecht nicht. Was ist jetzt mit Picker?«

»Er hat gestern Abend seiner Freundin in Hausham, dieser Krankenschwester, mehrere SMS geschickt. Einmal war auch er selbst zu sehen. Er hat ein Selfie gemacht!«

»Ah, von wo? Aus der Hölle oder einem *Robinson Club*?«, fragte Quercher einerseits erleichtert über diese Nachricht, andererseits auch skeptisch. »Haben wir die SMS zurückverfolgt?«

»Herr Quercher, bei aller gebotenen Fürsorgepflicht: Herr Picker hat Urlaub eingereicht. Er ist Leiter der Kriminalpolizei in Miesbach. Damit fällt er in den arbeitsrechtlichen Bereich der Kollegen in Rosenheim. Die werden sich schon darum kümmern.«

In Quercher schwappte die Wut hoch. Er wusste schließlich, dass Picker vor allem deshalb angefangen hatte, sich mit dem Fall *Wallfahrt* zu beschäftigen, weil Gerass ihn auf die

Spur geschickt hatte. Umso ungeheuerlicher, dass die LKA-Chefin mit ihren verdammten abgenagten Fingernägeln jetzt so tat, als ob sie mit der ganzen Sache nichts zu tun hätte!

Er trat nahe an Gerass heran, so nah, dass er ihren säuerlichen Atem riechen konnte. »Sie lassen Picker einfach so fallen? Weil es eng wird, wenn es um die eigene Existenz geht?«

»Halten Sie sich zurück, Quercher«, forderte Gerass leise, ohne auch nur einen Schritt zurückzuweichen.

Die ersten Kollegen kamen herein, suchten sich Plätze und sahen belustigt zu den beiden herüber.

»Das werden Sie nicht tun. Sie lassen keinen von uns fallen. Denn dann fallen auch Sie. Das verspreche ich Ihnen.«

Quercher konnte sich nicht erinnern, wann er das letzte Mal solche Aggressionen in sich gespürt hatte. Picker war lange Zeit sein Intimfeind gewesen. Der letzte große Fall am See hatte die beiden auf eine sonderbare Weise zusammengebracht. Auch wenn sie nie Freunde werden würden, hatte sich nach den Ereignissen in Rottach, als er Picker das Leben gerettet hatte, etwas verändert. Picker war wie Quercher ein Getriebener, einer jener Menschen, die sich ein Ziel setzten und nicht mehr loslassen konnten. Wie ein Hund, der einen zu großen Happen im Maul hatte und ihn dennoch nicht wieder ausspucken wollte. So hatte es Querchers Exfrau einmal formuliert. Er hatte ihr damals nicht zugestimmt, das Bild insgeheim jedoch als richtig empfunden.

»Setzen Sie sich hin, Quercher. Sonst sind Sie ganz schnell im Innendienst – ohne diesen Dreckshund.«

Lizzy trat hinzu, gut gelaunt.

»Haben Sie die SMS-Texte, die Picker seiner Freundin schickte?«, fragte Gerass, ohne Quercher auch nur einen Augenblick aus den Augen zu lassen.

»Nein, die sind bei mir im Büro. Ich hole sie, kein Problem.«

»Nein, Frau Baldner, das macht der Herr Quercher. Dem tut ein wenig Bewegung gut. Ist besser für den Blutdruck.«

Quercher schnipste und Lumpi folgte. Er war froh, den Raum verlassen zu können, auch wenn die Kollegen feixten.

»Bringst mir einen Kaffee mit?«

»Ach ja, ich habe mein Teeservice im Büro vergessen, Quercher, sei so gut. Du hast die jüngsten Beine!«

Er zeigte den Mittelfinger und verschwand.

Lizzys Büro befand sich zwei Stockwerke tiefer. Ihre Akten lagen verstreut auf dem Tisch und teilweise auch auf dem Boden. Das Chaos schien eine Struktur zu besitzen, die sich aber nur ihr erschloss. Den grünen Hefter mit der Aufschrift *Picker* fand Quercher jedoch sofort.

Er las die Abschriften von Pickers SMS. Es ging um vollkommen belanglose Dinge: Er liebe Maria, sie solle sich keine Sorgen machen. Er brauche nur ein wenig Erholung, habe zwei Wochen Urlaub beantragt und auch genehmigt bekommen. Er würde sich melden, wenn er wieder bei Kräften sei. Ihm fehle derzeit einfach die Energie.

Hinter den SMS-Abschriften lagen die Ausdrucke zweier Mails vom Präsidium in Rosenheim, die den Eingang des Urlaubsantrages bestätigten, sowie eine Krankmeldung und ein Attest von einem Arzt in Schliersee. Kollegin Baldner schien sich in alle Richtungen abgesichert zu haben.

Picker war also wieder unter den Lebenden. In zwei Wochen würde er aus einer obskuren Kur auftauchen und Lizzy hätte ihren Fall abgeschlossen. Der Täter unter der Erde. Klappe zu, Affe tot.

Wann gab man auf?

Seine Theorie, dass hier jemand Geheimnisse mit drei Mappen öffentlich machen wollte, war wie eine Seifenblase zerplatzt. Solange Picker nicht mit einem Knaller auftauchte, der klarmachte, dass es bei Duschls Tod um weit mehr ging als nur den privaten Racheakt eines Einzelnen, hatte Quercher nichts in der Hand, um weiter zu ermitteln. Es gab einen Täter, eine mehr oder weniger vollständige Leiche. Das war es.

Privat lief es ebenfalls eher durchwachsen für ihn. Mit seinem Nachbarn und Freund Pollinger sprach Quercher noch immer kein Wort. Arzu grüßte er zwar über den Zaun hinweg, doch meist drehte sie sich dann schnell um. Der Alte, das Quercher von seinem Haus aus sehen, saß nachts mit einer Pistole auf dem Schoß im Wohnzimmer. Er glaubte noch immer, dass für Arzu und den Kleinen eine Gefahr bestand. Irre, fand Quercher.

Nur Regina machte ihm Freude. Sie war einfach da, ließ ihn in ihre Welt und bewegte sich in seiner nahezu problemlos. Auch wenn sie mit der Abwicklung der *Hartl AG* mehr als gefordert war, war sie immer präsent. Schickte ihm freche Mails, gab ihm Freiraum, nörgelte nicht, wenn er abends später zu ihr kam.

Diese Frau war gänzlich anders als das Bild, das Außenstehende von ihr zeichneten. Unzählige Zeitungsberichte beschrieben eine unfähige, aber reiche Tochter und Witwe, die es nicht verstand, Tausende von Arbeitsplätzen zu erhalten. Er hatte erlebt, wie Reporter mit Kameras und Mikros stundenlang vor ihrem Haus herumgelungert hatten. Regina hatte währenddessen erstarrt hinter einem Vorhang gestanden und telefoniert. Quercher hatte daraufhin den Rasensprenger angestellt. Sie hatte ihn lediglich kopfschüttelnd angesehen.

Am Freitag hatte Regina ihn zum Flughafen und dort in einen Privatjet gelotst. Mit Mühe konnte er sie davon abbringen, mit ihm nach Paris zu fliegen. Ihm gefiel das nicht. Das war nicht seine Welt. Stattdessen waren sie in eine Fußballkneipe gefahren, hatten eine Currywurst gegessen und waren dann im Englischen Garten, nahe dem Eisbach, wie Teenager übereinander hergefallen. Ihre noch junge Beziehung war ein Balanceakt. Aber das war okay.

Alles besser, als dieser Lizzy zuzuarbeiten. Die hatte sich von einer netten Kollegin zu einer Hautkrankheit auf zwei Beinen entwickelt. Es schien ihr zu gefallen, ihn mit Chefallüren zu nerven. Aber er ließ es zu. Denn so wurde sie nicht misstrauisch, wenn er seine eigenen Recherchen ›nebenbei‹ anstellte.

Dazu gehörte beispielsweise eine Abfrage über Lush, den Heiler und baldigen Erben. Die Anfrage lief eigentlich über die Ausländerbehörde, er war jedoch auf unerklärliche Weise beim Verfassungsschutz gelandet. Seitdem herrschte von dieser Seite her Funkstille. Genauso verhielt es sich mit den Akten, die von den beiden tödlich verunglückten Kollegen erstellt worden waren. Keine Kooperation. Still ruhte der See. Da hatte ganz offensichtlich jemand das Burgtor hochgezogen. Und er allein war nicht in der Lage, sich dieser Informationen anderweitig zu bemächtigen. Früher hatte das Pollinger für ihn erledigt. Aber der saß jetzt ja wie in einem billigen Western mit der Knarre in einem Sessel und wartete auf den schwarzen Mann.

Kaum hatte Quercher die Notizen von Pickers SMS an sich genommen und war in den Flur getreten, rief ihm eine Sekretärin zu, dass unten am Empfang ein Kurier etwas für ihn abzugeben hätte.

Der Fahrradkurier hatte draußen zu warten, so verlangten es die Sicherheitsbestimmungen des Hauses. Der Typ trug Bart, Mütze und eine Sonnenbrille. Er roch sehr stark nach Schweiß. Ziemlich alt für den Job, fand Quercher. Aber vielleicht würde er in ein paar Jahren auch so durch die Gegend fahren müssen, wenn Frauen wie Lizzy Baldner und Constanze Gerass endgültig das LKA übernommen hatten und alle Männer entweder Kaffee kochten, in Elternzeit waren oder eben Fahrradkuriere wurden. Der Typ übergab ihm einen Umschlag, ließ ihn unterschreiben und verschwand auf seinem Rennrad.

Noch auf der Treppe öffnete Quercher den Umschlag. Da er zeitgleich die Akte aus Baldners Büro in der Hand hielt, fiel ihm der Inhalt des Kuverts auf die Steintreppe. Ein Schlüssel klirrte auf den Stufen. Quercher bückte sich und erkannte, dass es ein Schlüssel für ein Bahnhofsschließfach war. Im Umschlag lag ein Post-it. *Jetzt!* war das Einzige, was darauf stand.

Quercher sah sich um. Offensichtlich hatte ihn keiner wirklich registriert. Er gehörte hier quasi zum Mobiliar. Er überlegte kurz. Im Konferenzraum warteten lediglich die Hexen auf ihn. Wenn er jetzt stattdessen zum Hauptbahnhof wollte, müsste er allerdings mit der U-Bahn fahren, da sein Auto schon wieder kaputt war.

Er ließ Gerass' Sekretärin wissen, dass er unterwegs sei, und rannte mit Lumpi zur U-Bahn-Station. Der Hündin gefiel das überhaupt nicht. Zu viele Menschen, zu laut, zu hektisch.

»Das muss jetzt leider sein, Mäuschen«, beruhigte Quercher sie, während Lumpi heftig zitternd neben ihm in der Bahn saß.

Am Hauptbahnhof angekommen, fand er das Schließfach sofort. Lumpi knurrte, ließ sich kaum beruhigen und bellte, als Quercher es öffnete und hineingreifen wollte.

Es fand einen Zettel. Nicht groß, mit einer kleinen Schrift. Eigentlich waren es nur Kürzel. Aber Quercher verstand: Jemand schickte ihn auf die Reise. Ein Informant? Sollte er besser die Dienststelle informieren?

Neben dem Zettel lag ein altes Handy, auch darauf klebte ein Post-it. *Mich soll keiner sehen!* stand darauf. Er steckte es so in seinen Ärmel, dass es die Überwachungskamera im Schließfachraum nicht aufnehmen konnte.

Kaum hatte er den Vorplatz des Bahnhofs betreten, brummte das Handy. Eine SMS dirigierte ihn in eine Tram. Eine Stunde fuhr er – gelotst von weiteren Nachrichten –

kreuz und quer durch die Stadt, stieg aus der Tram aus und wieder ein, ehe er auf der Höhe des Deutschen Museums aus der Straßenbahn und zu einer Unterführung dirigiert wurde. Lumpi hechelte bereits, da die Stadt sie so stresste. Quercher sah, dass der Hund dringend eine Abkühlung benötigte – Schnitzeljagd hin oder her –, und kletterte hinunter zur Isar, wo Madame gierig das Wasser soff.

»Könntest du auch mal versuchen. Siehst ein wenig verschwitzt aus.«

Quercher drehte sich um, stutzte einen Moment und fing an zu grinsen. Der Penner, der ihm gegenüberstand, war Picker!

»Nimm den Hund und komm mit. Dir ist keiner gefolgt. Ich war die ganze Zeit hinter dir. Interessant, dass es dir nicht aufgefallen ist. Der Reichtum deiner Geliebten macht dich sorglos, was?«

Quercher war sprachlos. Picker war der Fahrradkurier gewesen! Er hätte ihn nie im Leben erkannt. Das verschwitzte 1860-München-Trikot. Die kurze Trainingshose. Picker war Anfang vierzig, sah aber gerade aus wie ein abgebrannter Hipster aus Haidhausen.

»Schau mich nicht so an. Bist nicht der Einzige, der auf jung macht. Kann ich auch.«

»Ja, aber bei mir riecht es besser unter den Armen. Mann, Picker, wo hast du gesteckt?«

»Komm mit. Ich muss dir was zeigen. Du wirst der einzige Mensch sein, der es sehen und verstehen wird.«

Picker hatte eine alte Garage für einen Oldtimer, an dem er früher regelmäßig herumgeschraubt hatte, leer geräumt. Der Wagen, ein alter, blauer Alfa Giulia, stand jetzt auf der Straße. Sie hatten auf dem Weg hierher kein Wort gesprochen. Mehrfach sah sich Picker um, ehe er das Rolltor der Garage nach oben zog. Zuvor hatte er ein unscheinbares kleines

Stück Holz, das zwischen Tor und Rahmen befestigt war, herausgezogen. Dann schob er Quercher und Lumpi schnell in die Garage hinein und schloss sie eilig wieder. Es war stockdunkel, bis ein flackerndes Neonlicht den Raum erhellte.

Alle Wände waren mit Bildern, Kopien und Grafiken beklebt. In der Mitte stand ein Schreibtisch mit einem Laptop und einem Drucker.

Quercher sah sich um. Sein Kollege hatte sich in die Unterlagen, die er anonym erhalten hatte, gestürzt und hier ein mobiles Büro errichtet. Es roch nach Öl und Metall. Aber dennoch war alles penibel aufgeräumt und wohlsortiert. Picker konnte selbst dann nicht aus seiner Haut, wenn er etwas Illegales machte.

»In diesem Fall kann man ja wohl schon nicht mal mehr von einer Grauzone reden, mein Lieber. Du unterschlägst wichtiges Beweismaterial.«

»Sagt der paragrafentreue Max Quercher?«

»Okay, dein Ding, nicht meins. Willst du mir vielleicht erklären, was das hier ist?«, fragte er mit einem Schulterzucken.

Lumpi schnüffelte in allen Ecken, fand es aber offensichtlich recht fad in der engen Garage. Quercher gab ihr ein paar Leckerchen und sie setzte sich zufrieden auf seine Jacke.

»Nachdem wir uns am Spitzing getroffen hatten, wollte ich wieder nach Hausham zurückfahren. Ich bemerkte, dass mir jemand folgte. Ein verdunkelter Transporter. Ich bin dann einfach weitergefahren, versuchte, ihn abzuhängen. Aber er blieb lange an mir dran. In der Nähe von Waakirchen überholte er mich und drängte mich ab. Ich prallte gegen ein Verkehrsschild. Ich war aber noch recht klar im Kopf und sah, wie zwei Kerle aus dem Transporter stiegen und auf meinen Wagen zuliefen. Ich zwängte mich auf die Beifahrerseite, ließ mich herausfallen, robbte in eine Hecke und konnte gerade noch entkommen. Ich ließ den Wagen, wo er war, und bin untergetaucht. Meiner Freundin habe ich gesagt, dass sie sich bei Gerass melden solle. Das hat sie wohl auch getan. Aber nach zwei Tagen war ich im Präsidium wohl nicht mehr wichtig. Plötzlich las ich nur noch über diesen Feuerteufel. Das schien alles andere zu überlagern.«

»Ja, das hat es. Sie haben ihn erwischt und Gerass glaubt, dass er sowohl den Prokuristen als auch alle anderen auf dem Gewissen hat.«

»Klar, die einfache Variante.«

»Was hast du seitdem gemacht? Wohl kaum deine Giulia repariert?«

»Ich habe die Akten aufgearbeitet, soweit ich das allein konnte. Praktischerweise hatte ich vor vielen Jahren mal in einem Wirtschaftsfall ermittelt, der ähnliche Strukturen aufwies – nur in einem wesentlich kleineren Rahmen. Hier links an der Wand habe ich die aus den Akten hervorgehende Holding-Struktur der von Valepps im Zeitraum von 1969 bis 2000 aufgemalt. Sie sind einerseits nach Größe, andererseits nach Branchen geordnet. Aber allein ist es unmöglich, die gesamte Struktur zu skizzieren. Dafür würde ich Wochen brauchen und musste unzählige Experten für Firmenrecht und Steuerfragen hinzuziehen. Es sind inländische Beteiligungen, Briefkastenfirmen in Übersee, Bankenbeteiligungen in Südosteuropa. Aus Effizienzgründen habe ich bislang nur das aufgezeichnet, was sich mir erschloss. Auf der rechten Seite habe ich versucht, die handelnden Personen zu identifizieren und zuzuordnen. Das ist schon netter. Zwar habe ich offensichtliche Zahlungen, aber die Herren haben sich all die Jahre lediglich versorgt, weniger bereichert. Ein Beispiel hier: Der Sohn des Ministerpräsidenten gründet einen TV-Sender. Wer gibt das Geld, als es eng wird? Richtig, dieser Unternehmer, der wiederum eng mit dem Generalsekretär befreundet ist. Diese Firma für Maschinenelektronik in Augsburg soll verkauft werden? Das übernimmt natürlich die Anwaltskanzlei des Parteifreundes und Bundestagsmitglieds. Das hier links sind die Wirtschaftspositionen, das in der Mitte sind die politischen Funktionen mit den dazugehörigen Mandatsträgern, und hier rechts finden sich die Ämter auf Richter-, Landrats- und Bürgermeisterebene, die erst ausgekungelt wurden, ehe sie scheinbar legal eingesetzt wurden.«

Quercher war erstaunt, was Picker in wenigen Tagen hatte skizzieren können. Er selbst verstand es noch nicht. Aber es wirkte keinesfalls so, als ob Picker einer Verschwörungstheorie anheimgefallen war. »Was ist das da drüben?«, fragte er und deutete auf die Kopfseite der Garage.

»Das sind die Herrenclubs. So nannte der Informant in den Akten die Gruppen, in denen über all das, was du links und rechts siehst, entschieden wurde. Beispielsweise ein Wanderclub mit einem bekannten Bergsteiger. Die treffen sich nicht nur in den Alpen, sondern auch gern in Feinschmeckerlokalen. Die *Tuntenhausener Männervereine* – ja, es gibt nicht nur einen davon. Einer ist für das arbeitende Volk, ein anderer besteht nur aus ehemaligen Entscheidern, die aber noch immer mächtig mitmischen. Und hier sind alle Daten der Treffen dieser Herren, alles, mit exakten Ortsangaben, Teilnehmerlisten und Protokollen. Da kann sich keiner rausreden.«

»Ich sehe noch kein Verbrechen!«

»Bist du blind? Diese Herren haben in sehr diffusen Verbindungen das Land Bayern in den letzten Jahrzehnten nach ihrem Gutdünken geführt. Du brauchst einen Richter in Rosenheim? Okay, wir haben da einen. Wie ein Netz hat sich das über unser Land gespannt. Jede Entscheidung in diesem Bundesland, die hierarchisch oberhalb der Machtbefugnis eines Bürgermeisters lag, wurde hier getroffen. Ob die Vergabe von großen Bauvorhaben oder die Besetzung von Vorstandspositionen. Und wer hat das finanziert? Genau, die Familie von Valepp, nicht ausschließlich, aber mehrheitlich. Und vor allem hat die Familie ihre Struktur dafür hergegeben.«

»Wenn ich den Herrn mal unterbrechen darf: Das hier sind doch alles Daten, die nur bis in das Jahr 2000 gehen. Hier, die letzten Treffen. Das alles spielte sich in der Vergangenheit ab. Wenn ich mir die Namen anschaue, sind die meisten tot oder dement. Bis jetzt ist dein Werk eine schicke Arbeit für Historiker. Oder hast du wirklich kriminelle Handlungen entdeckt?«

Picker sah ihn entgeistert an. »Du verstehst es nicht. Das ist die Bedienungsanleitung des Landes!«

»Nein, Picker. Das war sie. Jetzt nicht mehr. Und das Wichtigste hast du vergessen: Das alles geht nur mit Geld – mit viel Geld. Über all die Jahre sind das Milliarden. Die liegen nicht als Bargeld herum. Die sind angelegt worden. Aber wo? Und wo kam das Geld her? Wie und wann durchlief es verschiedene Stationen? Wo wurde es gewaschen? Wer hat das erledigt? Das sind die entscheidenden Punkte! Finde das Geld!«

»Wie soll das gehen?«, fragte Picker.

»So etwas kann nur eine professionelle Organisation durchziehen. Das ist keine Arbeit einer kleinen Gruppe. Dazu braucht es Steuerfachleute, Anwälte, Controller. Eben den ganzen betriebswirtschaftlichen Wasserkopf.«

»Mir fällt nur eines ein: organisierte Kriminalität, Kartelle, so was in der Größenordnung.«

»Aber wir haben keinen Hinweis. Gar keinen.«

Quercher konnte die Enttäuschung in Pickers Gesicht entdecken. Er tat ihm leid. Aber auch Quercher war enttäuscht, weil er sich von Pickers Aufzeichnungen mehr versprochen hatte.

»Was meinst du? Ich bin hier eigentlich am Ende. Du hast ja recht, es geht um das Heute. Ich brauche den Informanten, der mir diese Mappe geschickt hat. Also, was ist deine Theorie, wenn du das hier ansiehst?«

Quercher lief noch einmal langsam an den Aufzeichnungen vorbei und ließ sich sehr lange Zeit mit seiner Antwort. »Du hast eine silberne Mappe bekommen. Das ist Büromaterial aus dem Hause Duschl und von Valepp. Arzu hat am See in einer Villa eine grüne Mappe gefunden. Die lag im Wasser, vermutlich nicht weit entfernt von dem Ort, an dem Duschl verschwand. Vielleicht hatte Duschl diese Mappe dabei. Wir haben also bisher Silber und Grün. Fehlt noch eine Farbe.«

»Von welchen Farben redest du? Machst du jetzt auf Kunsthistoriker?«

»Nein, das habe ich durch Zufall in Duschls Büro entdeckt. Die Rattenwender, seine Haushälterin, hat mir das erzählt.«

»Was genau, außer Haushaltstipps bei Adels?«, fragte Picker, der seine tagelange Arbeit wieder einmal von Querchers Spontanrecherchen über den Haufen geworfen sah.

»Es gibt drei Mappen in den Farben Silber, Grün und Rosa. Sie ergänzen sich. Duschl hat die erste Mappe dabeigehabt: grün. Du hast wenig später eine weitere bekommen: silber.«

Picker schüttelte unwillig den Kopf. Er roch wirklich schlimm, fand Quercher. In der stickigen Garage war das besonders auffällig.

»Ok, aber Duschl war schon tot, als ich die Mappe erhielt. Er hat das also wohl kaum allein gemacht.«

»Genau darüber bin ich auch gestolpert. Der Mensch, der dir diese Mappe hat zukommen lassen, kennt sich sowohl bei den von Valepps als auch in Wirtschaft und Politik extrem gut aus. Er scheint ein Insider zu sein.«

»Ja, nicht schlecht. Aber welche Querverbindung könnte er zu den von Valepps haben?«

Quercher zuckte mit den Schultern.

Picker sah ihn resigniert an. »Ich sollte den Rotz hier an Gerass weitergeben. Dann fahre ich mit Maria und dem Kleinen in den Urlaub, fertig, aus. Ich bin echt am Ende. Dieses Versteckspiel ist irre.«

»Okay, aber du hast eigentlich nicht genug, um das der Staatsanwaltschaft zu verkaufen oder es zumindest Gerass zu geben, oder?«, fragte Quercher.

»Die ist nicht sauber, Max! Die zwei Kollegen vom Verfassungsschutz melden sich nicht mehr. Ich habe die beiden in den letzten Tagen immer wieder angefunkt …«

»Picker … die Kollegen sind tot.«

Picker wurde bleich. Von einer Sekunde auf die andere. Das ganze Blut wich aus seinem Gesicht. »Das kann doch nicht wahr sein. Das ist …« Er setzte sich.

Lumpi schnüffelte unter einer Anrichte.

»Die hatten einen Unfall.«

»Klar, einen Unfall. Sie hatten vor allem Kontakt zu einem Informanten! Wo genau ist das passiert?«

»Reithamer Kurve, hinter Warngau. Sie kamen von Bayrischzell oder so.«

»Hat man dir gesagt, wo sie zuletzt waren?«

»Picker, das waren Schlapphüte. Was weiß ich? Im Agentenpuff?«

»Das ist nicht witzig. Die beiden waren an dem Tag unterwegs, um den Informanten zu suchen. Das weiß nur ich. Sie haben das mit niemandem besprochen. Sie fragten mich, ob ich Höhenangst hätte, lachten und meinten, dass sie danach mit mir sprechen müssten. Sie hatten mit ihm telefoniert. Der Informant hat als Erstes gefragt, ob ich das Paket erhalten habe. Das war ihre heiße Spur – und das ist auch unser Dreh- und Angelpunkt. Der, den sie da treffen wollten, hat diese ganze Nummer hier für mich aufgezeichnet. Den müssen wir …«

Lumpi knurrte und kläffte und stieß wild einige Eimer um.

Quercher stöhnte, beugte sich zu ihr hinunter und zog an ihrem Halsband. »Komm her, Madame. Da ist nichts! Sag mal, Picker«, er zog die Nase kraus, »warum heizt du eigentlich ausgerechnet mit einer Gasflasche?«

»Ich habe kein Gas hier.«

Quercher runzelte die Stirn und kroch auf beiden Beinen tiefer unter die Anrichte. Plötzlich fuhr er zurück. »Los, raus hier, schnell!«

Picker sah ihn verständnislos an.

Quercher zog ihn und Lumpi hektisch mit sich und schrie so laut er konnte: »Der Laden hier fliegt jeden Moment in die Luft!«

Er konnte das Rolltor nur einen Spaltbreit öffnen, robbte mit Picker, der starr vor Angst war, darunter hindurch und warf sich draußen neben ein Auto. Die Garage befand sich in einem fünfstöckigen Hinterhaus und war umgeben von Mietwohnungen. Der Knall war trotz des geschlossenen Garagentors immens, Fenster zerbarsten, Millionen Glasscherben fielen in den Innenhof, bedeckten Picker und Quercher, der seinen winselnden Hund unter sich begraben hatte.

»Okay, was zu viel ist, ist zu viel«, zischte Quercher in Pickers Richtung, als der Knall verhallt war und Flammen aus der Garage schlugen.

Der reagierte nicht.

Quercher schob sich zu ihm hinüber, während sich Lumpi weiterhin dicht an ihn drängte. »Picker?«

Er zog an seinem Bein.

Nichts.

Stöhnend richtete sich Quercher auf und verweilte einen Augenblick auf allen vieren. »Mann, Picker, sei froh, dass wenigstens dein Wagen draußen stand. Also alles halb so wild.«

Kein Ton.

Lumpi schnüffelte an Picker und winselte. Als Quercher sich zu ihr umwandte, sah er es: Ein Metallstück steckte in Pickers Kopf.

Max Quercher verlor das Bewusstsein.

# Kapitel 33

*München, 28.08., 15.24 Uhr*

Der Tag war für den Innenminister bislang gut gelaufen. Am Morgen hatte er die neuen Uniformen der bayerischen Polizei vorgestellt. Am Mittag hatte er sich an einem Badesee über die Arbeit der Wasserwacht informiert. Und jetzt hörte er sich von der äußerst engagierten und durchaus attraktiven LKA-Beamtin die Zusammenfassung des Feuerteufel-Falls an. Das Tal war dank seiner gut funktionierenden Behörden schnell und kompetent vor einer weitaus größeren Katastrophe gerettet worden. So mochte er es. Und das, obwohl eine Frau das Amt leitete. Im Kabinett machten sich Frauen sehr gut, aber auf diesen Ebenen verabscheute er sie.

»Bitte, Frau von...«

»Baldner, Herr Minister. Ich war verheiratet.«

»Ach, das wusste ich ja gar nicht. Ihr Herr Vater hat wohl vergessen, uns das beim Wandern zu erzählen.« Er grinste jovial.

In schnellen Worten erklärte sie den Sachstand und hob die Arbeit der Kollegen aus dem Profilerteam hervor, wie es Gerass geraten hatte. Denn diese Abteilung war des Ministers liebste Waffe im Kampf gegen die Kriminalität. Das lag einerseits daran, dass er ein Faible für die US-Fernsehserie *CSI* hatte. Zum anderen unterstrich er damit seine Hinwendung zur modernen Kriminalistik, auch wenn er noch immer nicht wirklich verstand, worum es dabei tatsächlich ging.

Nach einer halben Stunde musste der Minister zu einem anderen Termin, sein Adlatus sah schon bedeutungsvoll auf die Uhr. »Grüßen Sie den Herrn Papa von mir. Wir sehen uns demnächst zur Herbsttagung in Tuntenhausen.«

Baldner nickte, gab ihm die Hand, spürte die Nässe, aber lächelte weiter und verschwand, von Gerass und dem Pressesprecher flankiert, aus dem Büro.

Kaum standen die beiden Frauen auf dem Odeonsplatz, der dem Ministerium gegenüberlag, streichelte Gerass Lizzy Baldner über die Wange. »Das hast du gut gemacht. Er schätzt dich fachlich. Ich fahre zurück ins Büro, soll ich dich mitnehmen?«

»Nein, Constanze, ich bleibe noch hier. Aber bis zu unserer Abschlussbesprechung wegen der morgigen Pressekonferenz bin ich wieder da.«

Gerass nickte. Die Enttäuschung in ihrem Gesicht war kaum zu bemerken.

Lizzy Baldner wartete, bis ihre Vorgesetzte über die Brienner Straße verschwunden war. Dann eilte sie zu einer Fotogalerie und schritt in den ersten Stock des Gebäudes.

Er stand an einem Schreibtisch. »Wie war es?«, kam es knapp und bestimmt.

»Gut, er hat alles gefressen.«

»Deine Chefin auch?«

Baldner lächelte. »Aber ja.«

»Wir haben heute die letzten Beweise von diesem Trottel Klauser vernichtet. Dennoch läuft da draußen noch ein Verräter herum. Lass deine Kollegen also ruhig weiterermitteln. Dadurch bringen sie uns den Mann irgendwann und wir können dann immer noch entsprechend reagieren.«

Baldner nickte und wandte sich um zum Gehen, nachdem ihr Gesprächspartner geendet hatte.

»Elisabeth, einen Augenblick noch.«

Lizzy drehte sich um.

»Dein Vater wäre stolz. Das solltest du wissen.«

Draußen heulten die Sirenen der Rettungswagen. Baldner sah zu dem Mann und fragte leise: »Ist Quercher dabei?«

Der jedoch lag wenige Kilometer Luftlinie in einem Bett und öffnete stöhnend die Augen, weil sich jemand unentwegt räusperte.

Wenn man aus einer Bewusstlosigkeit erwachte, hoffte man auf einen schönen Anblick. Etwas, was einen wieder liebevoll im Diesseits empfängt.

Quercher sah in Pollingers Gesicht.

»Aufwachen, in der Dienstzeit wird nicht geschlafen.«

»So muss die Hölle sein«, murmelte Quercher, dessen Schädel unsäglich schmerzte.

»Die Lumpi bekommst du erst mal nicht mehr zurück. Bei dir landet sie ja bald im Hundehimmel. Und bis auf Weiteres hast du Fernsehverbot«, scherzte Pollinger.

»Was ist mit Picker?«

Pollingers Lächeln verschwand. »Wird gerade operiert.«

»Und?«

Pollinger zuckte mit den Schultern. »Wird eng, sagen sie.«

Sie schwiegen. Sieben Tage hatten sie nicht mehr miteinander gesprochen. Als Quercher vor Tagen in Pollingers Wohnzimmer gesehen und ihn dort mit einer Pistole erblickt hatte, hatte er nur den Kopf geschüttelt. Aber seit heute war ihm klar, dass Pollinger recht gehabt hatte – sie standen tatsächlich im Fadenkreuz.

»Weißt du, wann ich das letzte Mal hier war?«, fragte Quercher krächzend und stützte sich in seinem Bett auf.

»Ja, als ich hier vor zwei Jahren auf den Tod wartete.«

Quercher grinste seinen Freund schief an. Er freute sich sehr, dass der Alte über seinen Schatten gesprungen und ausgerechnet in dieses Klinikum gekommen war. Aber das hätte er ihm natürlich nie gezeigt.

»Du hast nichts Gravierendes. Also steh jetzt mal auf«, forderte ihn Pollinger ruppig auf.

»Mein Kopf ...«

»Ja, ja, der Kopf. Der kann nicht wehtun, ist nicht viel drin. Los, wir müssen arbeiten.«

»Sollten wir nicht abwarten, was mit Picker ist?«, fragte Quercher, als er sich umständlich aus dem Bett wuchtete.

»Willst du vielleicht mitoperieren oder mit einem vollgeweinten Taschentuch im Warteraum sitzen? Glaub mir, Picker braucht jetzt nicht ausgerechnet deine Hilfe.«

Unter lautem Stöhnen zog sich Quercher an. Die Ärzte hatten ihm diverse Mittel verabreicht, die die stärksten Schmerzen linderten. Seine Kleidung roch noch nach dem Feuer.

»Wo ist die Lumpi?«

»Arzu ist mit ihr und Max Ali an der Isar spazieren gegangen. Jetzt wartet sie auf dich, du Heulsuse.«

»Allein?«, wunderte sich Quercher.

»Ja, sie ist schon groß, sagt sie zumindest.«

Eine Pflegerin kam herein und wollte sich entrüsten, doch Pollinger fertigte sie ab mit den Worten: »Der Typ ist ein mieser Simulant. Ich bin von der Polizei und nehme ihn mit!«

Auf der Rückfahrt ins Tal musste Quercher Arzu und Pollinger alles erzählen. Er spürte, dass die beiden in dieser Sache seine einzigen Verbündeten sein würden. Sie hörten aufmerksam zu, bis Quercher alles gesagt hatte, was er wusste. Er verspürte ein wenig Enttäuschung, weil Regina nicht an seinem Bett gestanden hatte, als er zu sich gekommen war. Aber wer hätte sie informieren sollen?

Arzu, die mit Lumpi und Max Ali auf der Rückbank Platz genommen hatte, riss ihn aus seinen trüben Gedanken. »Ich habe mit den Kollegen vor Ort gesprochen. Die Garage ist völlig zerstört. Allerdings geht die Feuerwehr nicht davon aus, dass es sich um Fremdeinwirkung handelte. Die Gasflaschen waren fehlerhaft montiert. Die Hitze einer Leitung ...«

»Arzu, ich habe die Vorrichtung gesehen. Da waren ein Zünder und eine kleine Uhr dran. Das müssen die doch gefunden haben. Das gibt's doch nicht!«

»Ruhig bleiben, durchatmen, ihr beiden!«, beschwichtigte Pollinger. »Das ist der momentane Ermittlungsstand. Gerass will dich übrigens treffen. Ich habe ihr versprochen, dich erst einmal an die Kette zu legen. Sie will wissen, was du in Pickers Garage gesehen hast. Aber das hat ja noch Zeit. Im Zweifel kannst du deine Kopfschmerzen vorschieben.«

»Ferdi, ich sag dir: Picker war wirklich schon weit! Aber egal, vergiss das Material. Wir müssen zu dem, der es Picker geschickt hat. Und vor allem müssen wir herausfinden, wer Geld in solchen Größenordnungen säubern und hin und her schieben kann, ohne dass es jemand merkt.«

»Was weißt du über den Informanten?«, fragte Arzu.

»Picker und ich vermuten, dass er aus dem engsten Zirkel dieser Organisation kommt. Irgendeiner in der Buchhaltung oder so. Könnte man zumindest meinen, denn da sind Kontobuchungen, Firmenaufstellungen und so ein Controller-Mist dabei gewesen. Aber andererseits sind die Informationen dafür zu weitführend. Da waren Gesprächsprotokolle dabei. Außerdem muss der Informant eine sehr enge Verbindung zur Familie von Valepp haben.«

»Klingt so, als sei es Duschl selbst gewesen. Er kannte die Valepp-Struktur am besten.«

»Ja, aber der Gute liegt zum Teil im See und zum Teil in der Rechtsmedizin.«

Quercher spürte jetzt die Wunden, die die Glasscherben verursacht hatten. Sein ganzer Körper brannte. Eigentlich wollte er wieder ins Bett. Oder zu Picker. Oder zumindest nachdenken. Momentan hatte er das Gefühl, als liefe um ihn herum alles viel zu schnell ab, wie eine LP, die man auf fünfundvierzig Umdrehungen gestellt hatte statt auf dreiunddreißig.

»Jetzt weiß ich, was Picker mir noch gesagt hat, kurz bevor der Laden explodierte«, erinnerte er sich. »Ich erzählte ihm von dem Unfall unserer beiden Verfassungsschützer. Da wurde er ganz hektisch. Die hätten vorgehabt, an dem Tag den Informanten zu treffen. Sowohl ich als auch Picker versuchten, Kontakt zu den Schlapphüten vom Verfassungsschutz aufzunehmen, wollten deren Unterlagen einsehen. Fehlanzeige. Das Amt macht dicht. Der Fall *Wallfahrt*, immerhin von Gerass einberufen, ist somit abgeschlossen. Und ich bin sicher, dass die Aktennotizen der verunfallten Kollegen bereits im Schredder gelandet sind.«

»Wieso gehen wir eigentlich pauschal immer nur von einer Person aus? Vielleicht sind es ja auch mehrere«, warf Arzu ein.

Quercher gab ihr recht. »Ja, eventuell ein Kreis von interessierten Personen.«

Pollinger begriff sofort, worauf Quercher hinauswollte. »Verstehe, du meinst, dass Parteifreunde, die mit diesem Filz nichts mehr zu tun haben wollen oder nicht davon profitieren, der alten Elite den Stecker ziehen wollen. Nicht schlecht gedacht. Aber da ich einen gewissen Einblick in die Machtstruktur der regierenden Partei besitze, würde ich von dieser Variante aus rein intellektuellen Gründen Abstand nehmen. Die letzten Ministerpräsidenten haben eine einzige Wüste hinterlassen. Da laufen nur noch mentale Gartenzwerge herum, die an Modellautos scheitern. Wir müssen uns also auf den Informanten konzentrieren. Wo waren die Verfassungsschützer vor dem Unfall? Wir sind bislang die Einzigen, die wissen, dass sie sich mit dem Informanten treffen wollten. Zumindest behauptete Picker das.«

Quercher hätte seine Kontakte beim Verfassungsschutz anzapfen können, war sich aber nicht sicher, ob das nicht wieder zu viel Staub aufwirbeln könnte.

Sie hatten Gmund am Tegernsee erreicht. Der See strahlte und glitzerte verführerisch.

»Wie ist der Plan, Ferdi? Ich bin krankgeschrieben. Picker liegt im OP. Was sollen wir tun?«

Er wusste, wie er Pollingers Bauch pinseln musste. Einfach die ›Chef, was sollen wir machen‹-Nummer spielen. Das half fast immer bei notorischen Alphatieren.

»Du hast jetzt einmal Sendepause.«

»Lass dich doch von Regina Rockefeller pflegen«, riet Arzu spöttisch. »Wir machen derweil die Drecksarbeit. Ich habe mich übrigens zwischenzeitlich ein wenig über den Heiler informiert. Unser Freund kommt vom Balkan, aber nicht aus dem Keller Albanien, sondern aus der Bel Etage Kroatien. Statt von unseren Leuten ist mir das von der holländischen Polizei gesteckt worden. Die kennen den Guten schon etwas länger. Lush gehörte wohl zu mehreren kroatischen Waffen- und Schleuserbanden. Heute Abend wollen wir deswegen noch einmal telefonieren. Dein zukünftiger Schwager ist also ein guter Katholik mit Hang zur Waffe, so wie du.«

Jetzt war Quercher klar, warum der alte von Valepp, seinerseits erzkatholisch, der Ehe von Lush und Cordelia so vorbehaltlos zugestimmt hatte. Das gemeinsame Taufbecken half zuweilen über die Nationalität hinweg. Aber da war noch etwas anderes, was bruchstückhaft in seinem Kopf kreiste. »Könntet ihr in Holz mal anhalten? Ich will sehen, ob …«

»Die Chefin daheim ist?«

»Ja, Arzu, genau«, gab Quercher gallig zurück.

## Kapitel 34

*München, 28.08., 19.25 Uhr*

Er kniete neben der Grablege Königs Ludwig II. in der Theatinerkirche und starrte auf die flackernden kleinen Flammen der roten Kerzen. Er roch den Weihrauch von der vergangenen Messe. Hier war sein Zuhause.

Timotheus Trakl war ein gottgefälliger Mensch – bis vor sieben Monaten. Nahe der Grablege der Wittelsbacher zündete er zwei weitere Kerzen an. Eine für seine Feinde und eine für Jakob Duschl.

Der Mann mit den dicken schwarzen Haaren und dem vorgereckten Kinn lebte enthaltsam wie ein Mönch. Sein Leben war bestimmt vom Rhythmus der heiligen Kirche. Ihr galt sein Handeln und Streben. Sie war vor vielen Jahrzehnten seine Familie geworden. Mit all ihrer schillernden und überbordenden Form. Er war kein Zelot, kein Glaubenseiferer. Er war wie ein Fisch im Teich des Herrn. Das Wasser, das ihn umgab, war das Regelwerk der Kirche Gottes.

Ihr zu Ehren hatte er gedient, sich dem Studium der Verwaltung, der Betriebswirtschaft und der Jurisprudenz ausgesetzt. Jedes Studienfach konnte er mit einem Prädikatsexamen abschließen, weil er den Glauben gefunden hatte, weil Gott ihn leitete und weil keine Frau mit ihrem Fleisch ihn ablenkte.

Mit seiner Qualifikation hätte er spielend in der Staatskanzlei Bayerns eine Ministerialkarriere anstreben können. Auch in der Privatwirtschaft waren stille und strebsame Experten wie Trakl gesucht. Aber das war nie sein Ziel. Privates Vermögen hatte für ihn nie eine Rolle gespielt. Nicht dass er geizig war oder Geld nicht auszugeben verstand.

Aber er setzte es sehr punktiert ein. So trank er beispielsweise Wein – wenig, aber wenn, dann war er exzellent. Überhaupt war das Wort ›exzellent‹ für ihn der Maßstab allen Strebens.

Er diente Gott, denn der hatte ihn mit seinen Talenten ausgestattet. Sie und auch seinen Körper galt es zu pflegen. Timotheus war schlank, nahezu athletisch. Jeden Morgen stemmte er in seinem kleinen Haus in der Altstadt Freisings, der reichen Bischofsstadt nördlich von München, Gewichte. Außerdem fuhr er mit dem Fahrrad bei fast jedem Wetter zu seinem Büro in München. Nur wenn der Schnee es im Winter nicht zuließ, nahm er die S-Bahn. Er war noch nie in seinem Leben außerhalb des Landes gewesen. Reisen waren ihm ein Graus.

All die Jahre hatte er sein Leben der Arbeit für das Stefanswerk gewidmet. Zu dessen wesentlichen Aufgaben zählten, wie er Gruppen ausländischer Investoren gern erklärte, »die Errichtung und Verwaltung von Wohnraum sowie vielfältige bauliche Dienstleistungen. In Trägerschaft des Bistums München und des Bischöflichen Stuhls zu München-Freising ist unser Aufgabenspektrum in den letzten Jahren stetig gewachsen. Dabei legen wir großen Wert auf den schonenden Einsatz von Ressourcen unter Einsatz von Techniken zur Bewahrung von Umwelt und Schöpfung.« Die müden Gesichter hielten ihn nicht davon ab, mit seinen Ausführungen fortzufahren: »Auf dem Boden der katholischen Soziallehre unterstützen wir die Ziele unserer Kirche in Bezug auf die gegenwärtige und zukünftige Lebensgestaltung vor allem in Familie und Gesellschaft, und wir unterstützen kirchliche und karitative Einrichtungen in Grundstücks- und Bauangelegenheiten.« Dass sein Stefanswerk damit auch der drittgrößte Immobilienentwickler im süddeutschen Raum war, pflegte er jedoch erst nach seinen Vorträgen in Vieraugengesprächen zu erklären.

Nur in einem sehr engen Kreis öffnete sich Timotheus Trakl und zeigte einen kurzen Einblick in seine wahre Geisteshaltung. Denn dieses Land hatte viele Regierungsformen erlebt. Aber die katholische Kirche war immer geblieben. Für ihn wogen zweitausend Jahre mehr als ein paar läppische Jahrzehnte Demokratie.

Und damit seine Kirche stets stark genug war gegen die Feinde von außen – dafür hatte er seine Talente eingesetzt. Erfolgreich. In seinen nunmehr fünfundzwanzig Arbeitsjahren hatte er aus dem kleinen Stefanswerk ein florierendes Unternehmen der stillen Mittelklasse gemacht. Nie waren Zweifel aufgekommen. Auch wenn er untertariflich zahlte und rumänische Schwarzarbeiter auf den Baustellen arbeiten ließ.

Er hatte mit Jakob Duschl auf der weltlichen Seite einen verlässlichen und diskreten Partner gehabt. Der Herrgott hatte sie in das Leben geworfen, das anfangs so steinig gewesen war. Aber beide konnten dank der Fürsprache des Herrn Jesus ihre Familien finden, Duschl bei den von Valepps und er bei der Kirche selbst. Mit Prinzessin Helene hatte er eine Seelenverwandte gefunden, die seine Interessen teilte, ohne eine Lebensbindung eingehen zu wollen. Dieses Dreieck aus Arbeit, Glauben und Freundschaft war seine Basis über all die Jahre gewesen.

Dann, mit dem Dahinsiechen des lieben Franz von Valepp, kam der Bruch. Viele Menschen in seiner Umgebung verließen ihren vorbestimmten Weg. Sie wandten sich ab. Wie hätte er, der kleine Timotheus, der doch nur das dreistellige Millionenvermögen seines Stefanswerks verwaltete, das verhindern können? Er wusste nicht ein, nicht aus. Anfangs half noch sein Hobby, das Segeln. Er war bei Gott, wenn er auf dem See in aller Stille den Elementen des Herrn ausgesetzt war. Dann kamen ihm die besten Ideen. Aber letztlich sah er seine Schaffenskraft als zu klein an.

Er sprach mit seinem Beichtvater in München darüber. Der mahnte ihn, geduldig auf die Stimme des Herrn zu hören. Seine Ratschläge aber waren von Eigennutz geprägt, von Gier und Streben nach weltlicher Macht. Das hatte Trakl deutlich gespürt.

Und dann waren diese Schurken erschienen. Katholiken, jedoch mit dunklen Taten im Sinn. Timotheus sah das Unheil jeden Tag, konnte nicht schweigen, wollte sich wie der heilige Georg dem Drachen entgegenstemmen. Auch wenn es sein Leben kosten würde.

Er erhob sich und ging zum Ausgang, wo er noch einmal niederkniete und sich bekreuzigte. Er sah nicht, wie zwei Männer, der eine klein und untersetzt, der andere groß und hager, ihn dabei unmerklich beobachteten und Sekunden später ebenfalls aufstanden. Auch sie traten auf den Odeonsplatz und nickten dort zwei anderen Männern zu, die sich aufmachten, Trakl zu folgen, während sie selbst in den Hofgarten schlenderten. Sie sprachen Kroatisch, um sicherzugehen, dass die Mehrzahl der Passanten sie nicht verstand.

»Diese magere Ziege ist also unser Problem?«, fragte der Dicke spöttisch.

»Ja, das kann man so sehen. Er hat leider eigenmächtig agiert. Wir sind erst äußerst spät darauf gekommen, dass er eng mit dem Prokuristen zusammengearbeitet hat.«

Die beiden Männer setzten sich im Schatten eines Baumes auf eine Bank.

»An unseren Vereinbarungen hat sich doch nichts geändert, oder?«, wollte der Dicke wissen.

Der Hagere schüttelte den Kopf. Er trug eine glänzende Trainingshose, ein Trikot der kroatischen Nationalmannschaft, ein Kopftuch und eine große Sonnenbrille. In einer Stadt wie München, die die größte kroatische Gemeinde Deutschlands beherbergte, war das nicht weiter auffällig. »Wo ist der Kopf?«, fragte er unvermittelt.

»Nun ja, das ist alles etwas abrupt abgelaufen. Wir mussten den Kopf schnell bergen und sichern. Der gammelt ja auch. Also liegt er jetzt erst einmal auf Eis. Wir könnten ihn auch jederzeit als Warnung jemandem zusenden.«

Der Hagere nickte. »Warten wir die Beerdigung ab. Dann wird sich vieles klären. Mir machen nur zwei Gestalten echte Sorgen. Wenn ihr euch um die kümmern würdet, wäre mir sehr geholfen.«

»Wir machen alles für dich. Aber du weißt, dass alles seinen Preis hat.«

Der Hagere nickte. »Ich habe verstanden, Markan. Aber du bist hier nicht in unserer Heimat. Du bist auf fremdem Boden. Sei vorsichtig. Die beiden Männer, um die es mir geht, sind gefährlich!«

## Kapitel 35

*München, 28.08., 20.35 Uhr*

»Konservatismus ist das Blut, das den Körper unseres Landes durchläuft. Eine von Gott gewollte Kraft, dem Menschen in seiner Sucht nach Freiheit Grenzen zu setzen. Nicht alles, was der Mensch kann, soll er auch machen. Eine Veränderung der Veränderung wegen ist zerstörerisch. Immer mehr wenden sich den Verlockungen der sogenannten Liberalität zu. Doch es ist unsere Aufgabe, diese Menschen zu lenken, ohne dass sie es spüren, sie zu führen, ohne dass sie es wissen. Konservatismus in diesem Jahrtausend bedeutet, sich einer kleinen, stillen Elite zugehörig zu fühlen. Wir werden weniger, aber dadurch kraftvoller, weil wir uns nicht zerfasern in vielen Meinungen. Es ist ein langer Prozess des Fastens, meine Freunde. Am Ende haben wir die kranken Pfunde der Moderne, die uns bislang am Handeln hinderten, herausgeschwitzt. In diesem Sinne wünsche ich uns einen schönen, besinnlichen, von guten Gesprächen geprägten Abend.« Monsignore von Deschner hob das Glas, woraufhin zwölf Gläser gegeneinandergestoßen wurden.

Das bischöfliche Palais in der Faulhaberstraße war ein Schmuckstück des deutschen Barocks. Mit seinen Verzierungen, wertvollen Stuckarbeiten und Goldauflagen erinnerte es die Gäste an eine Zeit, in der niemand die Position der heiligen Kirche infrage stellte.

Die Anwesenden kannten einander von gemeinsamen Internatsbesuchen, Studienzeiten und Burschenschaftsverbindungen. Fernab jeder Kontrolle agierten sie, wie sie es wollten. Hier saßen keine Aufsteiger, Parvenüs, die sich von unten nach oben durchgebissen hatten. Hier aßen und tranken jene, die die wirklich großen Entscheidungen des Landes beeinflussten. Ein kritischer Betrachter hätte das als undemokratisch empfinden können. Aber sowohl die Herren als auch zwei Damen waren sich keiner Schuld bewusst. Denn sie handelten weniger aus einem rein finanziellen Interesse – Geld hatten sie sowieso. Sie betrachteten es als eine Verpflichtung, das Land nach ihren Vorstellungen zu führen.

»Mein lieber von Galnstein, wir unterhalten uns gerade über die Trauerfeier für den alten von Valepp. Das ist ja nicht sehr schön, was seine Tochter da macht: eine indische Beerdigung. Fehlt nur noch, dass sie sich mitverbrennt«, bemerkte ein Gast.

Einige lachten.

»Sie ist ja leider nicht die Witwe, nur die Tochter. Aber ich glaube, dass sich ein ordentlicher Weg finden lässt, das Ganze angemessen zu begehen«, erwiderte von Galnstein und lächelte maliziös.

Er war sichtlich bemüht, sich den Ärger über die von Valepps nicht anmerken zu lassen. Doch es galt, Ruhe zu bewahren, bis nach der Beerdigung das Testament eröffnet werden würde. Dann konnte man immer noch überlegen, wie man das Problem am besten anging.

Der Kardinal war in das Gespräch mit einer Dame vertieft, die ihm sichtlich gefiel. Der Mann aus Westfalen hatte eine heimliche Schwäche für starke, selbstbewusste Frauen. Und das war sein Gegenüber definitiv.

»Wäre es nicht sinnvoller, Sie nähmen nach dem Tod Ihres Mannes jetzt wieder den Namen Ihrer Familie an, Frau Hartl?«

Regina sah auf das große, goldene Kreuz, das auf der Brust des Kardinals baumelte. Es musste schwer sein. Fast war sie versucht, ihn zu fragen, ob sie es einmal in die Hand nehmen und das Gewicht schätzen durfte.

Ihre Freundin aus Kreuth hatte sie zu diesem Treffen mitgenommen. Seit ihrer Eheschließung mit dem bürgerlichen Hartl war sie nicht mehr zu solchen Zirkeln eingeladen worden. Das war sicher auch das Werk ihres Vaters, der ihr hier nicht mehr begegnen wollte. Aber seit seinem Tod waren die Herrschaften wieder offen für Frauen wie sie. Das allein war fast schon eine Revolution, da ihrem Geschlecht in diesen Runden eher andere, dienende Rollen zugewiesen wurden. Doch wenn es um das Erbe der Familie von Valepp ging, war man da nicht so streng.

Sie wollte diesen Würdenträger zu gern loswerden, hatte sie den Termin doch nur wahrgenommen, um mit ihrem alten Schulfreund, Eugen Graf zu Galnstein, das Gespräch zu suchen. Eine Partie, wie sie sich ihr Vater immer gewünscht hatte: eine Linie, die sich bis zum Frankenkaiser zurückverfolgen ließ. Mit einem ansehnlichen Vermögen und nicht zuletzt der wahren Kirche verhaftet.

Aber ihr Vater hatte nicht erlebt, wie Eugen im Internat in Salem mit großer Lust eine Küchenangestellte aus Serbien erst brutal vergewaltigte und ihr hinterher mehrere Tausend-Mark-Scheine in den Mund gestopft hatte. Sie hatte damals nicht gewagt, diesen Vorfall zu melden. Obwohl sie Zeugin war und er, Eugen, das auch wusste. Doch man verriet sich nicht wegen einer Unannehmlichkeit mit dem Personal. Das passierte, man glich es aus und bewahrte Stillschweigen. So hatte sie es gelernt. Aber als ihr ausgerechnet jener Eugen auf den Bällen, die für den Jungadel ausgerichtet wurden, den Hof machte, hatte sie ihn kalt abgewiesen mit den Worten: »So viel Geld kannst du mir gar nicht in den Mund stopfen.«

Das war Jahre her. Aber nun schien er einen neuen Anlauf zu nehmen, ihr Erbe anzutreten. Sie hatte es nicht für möglich gehalten. Eugen von Galnstein personifizierte alles, was Regina an konservativen Männern mit Vermögen so verachtete. Die intellektuelle Überschaubarkeit war gepaart mit einem durch nichts gestützten Überlegenheitsgefühl. Sein Frauenbild ähnelte in etwa dem eines anatolischen Berghirten. Aber dennoch war er hier, zog Strippen, spann sein Netz zusammen mit seinem ›geistlichen Mentor‹, dem Monsignore von Deschner, einem Mitglied der römischen Kurie, erzkonservativ und extrem gefährlich. Die beiden wollten den Generationswechsel innerhalb der Machtzirkel einläuten. Die alten Herren sollten abtreten. Jakob Duschl hatte immer gegen die beiden gearbeitet, weil er um ihre Gier wusste. Doch zuletzt schien ihm, einhergehend mit dem Dahinsiechen ihres Vaters, die Luft ausgegangen zu sein. Oder war er ihren Verlockungen erlegen?

Schon allein Reginas Anwesenheit war bereits eine Kampfansage. Denn nicht sie kontrollierte das Erbe, sondern ihre schwangere Schwester Cordelia und deren Mann Lush. Aber das wurde von den Herren hier als Betriebsunfall gewertet. Stattdessen hatten sie ihre Macht bereits ein paar Stunden zuvor für einen kurzen Moment dokumentiert. Vaters alte Kreise waren natürlich entsetzt gewesen, als sie von Cordelias geplanter Hinduzeremonie gehört hatten.

Also wurde ihrer Schwester ein Besuch abgestattet. Man hatte ihr sachlich erklärt, dass jemand wie Lush relativ einfach aus dem Kreis der Gesellschaft zu entfernen sei, ob sie das wolle. Zudem seien ja noch ein paar alte Verfahren aus ihrer Zeit als Djane Insane offen. Die Ermittlungen konnten jederzeit wieder aufgenommen werden.

Ihre Schwester war zwar zuweilen naiv, aber nicht dumm. Sie hatte die Warnungen der Herren sofort verstanden. Und solange das Testament noch nicht eröffnet war und ihr den vollständigen Zugriff auf das Erbe ermöglichte, lenkte sie ein. Man fand sofort einen Termin, an dem Franz Graf von Valepp mit allen Ehren auf dem Tegernseer Friedhof bestattet werden würde. Die Trauerzeremonie würde der Kardinal selbst übernehmen.

Regina war es nicht egal gewesen, wie ihr Vater beerdigt wurde, denn sie wollte nicht als Gespött in den Zeitungen landen. Doch viel weitreichender war das, was danach geschehen sollte. Für einen Moment hatte Regina auf dem Weg zum Palais mit dem Gedanken gespielt, den Schulterschluss mit den alten Kräften zu suchen, gegen Cordelia und Lush, gegen wahnsinnige Projekte und den Ausverkauf eines jahrhundertealten Vermögens. Aber kaum hatte sie Eugen mit dem Monsignore erblickt, war ihr diese Idee nur noch schäbig vorgekommen. Diese Männer hatten lediglich Interesse daran, sich das Vermächtnis ihrer Familie anzueignen – sie selbst spielte dabei keine Rolle. Für eine Frau wie Regina wäre kein Platz in der ersten Reihe.

Nach dem Essen ging sie auf Eugen zu und nahm ihn beiseite. »Mein Lieber, ich nehme an, du bist mit unserer etwas verzwickten Familiensituation vertraut«, begann sie ohne Umschweife.

»Ja, ich hörte davon. Der arme Jakob. Hat man denn wenigstens seinen Kopf gefunden? Ich vermute ja die verdammten Muslime dahinter.«

»Klar, mal wieder haarscharf am guten Geschmack vorbei. Aber das ist ja dein Talent seit Kindesbeinen an«, konterte sie scharf.

»Ach Regina, wir zwei wissen doch, dass mit dem Tod von Duschl und deinem Vater nur eine kurze Zeit des Interregnums durch deine Schwester vergeht, ehe das Vermögen der Familie von Valepp in sorgsame Hände gelegt wird.«

»Und dabei hältst du die deinigen auf, nicht wahr?«

Von Galnstein sah sie verwundert an. »Siehst du mich tatsächlich so? Muss ich dir wirklich erklären, dass mir an Wald und Flurbesitz nicht gelegen ist? Ich neige nicht dazu, mir grüne Kleidung und Gummistiefel überzustreifen und mit Flinte und Hund loszuziehen. Das ist so, wie sagen die jungen Leute heute, ›old school‹.« Er lachte kurz auf, hielt jedoch inne, als er sah, dass der Monsignore auf sie zukam.

»Regina, ich freue mich, dich zu sehen! Viel zu selten beehrst du uns auf Schloss Leithen. Aber wie man liest und hört, verabschiedest du dich ja gerade aus der aktiven Arbeit bei der *Hartl AG*. Vielleicht schenkst du mir dann ein wenig von deiner demnächst wohl üppigen Tagesfreizeit. Zudem werde ich in Zukunft wieder häufiger am See sein, um meine Arbeit als Treuhänder der neu gegründeten Stiftung zu übernehmen.«

»Welche Stiftung?«, fragte sie ahnungslos.

Der Monsignore erkannte, dass die beiden Schwestern sich über den Inhalt des Testaments noch gar nicht ausgetauscht hatten, und wechselte schnell das Thema.

Regina war dieses Verhalten schon seit der Schulzeit vertraut, da die seltsamen Verbindungen in ihren Kreisen sie schon früh mit dem Monsignore in Kontakt gebracht hatten. Er stammte, ebenso wie Eugen und sie selbst, aus einem alten deutschen Adelsgeschlecht. Anders als sie hatte er den Weg in die kirchliche Elite eingeschlagen. Er war nur zehn Jahre älter als sie, war auf dem Internat jedoch ihr Lehrer gewesen. Wäre es nach ihm gegangen, wären Eugen und sie ein nahezu perfektes Ehepaar gewesen. Eugens Neigung zur Gewalt hätte man sicher über die Jahre mit einem stillen Arrangement in den Griff bekommen. So wie man auch lange über die Neigung von Reginas Vater hinweggesehen hatten. ›Erkläre nicht. Klage nicht.‹ Ein Motto, das ihm gefiel.

»Monsignore, hören Sie: Ich weiß, dass unsere Familie angegriffen wird. Ich weiß, dass ihr dabei auch eure Finger im Spiel habt. Aber wie Sie so schön sagten: Ich habe künftig mehr Zeit. Und ich werde nicht zulassen, dass Sie etwas angreifen, was mein Vater mit seinem Freund Jakob aufgebaut hat.«

Sie hatte kaum bemerkt, wie Eugen und der Monsignore sie langsam und sehr diskret vom Tisch weg in eine stille Ecke des Raums gedrängt hatten. Jetzt standen sie wie zwei übermächtige Gegner vor ihr und Regina konnte die Wand in ihrem Rücken spüren.

Eugen war der Erste, der es aussprach. »Du solltest sehr vorsichtig sein. Schon dein Mann lief zu früh auf die Lichtung. Und auch du solltest nicht mit uns spielen. Wenn du das Erbe jemals antreten willst, dann lässt du uns agieren. Das hier ist nicht irgendein dämliches Beratungsmandat von *McKinsey* für reiche Kundenkinder. Das ist das Leben, meine Liebe. Genauer: das Leben mit rund fünfhundertfünfzig Millionen Euro.«

»Wir wollen uns doch nicht über schnöde berufliche Erfolge in Gegenwart des Monsignore streiten. Was ist schon Vermögen, wenn das Seelenheil dabei verloren geht? Haben Sie, Monsignore, uns das nicht höchstpersönlich als junger, hoffnungsvoller Religionslehrer in Kloster Ettal erklärt? Da glaubten Sie wohl noch an das Gute im Menschen und in sich selbst. Jetzt seid ihr zwei nur mehr ein verrotteter Haufen von Dieben. Da hatten mein Vater und seine Freunde ein ganz anderes Format. Doch ihr kennt die Grenze: Kommt ihr mir in die Quere, werde ich nicht zögern, alles mir zur Verfügung Stehende zu tun, um euch zu vernichten.«

Eugen trat jetzt ganz nah an Regina heran, ihre Gesichter schienen sich zu berühren.

Um irgendwie aus dieser Umzingelung herauszukommen, begann Regina, laut zu lachen. Sofort wichen die Männer einen Schritt zurück. So laut, dass es jeder der Umstehenden verstehen konnte, rief sie: »Sie haben einen Hang zum Obszönen, Monsignore!«

Kaum saß sie in ihrem Auto, begannen ihre Hände, am Lenkrad zu zittern. Sie schaltete ihre Musikanlage an und hörte eine CD, die Quercher zusammengestellt hatte. Regina hatte die Augen geschlossen, als ihr Telefon, das auf dem Beifahrersitz lag, klingelte. Sie wollte es ignorieren. Als sie aber sah, dass es Quercher war, atmete sie durch und nahm den Anruf an.

»Wo steckst du, Max?«

»In Bad Wiessee. Kommst du noch zum See heraus oder bleibst du in der Stadt?«

»Was steht auf dem Programm?«

»Sex, drugs and Rock 'n' Roll.«

»Sind das deine Freunde?«

»Dachte ich mir, dass du die nicht kennst!«

»Stellst du sie mir vor?«

Er lachte. »Wo warst du eigentlich?«

»Auf einem Empfang beim Kardinal. Und du?«

»Mich wollte man heute in die Luft sprengen.«

»Na fein, so ist jeder seiner Berufung nachgegangen. Nein, ernsthaft: Was hast du gemacht?«

»Ernsthaft.«

»Ich komme.«

Quercher drehte sich zu den anderen beiden um und sah in spöttische Gesichter.

»Man wollte mich in die Luft sprengen«, äffte ihn Arzu mit tiefer Stimme nach.

»Ist doch so.«

»Ja, James Bond. Setz dich. Ferdi hat sehr interessantes Material von seinen alten Freunden vom Verfassungsschutz bekommen.«

Arzu reichte ihm ein Bier, das er sich bedächtig in ein Glas schüttete. In den letzten Monaten war er wieder ans Biertrinken gekommen. Dieser verdammte See verdarb seine Geschmacksnerven. Wurde Zeit für Italien, dachte er für einen kurzen missmutigen Moment.

»Also, die beiden toten Kollegen verunglückten vor sieben Tagen in der Reithamer Kurve auf der Bundesstraße 318«, hob Arzu an. »Laut Unfallbericht und eines dazugerufenen Gutachters hat der Fahrer vermutlich aus Unachtsamkeit, gepaart mit starkem Unwohlsein, das Lenkrad verrissen, ist in den Gegenverkehr gekommen und traf dort auf einen Kieslaster.«

»Okay, das wusste ich auch schon.«

»Ruhig bleiben und zuhören«, zischte Ferdi, der im Sessel neben ihm saß und Lumpi kraulte.

»Die Schlapphüte haben sich vor dem Termin eine Akte aus Wiesbaden vom Bundeskriminalamt kommen lassen. Ich habe mir die digitale Version gezogen«, erklärte Arzu, ohne darauf einzugehen, ob das mit den zuständigen Abteilungen abgeklärt worden war. »Die Akte betrifft einen gewissen Lush Kolaj aus Orosh in Nordalbanien. Das ist dein zukünftiger Schwager!«

»Arzu, nicht jeder stürzt sich gleich dem Erstbesten an den Hals!«, giftete Quercher und erntete von Pollinger einen Schlag gegen die Schulter.

»Du sollst dich konzentrieren.«

Quercher verzog das Gesicht. Der Hieb tat weh. Der Alte wurde garstig im Lebensherbst.

»Der feine Seher kommt allerdings gar nicht aus Albanien, sondern aus Kroatien, genauer aus Molunat bei Dubrovnik, nicht weit von der mazedonischen Grenze entfernt«, fuhr Arzu fort. »Sein wahrer Name ist Ante Dedic. Gehörte zu einem Schleuser- und Waffenring. Zumindest nehmen das die Kollegen vom BKA an. Sie waren zusammen mit der holländischen Polizei auf der Suche nach ihm und 1999 schon mal sehr nah an ihm dran. Einem Tipp zufolge sollte er Drogen und Waffen über Lettland und die Niederlande nach Deutschland bringen. Er konnte aber nach einem Schusswechsel im Hafen von Rotterdam fliehen. Danach soll er für drei kroatische Drogenbarone gearbeitet haben. Zwei davon sind inzwischen schon tot. Die Kollegen vermuten aber, dass Ante entweder noch für den verbliebenen tätig ist oder selbst das Zepter an sich genommen hat.«

»Fotos, DNA-Abgleich?«, warf Quercher ein.

»Negativ, nur ein altes Bild aus dem Militärarchiv. Ist schon mit dem heutigen Lush abgeglichen worden.«

»Und?«

»Njente.«

»Wie? Nichts? Woher wissen wir dann, dass Lush Ante ist?«

»Zwei Sprachanalysten haben abgehörte Telefonate von damals und heute verglichen. Sie behaupten unabhängig voneinander, dass es sich um ein und dieselbe Person handelt. Gleicher Dialekt, gleiche Tonfärbung. Das Gutachten liegt bei.«

»Wer ist an dem Fall dran?«

»Das ist es ja. Die Kollegen vom BKA haben die Ermittlung auf Anraten des bayerischen Verfassungsschutzes abgegeben.«

»Wie bitte?«

Pollinger schaltete sich ein. »Komm, Max, du weißt doch, wie das läuft: Könnt ihr bitte die Finger von dem lassen, der gehört zu unserer Seite. So in etwa.«

Quercher nahm einen tiefen Schluck von seinem Bier und dachte nach. Wenn das stimmte, was Arzu herausgefunden hatte, würde bald ein Kroate aus der organisierten Kriminalität nicht nur den Zugriff auf ein Millionenvermögen haben, sondern auch auf ein völlig verschachteltes Firmenkonvolut, das sich nahezu ideal als gigantische Geldwaschmaschine für seine alten Geschäftspartner eignete. Ohne Kontrolle, ohne Verdacht. Das war die Organisation, die man brauchte, um so ein Unternehmen zu übernehmen: die nötige Professionalität, aber auch die Brutalität. Diese Leute hatten beides. Ante war der erste Parasit, der in den Baumstamm von Valepp kroch. Dann folgten die anderen, bis zunächst der Baum und irgendwann der ganze Wald tot war.

»Und diesen Ante haben sich die beiden toten Kollegen angeschaut, bevor sie die Kurve nicht mehr gekriegt haben?«, fragte Quercher fassungslos.

Arzu zuckte mit den Schultern. »Na ja, sie scheinen sich nicht nur einen Cevape-Tag gemacht zu haben. Ich habe mit der Frau des einen Unfalltoten gesprochen. Als sie die persönlichen Gegenstände ihres Mannes bekommen hat, bemerkte sie, dass er ihr einen Gutschein für einen Segelflug mitbringen wollte. Ausgestellt wurde der Gutschein vom Segelflugverein bei Geitau. Die Unterschrift stammt von einem Timotheus Trakl.«

»Der Name lässt bei mir was klingeln. Der ist mir in letzter Zeit mal irgendwo untergekommen«, grübelte Quercher, doch es fiel ihm partout nicht ein.

»Dieser Timotheus Trakl ist zweiter Vorsitzender des Segelflugvereins. Ich habe mir den aus reiner Freude mal angeschaut. Trakl ist nicht nur begeisterter Segelflieger, sondern auch ein eifriger Katholik.«

»Toll, jeder hat eine Macke.«

Arzu ließ sich nicht beirren. Sie hielt ihm ein Foto hin, das sie aus dem Internet gezogen hatte. »Das ist die Geburtstagsfeier zum Sechzigsten des alten Landrats vor zwei Jahren. Wurde im kleinen Kreis von zweihundert Großkopferten in einem Bauernhausmuseum gefeiert. Gezahlt hat das die örtliche Sparkasse. Wie man das hier eben so machte, bis alles aufflog. Dieses Foto zeigt nur Mitglieder des *Tuntenhausener Männervereins*. Links siehst du einen Monsignore, dann den Landrat, Jakob Duschl und neben ihm ebenjenen Timotheus Trakl.«

»Ich kenne den. Jetzt, wo ich ihn sehe, fällt es mir wieder ein: Den Trakl habe ich kürzlich bei einem Kaffeekränzchen bei der Prinzessin Wittelsbach getroffen. Genau. Jetzt erinnere ich mich.«

Arzu und Pollinger grinsten über beide Ohren.

»Klar, beim Adelskaffee. Ich kann mir das richtig gut vorstellen. Du mit gespreiztem kleinem Finger und Nymphenburger Porzellan vor dir«, lästerte Pollinger.

Quercher ignorierte den Spott.

»Ich glaube, du solltest dem Segelflieger dringend mal einen Besuch abstatten. Denn schau mal, was der Gute unter dem Arm trägt«, empfahl Pollinger.

Quercher beugte sich ganz nah an das Foto. Er erkannte drei Mappen: silber, grün und rosa.

»Dieser Mann ist der Schlüssel zu deinen Mappen«, sagte Pollinger leise.

# Kapitel 36

*München, 28.08., 23.49 Uhr*

Constanze Gerass hatte sich noch einmal die bisherigen Ermittlungsergebnisse von Lizzy Baldner zusammenfassen lassen. Sie saß an ihrem Schreibtisch im LKA-Gebäude. An der Seite ihres Laptops klebten gelbe Post-its, die mit Nummern und Thesen versehen waren.

Jürgen Klauser glaubte über Jahre, dass er der Abkömmling eines reichen Adeligen wäre. Warum? Ein Pfarrer hatte ihm das eingeredet. Klauser machte Druck auf von Valepp, aber nur indirekt, weil er an den Alten selbst nicht herankam. Stattdessen nahm er sich Duschl vor. Quälte ihn mit Briefen, wollte ihn sehen.

Duschl blockte zunächst ab, wurde dann aber scheinbar weicher. Stimmte einem Treffen zu. Klauser tötete Duschl, weil er merkte, dass der ihn nur hinhielt. Er tötete ihn, weil er glaubte, dass er dann besser zu seinem leiblichen Vater vordringen könnte. Tauchanzug und Equipment wurden in Klausers Apartment in Ostin gefunden.

Kurz nach dem Mord erfuhr Klauser, dass seine Frau seine Feuerleidenschaft dem Vorgesetzten melden wollte. In Panik tötete er seine Familie, wollte aber wenigstens das Tal, das seiner Auffassung nach eigentlich ihm gehörte, brennen sehen. Er begann in Kreuth, wollte sich weiter vorarbeiten. Wurde dabei zufällig von dem Jäger Schaflitzel gestört. Klauser wusste, dass Schaflitzel das Gebiet lediglich vom alten von Valepp gepachtet hatte. Somit lief der Jäger in jenem Moment durch einen Wald, der vermeintlich Klauser zustand, und schoss auch dessen Wild. Darum tötete Klauser auch ihn.

In weniger als achtzehn Tagen starben fünf Menschen wegen eines Erbes. Schlimm. Doch der Fall schien aufgeklärt zu sein. Zu schnell?

Baldner arbeitete wirklich gut, leise und effektiv. Gerass hatte sich für einen Vermerk ihre Personalakte kommen lassen.

Sollte sie noch einmal hineinschauen? Es war bald Mitternacht. Sie hatte in den letzten Wochen zu wenig Schlaf bekommen. Der Zusammenstoß mit dem Innenminister steckte ihr noch in den Knochen. Auch der eigenmächtige Ermittlungsweg gegen die Valepp-Struktur war nicht durchdacht gewesen. Noch einmal würde ihr so ein Vorpreschen nicht passieren. Auf ihren Vorgänger wollte sie sich einfach nicht mehr verlassen müssen.

Gerass legte die Beine auf den Schreibtisch, nicht, ohne vorher eine alte Zeitung darunterzulegen.

Lizzy Baldners Karriere war beachtlich, sie hatte alles mit Bravour absolviert, was man im bayerischen Polizeidienst erreichen konnte. Ihre Vita las sich hübsch, nahezu maßgeschneidert für eine perfekte Laufbahn. Gerass war lange genug im Geschäft, sodass ihr derart glatte Lebensläufe instinktiv aufstießen. Kein Mensch, der älter als dreißig Jahre und ehrgeizig war, kam dellenfrei durchs Leben. Doch so intensiv sie prüfte, ihr fiel nichts Merkwürdiges auf.

Sie packte ihre Sachen zusammen, räumte den Schreibtisch auf und knipste das Licht aus. Doch als sie bereits im Fahrstuhl stand und gerade auf dem Weg ins Erdgeschoss war, kam ihr plötzlich ein Gedanke. Hektisch drückte sie auf den Knopf, der den Fahrstuhl wieder nach oben katapultierte. Sie zog ihren Mantel erst gar nicht aus, sondern griff stehend nach Baldners Akte auf ihrem Schreibtisch.

Das war es! Elisabeth Baldner, geborene von Galnstein!

Baldner war verheiratet, aber das war nirgendwo aufgeführt. Gerass jedoch wurde wegen etwas anderem stutzig.

Sie hatte vor langer Zeit als junge Polizeibeamtin mit einem Fall zu tun gehabt, bei dem es um einen sexuellen Übergriff in einer Münchner Disko ging. Sie war im Augenblick zu müde, als dass ihr einfallen wollte, was damals genau vorgefallen war. Doch der Name von Galnstein hatte eine Rolle gespielt. Gerass fuhr den Laptop hoch, suchte in der Datei der Münchner Polizei. Es war inzwischen nach ein Uhr, ihre Augen waren gerötet und brannten, als Gerass endlich das fand, wonach sie gesucht hatte.

In einem Münchner Club hatte vor zwölf Jahren ein Eugen von Galnstein eine Auseinandersetzung mit einer jungen Plattenauflegerin. Er sollte sie auf einem Parkplatz sexuell belästigt und geschlagen haben. Einzige Zeugin war seine Schwester, die jedoch nicht aussagen musste.

Das war Lizzy gewesen. Und das Opfer war eine Cordelia von Valepp! Die hatte ihre Aussage schließlich zurückgezogen. Was blieb, war ein eingestelltes Verfahren, nachdem keinerlei Zeugenaussagen oder Hinweise eingegangen waren.

Gerass hatte das Gefühl, Puzzlestücke vor sich zu haben, aber das Bild nicht zusammensetzen zu können. Sie suchte im Web nach von Galnstein, fand einen kurzen *Wikipedia*-Eintrag und diverse Artikel über Firmen, die erfolgreich von ebenjenem Eugen von Galnstein saniert worden waren. Aber es gab kaum Bilder von dem Mann. Auch die Familie trat nicht in Erscheinung.

Es war keine akute Sorge, die Gerass antrieb, eher Neugierde und das Gefühl, mit Lizzy jemanden zu protegieren, der vielleicht etwas zu verbergen hatte. Erschöpft gab sie auf und wollte ihre Sachen packen, als ihr Smartphone vibrierte.

»Liebe Nachfolgerin, es lohnt nicht mehr, ins Bett zu gehen. Wenn Sie es irgendwie schaffen, sollten Sie jetzt zum See herausfahren. Wir hätten da ein paar Ideen, an denen Sie – davon bin ich überzeugt! – interessiert wären. Ich mache Ihnen auch einen großartigen Kaffee.«

Ferdi Pollinger.

Constanze Gerass rollte genervt mit ihren Augen. »Lieber Dr. Pollinger, es ist gleich zwei Uhr. Sie glauben doch nicht im Ernst, dass ich jetzt noch eine Stunde zum Tegernsee fahre?«

»Wenn Sie das Blaulicht aktivieren, schaffen Sie es in weniger als dreißig Minuten. Ich möchte Sie bitten, ein paar Akten mitzubringen, die, wie ich vermute, eh auf Ihrem Tisch liegen. Das wäre die vom Klauser-Fall, ferner die Akte …«

»Wenn ich schon den weiten Weg auf mich nehme, seien Sie doch so gut und verteilen nicht wieder Arbeit, Sie sind Pensionär!«

Das saß.

Wenig später fuhr sie – ohne Blaulicht – zum See. Auf dem Beifahrersitz lag neben der roten Ermittlungsakte auch die grüne Personalakte von Elisabeth Baldner, geborene von Galnstein.

## Kapitel 37

### *Tegernsee, 29.08., 05.25 Uhr*

»Wenn man in einem Tal keine Luft bekommt, hat man nur die Wahl, die Berge, die einen umgeben, zu bezwingen«, hatte er leise gesagt und sie umarmt, ehe sie losgezogen waren.

Es herrschte eine ganz besondere Stimmung, wenn am Rande der Alpen nach der Dunkelheit der Nacht das erste Licht die Gipfel erleuchtete. Lush und Cordelia waren auf den Riederstein gewandert. Der ausgesetzte Fels beherbergte eine kleine Kapelle. Lush hatte weder eine Taschenlampe noch eine Karte dabei. Er spürte den Weg, hatte er leise gesagt. Cordelia war schnell verschwitzt und außer Atem.

Aber sie ließ sich ihre Erschöpfung nicht anmerken. Wenn sie durch den dichten Wald gingen, nur dem Wind lauschten und durch kein einziges menschliches Geräusch gestört würden, glaubte sie, um Lush eine Aura des Lichts zu sehen. Natürlich war sie klug genug, das als reines Wunschbild einzuschätzen. Aber er führte sie durch die Nacht, so wie er es in den letzten Monaten immer getan hatte. Er hatte ihren Kopf gehalten, als sie im kalten Entzug des Yogacamps in Indien ihre Eingeweide ausgekotzt hatte. Er hatte ihr die Angst vor dem Meer genommen – eigentlich vor allem. Stark war sie geworden. So wie er sie aufgerichtet hatte, würde sie alle kommenden Prüfungen überwinden können. Sie hatte ihren Vater sterben sehen, ihrer immer stärkeren Schwester widerstanden. Dann war der Tod nur die folgerichtige Herausforderung.

Sie saßen auf einer Bank, hatten beide die Augen geschlossen und rochen in den langsam heraufziehenden Morgen hinein. Noch immer lag der Geruch von verbranntem totem Holz in der Luft. Es erinnerte beide an Indien, wo jeden Tag Holzhaufen mit Verstorbenen brannten.

»Ein großartiges Leben. Was durfte ich alles sehen!«, flüsterte sie leise.

»Willst du es ihr nicht wenigstens vorher sagen?«, fragte er.

Sie schüttelte den Kopf.

»Was hat dich so in diese Finsternis gestoßen, dass nicht einmal ich dich dort herausziehen kann?«, fragte er.

Wieder schüttelte sie den Kopf, der an seiner Brust lehnte. »Ich möchte nicht von mir reden. Erzähl mir lieber, wie du zu uns gekommen bist. Ich sehe noch deine Wunden.«

»Ach Cordelia, ich habe das doch schon so oft erzählt.«

Es war, als würde sie von seinem leichten Balkanakzent umwoben werden, bis sie ihren Schmerz kaum noch wahrnahm.

»Indien. Kannst du dir das für einen katholischen Kroaten vorstellen? Chaos, alles bewegt sich, riecht, stinkt auch. Und es wird gestorben, überall. Nicht wie bei uns im Krieg, sondern so nebenbei. Aber als die Kugeln in Rotterdam mich trafen, wusste ich, dass Indien mir helfen würde. Es war wie ein neues Kapitel im Leben. Ich hätte natürlich weitermachen können wie bisher. Doch irgendwann hätte mich endgültig der Tod erwischt und ich wäre mit einem schwarzen Karma in der Gosse vergangen. Indien hat etwas in mir zum Leuchten gebracht. Erst war dieses Land nur ein Versteck, bis ich immer stärker meine Gabe erkannte. Unser Guru gab mir die Kraft, sie zu offenbaren. Und dann kamst du und wir fanden unsere Bestimmung. Ich wollte das, was ich zurückgelassen hatte, vergessen. Du weißt, wer ich war, was ich tat und warum sie mich suchten.«

»Unser Traum war schön. Dein altes Leben, deine schwarzen Taten sind durch deine leuchtenden ausgeglichen worden.«

Er atmete tief durch. »Vielleicht.«

Cordelia lächelte. Der Schmerz schlich sich leise heran. Er kam aus dem Unterleib. Dort, wo nicht ein Kind wuchs, wie sie es ihrem Vater vorgegaukelt hatte, sondern ein Geschwür, das sie von innen auffraß. Der Schmerz war ein letzter Gruß von diesem Monster, gegen das sie nicht gewinnen würde.

»Alles, was du da unten im Tal siehst, wird uns gehören«, sagte sie leise. »Bald werden jene, die sich das Paradies mit viel Geld erkauft haben, es solchen Menschen wie uns freiwillig geben. Die Menschen dort wollen momentan noch keine Veränderung. Sie haben das Beständige mit ihrem Landhaus zusammen gekauft. Und die Einheimischen leben davon. Von den Energiefeldern wissen sie nichts. Noch nicht. Bau unseren Traum eines ganzheitlichen Gesundheitszentrums auf. Ich werde bei dir sein, in der Sonne und in der Dunkelheit. Das verspreche ich dir.«

»Das ist der Moment, auf den du all die Jahre gewartet hast, nicht wahr?«

Sie nickte. »Eugen hat mich nicht nur beschmutzt und erniedrigt. Er hat mich zum Schweigen gebracht. So wie er alle zum Schweigen gebracht hat. Meine Schwester wusste von ihm, sie hat ihn auch gehasst. Aber statt sich gegen ihn zu wenden, hat sie ihn weiter gewähren lassen, weil die Etikette es so wollte. Dann Jakob Duschl, der mich, als mir das Blut noch an den Beinen herunterlief, aus dem Krankenhaus holte und mir damit eine Infektion einbrachte, die mir das Kinderkriegen verwehrte. Der mich zwang, eine Zeugenaussage zu machen, die eine Lüge war. Und der Alte, der sich so sehr einen Jungen gewünscht und nur zwei Töchter bekommen hatte und uns das jeden Tag spüren ließ. Eugen von Galnstein sollte wie ich bald nicht mehr atmen. Aber dann bist du in mein Leben getreten und hast mich erleuchtet wie eine Kerze. Wir werden das Böse mit Taten des Guten vertreiben.«

Ihre Stimme war immer lauter geworden. Lush kannte das. Er versuchte, sie zu beruhigen. Er hatte immer alles für sie getan. Seine alten Kontakte wieder aktiviert. Die Kroaten waren auch gekommen, schließlich war das Angebot der Millionen zu verlockend. Cordelia wusste nichts von diesen Dingen. Aber alles hatte seinen Preis. Er würde die Söldner bezahlen müssen. Wieder eintauchen müssen in seine Vergangenheit. Nur um bei ihr zu bleiben.

Ihr Hass war einst ein Ozean. Unergründlich und weit, scheinbar niemals versiegend. Dann kam ihre Diagnose. Sie würde sterben. Aber er wollte leben. Übermorgen würde vor der Trauerfeier das Testament eröffnet werden. Ihre spektakulären Auftritte im Tal hatte sie sich ausgedacht. Die Menschen hier waren empfänglich für Spuk und Übersinnliches. Kein Wunder, wenn man einerseits hundert Jahre alt werden konnte, aber andererseits den siebzigsten Geburtstag fürchtete. Da nahm man dankbar jeden Strohhalm, der ein längeres, schmerzfreies Leben versprach. Auf diese Weise war

Lush hier und in anderen reichen Enklaven wie Mallorca und Sylt bekannt gemacht worden. Seine Begabung brauchte Führung und Vermarktung. Die hatte ihm Cordelia gegeben. Seine Verfolger hatten ihn nie in so einer Camouflage vermutet.

Duschls Tod war für sie das Startsignal gewesen. Die anderen Mächte wollten auf ihre Welt, auf das, was ihr wichtig war, zugreifen, es ihr entreißen. Wie eine Nemesis wollte sie über das Tal kommen. Es war ein Lebenstraum, etwas, was die Schmerzen und das Leid der vergangenen Jahre auslöschen würde. Das Tal könnte mit ihren Ideen zu einer Oase des Glücks und der inneren Ruhe werden. Nicht nur für jene, die sich alles leisten konnten. Es wäre vielmehr dank ihres Geldes eine Stätte der Seelengesundheit für alle Menschen, gleich welchen Einkommens und welcher Herkunft.

Cordelia sah zu Lush. Sie liebte ihn aufrichtig. Auch wenn manchmal, in wenigen Momenten, das Wölfische in ihm aufflackerte. Auch er würde bald Blut an seinen Händen haben.

Ihr Schmerz wurde stärker.

Er spürte es und nahm sie zart in den Arm. Bald war es so weit. Doch vorher galt es, noch etwas zu erledigen: Zwei Mappen waren inzwischen aufgetaucht. Wo aber war die dritte Mappe?

## Kapitel 38

*Bad Wiessee, 29.08., 06.55 Uhr*

Max Quercher saß am Frühstückstisch und lauschte in die Stille hinein. Das war seine Zeit. Auch heute, obwohl er so gut wie gar nicht geschlafen hatte. Die Nacht war erstmals kühl gewesen. Der Sommer wollte sich verabschieden. Aber im Augenblick leuchtete die träge Morgensonne auf die Westseite des Sees und erhellte die Terrasse, auf die Quercher blickte. Eine große Katze strich vorsichtig über die Steinplatten, während Lumpi in einem Weidenkorb neben Quercher vor sich hin schnarchte.

»So viel zum Thema Wachhund. Bist halt eine alte Dame«, flüsterte Quercher und schaute liebevoll zu seiner Gebirgsschweißhündin.

Regina war erst sehr spät aus München gekommen und völlig erschöpft mit dem Laptop neben sich im Bett eingenickt. Er hatte ihr zuvor noch von der Explosion erzählt, sie beruhigt und ihr, als sie schlief, vorsichtig die Decke über den Körper gelegt und den Laptop ausgestellt.

Dann, mitten in der Nacht, war Gerass aus München gekommen. Sie hatten zusammen mit Pollinger und Arzu bis kurz nach fünf Uhr die neuen Aspekte des Falls diskutiert, ehe sich Gerass auf Pollingers Sofa eingerollt hatte und eingeschlafen war.

Quercher hatte mit Lumpi bereits einen Gang zum Bäcker gemacht. Die warmen Semmeln lagen jetzt zwar auf Pollingers Terrassentisch, doch Quercher wollte die anderen noch eine Weile schlafen lassen. Arzu würde sowieso schon bald wegen des Kleinen wach werden. Und Regina wollte auch zeitig aufstehen, da sie trotz aller Differenzen die Trauerfeier mit ihrer Schwester besprechen musste. Cordelia hatte nämlich zu Reginas Verwunderung einen Sinneswandel vollzogen, was die Gestaltung der Beerdingungszeremonie anbelangte. Mehr noch, Cordelia wollte nun auch eine Liveübertragung im Fernsehen haben. Der bayerische Rundfunk hatte begeistert zugestimmt.

»Es gilt, zwei Stunden Händeschütteln und Beileidsbekundungen entgegenzunehmen. Das werde ich schon überstehen«, hatte Regina eine Spur zu lässig erklärt. Quercher müsse nicht dabei sein.

Er vermutete, dass Regina ihn nicht in Verlegenheit bringen wollte. Das hatte ihn noch ein bisschen mehr für sie eingenommen, weil er diese stillen Übereinkünfte schätzte.

Sie hatte ihm nachts bei einem Glas Wein auch ein wenig vom Verhältnis zu ihrem Vater erzählt. »Das ist ein weites Feld. Vielleicht hat die Liebe einfach nicht ausgereicht für uns. Er konnte mit uns nie richtig etwas anfangen, mit Cordelia schon eher als mit mir. Ich war sicher nicht das Wunschkind. Das lag wohl daran, dass unser Vater immer einen Jungen haben wollte. Vielleicht ist das auch der Grund, warum mir das Trauern so schwerfällt. Der Graf hat sein Leben gelebt, mit allen Heimlichkeiten und Intrigen. Doch jetzt ist das Kapitel abgeschlossen. Als Cordelia noch daheim war und in München Party machte, war ich ja schon im Studium in Paris und Harvard. Sie wird dir vielleicht etwas anderes schildern.«

»Eure Frau Rattenwender, war die eigentlich immer schon da?«

»Ja, warum? Sie kam zu uns, als ich drei Jahre alt war. Komisch, dass du mich das fragst. Als wir das Haus von Vater durchsuchten, kam mir genau das in den Sinn. Rattenwender, Jakob und mein Vater waren unzertrennlich. Cordelia und ich waren ja früh im Internat in Ettal. Nur in den Ferien durfte ich daheim sein. Cordelia ist später immer zu Mutter nach Südfrankreich gefahren. Ich war hier im Tal dann allein …« Leise fügte sie hinzu: »… und sehr einsam.«

Was das bedeuten sollte, wurde ihm erst klar, als er etwas später mit seiner Vorgesetzten in Pollingers Wohnzimmer gesessen hatte, wo Arzu Gerass zunächst von Lush berichtete, der eigentlich Ante hieß.

Die LKA-Chefin war skeptisch. »Man übernimmt nicht einfach so ein Millionenerbe. Das sind sehr selbstständige Holdings, geführt von Geschäftsleitern. Kaum eine Firma der von Valepps hat mehr als zweihundert Mitarbeiter, weil sie damit Betriebsratsarbeit erschweren. Sind halt klassische Kommunistenhasser. Zudem sind da sehr viele gesellschaftsrechtliche Fragen zu klären, weil die offiziellen Eigentümer vieler Firmen im Ausland ansässig sind. Das ist also nicht einfach so zu okkupieren. Und ein Kroate an der Spitze eines solchen Unternehmens fällt auf. Da wird die Staatsmacht sofort aktiv. Ich kann mir das nicht vorstellen. Im Übrigen bin ich nicht hundertprozentig davon überzeugt, dass es sich bei dem gesuchten Kroaten tatsächlich um den Albaner Lush handelt.«

»Ich kann ein paar persönliche Dinge von ihm besorgen. Das soll Arzu dann den Kollegen von Interpol schicken. Wenn es eine Übereinstimmung mit dem gesuchten Kroaten gibt, haben wir wenigstens im Vorbeigehen einen Schwerkriminellen geschnappt«, warf Quercher ein.

»Ja, klar. So ganz nebenbei, wie Sie es immer gern machen. Aber bitte, Sie Nervensäge haben meine Genehmigung.«

Quercher war müde, wie alle anderen auch. Er konnte und wollte keinen Täter präsentieren. Ihm ging es in erster Linie darum, die Lizzys Einzeltäterthese zu widerlegen.

»Wenige Tage nach Duschls Tod taucht Klauser auf, und siehe da, plötzlich hat man einen Einzeltäter. Das geht doch viel zu schnell!«

Gerass hatte tief durchgeatmet, ehe sie sich nach vorn beugte und aus ihrer großen Tasche die Akte Baldner zog. »Ich muss Ihnen allen nicht sagen, dass ich mich hiermit auf dünnem Eis bewege. Es handelt sich um die Akte einer Kollegin, mit der drei von uns zusammenarbeiten. Wenn mein Personalrat das mitbekommt, habe ich ein großes Problem.«

Arzu und Quercher verstanden.

»Elisabeth Baldner ist eine geborene von Galnstein.«

»Dann erklärt sich Max' Hinwendung zu der Dame. Er ist ja aktuell sehr fokussiert auf den deutschen Adel«, stichelte Arzu glucksend.

Ein vernichtender Blick von Quercher stoppte sie. Gerass musste nicht wissen, dass Regina und er das Bett teilten.

»Frau Nishali, das macht mir mehr Sorgen, als Sie mit Ihrer flapsigen Art ausdrücken könnten.«

Jetzt gab es auch noch einen Schuss von der Chefin. Arzu war bedient.

Gerass erzählte von der Vergewaltigung durch Eugen von Galnstein und der Verbindung zu den von Valepps.

Quercher war entsetzt. »Hab ich das jetzt richtig verstanden? Cordelia verschwindet nach dieser Tat und taucht erst wieder auf, als das Erbe ansteht. Mithilfe ihres Wunderheilers bringt sie den alten von Valepp dazu, das Testament zu ihren Gunsten zu ändern. Kommt sie als Racheengel zurück, im Schlepptau einen ehemaligen Kriegsverbrecher und Waffenschmuggler vom Balkan? Oder ist das zu abstrus? Wenn sich das bewahrheitet, fürchte ich, dass Ihre Klauser-Alleintäterthese wirklich auf wackligen Beinen steht. Und wer genau ist überhaupt dieser von Galnstein?«

»Klingt ehrlich gesagt wie aus dem Personal einer Daily Soap im Fernsehen«, meinte Arzu.

»War klar, dass du dich da auskennst«, stöhnte Quercher.

»Jetzt ist gut.« Ferdi Pollinger hatte sich lange das Foto vom Geburtstag des Landrats angesehen. Er war damals nicht dabei gewesen. Aber nur, weil seine Krebserkrankung ihn daran gehindert hatte. Sicher hätte auch ihn jemand fotografiert, wie er plaudernd und lachend mit den Großen aus Politik und Wirtschaft zusammengestanden hätte. Das war eben das alte Bayern. Er kannte viele der Akteure. Sollte er sie im Zuge der Ermittlungen verraten und einfach zuschauen, wie sie als Sau durch das mediale Dorf getrieben wurden oder sich selbst erschossen, wie der Altlandrat in Kreuth?

Gerass meldete sich wieder zu Wort. Die Ermittlungsakte zu Klauser lag wie ein Schutzschild auf ihren Knien. »Bei

Klauser wurde ein frisch benutzter Taucheranzug gefunden, den haben unsere Techniker untersucht. Er wies Schlammspuren auf, die vornehmlich vom Einstieg in den Ringsee stammen können. Klauser hat dort das Boot genommen, was der Verleiher bestätigte. Duschl wiederum wurde per Brief von Klauser dazu aufgefordert, in das Boot einzusteigen. Dann tauchte er unter und zog Duschl ins Wasser, der nicht schwimmen konnte und schnell ertrank. Klauser hat zudem ein Motiv: nämlich Hass und Ablehnung, deutlich in den Briefen beschrieben. Und wir haben Indizien wie den Taucheranzug, Klausers spezielle Ausbildung, das Ausleihen des vermissten Bootes. Bislang sind alle anderen Spekulationen mit Verlaub weit hergeholt. Mein Eindruck ist, dass Sie hier am See zu Verschwörungen neigen, vielleicht liegt es am Klima oder der Geografie, vielleicht hilft ja auch ein Blick von Lush, dem kroatischen Albaner.«

Quercher musste schmunzeln. Langsam kam Gerass in Fahrt und fand, wie einst ihr Vorgänger, Spaß am Frotzeln. Dennoch wollte er nicht kampflos aufgeben.

»Heute ist Mittwoch«, versuchte er sein Glück. »Sie wollen am Freitag die Pressekonferenz zu Klauser abhalten. Schieben Sie die doch auf Montag, ist eh besser, da die Sommerferien enden und Sie dann mehr Aufmerksamkeit in der Presse haben.«

»Ich wusste gar nicht, dass Sie derart PR-orientiert sind, Herr Quercher. Ich aber manage nicht etwa eine Popgruppe, sondern leite das LKA – auch wenn ich im Team durchaus die eine oder andere Diva habe.«

Quercher verstand. Chefin wollte schlafen. »Dann geben Sie uns wenigstens zwei Tage, um mit ein paar Leuten zu sprechen.«

»Sie sprechen dummerweise mit einflussreichen Menschen. Und da ich nicht gedenke, wieder eine wirre Undercoveraktion zu genehmigen, bleiben wir bei Plan A. Das heißt, wir werden weiter die Klauser-These vertreten. Lediglich die PK wird verschoben. Sie treffen diesen Segelflieger und Frau Nishali wird sich um den albanischen Kroaten kümmern. Ich spreche morgen früh mit dem Staatsanwalt und würde dafür gern ein wenig ausgeruhter sein. Es reicht mir schon, dass ich für diese wirren Thesen zu Ihnen an den See fahren durfte, statt in meinem eigenen Bett zu schlafen.«

So waren sie schließlich auseinandergegangen. Und so hatte Quercher nur wenig später auf der Terrasse seinen Plan gestrickt.

Vor ihm lag das Bild von der Geburtstagsfeier des Landrats. Die Gruppe, die darauf abgebildet war, hatte ganz sicher nicht ohne Grund zusammengesessen, war nicht zufällig bunt zusammengewürfelt gewesen.

Quercher ging noch einmal in Ruhe die einzelnen Personen durch. Jakob Duschl, tot im See. Der Altlandrat, tot nach Suizid in Kreuth. Wer noch lebte, war zum einen der Geistliche, Pollinger hatte ihn ›Monsignore‹ genannt, und zum anderen dieser Timotheus Trakl. Das Bild wirkte eher wie ein Familientreffen. Die Personen schienen sich herzlich zugetan zu sein. Irgendwie zu nah, verglichen mit netten Bekannten oder Freunden.

Quercher atmete die kühle Morgenluft des letzten Augusttages ein. Noch immer lag Duschls Kopf in diesem See. Quercher glaubte nicht, dass er – im wahrsten Sinne des Wortes – jemals auftauchen würde. Denn es waren schon so viele andere Menschen spurlos in diesem tiefen Gewässer verschwunden. Auch der Körper seines Vaters lag irgendwo dort unten im Schlamm und in der Dunkelheit. Quercher wischte sich über das Gesicht, um die Erinnerung zu verscheuchen.

Arzu hatte ihm alles zusammengestellt, was sie über Timotheus Trakl im Internet finden konnte. Das war äußerst dürftig. Auf die Schnelle hatte sie nur eine Nennung als Geschäftsführer einer kirchlichen Stiftung und eine Mitgliedschaft in einem Segelverein recherchieren können. Außerdem hatte sie Trakls Privatadresse ausfindig gemacht. Denn der gute Trakl war polizeiauffällig geworden. Er hatte vor zwei Jahren einen Dieb erwischt, als dieser einen Opferstock in einer Münchner Kirche aufgebrochen hatte. Trakl hatte ihm mit einem Gesangbuch ins Gesicht geschlagen, den verdutzten Mann dann aber freundlich aus der Kirche geleitet. Das hatte insofern für Gesprächsstoff gesorgt, als es während des Hochamts passiert war.

Er würde sich den Mann heute Morgen genauer ansehen. Trakl, das ließ das Foto jedenfalls erahnen, schien Duschl zu kennen.

Der Fall war außerdem noch nicht offiziell abgeschlossen. Also konnte er Trakl auch noch ausgiebig befragen. Lizzy Baldner, das adelige Goldstück, musste davon ja nichts erfahren.

Er sah in der Fensterscheibe der Terrassentür eine Person vorbeihuschen und wollte sich umdrehen, als ihn zwei Arme umschlangen.

»Sex oder Semmel?«

»Hast du gut geschlafen?«

»Sex oder Semmel?«

»Ihr Wirtschaftsdamen seid immer so limitiert. Wie wäre es mit Sex und Semmeln?«

Regina grinste. »Krümel im Bett sind grauenhaft. Aber ich mag es mit vollem Bauch …« Sie rutschte auf seinen Schoß und küsste ihn mit großer Inbrunst, während er ihren Po hielt. Reginas Blick fiel auf das auf dem Tisch liegende Foto. »Sieh mal einer an. Alle da und fröhlich. Sogar der Monsignore. In der Hölle wird er schmoren«, kommentierte sie, während sie Querchers Lippen an ihren Brüsten genoss. »Mach weiter, wir Frauen sind multitaskingfähig.«

Quercher gab nur Unverständliches von sich. Aber sie hörte zumindest ein »Warum?« heraus.

»Na ja, ›Monsignore‹ ist ein päpstlicher Ehrentitel. Der Typ da ist aber alles andere als ein Ehrenmann. Er war mal mein Religionslehrer. Und dann hat er eine steile Karriere gemacht, erst am päpstlichen Stuhl in Rom, dann als Diplomat auf dem Balkan und später in Deutschland. Uuuuuh ... das ist gut!«, stöhnte sie kurz auf. »Mein Vater warnte uns immer vor ihm. Duschl aber konnte mit ihm. Der Monsignore ist, glaube ich, heute offiziell vornehmlich für die Beziehungen zwischen Rom und den deutschen Bistümern verantwortlich. Ein Problemlöser und Schleppenträger.«

»Mmmhmhmh.«

»Ach, da sitzt ja der Timotheus.«

»Den kennst du ja auch, stimmt«, kam es nuschelnd von Quercher.

»Fokussier dich, Max. Ja, den kenn ich sogar gut. Er ist die graue Zahlenmaus der Kirche. Den kannst du nachts wecken und nach dem Wert einzelner Immobilien der Kirche fragen, und er kann sie dir aufsagen. Hat aber wunde Knie.«

»Hä?«

»Na ja, ein Rutscher. So haben wir in Ettal jene genannt, die in den Wallfahrtsorten immer um die Heilige Madonna herumgerutscht sind. Einer wie Trakl nahm sich dann noch ein Holzkreuz, um den Schmerz des Herrn besser nachfühlen zu können ...«

Er biss leicht zu.

»Aua! Etwas zärtlicher. Ich mag es sanft. Ja ... So macht der Herr Wachtmeister das gut ... Sehr gut sogar.«

Quercher fuhr mit seinen Fingern zart über ihren Rücken, den sie wohlig durchdrückte. »Hast du eine Telefonnummer von Trakl?«, fragte er mit geschlossenen Augen.

»Ja, aber die gibt's erst danach ...«

## Kapitel 39

*München, 29.08., 07.35 Uhr*

In jedem Unternehmen gibt es diese kleinen grauen, auf alles neidische Arbeitsbienen. Das war in der weltlichen Arbeitswelt so, das war in der Kirche nicht anders. Der Monsignore hatte ein Gespür dafür, diese Wesen aus dem Schatten zu holen und ihnen etwas Licht und Aufmerksamkeit zu spenden. Gerade so viel, dass sie ihm für immer dankbar waren. Da ein Geschenk, hier beim Papstbesuch in der zweiten Reihe. So etwas war für ihn ein Leichtes und zahlte sich langfristig immer aus. Wie heute Morgen, als er zur Frühmesse diese kleine, papierene Aufmerksamkeit von einer getreuen Zuträgerin in die Hand gedrückt bekommen hatte. Er legte sie neben einen Teller und tippte rhythmisch mit dem Finger darauf.

»Was ist das?«, fragte von Galnstein genervt. Er wollte in Ruhe frühstücken. Aber der Geistliche saß ihm mit großer Anspannung gegenüber. Das spürte er. Dennoch ließ er ihn warten. Er wollte nicht immer nur der Ausführende sein.

»Das ist unser Untergang, mein lieber Eugen.«

»Warum?«

Von Galnstein putzte sich mit einer Serviette den Mund und die Finger ab, ehe er die Papiere in die Hand nahm. Er erkannte Organigramme und zwei Gesprächsprotokolle, Kopien von Bankverbindungen. Sofort wurde ihm klar, was er in der Hand hielt. »Woher haben Sie das?«

»Aus dem Kopiergerät des Stefanwerks. Gesammelt in den letzten zehn Tagen. Meine Zuträgerin fand das erste Blatt im Kopiererfach. Jemand hatte es dort vergessen. Sie sah aber, wann kopiert wurde: weit nach Feierabend. Die haben da ein neues Spitzengerät. Klar, für die Arbeit des Herrn ist nur das Beste gut genug. Also programmierte sie den Kopierer so, dass am nächsten Tag die Kopien gespeichert wurden, ohne dass der Maulwurf es mitbekam.«

»Wer ist es?«

»Der gute Timotheus. Weißt du, was sein Name inhaltlich bedeutet?«

Von Galnstein schüttelte den Kopf.

»›Fürchte Gott‹. Und das, mein lieber Eugen, sollte der feine Herr Trakl nun auch. Er hat systematisch unsere Struktur zusammengefasst. Das wird er nicht für den Privatgebrauch gemacht haben. Er ist das Leck. Es war nicht nur Jakob, der gute Jakob.«

»Nein, Fürchtegott Trakl. Und nun?«

»Nun wirst du ihn stoppen müssen, wenn du weiterhin jeden Morgen um 9.30 Uhr im *Bayerischen Hof* frühstücken möchtest.«

Von Galnstein sah den Monsignore müde an. »Hat das denn nie ein Ende? Wir gehen ein unglaubliches Risiko ein. Das wird nicht billig.«

»Es ist wohl kaum eine Frage der Finanzen, oder?«

»Er wird nicht sofort reagieren können. Der Mann ist sehr beschäftigt.«

»Wie wir alle. Einen schönen Tag wünsche ich noch«, erwiderte der Monsignore und verschwand wie ein Geist. Nichts blieb von ihm zurück.

Von Galnstein frühstückte weiter. Zwei Telefonate musste er führen, ehe er sich sicher genug fühlte, Trakl anzurufen. Danach setzte er sich in sein Auto und fuhr Richtung Südosten aus der Stadt. Nun musste es schnell gehen. Improvisieren konnte Fehler hervorrufen. Er hatte jetzt noch eine Stunde Zeit, sich etwas Besonderes auszudenken.

## Kapitel 40

*Geitau, 29.08., 09.24 Uhr*

Regina hatte ihn gebeten, sie zu einem Treffen mit Cordelia und Lush zu begleiten. Die Testamentseröffnung stand an. Zweifelnd hatte er zugestimmt. Er hatte zunächst mit Trakl telefoniert, der ihn am Flugplatz nicht weit von hier treffen wollte. Jetzt machte er auf Familie. Das war ihm angesichts des Falls, in dem er ermittelte, eigentlich etwas zu nah. Aber wer bestimmte schon die Grauzone? Regina war keine Tatverdächtige, auch keine Zeugin eines Verbrechens. Lush sah er jetzt zum dritten Mal, die zwei Male zuvor hatten die Begegnungen ein schlechtes Ende genommen. Heute nahm er sich vor, ohne Provokation auszukommen.

Cordelia wirkte nicht gesund. Das war sein erster Eindruck. Sie hatte rote Flecken am Hals, Augenringe, ihr Gang war fast schleppend. Hinter ihr im Wohnzimmer stand Lush und sah besorgt zu ihr hinüber. Sollte das womöglich echte Fürsorge sein?

So als sei er nicht erst vor ein paar Tagen mit Regina aneinandergeraten, begrüßte Lush sie herzlich wie eine alte Freundin. Und sie spielte das Spiel mit. Also reichte auch Quercher Lush die Hand, der sie zögernd nahm und sanft drückte.

»Sag mal, wo kommst du eigentlich her, Lush?«, hatte Quercher ihn gefragt und somit seine anfänglichen Vorsätze direkt über Bord geworfen.

Lush hatte nur gelächelt.

»Hier ist die Gästeliste.« Cordelia schob ihrer Schwester einige Blätter über den Tisch, die von Regina aufmerksam studiert wurden.

»Wow, da sitzt ja alles, was in diesem Land Rang und Namen hat.«

Cordelia lächelte bitter. »Ja, Vater hätte es wohl so gewollt. Bist du damit einverstanden? Maximilians Platz wäre hier.« Sie deutete auf einen Plan, auf dem die Anordnung der Sitzplätze in der Trauerhalle abgebildet war.

Niemand hatte Quercher in den letzten Jahren so genannt. Max, Maxl oder Arschloch, das schon. Maximilian klang seltsam. Aber bei Adels war die richtige Anrede offensichtlich wichtig.

Einmal hatte er Regina, um sie zu necken, ›Gräfin‹ genannt. Aber sie fand das nicht witzig, sondern fühlte sich tatsächlich angesprochen.

»Wenn ich dich heirate, werde ich dann Graf Max?«, hatte er wissen wollen.

»Nein, dann bleibst du Max, vielleicht strammer Max«, hatte sie lachend erklärt und ihm auf den Bauch geklopft.

»Max wird nicht dabei sein«, meinte Regina. »Du kannst den Platz mit jemand anderem besetzen.«

Die beiden Schwestern wickelten die Trauerfeier auf eine nahezu geschäftsmäßige Art und Weise ab. Cordelia wollte die Rede halten, Regina hatte nichts dagegen.

Für einen Moment glaubte Max, eine Verbindung zwischen den beiden Schwestern zu spüren, etwas, was der Tod des Vaters ausgelöst haben könnte. Als ob auf den beiden kein Gewicht mehr lastete.

Aus irgendeinem Grund hatte er das Gefühl, Cordelia etwas sagen zu müssen. »Weißt du, all das hier geht mich nichts an. Es ist eure Familie. Und die hat immer mit Blick auf die Vergangenheit gelebt, eure Ahnen schauen auf euch herab. Aber das ist alles Käse. Jetzt ist das Leben. Ich habe auch eine Schwester. Sie ist ganz anders als ich. Das ist mühsam, manchmal möchte ich sie an die Wand klatschen. Aber so ist Familie. Ich weiß nicht, ob all das, was du … was ihr vorhabt, richtig ist. Aber es ist alles besser, als es so zu lassen, wie es ist. Vielleicht ist das der richtige Weg ...«

Regina sah ihn mit Tränen in den Augen an. Dann war sie mit ihrer Schwester allein auf die Terrasse gegangen. Und Quercher hatte das Anwesen der von Valepps mit einem guten Gefühl verlassen.

Er musste, während er zu Trakl unterwegs war, über seine eigenen Worte staunen. Sie waren einfach aus ihm herausgesprudelt. Keiner hatte etwas erwidert. Für einen kurzen Moment glaubte er, dass es Lush war, der das aus ihm herausgekitzelt hatte.

»Ich werde alt«, murmelte er, während er seine Hundedame auf dem Beifahrersitz gedankenverloren kraulte.

Sein Telefon klingelte. Es war Arzu.

»Ich habe eine gute und eine schlechte ...«

»Arzu, hör auf!«

»Picker ist erwacht. Es scheint ihm besser zu gehen. Der Typ ist nicht totzukriegen!«

Quercher freute sich aufrichtig. »Und die schlechte?«

»Das war sie. Die gute Nachricht kommt noch.«

»Sehr witzig.«

»Die gute Nachricht: Ferdi hat heute Morgen noch einmal eindringlich mit Gerass gesprochen. Er hat wohl irgendetwas von seinem Privatwissen preisgegeben, du verstehst.«

Nein, er verstand nicht. Und Arzu war mal wieder im Plappermodus. Beides war doof.

»Gerass hat weiteren Ermittlungen zugestimmt, wird vorerst am See bleiben und die PK verschieben. Die Baldner tobt. Habe ich aus der Zentrale gehört.«

»Toll, was so eine junge Mutter alles hört.«

»Du bist ein Idiot!«

»Noch was?«

»Ja, ich werde mal wieder deine Drecksarbeit übernehmen dürfen. Eine Idee vom Lebenspartner.«

»Von Pollinger? Ja, einmal Arbeitsverteiler, immer Arbeitsverteiler. Was will er denn von dir?«

»Ich soll alle registrierten Taucher hier am Tegernsee nach Verbindungen zu Duschl untersuchen. Das wäre eigentlich deine Aufgabe gewesen. Aber der Herr tummelt sich ja lieber bei Blaubluts in den Betten.«

»Lieber Blaublut als Bettpfanne.«

Er hörte ein Tuten.

Stille.

Schön.

Der Segelflugplatz Aiplspitz lag nicht weit entfernt von der berühmten Alpenstraße zwischen Schliersee und Fischbachau. ›Flugplatz‹ war ein großes Wort für diese Wiese, auf der momentan nur ein Segelflugzeug lag wie ein müder Schwan. Das musste Trakl gehören. Quercher hatte sich aus solchen Sportarten nie etwas gemacht. Sein technisches Verständnis reichte, um vor dem Winter die Reifen zu wechseln. Alles Weitere erschloss sich ihm nicht, schon gar nicht als ein Vergnügen.

Trakl stellte gerade mit einem Mann die Heckflügel ein, als Quercher den inzwischen wieder reparierten Ford am Rande der Wiese abstellte und Lumpi aus dem Wagen ließ.

Im Süden baute sich die Aiplspitz auf, ein schroffer Berg und erster Gruß des danach folgenden Alpenmassivs. Die Startbahn lag in Ost-West-Richtung, eine Stahlseilwinde zog die Flugzeuge auf dreihundert Höhenmeter, ehe sie schließlich dank der Thermik, die hier durch die Fallwinde an der Nordseite der Berge entstand, durch die Luft glitten.

Quercher sah schon von Weitem, dass die beiden Männer nicht nur das Flugzeug aufbauten. Der eine war schmal und groß, der andere eher untersetzt. Letzterer schien sehr erregt zu sein, denn er gestikulierte, während der Hagere das Ruder prüfte.

»Guten Morgen, Herr Trakl.«

»Herr Quercher, welche Freude! Schön, dass Sie es einrichten können. Darf ich die Herren bekannt machen? Das ist Herr Lois. Andreas, das ist Herr Quercher vom Landeskriminalamt, richtig? Der Herr Lois hilft mir beim Zusammenbauen und bei der Winde, die mich gleich in die Lüfte ziehen wird, also mein Flugzeug mit mir.«

»Schon klar«, antwortete Quercher mit einem Lächeln. Er musterte Trakl. Der Mann schien wie aus der Zeit gefallen. Optisch erinnerte er ihn an den Märchenkönig Ludwig in dessen besseren Zeiten. Sein Benehmen war zuvorkommend und liebenswürdig. In den nächsten Minuten erklärte er Quercher jeden Handgriff und weihte ihn in die Fragen der Thermik ein, sodass Quercher fast Lust verspürte, mit ihm aufzusteigen.

Trakl bemerkte Querchers Interesse. »Kommen Sie, steigen Sie ein. Ich fliege mit Ihnen.«

»Nein, nein, Herr Trakl. Ich habe ganz gern Boden unter den Füßen.«

Trakl beugte sich zu Quercher und flüsterte: »Ich meine das ernst. Bitte kommen Sie mit. Ich fühle mich hier unten nicht sicher.«

»Mag ja sein. Aber Sie sprechen mit einem Polizisten. Ich steige ungern für ein Gespräch in einen Sarg.«

»Bitte kommen Sie. Da oben hört uns keiner.«

»Hier auf der Wiese auch nicht.«

Lois war mittlerweile an der Winde zugange und hakte das Seil ein.

»Hier unten sage ich Ihnen nichts. Und glauben Sie mir, ich weiß von Dingen, die Sie sich nicht einmal im Traum vorstellen können. Wollen Sie sich diese Chance entgehen lassen oder haben Sie Angst, in ein Flugzeug zu steigen?«

Quercher war skeptisch, denn aus irgendeinem Grund wollte er sein Schätzchen nicht bei diesem Lois lassen. Also öffnete er die Wagentür und Lumpi hüpfte auf den Beifahrersitz, wo sie sich müde hinlegte.

Wenig später waren Quercher und Trakl in der Luft. Quercher hatte Stille erwartet, stattdessen blies der Wind und sie konnten sich nur über die Headsets unterhalten. Eine blöde Idee, das Gespräch hier oben führen zu wollen. Doch sein Grimmen verflog, als sie höher stiegen und einen unglaublichen Blick über die Berge erhielten. Es ruckelte zwar permanent, aber dennoch war das ein komplett anderes Erlebnis als ein Flug mit einem Motorflugzeug. Quercher konnte die Winde spüren, merkte, wie warme Böen die weiße Maschine immer höher schweben ließen. Das war ein wahrer Genuss. Aber deswegen war er nicht hier.

»Sind Sie katholisch?«, fragte Trakl.

»Ausgetreten.«

»Das kann man nicht.«

»Doch, war ganz einfach. Man geht zum …«

»Herr Quercher, Sie sind Katholik, ob Sie das wollen oder nicht. Sie haben die Sakramente der Heiligen Kirche erhalten. Der Rest ist ein dummer Verwaltungsakt.«

»Aha. Wird das ein Rückkehrangebot?«

Der Typ war nicht ganz dicht. Worauf hatte er sich nur eingelassen? Quercher ärgerte sich über sich selbst. Um fünfzehn Uhr war die Trauerfeier. Ihm war in dieser Höhe nicht an einem Gespräch über seinen Glauben gelegen.

Trakl schien seine Gedanken erraten zu haben. »Machen Sie sich keine Sorgen, unser kleiner Ausflug dient als Informationsaustausch über die Verbindungen zwischen der deutschen Amtskirche und verschiedenen Interessengruppen. Die entsprechenden Personen haben jahrzehntelang Gewinne im Milliardenbereich aus Unternehmen über kirchennahe Firmen gebucht, sie dadurch gesäubert und wieder in einen anderen Kreislauf gegeben. Ferner wurden bestimmte Firmen unterstützt, andere massiv angegriffen und regelrecht zerstört, um zum Beispiel auf dem Immobilienmarkt, aber auch in anderen Industrien nachhaltig eine Dominanz herbeizuführen.«

»Woher wissen Sie das?«

Aus seinen Kopfhörern quoll ein meckerndes Lachen. Quercher sah nur Trakls Hinterkopf.

»Ich bin der Zerberus gewesen, jener Hund, der den Schlund der Hölle bewacht. Gemeinsam mit Jakob Duschl habe ich für den reibungslosen Verkehr dieser Aktionen gesorgt. Das war unsere Bestimmung. So wurde die katholische Kirche zu einer der reichsten Institutionen des Landes.«

»Nur damit sich Leute wie der von Galnstein die Taschen füllen konnten?«

»Ach was, Herr Quercher. Sie denken das in zu kleinen Maßstäben. Unser Vermögen hat Geschichte beeinflusst. Wir haben im Auftrag Roms während des Kalten Krieges erhebliche Summen zu unseren Pfarrern in den Ostblock fließen lassen. Wir haben Oppositionen in Polen und Lateinamerika unterstützt. Die Kirche, das scheinen Sie zu vergessen, ist ein Machtfaktor, ein Land, eine Vertretung göttlichen Willens. Wir haben diskret dort geholfen, wo staatliche Eingriffsmöglichkeiten beschränkt waren. Glauben Sie mir, in unserer goldenen Zeit haben wir dieses Land, speziell Bayern, zu dem gemacht, was es heute noch zu großen Teilen ist: ein Musterstaat mit einer festen katholischen Basis. Dann kam die Wende. Auch in den neuen Bundesländern wollten wir aktiv werden, helfen. Aber wir zahlten nur. Der Ostdeutsche hatte nach Jahren des gottlosen Sozialismus nur gelernt, die Hand aufzuhalten, statt mit Arbeit das Wohlgefallen des Herrn zu erringen. Zeitgleich wurde eine neue Generation von Würdenträgern in unseren Zirkeln stärker. Sie wollten die Macht der Macht wegen. Das war nie unser Ziel. Wir wollten das Land vor den Feinden der Kirche und der Menschen bewahren. Deswegen werden Sie von mir auch keine Hinweise auf Akteure aus der Vergangenheit mehr bekommen. Das waren ehrenwerte Leute.«

»Ach, Menschen wie unser alter Ministerpräsident? Der ist ja auch in Armut gestorben.«

»Wer für die richtige Sache eintritt, muss nicht darben. Das war immer unser Motto.«

»Darben? Der Mann hat seiner Familie einen vielfachen Millionenbetrag hinterlassen. Das werden keine Pensionsansprüche gewesen sein.«

Trakl ließ das Flugzeug abrupt fallen.

»Ja, Herr Trakl! Schon verstanden!« Mühsam versuchte Quercher, sich an der Plexiglasscheibe der Flugzeugkanzel festzuhalten, während die Häuser und die Wiese rasend schnell näherkamen.

»Wir machen keine Geschichtsstunde«, betonte Trakl.

»Absolut.«

Die Nase des Flugzeugs richtete sich wieder auf.

Quercher atmete durch. »Was haben Sie denn an Informationen?«, fragte er.

»Es geht um Personen, die unserer Sache nicht mehr dienen, und um Menschen, die uns im wahrsten Sinne des Wortes angreifen. Ich habe Tranchen von Informationen zusammengestellt. Jakob hat alles erhalten, ergänzt und korrigiert. Es war ein Warnschuss für die Sünder, ein kurzes Säbelrasseln, mehr nicht. Es handelte sich um Dinge der Vergangenheit. Nichts Ernsthaftes, nur kompromittierendes Zeug. Zumindest dachte ich das. Aber Jakob war ganz offensichtlich unvorsichtig.«

»Das war der Inhalt der grünen Mappe, nicht wahr?«, fragte Quercher, sichtbar bemüht, sich nicht einer drohenden Übelkeit hinzugeben.

»Richtig. Schon die reichte seinen Feinden aus, ihn zu eliminieren.«

»Wer war das?«

»Ich weiß es nicht. Wirklich nicht. Ich stellte daraufhin jedenfalls, wie Jakob verlangt hatte, eine zweite Mappe zusammen. Die dürften Sie kennen. Diesen Teil bekam Ihr Kollege.«

»Die existiert nicht mehr. Verbrannt.«

»Ja, ich weiß. Das ist sehr schade. Denn dieser Inhalt hätte Ihnen ausreichend Stoff für interne Ermittlungen in Politik und Wirtschaft geliefert. Gehen Sie mit belastendem Material immer so um, Herr Quercher?«

»Uns wollte jemand in die Luft sprengen! Mein Kollege liegt im Krankenhaus. Mit einem Metall im Kopf.«

»Ich werde für ihn beten.«

»Sie haben nicht zufällig einen kleinen Verdacht, wer das gewesen sein könnte?«

»Doch, habe ich. Aber wie heißt es im achten Gebot des Herrn? Du sollst nicht falsch Zeugnis reden wider deinen Nächsten.«

»Ist das nicht eher eine Empfehlung?«

Wieder kippte die Nase des Flugzeugs leicht nach vorn.

»Schon gut, ist ein Gebot, keine Empfehlung.«

»Das waren interessierte Kreise unseres Staates. Die Aufgabe der Herren vom Verfassungsschutz sollte darin bestehen, die involvierten Beteiligten einem Gericht zuzuführen. Wir haben unsere gesamten Informationen in drei Teile geteilt, um schlicht mehr Spielraum zu haben. Der erste Teil beschreibt Zahlungsströme. Der zweite Teil zeigt die Institutionen auf. Und der dritte Teil ist der entscheidende: Er listet die handelnden Personen auf, die Zugang zu den Daten der Zahlungsströme hatten und Entscheidungen darüber trafen. Das ist der heikelste Punkt. Hier geht es darum, welche bayerischen Unternehmen beispielsweise auf unser System zurückgegriffen haben, um sich nicht etwaigen Fragen der hiesigen Steuerbehörde oder gar der Strafverfolgung aussetzen zu müssen. Es sind aber auch ganz profane Dinge dabei. Wenn ein Unternehmer Hilfe bei akademischen Weihen benötigte, um in seinen Kreisen eine gewisse Bedeutung zu erlangen, haben wir über diese kleine Schwäche hinweggeholfen. Es war ja nicht jeder so ungeschickt wie der hiesige Landrat. Aber generell ging es uns darum, Verbindungen zu schaffen, die über Generationen halten sollten. Wir hatten ja ein Ziel!«

»Und das war?«

»Nicht mehr und nicht weniger als die Bewahrung unseres christlichen Abendlandes gegen die Feinde des Neoliberalismus, des Islamismus und des Kommunismus. Und das hat ja lange Zeit gut funktioniert. Wenn Sie wüssten, welche Kreise wir für dieses Land quasi eingebunden haben, die sonst mit ihrem Gedankengut, aber auch mit ihrer Wirtschaftskraft den Staat und unsere Kirche hätten vernichten können!«

»Und jetzt? Wo ist dieser dritte Teil? Das ist doch momentan das Wichtigste! Wo ist die dritte Mappe?«

Das Flugzeug schwebte dicht über dem zugebauten Wendelstein. Quercher erschienen die Menschen und die Seilbahn so nah, als ob er nach ihnen greifen könnte. Einige Wanderer winkten ihnen zu. Er winkte zurück.

»Das ist Gottes Schöpfung. So groß und schön. Und wir sind so winzig, so vergänglich. Der Heilige Franziskus sagte: *Gelobt seist du, mein Herr, mit allen deinen Geschöpfen, zumal dem Herrn Bruder Sonne; er ist der Tag, und du spendest uns das Licht durch ihn. Und schön ist er und strahlend in großem Glanz, dein Sinnbild, o Höchster.*«

Quercher verdrehte die Augen. Auch das noch. Kirchenlyrik auf tausend Metern Höhe. Gleich fliegt bestimmt eine Putte vorbei, dachte er säuerlich. Aber lieber Franziskus als Reinhard Mey, tröstete er sich.

»Wissen Sie, Herr Quercher, jetzt kommt die letzte Schlacht. Meine Kirche wird sich reinigen müssen. Es reicht nicht mehr, nur einzelne faule Äpfel auszusortieren. Ich werde gehen. Wenn Sie die Mappe finden, werden Sie dann sorgfältig mit ihr umgehen, zum Schutze unseres Landes und unserer heiligen Kirche?«

»Das werde ich nicht versprechen können«, antwortete Quercher. In der Kanzel wurde es allmählich stickig. Er schob ein Seitenfenster beiseite, angenehm kühle Luft zog herein.

*Gelobt seist du, mein Herr, durch Bruder Wind und durch Luft und Wolken und heiteren Himmel und jegliches Wetter, durch das du deinen Geschöpfen den Unterhalt gibst.* Sie werden die Daten finden. Nur sollten Sie wissen, dass sie nicht für die Ewigkeit aufgeschrieben wurden. Die Daten sind äußerst empfindlich, sowohl inhaltlich als auch in ihrer Darstellung.«

»Was heißt denn das? Haben Sie die mit Spionagetinte aufgeschrieben?«

Wieder wackelte das Flugzeug. Quercher war jetzt richtig übel.

»Ich werde Ihnen hier oben nicht die ganze Struktur erklären können. Sie müssen schnell suchen und handeln. Denn es sind Morde passiert. Und es werden noch mehr Morde passieren, wenn Sie nicht einschreiten. Sie fragen. Ich antworte.«

Das Flugzeug ruckelte. Quercher sah, wie Trakl den Steuerknüppel zu sich zog und zwei Hebel betätigte. Das Flugzeug stieg nahezu senkrecht nach oben. Konnten Segelflieger Loopings machen? Quercher verspürte ein vages Angstgefühl. Vielleicht war der Typ suizidgefährdet. Aber würde er ihm dann extra all diese heiklen Informationen verraten?

»Sie haben das Material nur an meinen Kollegen Picker geschickt, richtig?«

Quercher sah, wie der Mann vor ihm kräftig mit dem Kopf nickte.

»Mein Kollege liegt im Krankenhaus. Man wollte ihn töten. Wissen Sie, wer dahinterstecken könnte?«

Trakl schüttelte den Kopf.

»Wer hat Jakob Duschl getötet?«

»Keine Ahnung. Jakob war mein … war mein Freund.« In einer dramatischen Rechtskurve zog Trakl das Flugzeug weiter nach oben, weil er eine warme Strömung erspürt hatte. Mit großer Geschwindigkeit fegten sie über die Gipfel der Rotwand und über den Spitzingsee.

Quercher musste sich konzentrieren. Aber gleich würden sie über seinen Heimatort fliegen, worauf er sich heimlich gefreut hatte. Ihm fiel auf, dass er noch nie bewusst den Tegernsee von oben gesehen hatte. Im Winter vor zweieinhalb Jahren war er zwar mit einem Helikopter schwer verletzt aus dem Tal gebracht worden – allerdings begleitet von zwei SEK-Beamten, denen er in luftiger Höhe seinen damaligen Fall zu erklären versuchte. Jetzt sah er links den Wallberg, von dem immer noch Rauchschwaden aufstiegen, die an den von Klauser verursachten Brand erinnerten. Nach wie vor waren Feuerwehrleute dabei, kleine Brandnester zu bekämpfen. Wie einfach es doch war, etwas zu zerstören, sinnierte er.

Er wandte sich erneut Trakl zu: »Wer hat den Feuerteufel mit Informationen beliefert, sodass Klauser glauben musste, er sei ein von Valepp?«

Trakl lachte. »Karl-Ludwig von Deschner, der Monsignore. Er war einst Religionslehrer in Altötting. Das war während seiner theologischen Ausbildung Pflicht. Dort hat er Klauser als Waisenkind betreut. Und wie ich Duschl kenne, denke ich, dass das Verhältnis der beiden weit über eine klassische Betreuung hinausging. Aber nie sind Klagen erfolgt. Deschner ist in die Nomenklatura aufgestiegen, weil er der Beichtvater dieser reichen Dame aus dem Adel wurde. Ich vergesse immer ihren Namen, eine schrecklich laute und intellektuell doch sehr überschaubare Dame. Ich schweife ab. Deschner hat Klauser mit dieser Mär, er sei ein geborener von Valepp, immer wieder gefüttert. Das hat jedenfalls Jakob mir erzählt. Es war eine unklare Geschichte. Graf von Valepp hätte theoretisch tatsächlich der Vater sein können. Was Klauser nicht wissen durfte, war, dass von Valepp sich schon früh um ihn kümmerte. Nicht weil er wirklich glaubte, einen Sohn zu haben. Wenn das der Fall gewesen wäre, hätte er ihm weitaus mehr Zuneigung geschenkt. Ein männlicher Stammhalter ist halt doch was anderes als zwei Töchter, nicht wahr?«

»Wenn der Nachkomme Pyromane ist, hält sich Vaters Begeisterung wohl in Grenzen«, antwortete Quercher.

»Klauser hatte Deschner seine Begeisterung für Feuer in einem Beichtgespräch verraten, weil er glaubte, ihm vertrauen zu können. Als Klauser den Wald anzündete, war er dem Monsignore wohl aus dem Ruder gelaufen. Aber das lässt sich kaum beweisen. Es hat nur Tote gegeben. Wofür?«
Wieder begann er zu zitieren: »*Gelobt seist du, mein Herr, durch unsere Schwester, den leiblichen Tod; ihm kann kein lebender Mensch entrinnen. Wehe jenen, die in schwerer Sünde sterben. Selig jene, die sich in deinem heiligsten Willen finden, denn der zweite Tod wird ihnen kein Leid antun.*«

»Ich unterbreche Sie äußerst ungern. Ich verstehe, dass der Monsignore Ihrer Meinung nach gegen Duschl und von Valepp kämpfte. Aber er ist doch nicht höchstpersönlich ins Wasser gegangen und hat den Duschl getötet?«

Unter ihnen lag der smaragdgrüne Tegernsee. Trotz der Höhe erkannte er das Kloster am See und den Friedhof, wo Regina heute ihren Vater würde beerdigen müssen. Er würde doch hingehen, hatte Quercher beschlossen. So etwas gehörte sich einfach.

»Herr Trakl, so schön es hier oben ja ist – ich habe immer noch nichts Handfestes. Ich segele hier mit Ihnen durch das Voralpenland und dort unten läuft der Mörder von Jakob

Duschl herum. Das interessiert mich mehr als das große Ganze. Wer hat den Mann getötet und wo ist die dritte Mappe?«

»Haben Sie je Dantes *Göttliche Komödie* gelesen?«

»Nein, ich kenne nur den *Komödienstadel!*«

»Dante reist durch die drei Jenseitsreiche. So werden auch Sie durch drei Reiche reisen müssen, um den Täter zu finden. Erst gehen Sie durch die Hölle, dann erwartet Sie das Fegefeuer, und zum Schluss kommt das Paradies, die Aufklärung sozusagen. Es sind drei Kreise aus Gier, Macht und Erlösung.«

»Herr Trakl, ich bin Polizist, kein Philosoph. Wenn Ihnen daran liegt, den Mörder Ihres Freundes Jakob Duschl zu finden, sollten Sie weniger geistvoll sein.«

»Wissen heißt wissen, wo es steht.«

»Ach? Und wer abschreibt, muss nachsitzen? Was sollen diese Sprüche? Wer hat Jakob Duschl getötet?«

In langen Kreisen segelte Trakl jetzt wieder zurück zum Segelflugplatz nach Geitau. »Wenn Sie nur an Ihren Fall denken, verschließen Sie die Augen vor weitaus schlimmeren Verbrechen. Für solch eine Wachtmeisterarbeit brauchen Sie mich nicht.«

Quercher dachte angestrengt nach. Die starke Sonneneinstrahlung hier oben hatte seinen Kopf zum Glühen gebracht.

Noch eine letzte Schleife. Trakl hantierte angestrengt an Hebeln und Schaltern herum.

Kaum waren sie rumpelnd auf der Wiese gelandet, zitierte er das letzte Mal den heiligen Franziskus. »*Lobt und preist meinen Herrn. Und sagt ihm Dank und dient ihm mit großer Demut.*«

»Herr Trakl, vielen Dank für den Flug. Aber wirklich weitergeholfen haben Sie mir nicht. Der Mörder läuft immer noch da draußen herum. Das ist eine Schuld, die Sie bis zu Ihrem Lebensende mit sich herumtragen müssen.« Quercher nahm die Kopfhörer ab, schnallte die Gurte los und wollte aussteigen.

»Warten Sie. Ich kenne den Mörder nicht. Zumindest weiß ich nicht, ob ich ihn kenne. Aber wer immer es tat, wusste, dass Jakob die grüne Mappe mit den Namen und den Protokollen besaß. Und er verstand unser Farbenspiel. Das haben Jakob und ich uns ausgedacht. Silber steht für Verrat und erinnert an die Silberlinge des Judas. Diese Mappe galt den Männern, die unser System übernehmen wollten. Grün wie das Weinblatt im Garten des Herrn bedeutet in der christlichen Lehre Buße und Demut. Unter dieser Farbe fassten wir Hinweise auf die Männer zusammen, die in unserem Kreis leben und ihm schaden. Rosa schließlich versinnbildlicht den Neuanfang, die Morgenröte. Diese Mappe wollen alle haben. Denn sie beinhaltet die Verknüpfung aus kirchlichen Informationen und den Valepp-Strukturen, unser Abschlussbericht sozusagen, zusammengetragen aus Informationen, die nur Jakob und mir zugänglich waren. Das ist wie ein Generalschlüssel. Wer diese Mappe besitzt, kann mit dem Valepp-Erbe so weitermachen, wie Jakob und der Graf es taten, oder aber eine Struktur auf Jahre hin zerstören.«

»Okay, ich verstehe. Wenn der Mörder diese Mappe tatsächlich hätte, würde er sich unauffällig verhalten. Aber momentan scheint er aufgeschreckt zu sein. Was ist mit Ihnen, fühlen Sie sich sicher? Soll ich Kollegen zu Ihrem Schutz schicken?«

Trakl hatte sich zu Quercher umgedreht. In seinen Zügen lag eine unergründliche Traurigkeit, die sogar in Quercher ein Gefühl des Mitleids weckte. Trakl war ein aus der Zeit gefallener Kämpfer für eine längst vergangene Schlacht. Gut gegen Böse, wo gab es das noch? Heutzutage war alles grau, nur in verschiedenen Abstufungen. Das war zumindest Querchers Erkenntnis nach all den Jahren im Polizeidienst.

»Glauben Sie, dass in einer Institution wie der Kirche ein Geheimnisverrat, wie ich ihn begangen habe, allen Ernstes unbeobachtet bliebe? Ich bin aus dem Weingarten des Herrn getreten. Jetzt wird mich der Hass der Verbliebenen treffen.«

Trakl sah ihn müde an. »Beten Sie für meine Seele. Ich habe mit Jakob immer gebetet. Der heilige Franziskus war ihm immer der Liebste.«

»Das durfte ich ja heute zur Genüge erfahren.«

Trakl lächelte. »Sie sind doch gesund wieder auf die Erde gekommen.«

Beide kletterten aus dem Flugzeug.

»Ich werde Ihnen dennoch zwei Kollegen zur Seite stellen. Zumindest für die nächsten Tage.«

Eine dunkle Limousine stand neben Querchers Pick-up. Als Trakl sie entdeckte, wurde sein Gesicht noch einen Deut trauriger. »Tempus fugit«, flüsterte er.

Quercher gab ihm die Hand, die jetzt kalt und schweißig war. Als er die Tür seines Wagens öffnete, sprang Lumpi heraus und ließ sich kraulen. Neugierig schaute Quercher in die verdunkelte Limousine, erkannte schemenhaft einen Mann. Das Kennzeichen merkte er sich. Wenig später fuhr er langsam davon.

Nachdem Quercher auf die Alpenstraße eingebogen war, rief er Gerass an und bat um Personenüberwachung für Trakl.

»Schön, und was ist die Begründung?«

»Ich suche die dritte Mappe.«

»Herr Quercher, ich bin kein Schreibwarenladen. Geht es konkreter?«

Er versprach Gerass, es ihr nach der Trauerfeier für den Grafen en détail zu erklären. »Aber erst mal benötige ich eine gute Sicherung für den Mann. Bloß keinen vom Dorf. Schicken Sie unsere Jungs vom LKA.«

»Strapazieren Sie meine Geduld nicht zu sehr.«

»Danke.«

»Wir haben die Teetasse von Lush, die Sie aus dem Valepp-Anwesen haben mitgehen lassen, untersucht«, meinte Gerass versöhnlich. »Da scheinen sich ganz neue Erkenntnisse zu ergeben. Ich bin gerade mit den Kollegen in Wiesbaden im Gespräch. Das wird wohl an Interpol gehen.«

Quercher atmete tief ein. Was, wenn der Kroate den Prokuristen getötet hatte? Duschl hätte ihm erheblich Schwierigkeiten machen können, ihm den Zugang zu den Millionen verweigern können. Der Kroate hatte also ein Motiv. Aber ein Exmilitär tötete nicht so kompliziert. Der ließ sein Opfer einfach verschwinden, irgendwo auf dem Balkan, wo niemand suchte und, wenn doch, zumindest niemand gefunden werden würde.

»Haben Sie von Interpol noch weitere Informationen über diesen Lush bekommen?«, fragte er Gerass.

»Ja, was wollen Sie wissen?«

»Steht da vielleicht irgendwas zu seiner Verwendung im Militär oder zu seiner Ausbildung?«

»Ja, er war bei einem kroatischen Infanterieverband, hat sich da empfohlen. Und laut Informationen unseres Bundesnachrichtendienstes war er später als Minentaucher an der kroatischen Küste aktiv.«

Wieder atmete Quercher durch, während er durch Schliersee fuhr. Sollte er sich derart irren? Der Typ gab sich jetzt als Geistheiler aus, der Menschen angrinste und dann erleuchtete. Das hatte so gar nichts mit den Menschenschlächtern vom Balkan gemein. Aber was und wer war der Mann wirklich? Ein Minentaucher. Für den wäre es ein Klacks, kurz in den Tegernsee zu steigen und Duschl aus dem Boot zu zerren.

War das vielleicht die Lösung? Nachdem Duschl starb, wurde das Testament des alten von Valepp geändert. Zu

Duschls Lebzeiten wäre das unmöglich gewesen, das hätte der Prokurist niemals zugelassen.

Oder verrannte er sich gerade?

Nichts nervte mehr, als wenn immer mehr Verdächtige infrage kamen. Wollte er Gerass diesen Wust an Informationen vortragen, sollten wenigstens mehr als nur Vermutungen auf dem Tisch liegen. Er musste die Ermittlungsgruppe wieder auf die Spur bringen, den Fall Klauser anders bewerten lassen. Gerass hatte ihm mitgeteilt, dass vom Generalstaatsanwalt bis hin zum Innenminister jeder daran interessiert war, den Fall möglichst bald zu den Akten legen zu können, da alle Klauser für den alleinigen Täter hielten. Spätestens am Montag nach der Pressekonferenz wäre also Schluss mit den Ermittlungen im Fall Duschl. Die Flammen, die Klauser entzündet hatte, waren noch nicht gelöscht, da stand der Mann posthum längst als Mörder des Prokuristen Jakob Duschl fest.

Als er in Hausham Richtung Tegernsee über die Bahngleise fahren wollte, hörte er Sirenen. Kurz bevor sich die Schranken schlossen, kamen ihm mehrere Rettungswagen entgegen, sie er passieren lassen musste. Quercher schaffte es nicht mehr rechtzeitig über die Gleise und musste lange warten. Er nutzte sie Zeit, um Regina anzurufen, doch es meldete sich lediglich ihre Mailbox.

»Hallo, Blaublut. Ich komme doch. Es sei denn, es stört dich. Aber bei einem solchen Anlass lässt man seine Frau nicht allein.«

Hatte er das wirklich gesagt? Was passierte mit ihm?

Quercher wollte noch einmal mit Pollinger und Arzu sprechen, bevor er zur Trauerfeier nach Tegernsee fahren würde. Im Übrigen musste er in den Tiefen seines Kleiderschranks zwischen Bergen von karierten Baumwollhemden und Dutzenden T-Shirts etwas Schwarzes finden.

Eine halbe Stunde später parkte er vor seinem Haus, wo seine Schwester mit Arzu sprach, die den kleinen Max Ali auf dem Arm trug. Neben ihnen stand Ankes Tochter Maxima. Der Bote eines privaten Zustelldienstes parkte soeben neben den beiden Frauen und übereichte Arzu ein Paket.

Quercher gesellte sich zu ihnen. »Ich hatte doch einen schwarzen Anzug, Anke. Erinnerst du dich daran?«

»Ich dachte, du bleibst hier«, sagte Arzu. »Ich müsste dir da nämlich noch etwas erzählen.«

»Was ist denn so wichtig? Die Beerdigung beginnt um fünfzehn Uhr, das sind noch knappe zwei Stunden. Hat das nicht Zeit bis nach der Trauerfeier?«

Arzu zuckte mit den Schultern. »Deine Regina hat viele Hobbys.«

»Und?«

»Tauchen gehört auch dazu!«

»Was?«

»Ja, du hast richtig gehört. Die Dame taucht seit jungen Jahren hier am See und hat so ziemlich alle Scheine, die man bei diesem Sport erwerben kann.«

»Du hast nur das Seepferdchen, Max«, stichelte Anke dazwischen.

Querchers Blick verfinsterte sich. Was sollte das? Warum hatte ihm Regina diese wichtige Information einfach vorenthalten?

»Gehst du jetzt trotzdem zur Beerdigung?«, fragte Arzu spitz, während sie den Klebestreifen des Pakets abzog.

»Nein ... ja ... ich muss dahin. Was ist denn nun mit dem Anzug, Anke?«

»Den habe ich im letzten Jahr bei dir ausgeräumt. Der hatte die Motten.«

Max Ali plapperte auf Arzus Arm munter vor sich hin, während seine Mutter versuchte, das Paket mit einer Hand zu öffnen. Mühsam stellte sie es auf einen breiten Pfosten des Holzzauns.

»Toll, Anke, im Karohemd kann ich ja wohl schlecht nach Tegernsee zur Beerdigung.«

»Ferdi hat einen schwarzen Mantel. Zieh den doch drüber.«

Quercher war genervt. »Klar, bei fünfundzwanzig Grad ziehe ich einen schwarzen Mantel von Ferdi Pollinger an, der wahrscheinlich noch dazu riecht wie ein alter Koffer.«

»Hast du mal ein Messer?«

Quercher griff in seine Jacke und gab Arzu ein Taschenmesser, während er Lumpi zu sich pfiff, die unerlaubterweise am Bach trank.

»Schwarze Jeans und schwarzes T-Shirt reichen doch«, beruhigte seine Schwester.

»Unsinn! Weißt du, wer da alles kommt?«

»Oh, der feine Herr scheint sich ja schnell angepasst zu haben. Lieb, dass du noch ein Auto nimmst und nicht die Sänfte!«

Quercher zog eine Grimasse und strich Maxima über den Kopf, die sich sichtbar langweilte. Sommerferien ohne Geld bedeuteten einsame Tage im Tal für das Mädchen.

»Alle ihre Freundinnen sind im Urlaub«, konstatierte Anke.

In diesem Moment entfuhr Arzu ein gellender Schrei.

Quercher drehte sich abrupt zu ihr um und konnte ihr im letzten Moment Max Ali abnehmen, als sie drohte, nach hinten umzufallen. Der Karton kippte von dem Pfosten herunter. Es dauerte nur den Bruchteil einer Sekunde, bis alle erkannten, was da soeben aus dem Paket herausrollte.

Ein Kopf. Der Kopf von Jakob Duschl.

## Kapitel 41

*Tegernsee, 29.08., 13.45 Uhr*

Die Stadt Tegernsee wurde von der Bundesstraße durchzogen wie ein Kehlkopfschnitt. Sie trennte den größten Teil des Ortes von einer mit billigen Trachtenläden verbauten Uferpromenade. Dafür hatte der Bürgermeister eine feine Aussicht. Denn das Rathaus stand direkt am Wasser. Tegernsee verfügte über viel Steuergeld. So viel, dass man für eine Million Euro einen Holzsteg bauen ließ, während man in anderen Kommunen Deutschlands Kitas und Büchereien schloss.

In einem schäbigen Wohnkomplex, der sich über dem Friedhof der Stadt wie ein hässliches Muttermal erhob, bereiteten sich vier Männer auf ihre Arbeit vor. Jeder von ihnen hatte die verschiedenen Bauteile eines Präzisionsgewehrs vor sich auf einer Decke liegen. Sie ölten und putzten sorgfältig und stumm. Nacheinander setzten sie alle Einzelteile zusammen, luden, sicherten, entsicherten und sicherten wieder, ehe sie die Gewehre in unauffällige Jagdtaschen steckten und sich der vorbereiteten Kleidung zuwandten. Nach fünfzehn Minuten verließen drei von ihnen die Wohnung. Einer stieg über eine Eisentreppe auf das Dach des Hauses, der andere fand zwischen zwei Abluftkaminen eines Supermarkts seinen Platz. Der dritte Mann gab den Status der Gruppe per Telefon an einen dicken Mann weiter, der etwas weiter weg in einem Biergarten saß.

In dieser Bierschwemme für Tagestouristen, unmittelbar neben der Klosterkirche gelegen, saßen nicht weit von dem Dicken entfernt sechs Männer an einem Tisch, die mit ihrem Gesamtvermögen das einer Stadt im Ruhrgebiet übertrafen.

Man merkte ihnen das allerdings nicht gleich an. Sie tranken und aßen das gleiche bayerische Bier und Essen wie die rüstigen Rentner aus Remscheid neben ihnen. Die Männer trugen dunklen Loden, so wie es die Tradition für Beerdigungen im Oberland verlangte. Sie alle hatten den alten von Valepp gekannt, hatten von ihm profitiert, waren von ihm geschützt und gefördert worden. Es waren Handwerker, Kleinunternehmer und Waldbesitzer. Und dennoch machten sie sich über seine sexuelle Neigung lustig, nannten ihn den ›Hinterlader‹ und seinen toten Prokuristen einen ›Liebesbuben‹. Sie waren laut, und trotz des Stimmengewirrs in dem Gewölbe konnte der Monsignore am Nebentisch jedes Wort verstehen. Er hatte schon immer gewusst, dass Männer und Alkohol eine schlimme Kombination darstellten. Drei Maß Bier machten aus jedem normalen Mann einen Volltrottel. Missmutig starrte er in seine Schorle. Von Galnstein verspätete sich. Das war ungewöhnlich.

Es würde eng werden. Jetzt, wo er wusste, dass das Testament tatsächlich das gesamte Vermögen der jüngeren Tochter in die Hände legte, war es Zeit, diesem Spuk ein Ende zu setzen. Der Notar hatte den Zusatz eingefügt. Das war sein Glück, denn der dicke Jurist erwies sich zunächst als sperrig, fürchtete, seine Zulassung zu verlieren. Erst der dezente Hinweis auf seine Familie, die doch jahrelang mit vielen Dingen zu ihnen gekommen war, zeigte den gewünschten Effekt.

Er hatte dem Monsignore den gewünschten Text zur Kenntnisnahme per SMS zugestellt: *Sollten meine geliebte Tochter sowie ihr Mann und ihr Kind versterben, so wird das Valepp'sche Vermögen, unter Berücksichtigung einer Erhöhung des Pflichtteils in Höhe von achtzig Millionen Euro zugunsten meiner Tochter Regina, in die Kirchenstiftung des Heiligen Georgs übergehen. Es sind von diesem Anteil jährliche Messen zu lesen, die in einem Nebentext genauestens beschrieben wer-*

*den. Ferner wird dem Tegernseer Tal eine Kapelle auf dem Hirschberg gespendet.*

Vor allem der letzte Punkt gefiel dem Geistlichen, hasste er doch nichts mehr als die monströsen Skifahrermassen im Winter, die der Heiligkeit der Berge nur ihre kreischend bunten Anzüge entgegenbringen konnten. Eine Kapelle wäre ein Zeichen für Gott in einer Welt des Konsums.

Er sah von Galnstein und musste nicht winken, weil sie sich meist hier trafen, wenn der Monsignore in der Kirche nebenan die Frühmesse für die Alten und Kranken las.

»Mein Lieber, waren Sie erfolgreich?«, fragte der Geistliche.

Von Galnstein setzte sich, scheuchte sofort eine eilfertige Bedienung aus Tschechien weg, ehe er ein Seidentaschentuch aus der Brusttasche zog und seinen Schweiß im Gesicht abwischte.

»Sie riechen ein wenig. Das macht sich nicht so gut, wenn ich Ihnen das sagen darf.«

Der Raum füllte sich mit Gebirgsschützen. Männer in allen Altersgruppen mit prächtigen Hüten und beachtlichen Bäuchen, über die sich eine alte Lodenuniform spannte, setzten sich lärmend an die noch freien Tische, bestellten Bier und freuten sich, dass die anwesenden Gäste aus Preußen wie im Zoo ihre Fotohandys zückten. Instinktiv setzten sich der Monsignore und von Galnstein mit dem Rücken zu den Schützen. Man wollte nicht in der Digitalfotosammlung des Pöbels auftauchen, denen Diskretion und Höflichkeit so fern waren wie Kommunisten das ewige Himmelreich.

»Hatte er das Original dabei?«

Von Galnstein schüttelte den Kopf und bestellte ein *Tegernseer Helles* – der einzig wirklich schmackhafte Exportartikel des Tals, wie er fand.

»Und nun? Warten wir ab, bis diese geistig Verwirrte oder der Polizist doch noch die dritte Mappe finden?«, fragte der Geistliche.

»Sie ist nicht im Haus. Es ist alles durchsucht worden, selbst die Tresore. Das Flittchen stirbt. Der Kroate verschwindet. Das Interregnum ist beendet. Ruhe wird einkehren. Monsignore, Sie werden mit dem Alter ein wenig zu risikoavers. Wer das Ruder in der Hand halten will, darf sich nicht scheuen, den ein oder anderen über die Planke gehen zu lassen. Ich habe den Funkverkehr der beiden im Segelflugzeug mitscannen lassen. Trakl hat nichts angedeutet. Nur den Sonnengesang des Heiligen Franziskus zitiert. Er ist, nein, er war ein schräger Kauz.« Von Galnstein bemerkte nicht, wie erleichtert sein Gegenüber war.

Der Monsignore lenkte wie immer die Themen. »Was macht denn Ihre neue Freundin, die Gräfin? Sie wirkte bei unserem letzten Zusammentreffen in der Oper ein wenig, na, ein wenig derangiert. Oder was hat mir die großflächige Sonnenbrille zu sagen?«

Die neue Freundin, die von Galnstein aus Adelskreisen auserkoren hatte, war nicht die erste Frau, die an seiner Seite lädiert in der Öffentlichkeit erschien. Jeder, der Eugen halbwegs nahestand, kannte dessen Hang zum Jähzorn. Darauf anzuspielen, ließ ihn meist peinlich berührt schweigen.

Der Monsignore mochte mit seinen Männern lachen, aber niemals sollten sie das Gefühl in sich tragen, gleichwertig zu sein. Nicht sie hatten ein Leben ohne Trieb geführt zu Gottes Ehren. Also hatten sie sich unterzuordnen. Er verzieh die Schwäche, die von Galnstein schon so lange begleitete, so er sie ihm jeden Freitag im Sakrament der Beichte wieder vergeben konnte. Das war seine Sicht.

Nur er und von Galnstein selbst wussten, wie der Monsignore im Internat vor nunmehr fünfunddreißig Jahren den jungen Eugen zu unaussprechlichen Dingen zwang, quälte und verbog. Das alles spielte heute scheinbar keine Rolle mehr zwischen den beiden. Es war mittlerweile eine Liebe des Opfers zu seinem Schlächter geworden. Von Galnstein hatte, so hätte es der Monsignore ausgedrückt, sein Leiden angenommen.

»Sie ist nicht folgsam. Jammert. Ist nicht aktiv genug.«

»Aber Sie sollten mit ihr Geduld haben. Das hatte ich Ihnen doch gesagt. Sie hat doch die schönen Augen ihrer Mutter, der Prinzessin, geerbt.«

Von Galnstein beugte sich ganz nah an das Ohr des Monsignore. »Manchmal ist mir so, dass ich ihr die Augen herausreißen könnte!«

Es wurde Zeit, dachte der Geistliche, dass von Galnstein wieder zu einer längeren Kur reiste. Die letzten Tage schienen ihn doch sehr zu belasten und dem Bösen das Tor zu öffnen. Keiner sah, wie er mit aller Kraft in von Galnsteins Oberschenkel kniff, worauf dieser keine Miene verzog, sich aber wieder zu beruhigen schien.

»Gehen wir, schlagen wir das letzte Kapitel dieser schlimmen Familie auf. Aber Franz von Valepp hat es verdient, dass wir uns gebührend von ihm verabschieden.«

Als sie in die Sonne traten, hörten sie von der anderen Seeseite das Rotorengeräusch der Hubschrauber, das sich mit Sirenengeheul mischte. Wie andere Zuschauer schritten sie neugierig über den Parkplatz zum Ufer, um zu sehen, was auf der Westseite in Bad Wiessee passiert war.

Quercher hatte in einer einzigen Sekunde erlebt, wie aus einem Idyll eine Hölle wurde. Schreien, Kreischen, Weinen. Alles auf einmal. Der Kopf war die abschüssige Straße hinabgerollt. Drei Kinder auf ihren Fahrrädern hatten ihn dabei entdeckt, staunend mit dem Fuß berührt und ihn dann mit einem Kreischen weitergestoßen. Quercher war dem rollenden Schädel hinterhergelaufen, immer noch den vor Schrecken starren Blick seiner Nichte vor Augen. Er hatte Mühe, Lumpi davon abzuhalten, ihn zu überholen und den Kopf mit dem Maul zu stoppen. In diesem Moment war ein

Lieferwagen mit Tiefkühlkost um die Ecke gebogen. Der Fahrer hatte den Kopf nicht gesehen und Quercher konnte, obwohl er heftig mit den Armen wedelte, nicht verhindern, dass der linke Reifen des Autos über Duschls Schädel hinwegfuhr. Knochen waren gesplittert – ein schlimmes Geräusch.

Dann war Stille.

Quercher war völlig außer Atem, als er die Kollegen anrief. Eine halbe Stunde später waren ganze Straßenzüge abgesperrt, keiner der Anwohner sollte sein Haus verlassen, bis die Spurensicherung aus Miesbach das Paket sowie die Reste des Kopfes dokumentiert hatte.

Derweil saß Quercher auf Pollingers Terrasse und versuchte, seine Schwester zu beruhigen.

Arzu hatte sich mittlerweile gefasst. Sie war dann doch zu sehr Ermittlerin und ärgerte sich über ihre Schreckhaftigkeit. »Verdammt, ausgerechnet mir passiert das. Ist mal wieder typisch«, fluchte sie.

Anke streichelte mit fahrigen Bewegungen über Maximas Kopf. Die Elfjährige weinte leise. Und ein Blick der Mutter genügte, um Arzu zum Schweigen zu bringen.

»Geht zu mir rüber und legt euch ein wenig hin«, bat Quercher seine Schwester, die das auch ohne Widerrede tat. Er begleitete sie zu seinem Haus, und als er zurückkam, saß seine Vorgesetzte Constanze Gerass neben Pollinger und Arzu am Tisch.

»Lush ist ein Treffer«, sagte sie, als Quercher ihr die Hand reichte.

»Und wie konnte es sein, dass der von keinem entdeckt worden ist?«

Sie hielt ihm wortlos ein Foto aus der Zeit des Bürgerkriegs hin.

»Okay, verstehe. Der Mann hat sich gewichtsmäßig verändert. Um ihn heute wiederzuerkennen, muss man ihn damals schon ziemlich gut gekannt haben«, gestand Quercher.

»Im Übrigen gab er sich als Albaner mit einer auf den ersten Blick sehr überzeugenden Biografie aus. Werden ihm wohl seine kroatischen Freunde besorgt haben.«

»Was ist die weitere Vorgehensweise? Können wir uns den nicht jetzt schon schnappen?«

»Nein, seine Tat in Rotterdam wiegt schwer. Interpol hat in Absprache mit dem Innenministerium und der Bundesregierung das SEK angefordert. Wir werden diskret nach der Trauerfeier zugreifen.«

»Und der Kopf? Hängen Sie immer noch an Klausers Einzeltat?«

Gerass konnte nur mit Mühe den Wunsch unterdrücken, die wenigen Fingernägel, die sie noch besaß, abzubeißen. Ihr Chef hatte sie nachdrücklich gewarnt, den Fall weiter aufzublähen. Allein diese Geschichte mit dem Kroaten in der Familie von Valepp würde ungünstig aussehen und so wirken, als decke der bayerische Staat kroatische Kriegsverbrecher, damit diese Witwen und alleinstehende Frauen beglücken.

»Wir bleiben dabei. Dr. Pollinger hat mich über Ihren Segelflug heute Morgen bereits in Kenntnis gesetzt. Aber bevor wir zur großen Weltverschwörung kommen, werden wir den Zugriff auf den Kroaten ordentlich durchführen. Sie sind ja offizieller Gast und für uns in der Trauerhalle. Ich bitte Sie um das Tragen einer Schutzweste sowie einer diskreten Waffe.«

»Frau Dr. Gerass, Moment mal.« Quercher versuchte, sich zu beruhigen. Wieder wollte die blöde Kuh ihn ausbremsen. Aber jetzt war Schluss. »Wenn das stimmt, was Trakl mir sagte, ist die katholische Kirche hier ein ganz großer Player im bösen Spiel.«

»Ach, kommen Sie jetzt wieder mit Ihrer Mappengeschichte?«

»Okay. Was ist Ihrer Meinung nach die Kirche, oder besser, was sollte sie sein?«

»Arm?«, antwortete sie lakonisch.

»Nein, gemeinnützig. Das ist der Trick. Kaum einer schaut direkt in diesem Dickicht nach. Hier ist Geld von links nach rechts geflossen, um gigantische Summen an Steuern zu sparen. Und nicht nur das. Geld aus, sagen wir einmal, problematischen Bereichen wurde in braven katholischen Firmen angelegt und damit gewaschen. Das war alles so groß, dass es keiner überblicken konnte und vermutlich auch nicht sollte.«

»Haben Sie Beweise oder wenigstens Indizien dafür?«, fragte sie mit unverhohlener Ungeduld.

Er sah zu Pollinger, der nur mit den Schultern zuckte. »Wir glauben also, dass es die Mafia aus Kroatien ist?«

Gerass schüttelte den Kopf. »Ich kann Ihnen dazu noch nicht viel sagen. Es könnte sein. Dieser Ante oder Lush wollte mit Hintermännern an das Vermögen und die vielen Firmen herankommen. Aber noch überzeugt mich die Klauser-These nach wie vor, und so wird es wohl auch einem Staatsanwalt gehen …« Ihr Smartphone brummte. Sie unterbrach ihre Ausführungen und starrte auf eine Mail, die eingegangen war.

»Was passiert danach mit Lush? Können wir ihn gleich hier am See vernehmen?«, wollte Quercher währenddessen von Arzu wissen.

»Die Holländer wollen ihn haben. Da läuft seit Längerem ein internationaler Haftbefehl. Mit einem erfolgreichen Zugriff können wir bei denen richtig punkten.«

»Dürfen wir ihn überhaupt noch verhören?«

»Nein, Interpol will ihn sofort nach Holland schicken. Ein Hubschrauber wird am Sportplatz in Rottach-Egern bereitstehen. Wir überstellen ihn. Quittieren. Wiedersehen.«

Quercher sah wieder zu Pollinger. Gerass hatte ihm die gerade eingegangene Nachricht entgegengehalten. Er hatte nur resigniert den Kopf geschüttelt.

Quercher gab nicht auf und versuchte es noch einmal. »Dieser Trakl ist eine wichtige Nummer, an dem müssen wir dranbleiben. Er sagt, dass Duschl die dritte Mappe mit extrem belastenden Materialien und Dokumenten hatte. Wer immer ihn getötet hat, wollte genau diese Unterlagen. Das wäre das Motiv – nicht irgendein Pyromane aus München. Das waren Profis, Frau Gerass. Und ich habe mit Trakl den neuen Informanten an der Hand. Den kann man weichklopfen. Der kann uns die ganzen Schweinereien erklären!«

»Profis wie Lush, der Minentaucher war? Profis wie Ihre neue Freundin, Regina Hartl, die, so sagte mir Frau Nishali, alle Tauchscheine besitzt?« Gerass' Stimme wurde sehr leise, als sie auch Quercher die Nachricht auf ihrem Smartphone entgegenhielt. »Quercher, es reicht! Vor einer halben Stunde hatte Ihr Timotheus Trakl in Geitau bei Wartungsarbeiten an seinem Segelflugzeug einen tödlichen Unfall! Sie haben somit also gar nichts mehr ›an der Hand‹.«

## Kapitel 42

*Tegernsee, 29.08., 15.00 Uhr*

Die Glocken der Klosterkirche läuteten dreimal. Quercher schwitzte unter der Schutzweste. Aber wenigstens war sie schwarz.

Regina, die selbst als Trauernde unfassbar schön aussah, hatte ihn verwundert angesehen und ihm zugeraunt, ob er eine Blitzschwangerschaft zu vermelden habe.

»Ich möchte nicht darüber reden. Der Vater ist ein Blaublut, schlimmer Finger. Verführt Polizisten!«

Sie hatte nur kurz gegrinst. Zu viele Menschen, die nicht nur gute Gedanken über sie hegten, schauten sie an, wollten in ihrem Gesicht, das hinter einem schwarzen Schleier verborgen war, etwas lesen. Neid oder Hass, aber da waren sie bei Regina Hartl, geborene von Valepp, an der falschen Adresse. Sie hatte von Kindesbeinen an gelernt, dass Beherrschung ein unschlagbares Instrument sein konnte. Niemals erklären, niemals jammern.

Die Polizei hatte Mühe gehabt, das Areal abzusperren. Dank der Tagespresse und diverser ganzseitiger Traueranzeigen wussten alle im Tal, wer da heute in den Gottesacker fahren würde. Es waren noch Sommerferien, und so strömten Eltern mit ihren Eis schleckenden Kindern in bunten Freizeitkleidern auf den Friedhof gegenüber dem alten Klosterkomplex, um zu gaffen und Promis zu bestaunen. Der Bestatter hatte noch mehr Stühle als üblich in die Aussegnungshalle bringen lassen. Klappstühle aus Plastik, die nicht dafür ausgerichtet waren, gewichtige Personen auszuhalten. Schon kurz vor Cordelias Rede brach einer der Stühle unter der Last eines Gastes, eines Betonunternehmers aus Freising, zusammen. Man hüstelte diskret über das Ungeschick hinweg.

Hinter Quercher saßen die fünf Bürgermeister der Talgemeinden mit ihren goldenen Ketten wie stolze Großbauern, die einmal neben den Edelmännern Platz nehmen durften. Hinter ihnen schauten ernst die örtlichen Unternehmer, und zwei Landtagsabgeordnete begrüßten den Chef des örtlichen Elektrizitätswerks, der sich mit seiner Frau in die dritte Reihe setzte und ein wenig schnaufte.

Auf der rechten Seite schien der gesamte deutsche Adel vertreten zu sein. Cordelia trat an das Pult und klopfte vorsichtig gegen das Mikrofon. Als Ex-DJane wusste sie, mit Geräten dieser Art umzugehen. Das Gemurmel und Gescharre mit den Füßen wurde sofort beendet. Alle Blicke richteten sich auf Cordelia. Sie sah erschöpft und krank aus.

»Liegt das an der Schwangerschaft?«, fragte Quercher leise. Er hielt Reginas kalte Hand, die jetzt fest zudrückte.

Sie schüttelte den Kopf und blickte konzentriert auf ihre Schwester, denn sie erwartete eine grenzwertige Rede.

Lush hatte, wie auch Quercher, in der ersten Reihe Platz genommen. Er trug zur Abwechslung einen schwarzen Leinenanzug, Ausdruck eines Kompromisses, der Quercher gefiel. Pollinger hatte sich gegen Arzus Wunsch ganz hinten zu alten Freunden gesetzt. Es war warm und feucht. Die ersten Gäste schnappten schon ein wenig nach Luft.

Der Sarg, mächtig und dunkel, aus dem Holz des eigenen Waldes geschlagen, wie ein Angestellter Regina zugeraunt hatte, stand wie ein Altar an der Kopfseite. Links und rechts standen vier Gebirgsschützen und hielten Totenwache.

So war das Leben aufgeteilt. Jener, der geherrscht hatte, wurde mit Prunk bestattet. Und jener, der wie der treue Vasall Duschl sein Leben lang gedient hatte, lag nun in mehreren Teilen in der Rechtsmedizin. Es gab nichts, was das jemals ändern würde, dachte Quercher und wurde von resignativer Bitterkeit erfüllt. Dennoch verstand er, dass heute ein Zeitalter zu Ende ging. Da vorn lag der letzte von Valepp. Die Dynastie starb.

Cordelia begann mit einem Räuspern. »Wir betrauern heute Franz von Valepp. Jenen Mann, der für viele Menschen wie ein Vater war. Einer, auf den man sich verlassen konnte. Wie jeder Mensch besaß er nur ein gewisses Kontingent an Zuneigung und Hinwendung. Wir, meine Schwester und ich, wissen das. Aber es gibt keinen Grund zu klagen, wir haben unser Leben dankend anzunehmen. In den letzten Tagen ist viel von Franz von Valepps Wohltaten die Rede gewesen. Ich werde heute über sein Vermächtnis sprechen …«

Über Cordelias Gesicht huschte ein Schmerz, den nur jene sahen, die sie kannten. Regina drückte Querchers Hand. Es folgten von kurzen Pausen unterbrochene Beschreibungen von Cordelias Vision eines Energietals mit Kraftkliniken und Heilplätzen. Die ersten Gäste husteten bereits auffällig. Das gehörte nicht hierher.

Cordelia sah die Feindschaft in den Gesichtern, ließ sich nicht beirren. Schweißperlen rannen von ihrer Stirn, sie wischte sie fahrig mit einer Hand weg. »Dieses Tal hat viele Menschen mit Ideen kommen und gehen sehen. Der Friedhof da draußen ist voll von Menschen, die diesem einzigartigen Platz ihren Stempel aufdrücken wollten. Aber ich will nicht prägen, einführen oder verändern. Ich will das Licht in das Tal ...«

Sie sackte zusammen. Einfach so. Wie eine Marionette, der man die Fäden durchschnitten hatte.

Lush erhob sich sofort, schob herbeieilende Gäste beiseite und nahm Cordelia in seine Arme. Langsam, nahezu majestätisch trug er seine Frau aus der Halle hinaus, in die frische Luft und das Licht.

Quercher flüsterte Regina etwas ins Ohr, bat sie, mit der Feier fortzufahren, und folgte Lush. Keiner trat in seinen Weg.

Unter dem steinernen Vordach blieb Lush stehen, blickte einen Moment irritiert um sich und wandte sich Quercher zu. »Ihr seid da?«, fragte er mit einem Kopfnicken in Richtung der Polizisten.

Quercher bejahte.

Lush setzte sich vorsichtig auf die Stufen und bettete die bewusstlose Cordelia auf seine Beine, hielt ihren Kopf und küsste sie. Wie ein Hütehund schirmte Quercher das Paar ab, bis Rettungssanitäter, die er per Handy gerufen hatte, zwischen den Gräbern hindurch in Richtung Halle rannten. Vorsichtig übernahmen sie.

Jetzt erst bemerkte Quercher, dass seine Kollegen den Friedhof geräumt und abgesperrt hatten. Hinter großen Grabkreuzen erschienen vermummte SEK-Beamte mit auf Lush gerichteten Waffen.

Quercher hob die Hände. »Ich übernehme ihn. Das ist Ante Dedic. Alles gut.«

Der leitende Beamte schien diese Aussage an die Führung weiterzugeben, und kurze Zeit später verschwanden die bewaffneten Männer wieder und ließen zu, dass Quercher den Kroaten ohne Handschellen zu einem Dienstwagen bringen konnte. Dort wurde er nach Waffen durchsucht und diskret auf die Rückbank gesetzt. Die Sanitäter trugen Cordelia in einen Rettungswagen, nachdem ein Arzt sie erstversorgt hatte. Ante sah ihr mit traurigen Augen hinterher. Ihm war klar, dass er sie in diesem Leben nicht mehr sehen würde.

»Ich fahre ihn selbst zum Sportplatz«, wies Gerass den jungen Mann an, der das Fahrzeug mit Ante eigentlich steuern sollte.

»Wer wird meinen Engel jetzt auf den letzten Wegen begleiten?«, fragte Ante leise, während sie, von anderen Polizeifahrzeugen eskortiert, nach Rottach-Egern unterwegs waren.

»Ich werde mich mit Regina um Cordelia kümmern, Ante. So heißt du doch?«

Er nickte.

»Ihr wird es an nichts mangeln. Das verspreche ich dir.« Quercher saß neben ihm und holte tief Luft. »Vielleicht wirst du uns im Duschl-Fall dennoch helfen. Jemand hat uns heute seinen Kopf übergeben. Und mir war, als sei der Transporter, den der Bote gefahren hat, einst gelb gestrichen gewesen wie der, den meine Kollegin unten am Ringsee gesehen hatte. Habt ihr Duschl getötet? Es hat für dich keine Relevanz mehr. Du wirst für immer in den Niederlanden bleiben, nehme ich an. Aber vielleicht willst du …«

Ante hob die Hand. »Ich töte nicht mehr. Aber du hast recht. Das am See waren meine alten Freunde. Ich habe sie vor längerer Zeit als Arbeiter in dieses Haus von Eugen von

Galnstein einführen lassen. Ich wusste, dass er etwas plante, wir hatten ihn im Auge.«

»Ihr wolltet die Struktur der Familie von Valepp übernehmen?«

Ante sah ihm aufmerksam in die Augen. »Ja, das war sicher ihr Ziel zu Beginn, als sie erfuhren, dass ich wieder in Deutschland lebe. Sie haben mich ›freundlich und bestimmt‹ darum gebeten. Aber dann wurden sie aus Kroatien von einem einflussreichen Mann zurückgepfiffen und wollten nur noch Geld. Das habe ich ihnen versprochen. Zu dumm für sie, dass du ihnen jetzt in die Quere kommst.« Er lachte zynisch auf.

»Was haben sie dafür als Gegenleistung gegeben? Einen Mord?«

»Ach was. Sie halfen mir, die wahren Feinde von Cordelia ausfindig zu machen, zu beschatten und zu kontrollieren. Das ist dann mit Klauser völlig aus dem Ruder gelaufen. Dieser Pfarrer hatte ihn jahrelang wie einen bissigen Hund trainiert. Als Jakob Duschl diesem Monsignore und von Galnstein nicht mehr gehorchen wollte, wurde Klauser von der Leine gelassen. Das Ergebnis kannst du hier im Tal immer noch riechen.«

»Wer hat Duschl getötet?«

Ante sah aus dem Fenster, wo der See wie ein endloses Glücksversprechen des vergehenden Sommers lag. Nur wenige Meter und er hätte hineintauchen können. Aber was war dieser See schon gegen das Meer seines Landes, das so grün und klar war. Wo der Wald nicht feucht und modrig roch, sondern der Duft von Pinien und Akazien in der Luft war. Er hatte hier neu anfangen wollen, aber die Schatten waren zu lang gewesen. Seine Vergangenheit hatte ihn eingeholt.

»Meine Männer sollten keinen Kopf rollen lassen. Aber deine Kollegin hat …«

»Ja, ich weiß. Er ist ihr aus der Hand gefallen.«

»Nur so konnten wir dich wieder auf die andere Spur setzen. Ihr wärt sonst auf Klauser sitzen geblieben. Die andere Seite hat das gut eingefädelt. Wir haben den Mord am achten August mehr durch Zufall gesehen, weil wir von Galnstein permanent observiert hatten. Dort, wo ich herkomme, muss man den Feind lange beobachten, damit er sich nicht nachts über die Berge anschleicht und die Häuser niederbrennt. Ich komme aus einem Krieg, der niemals enden wird. Das alles ist dir fremd. Ich jedenfalls wollte mich von meiner Vergangenheit lösen, weil ich diese Gabe hatte, an die du nicht glaubst. Aber es hat nicht gereicht. Weder um Cordelia zu retten noch um mich zu befreien. Ihr habt uns vom Balkan verspottet und unsere Unmenschlichkeit angeprangert. Doch schaut euch an, ihr seid schlimmer. Ihr gebt euch als Männer der Ehre aus und seid doch nur kleine, böse Ratten.« Ante griff in seine schwarze Leinenhose, holte ein Smartphone heraus, tippte und reichte es Quercher.

Es waren verwackelte Aufnahmen, mit wenig Licht produziert. Sie zeigten, wie sich ein Mann einen Taucheranzug überstreifte und vom Ufer aus ins Wasser glitt. Dann sah man, wie Duschl ein Boot aus dem Schilf zog, sich in das wackelnde Gefährt setzte und auf den See hinausfuhr. Der Rest war mit einem verwaschenen Zoom aufgenommen worden. Aber das, was er erkannte, reichte Quercher.

»Und wo ist die dritte Mappe?«, fragte er.

Ante schnaubte. »Die ominöse dritte Mappe, der Schlüssel zu allem! Wir haben sie nicht gefunden. Die anderen, von Galnstein und der Monsignore, haben sie jedenfalls nicht. Sie ist vielleicht auch nur ein Mythos.«

»Was passiert mit dir, wenn du deinen Teil des Deals mit deinen kroatischen Freunden nicht einlösen kannst?«, fragte Quercher, obwohl er die Antwort eigentlich schon kannte. Denn niemand entkam in einem Knast, egal wo auf dieser

Welt, der Rache des organisierten Verbrechens. Niemand konnte Ante dort schützen.

»Ach, Maximilian. Ich bin schon tot. Und sie werden nicht nur mich auslöschen. Sie sind schon da. Du musst dich beeilen, denn in wenigen Minuten ist die Trauerfeier vorbei. Das ist das einzige Geschenk, das ich dir noch machen kann.«

Regina hatte die Rede übernommen, was ihr naturgemäß nicht schwerfiel. Danach beendete sie die Feier und bat die Gäste, nach der Beisetzung zu einem ›Leichenschmaus‹ in ein Separee des *Bräustüberl* auf der anderen Straßenseite zu kommen.

Als die Menschen flüsternd über den Friedhof schritten, sahen sie Cordelia auf der Liege eines Rettungswagens liegen. Sie war wieder bei Bewusstsein und wollte aufstehen. Aber der Arzt drückte sie sanft zurück.

Regina schob sich an den kondolierenden Gästen vorbei und stand vor dem Rettungswagen, als sie Quercher die Straße hinauflaufen sah. Sie winkte, was sie schon im selben Moment unpassend fand. Denn Quercher hatte eine Waffe in seiner Hand.

Hinter ihr stand Eugen von Galnstein, im Gespräch mit dem Monsignore. Der Geistliche blickte zufällig auch in Querchers Richtung und erfasste augenblicklich die Situation. Er sah lächelnd zu von Galnstein. »Man muss wissen, wann man verloren hat. Da kommt Ihr Dorfsheriff. Ich fürchte, der Kroate hat ein wenig geplaudert.«

Quercher war noch zwanzig Meter entfernt. Von Galnstein reagierte sofort, griff der vor ihm stehenden Regina in die Haare und zerrte sie in einer schnellen Bewegung zu seinem Auto. Er schnappte nach einer Jagdflinte, die er auf dem Rücksitz deponiert hatte.

Quercher zögerte keine Sekunde. Er feuerte im Laufen, traf zwei Mal. Doch seine Hände zitterten ein wenig, sodass eine Kugel den Motor des Wagens durchschlug, eine andere lediglich von Galnsteins Schulter streifte. Menschen schrien, warfen sich auf den Boden oder versteckten sich hinter Grabsteinen. Quercher zielte erneut, doch noch ehe er abdrücken konnte, fielen plötzlich von irgendwoher Schüsse.

Diesmal wurde von Galnstein getroffen. Etwas drang in seinen Kiefer und wirkte wie ein Faustschlag. Sein Kopf wurde nach rechts geworfen und der Unterkiefer zerfetzte in Dutzende kleine Knochen und Fleischteile. Ein weiteres Geschoss streifte seinen Unterleib, warf von Galnstein nach hinten. Doch trotz seiner schweren Verletzungen hob von Galnstein die Waffe.

Quercher hechtete nach vorn, trat von Galnstein zwischen die Beine und zerrte Regina zur Seite. Von Galnstein rutschte kraftlos an der Seite seines Autos zu Boden. Er atmete wie ein Fisch an Land, Blut schoss aus seiner Hose und seinem Mund. Er wollte reden, doch alles, was zu hören war, klang wie eine Art heiseres Bellen.

Die SEK-Kräfte reagierten sofort und zielten in die Richtung, aus der die Schüsse gekommen waren. Aber es blieb ruhig. Keiner sah, wie ein dicker, kleiner Mann in dem Biergarten gegenüber nach der Rechnung verlangte. Eine slowakische Bedienung kassierte und der Dicke verschwand zur Uferpromenade.

Zeitgleich stoppte der Wagen mit Ante Dedic, einst Lush, dem Heiler, vor dem Hubschrauber, der ihn nach Holland bringen sollte. Der Pilot würde später aussagen, dass der Kroate gelacht habe, bevor das Vollmantelgeschoss in seinen Kopf drang. Es war der Scharfschütze auf dem Dach des Supermarkts gewesen, dem dieser Kunstschuss gelungen war.

Trotz einer eilig einberufenen Ringfahndung konnte keiner der vier Kroaten gestellt werden.

Von Galnsteins Glück war, dass der Rettungsarzt mehrere Jahre in Afghanistan gearbeitet hatte und sich mit Schusswunden exzellent auskannte. Nur so überlebte der letzte männliche Sproß der von und zu Galnstein und konnte noch in dieser Welt für die Morde an Jakob Duschl und Timotheus Trakl angeklagt werden. Im Hubschrauber, der ihn in das Klinikum nach Murnau brachte, spürte von Galnstein dank der Schmerzmittel nicht einmal mehr den Bluterguss an seinem Oberschenkel, den er seinem jahrzehntelangen Gönner und Folterer zu verdanken hatte.

## Kapitel 43

*München, 07.09., 14.45 Uhr*

Die beiden Männer saßen auf einer Parkbank an der Isar, direkt unter dem bayerischen Landtag, und schauten auf das schäumende Wasser eines Wehrs, das dort den Fluss durchzog. Der eine trug einen Turban aus Mullbinden, der andere kraulte einen Hund. Noch immer hatte der Sommer das Regiment über die Stadt, auch wenn die Nächte inzwischen empfindlich kalt wurden.

»Dir fehlt ein Propeller auf dem Kopf. Dann könntest du im Fasching als *Karlsson vom Dach* gehen.«

»Mal abgesehen davon, dass *Karlsson vom Dach* seinen Propeller am Rücken trug: Du verbesserst dich, Quercher. Beim letzten Fall hatte ich zwei Kugeln im Bauch und der Täter war tot. Jetzt hatte ich lediglich ein Metallstück im Kopf und dem Täter fehlte der Unterkiefer. Beim nächsten Fall käme ich mit einem blauen Fleck davon und der Täter wäre unbeschadet.«

»Ja, ich gebe mir Mühe. Schmerzt der Kopf?«, fragte Quercher mit ehrlich gemeintem Mitleid in der Stimme.

»Warum nehme ich dir diesen Tonfall nicht ab?«

»Solltest du, Stefan. Dass ich dir Mitleid entgegenbringe, wird für lange Zeit eine Ausnahme bleiben.«

»Du hast Stefan gesagt? Das hast du noch nie! Picker, Arschloch, Gescheidhaferl. Alles dabei, bloß nie mein Vorname. Aber küssen willst du mich nicht, oder?«

Quercher griff mit dem Arm um Pickers Schulter und küsste blitzschnell seine Wange.

»Igitt!«, schüttelte sich Picker angeekelt. »Wer weiß, wer da schon alles dran war an diesen alten Lippen!«

»Hab dich nicht so. Nahtoderfahrungen verbinden. Gib mir noch ein Küsschen.«

»Unsinn.« Picker hatte den Eindruck, dass ihm eine junge Mutter mit einem freundlich-aufmunternden Lächeln ihre schmierige Schwulensolidarität zeigen wollte. »Erzähl mir lieber die Neuigkeiten von diesem von Galnstein und dem Monsignore.«

»Nun, die beiden haben sich einfach übernommen. Die wollten das Vermögen der von Valepps quasi durch die Hintertür übernehmen. Der Monsignore über den treuhänderischen Anteil des Erbes und von Galnstein langfristig über Regina, von der er immer noch glaubte, sie zu einer Ehe überreden zu können. Das jedenfalls soll er bei einer ersten Vernehmung ausgesagt haben. Den ganzen Adelshintergrundmist kannst du in den üblichen Druckerzeugnissen lesen.«

Quercher deutete auf die Zeitung, in der für Lumpi eine ausgekochte Beinscheibe eingewickelt war. Die Hundedame starrte bereits seit Minuten auf das Päckchen, als wolle sie es zu sich beamen.

»Wer hat ihr denn eine Beinscheibe gekauft? Das ist doch echte Verschwendung«, hatte Picker gefragt, als Quercher mit ihm zur Isar hinabgestiegen war.

»Na, wer wohl?«

Picker hatte den Kopf geschüttelt. »Die weiß wohl auch nicht, wohin mit der Kohle! Also, weiter: Erklär mir die Motive des sinistren Monsignore.«

»Von Galnstein und der Pfaffe haben frühzeitig das System zwischen von Valepp und den Kirchenorganisationen verstanden, infiltriert und für sich genutzt. Der ganze intellektuelle Überbau ihrer Vorväter, der Schutz der Nation und der Kirche, war den beiden relativ wursch. Für sie war das ganze System eine Geldwaschanlage und Vernebelungsmaschine. Das war das Entscheidende. Und das ging auch lange gut. Keiner der Kirchenoberen wusste etwas davon. Die haben einfach in diesem Dickicht der Stiftungen, Tochterfirmen und Beteiligungen munter mit Trakl vor sich hin muckern können. Irgendwann aber wurde der alte von Valepp so krank, dass er den Überblick verlor. Duschl wollte seine eigenen Geschäfte mit Trakl machen. Die beiden begannen, das System zu stören. Die zwei anderen mussten also irgendwie reagieren. Und da kam unser Feuerteufel ins Spiel. Der Monsignore steuerte Klauser quasi von Kindesbeinen an. Er betreute ihn auch im Religionsunterricht des Heims, in dem Klauser aufwuchs. Irgendwann ließ er über Klauser mächtig Druck auf Duschl ausüben, der das dem alten von Valepp aber wohl vorenthielt. Dann jedoch verlor Klauser die Nerven, lief aus dem Ruder und legte die Waldbrände.«

»Kann man dem Pfaffen daraus einen Strick drehen?«, fragte Picker.

»Ach was. Der war halt ein wenig manipulativ. Es läuft alles auf seinen blaublütigen Ziehsohn hinaus. Der Pfaffe duckt sich weg.«

»Dann hat von Galnstein erst einmal Duschl beseitigt?«

»Ja, genau. Der sollte einfach im See verschwinden. Von Galnstein hatte so was mal in einem schlechten Regionalkrimi gelesen und nachgestellt. Hat ja auch fast geklappt.«

Quercher sah auf die Isar, die noch immer wenig Wasser führte, aber herrlich roch. In solchen Momenten vermisste er das Stadtleben. »Ermordet durch von Galnstein – das zeigen die Aufnahmen von Lushs, also Antes Handy. Von Galnstein war passionierter Taucher. Warum? Er wollte Regina beeindrucken.«

»Wer nicht?«, stichelte Picker.

»Ich. Also, bella Regina wollte er schon seit der Schulzeit haben. Als sie am See das Tauchen lernte, schloss er sich ihr einfach an. Sie hat mir das gegenüber verschwiegen, weil sie sich nicht verdächtig machen wollte. Dämlich, aber so ist das eben bei frisch Verliebten. Sie war von Galnsteins unerfüllte Liebe. Sie hat ihn nach einem Vorfall im Internat verachtet, aber niemals angezeigt. Und genau dieses Schweigen war sein Druckmittel gegen Regina. Ihr schlechtes Gewissen spielte er sozusagen als Karte. Dadurch konnte er bei ihrem Vater Punkte sammeln, der einer Verbindung der beiden nur allzu gern zugestimmt hätte. Klar, Adel bleibt gern unter sich.«

»Aha, was hat sie dann mit dir zu schaffen?«

»Bei mir ist es Liebe!«

Picker tippte an seinen Turban.

»Als Ersatz hat von Galnstein vor zwölf Jahren versucht, Reginas Schwester in München abzuschleppen. Das ging schief und endete in einer schlimmen Vergewaltigung. Zurück blieb bei Cordelia eine grässliche Verletzung, die nie richtig heilen wollte. Sie glaubte nicht an Schulmedizin, ging nach Indien, ließ sich dort behandeln. Das Ergebnis: ein Tumor. Den wiederum hat sie lange von Lush ›besprechen‹ lassen. Na ja, das Ergebnis kennen wir. Pollinger hat sie zwar jetzt zum besten Onkologen Münchens geschickt. Aber der Krebs ist schon sehr weit fortgeschritten. Sie wird sterben. Der Tod ihres Mannes hat ihr jeglichen Lebensmut genommen. Wir werden sie wohl nach Hause holen.«

»Das tut mir leid. Aber ich würde trotzdem gern noch ein bisschen mehr über von Galnstein wissen. Dem habe ich immerhin das Metallstück im Kopf zu verdanken.«

»Genau, die von Galnsteins haben ja einen relativ großen chemischen Industriezweig. Von Galnstein war ein Chemieass, hat in Boston am MIT studiert, war ein wirklich begabtes Kerlchen. Leider nutzte er seine zweifellos außerordentlichen Fähigkeiten, um mittels Chemikalien in deiner Garage aufzuräumen.«

»Verstehe, und er musste Trakl als lebendes Leck schließen und hatte dessen Flugzeug präpariert. Ein Leck stellte Trakl zumindest für von Galnstein und den Monsignore dar. Und bei uns hatten sie einen Maulwurf.«

»Ja, sie konnten die Polizei nach Belieben in alle Richtungen steuern, weil sie sowohl mit von Galnsteins Schwester Lizzy als auch vermutlich mit dem Innenminister einen Verbündeten hatten. Nur hatten sie den nicht unter Kontrolle.«

»Jetzt gib dem Hund endlich den Knochen!«, unterbrach ihn Picker mit Blick auf die schmachtende Lumpi.

»Sitz!«

»Warum muss der Hund eigentlich immer vorher sitzen?«

»Weil ich es will!«

»Du hast schon richtige Edelmannattitüden.«

»Klar, für jemanden, der vor dem Essen nicht mal seine Händen wäscht, sind Rituale natürlich nicht so vertraut«, frotzelte Quercher. »Also, gegen Elisabeth Baldner, geborene von Galnstein, läuft ein internes Ermittlungsverfahren – seit gestern. Gerass hat das durchgesetzt, gegen den Willen des Innenministers.«

»Was ist mit dem?«

»Der sitzt gerade bei seinem Chef, unserem lieben Landesvater, und ich glaube, dass das bei diesem giftigen Franken kein gutes Gespräch wird.«

»Wo ist denn der Monsignore?«, fragte Picker.

»In Rom, wie ich hörte. Vom Papst höchstpersönlich zurückbeordert und wohl schon auf dem Weg zu neuen Ufern.«

»Die liegen wo?«

»Zunächst beim Papst, und wenn es gut läuft, in einer Missionsstation im Kongo.«

»Und der Heilige Stuhl wird ihn natürlich nicht für ein Verfahren nach Deutschland zurückbeordern?«

Quercher machte ein skeptisches Gesicht. »Der Münchner Kardinal hat größtmögliche Aufklärung versprochen. Alles kommt auf den Prüfstand. Aber letztlich waren die beiden halt zwei faule Äpfel im Korb der Kirche. Und wer sind wir, dass wir darüber urteilen? Die werden den Monsignore in Rom grillen und dann auf einen üblen Außenposten abschieben. Zumindest haben die Anwälte des Bistums das durchblicken lassen.«

»Und was ist jetzt aus unserer großen Verschwörung geworden? All die Namen, die Strukturen? Das hier kann doch noch nicht alles gewesen sein?« Picker war aufrichtig enttäuscht.

»Was soll ich dir sagen? Mich belastet das auch. Aber ich habe keine Ahnung, ob Duschl wirklich so weitreichende Aufzeichnungen versteckt haben könnte. Trakl hatte mir Hinweise gegeben. Aber sie haben sich mir nicht erschlossen. Letztlich war es wohl nur viel heiße Luft. Gerass hat mir einen Hut aus Alufolie auf den Tisch gestellt. Als Zeichen meines Hangs zur Verschwörungstheorie. Sie findet langsam zum Humor, die alte Hexe.«

Beide lachten.

»Hast du es wirklich aufgegeben?«, fragte Picker schließlich leise.

»Na ja, wir haben ja ein paar Tote und Täter. Von Galnstein hat Duschl und Trakl ermordet. Er ist geständig. Und mit Ante Dedic ist uns ein Schwerkrimineller ins Netz gegangen. Alle sind froh. Wer will da noch was von Mappen wissen? Zudem glaube ich auch nicht mehr so recht daran.«

»Ach? Scheint da der zu erwartende Reichtum den Blick auf das Große zu versperren?«, stichelte Picker.

Quercher grinste. »Ich glaube, Trakl und Duschl haben uns und alle anderen nur scharfmachen wollen. Denn ohne den Glauben an diese dritte Mappe wären wir doch nicht so intensiv an der Aufklärung des Duschl-Mordes drangeblieben und von Galnstein hätte sich nicht aus der Deckung gewagt. Doch aufgrund der Informationen in dieser vermeintlichen Mappe stand zu viel für ihn auf dem Spiel. Also hat er zum Äußersten gegriffen. Jemand wie Duschl hätte nie den finalen Schuss auf sein eigenes System abgegeben. So war der nicht gestrickt. Und Trakl auch nicht. Rosa Mappe – das klingt schon so unspektakulär!«

»Diese Galnstein-Sache betreust du?«, fragte Picker.

»Gerass hat eine neue Sonderermittlungstruppe ins Leben gerufen. Ich bin da nur beratend tätig, weil ich wegen Regina zu nah an diesem Fall sei, sagt sie. Ich bin offiziell belobigt worden. Und auf dich kommt noch so ein richtiges Tamtam zu, mit Orden und so. Vom Minister persönlich. Stefan, ich bin stolz auf dich. Noch mal küssen?«

»Bah, geh weg!«

»Zier dich nicht so. Wir sind bald wieder Partner.«

»Kannst du vergessen. Ich bin raus.«

Quercher sah ihn erstaunt an. »Wie bitte? Willst Du Innendienst machen?«

»Nein, mein Lieber. Ich werde aufgrund meiner vielen Verletzungen frühpensioniert. So einfach ist das. Ich bin dann mal weg.«

Quercher konnte es nicht glauben. Die Welt war einfach ungerecht. Alles, was er sich die ganzen Jahre über immer gewünscht hatte, bekam dieser Simulant im Handumdrehen!

Er begleitete Picker zurück zu seinem Zimmer, ehe er mit Lumpi wieder an den See fuhr. Regina und er wollten noch schwimmen gehen – auf dem Rücksitz seines Wagens lagen eine Badehose und ein Badeanzug!

## Kapitel 44

*Rom, 07. 09. 12.45 Uhr*

Der Sitz der Glaubenskongregation in Rom war angesichts ihrer Macht erstaunlich nüchtern gehalten. Die Fenster im Erdgeschoss waren vergittert, darüber beherbergte der erste Stock, der von außen mit einer matten gelben Farbe gestrichen war, die Büros der Mächtigen. Die meisten kannten die Kongregation unter einem alten Namen: Die ›Heilige Inquisition‹ hieß sie lange – und sie war gefürchtet.

Hier saß in einem Vorraum der Monsignore von Deschner. Der für ihn zuständige Kurienkardinal Draganovic, ein einstiger Bischof aus Dubrovnik, würde ihm heute sein Ohr schenken.

Die Vorwürfe gegen ihn, den Monsignore aus Deutschland, diesem Land der Häretiker, würde von Deschner erklären können. Er hatte lange gebraucht, bis es ihm gelang, in diesen wirren Zeiten einen Plan zu entwickeln. Der Kunsthistoriker, der ihm dabei half, war ein ehemaliger Schüler von ihm und zudem ebenfalls Mitglied des *Männervereins Tuntenhausen*. Aber das war zweitrangig. Wichtig war in erster Linie, ihr Vertrauen zu gewinnen – und heute endlich hatte Regina zugesagt.

Er musste noch einmal einen Anruf tätigen. Der Monsignore trat an das doppelt verglaste Fenster und sah hinunter auf die Piazza del Sant'uffizio.

Sie ging sofort ans Telefon.

»Er kommt heute. Öffnen Sie ihm und helfen Sie ihm dabei.«
Als Antwort kam nur ein kurzes »Ja«. Dann legte sie wieder auf.

In diesem Moment öffnete sich die Tür. Der Kardinal höchstpersönlich schritt auf ihn zu und reichte ihm die Hand.

»Haben Sie die Dinge in unserem Sinne geregelt?«, fragte Draganovic.

Der Monsignore nickte.

»Gut, gut. Dann sind sowohl ich als auch der Bruder des Bistums München sehr gelöst. Wir fürchteten schon einen ähnlichen Skandal wie in Limburg. Aber die Medien konzentrieren sich offensichtlich eher auf diesen seltsamen von Galnstein, nicht wahr?«, insistierte Draganovic.

»Ja, das stimmt. Jahrelang habe ich versucht, den Jungen vom Bösen fernzuhalten. Aber er ist auf die andere Seite geschritten.«

Der Kurienkardinal hatte sich hinter seinen Barockschreibtisch gesetzt. Die Dinge mussten geregelt werden. Er war traurig. Traurig, weil seine Landsleute den ungehörigen von Galnstein nicht auf Anhieb still bekommen hatten. Aber sie hatten ihm versprochen, das Problem noch vor einer für alle Beteiligten unschönen Gerichtsverhandlung final gelöst zu haben. Dafür würde der Cousin des Kurienkardinals Draganovic sein Ehrenwort geben.

»Wir müssen jetzt nur diese schlimmen Vorwürfe gegen mich aushalten«, nahm der Monsignore das Gespräch wieder auf. »Es tut mir sehr leid, dass ich der Heiligen Kirche solche Unannehmlichkeiten …«

»Aber nein, mein Bruder. Unsere Krieger müssen manchmal in der Dunkelheit kämpfen, um das Licht für unsere Kirche zu finden. Wir haben da auch schon wieder eine Position für dich in den USA. Nur für kurze Zeit. Wir denken ja in anderen, längeren Zeiträumen, nicht wahr?«

Beide lachten.

»Lassen Sie uns zusammen nach unten gehen. Ich habe da dieser Tage eine vorzügliche Trattoria ausprobieren dürfen.«

Wenig später saßen die zwei Geistlichen bei einem wunderbaren Glas Rotwein in einem Restaurant, nicht weit vom Tiber entfernt, und genossen den milden Herbst in der Heiligen Stadt. Innerhalb der nächsten Stunde erwartete der Monsignore den Anruf.

## Kapitel 45

*Tegernsee, 07.09., 15. 45 Uhr*

Rattenwender stand vor einem Ölgemälde gigantischen Ausmaßes. Es zeigte einen recht einfältig, aber sehr ernst dreinblickenden Edelmann. »Darf dieses Bild hier hängen bleiben oder ist das auch für das Archiv?«

Regina saß müde auf einem Sofa und blickte hinunter in das Tal, wie sie es als Kind so oft getan hatte, wenn sie in dem verwunschenen Anwesen einsam die Zeit totschlagen musste. Der Kunstschatz aus dem Haus ihrer Familie sollte versteigert werden. Sie wollte die alten Geister loswerden. Ein Kunstexperte aus München und Freund ihres verstorbenen Vaters hatte sich gemeldet, um die Werke zu sichten und zu schätzen. Ihr war das recht. Auch Quercher, nicht gerade ein großer Fan alter Kunst, hatte ihr zugeraten, als sie ihn gefragt hatte. »Du musst wieder atmen können. Diese alten Schinken liegen wie Blei auf dir.«

Wenige Tage waren seit der Trauerfeier vergangen. Es war Zeit, einen neuen Start zu wagen. Noch immer genoss sie die Anwesenheit dieses eigenwilligen Schrats und seiner Hundedame. Mehr noch, sie ließ zu, dass das haarige Vieh zu ihren Füßen selig schnarchte. Das allerdings passierte nur in Querchers Haus. Keiner der beiden wäre auf die Idee gekommen, das Wort ›zusammenziehen‹ auch nur in einem Nebensatz zu erwähnen. Sie wirkten wie gebrannte Kinder, umschlichen Situationen, tasteten vorsichtig, wollten das feine Gefühl der Liebe nicht mit dem Schaffen von Fakten zerstören. Beide mochten die Einsamkeit, hatten sie sich gegenseitig gestanden. Da blieb wenig Raum für trautes Zusammenleben. Es konnte in die Sackgasse führen. Oder vielleicht zum ersten Mal ein erfolgreiches Experiment für zwei ausgeprägte Dickköpfe und Einzelgänger werden.

Der Fall war ja noch nicht gänzlich aufgeklärt. Ein Ermittlungsausschuss des bayerischen Landtags hatte Regina auf Druck der Opposition um umfassende Auskunft ›gebeten‹. Ein Generalstaatsanwalt hatte alle Konten der Familie einfrieren lassen. Regina selbst galt zwar offiziell nur als Zeugin, aber man riet ihr dringend ab, Auslandsreisen zu tätigen, weil das als potenzielle Flucht zu werten sei. Die Mächte schlugen zurück. Obwohl sie nachweislich nichts von den Strukturen wusste, die ihr Vater mit Duschl und den anderen Männern vor Jahrzehnten aufgebaut hatte, war sie zu einer Hassfigur der Medien avanciert. Regina stand für all die Verfehlungen ihrer Vorfahren, mochte sie in ihrem eigenen Leben auch alles darangesetzt haben, sich von diesen Verwerfungen freizumachen. Von ihren Freunden aus Adelskreisen hörte sie nichts. Man hielt sich zurück. Einzig ihre Freundin aus Kreuth hielt zu ihr, hatte sogar Quercher mit seiner sperrigen Art akzeptiert. Aber das Bild der korrupten Familie war in der Öffentlichkeit zementiert worden. Mit galligem Humor hatte sie vor wenigen Tagen einem Reporter, der ihr aufgelauert hatte, entgegnet, er möge doch das nächste Mal eine Guillotine mitbringen, das mache sich bildtechnisch bestimmt gut.

Aber irgendwann würde sie wieder Zugriff auf das Familienvermögen haben. Es war nur eine Frage der Geduld, hatten die Anwälte ihr versprochen. Sie suchte nach einer neuen Betätigung, fern von Stiftungen und Ehrenamt. Bis sie entscheiden würde, was das sein könnte, schwamm sie jeden Morgen und Abend, so das Wetter es zuließ, mit Max im See – auf seinen Wunsch hin allerdings mit Badeanzug. Wer war hier wohl der Spießer von ihnen beiden?

Frau Rattenwender kam herein. »Dr. Döpfner fährt gerade die Einfahrt hoch. Soll ich mich um ihn kümmern?«

Regina winkte ab. »Ich werde ihn begrüßen. Dann können Sie ihn herumführen. Sie kennen sich ja bestens aus.«

An einer roten Ampel hatte Quercher gehört, wie sein Smartphone gebrummt hatte. Eine Mail war eingegangen. Er hatte sie geöffnet und gelesen. Anschließend starrte er auf das Display und war trotz des Hupens der Autos hinter ihm nicht weitergefahren.

*Wir werden zusammen segeln. Am Boden aber wartet der Tod auf mich. Ich werde alles dafür tun, dass Sie allein den Weg finden. Aber dennoch schreibe ich diese Mail mit Zeitverzögerung, um sicherzugehen, dass Sie auch wirklich den dritten Teil, die Erlösung, sehen werden. Dante kam zurück, dann schaffen Sie es auch! Nicht nur ich liebte den Sonnengesang des Heiligen Franziskus, auch Jakob schätzte ihn. Wann immer wir Zeit hatten, schrieben Jakob und ich, wie einst die Mönche in den Schreibstuben der Klöster die Heilige Schrift, die Struktur des Valepp'schen Netzwerks auf. Sputen Sie sich! Denn nur eine weitere Person weiß noch davon. Sie hat uns dabei gesehen. Sie werden sicher schon ahnen, wer das ist. Jemand, der immer da war. Immer alles sah, nie etwas sagte. Aber Sie, Maximilian, werden sie aufhalten. Es grüßt Timotheus Trakl aus dem Purgatorium.*

Wenn man die Menschen brauchte, waren sie nicht da. Anscheinend hatten alle ihre verdammten Telefone ausgestellt. Und sein Telefon hatte kaum noch Saft.

Quercher holte alles aus diesem amerikanischen Schrotthaufen, der nur Krach machte, aber keine Leistung brachte, heraus. Wo er nur konnte, überholte er, drohte mehrmals mit Autos zusammenzustoßen, die ihm wild hupend entgegenkamen.

Das war es. Die verdammten zwölf Bilder im Keller des alten von Valepp! Sie waren der letzte große Schlüssel! Dort irgendwo war der Beleg, dass die feine katholische Kirche eine gigantische Geldwaschmaschine war. Jetzt hatte er sie am Arsch, dachte er grimmig.

Dr. Döpfner war Kunsthistoriker und hatte sogar im Bayerischen Fernsehen eine eigene Sendung, in der er Kunstwerke begutachtete. Als er an der Tür klingelte, sprang Regina auf und begrüßte den stattlichen Herrn, der sofort in einen Plauderton fiel und sich mit Kennermiene vor die ersten Gemälde des Hauses von Valepp stellte.

»Wissen Sie, ich bin natürlich in erster Linie den sakralen Kunstschätzen verpflichtet. Das wäre wohl auch im Sinne Ihres Vaters gewesen.«

Regina stimmte ihm zu.

»Mir geht es vornehmlich darum, die Werke erst einmal zu schätzen. Das Diözesanmuseum auf dem Klosterberg in Freising hat bereits großes Interesse gezeigt. Der Bischof hat extra einen Flügel einrichten lassen, der den Namen *von Valepp* trägt.«

»Ich unterstütze Sie gern, das wissen Sie.«

Döpfner nickte beifällig und strich über seinen teuren Janker.

Reginas Telefon klingelte. »Entschuldigen Sie, Dr. Döpfner.« Sie trat einen Schritt zur Seite, während ihr die Haushälterin ihres Vaters einen prüfenden Blick zuwarf. »Max, es ist momentan wirklich äußerst ungünstig. Was kann ich denn für dich tun?«

Sie konnte Quercher kaum verstehen. Er fuhr gerade vermutlich durch das Krottental. Dort war die Verbindung erfahrungsgemäß schlecht.

»Max, entschuldige. Wir haben gerade den Kunstschätzer da. Ruf doch einfach später noch mal an. Oder bist du sowieso gleich hier?« Sie legte das Telefon schulterzuckend auf eine Kommode und wies dem Kunsthistoriker den Weg zu einer Wand. »Bitte nicht wundern, Herr Dr. Döpfner. Das Haus ist ein wenig verschroben, wie mein Vater es wohl auch war.«

Döpfner lächelte versonnen.

Regina schob die Holzverkleidung vor dem Fahrstuhl beiseite und fuhr mit dem Kunstexperten hinunter in das Tonnengewölbe. Dort angekommen, schaltete sie das Licht an.

Der Experte bewunderte die wertvollen Drucke hinter Glas. »Wissen Sie, was das ist?«, fragte er Regina. »*Laudato si, mi signore, per quelli ke perdonano per lo tuo amore, et sostengo infirmitate et tribulatione.* Ich nehme an, dass Ihr Vater keine Kopien hinter teurem Panzerglas versteckte. Wenn das Originale sind, handelt es sich um einen Druck des dreizehnten Jahrhunderts. Das ist der Sonnengesang des heiligen Franziskus!« Döpfner war förmlich aus dem Häuschen. »Sie haben hier eine Sicherung?«

Regina nickte.

»Ist die Anlage ausgeschaltet? Ich will ja keinen Alarm auslösen.«

Regina schüttelte den Kopf. »Nein, Moment.« Sie wählte eine Nummer. »Frau Rattenwender, wären Sie so gut und würden den Alarm ausschalten? Danke.« Im Hintergrund war ein Klingeln zu hören. Es war erneut Reginas Telefon. »Ach, Frau Rattenwender. Nehmen Sie doch bitte das Gespräch für mich an. Ich vermute, dass das wieder der Max sein wird.«

Döpfner lächelte unmerklich.

»So, der Alarm ist ausgeschaltet!« erklärte Regina.
»Das ist beruhigend.«

»Hallo Frau Rattenwender, hier Quercher! Sie müssen mir helfen, halten Sie bitte diesen ...«
Mit ihrem knochigen Finger schaltete die Haushälterin des letzten Grafen von Valepp das Handy aus. Ein feistes Schmunzeln umspielte ihre schmalen Lippen, als ihr Blick auf den Fahrstuhlschacht fiel.

Quercher fuhr gerade in Gmund ein, als das Gespräch mit Regina jäh unterbrochen wurde und er nach erneutem Wählen nur noch die Mailbox hörte. Er fluchte und suchte in seinem Adressbuch hektisch nach der Festnetznummer der von Valepps.

Der Fahrstuhl öffnete sich. Rattenwender ging auf Regina zu. »Die Telefonkonferenz mit Ihren Anwälten geht gleich los. Sie sollten sich vielleicht wieder nach oben begeben.«
Regina nickte. »Darf ich Sie mit den Schätzen allein hier unten lassen?«, fragte sie Döpfner besorgt.
Der Experte nickte.
Rattenwender hielt mit einer Hand die Fahrstuhltür und nickte Regina auffordernd zu. Reginas Anwalt wollte eine Strategie für die nächsten Ausschüsse und Befragungen durchsprechen. Das musste jetzt Priorität haben.

Döpfner wartete, bis Regina mit dem Fahrstuhl nach oben gefahren war. Vor ihm hingen die zwölf Buchseiten mit dem Sonnengesang aus dem dreizehnten Jahrhundert! Es waren ohne Zweifel Originale. Geschrieben, ausgemalt und gebunden von Mönchen des Klosters Cortona in der Toskana.
Döpfner nahm ein Bild von der Wand. Er drehte es um und lächelte.

*Gegrüsset seist du, Maria, voll der Gnade. Der Herr ist mit dir.*
Die Schrift war nur mehrere Millimeter groß, mit feinem Bleistift geschrieben, Zeile über Zeile. Die Organigramme waren ebenso klein und mit großer Genauigkeit gezeichnet. Hier hatte sich jemand sehr viel Mühe gegeben, die Verflechtungen, die handelnden Personen und alle weiteren wichtigen Beweise für das jahrzehntelange Waschen von Finanzmitteln in Firmen der Kirche zu dokumentieren. Duschl und Trakl mussten Monate damit verbracht haben, das alles auf die Rückseite der Exponate zu schreiben. Hier stand in kleiner Schrift alles, was den Fels Petrus brechen konnte.

Elf Bilder hingen noch.

Quercher fuhr in einem irrsinnigen Tempo die Serpentinen zum Anwesen der von Valepps hinauf und schrappte gegen eine alte Leitplanke, sodass Lumpi, die auf dem Beifahrersitz saß, leise winselte.

Die Festnetznummer war besetzt! Es war wie verhext. Er bremste, sprang aus dem Wagen und rannte auf die große Haustür zu. Er sah Regina an einem Tisch vor einer Konferenzspinne telefonieren. Die Haustür war verschlossen. Er klingelte wild.

»Ja, bitte?«

Das war Rattenwender. Verdammt. Die musste ihn doch gesehen haben! Wieso drückte sie nicht einfach sofort auf den Türöffner?

»Max hier! Bitte lassen Sie mich schnell rein. Das ist ein Notfall!«

*Du bist gebenedeit unter den Frauen und gebenedeit ist die Frucht deines Leibes, Jesus.*
Elf Bilder für jede Strophe des *Ave Marias*. Döpfner brauchte nur wenige Minuten. Er hängte sie ab, drehte sie um und kramte ein Taschentuch hervor.

Sie hatten den Bleistift als Schreibutensil gewählt, weil es sonst keine Möglichkeit gab, etwas in so kleiner Schrift zu fertigen.

Wieder einmal, so dachte Döpfner, wurde die Heilige Kirche im letzten Moment gerettet.

Von oben vernahm er dumpfe Stimmen und Türenklappen. Es wurde Zeit.

*Heilige Maria Mutter Gottes, bitte für uns Sünder jetzt und in der Stunde unseres Todes. Amen.*

Alles gelang ihm diskret und unauffällig. Er wischte den Bleistiftstaub ab, sodass nur noch eine graue Fläche zurückblieb. Fünf Minuten für drei Monate Arbeit. Oder: Ein Wisch und alles blieb, wie es sein sollte. Dachte der Kunsthistoriker Dr. Döpfner, als er mit einem beseelten Lächeln im Kellergewölbe des Anwesens seines alten Freundes Franz von Valepp einen schreienden Mann mit einer Waffe in der Hand empfing.

Er war mit sich im Reinen. Sicher auch, weil er am Morgen vor dem Altar der Muttergottes in Tuntenhausen eine Kerze angezündet hatte.

# Danksagung

Ich danke jenen, die mir Einblicke in Verflechtungen der Macht gegeben haben. Sie haben kein Interesse, namentlich aufzutauchen. Die Stellung der Kirchen in unserem Land ist viel zu wenigen Menschen bewusst. Sie ist nahezu einzigartig und wird zu selten infrage gestellt. Ein Krimi kann das nur streifen.

Es gab auch bei diesem Buch medizinische Fragen. Ich bedanke mich bei Dr. Michelle Ulrich für ihre Geduld und ihr profundes Wissen.

Besucher meiner Lesungen wissen es schon: Einige Namen meiner Protagonisten haben eine Geschichte. Den des Monsignore entlieh ich beispielsweise einem großen deutschen Kirchenkritiker, Karlheinz Deschner. Weitere Erklärungen sind auf meiner Homepage zu lesen. Ich bin über diese Seite auch direkt zu erreichen. Sollten Sie Fragen, Anregungen oder Kritik haben, freue ich mich, von Ihnen zu hören.

Martin Calsow im März 2015

# Mehr mit Max Quercher

Martin Calsow

### Quercher und die Thomasnacht

ISBN 978-3-89425-423-0
Auch als E-Book erhältlich

Die Rückführung eines nach Jahrzehnten entdeckten toten Soldaten vom Tegernsee in die USA – keine große Sache für den LKA-Beamten Max Quercher, den nur noch dieser eine Auftrag von seiner heiß ersehnten Frühpensionierung trennt.

Vor Ort beschleichen ihn Zweifel, ob der Fall tatsächlich so einfach ist: Denn dass sich ausgerechnet der Mann, der die Leiche entdeckt hatte, bei einem Arbeitsunfall enthauptet haben soll, ist Quercher zu viel des Zufalls. Als er zum Unmut der einflussreichen lokalen Politprominenz beginnt, die Vergangenheit der Dorfgemeinschaft zu durchleuchten, haben sich seine Gegner längst formiert. Und was anfing wie ein Routineauftrag, entpuppt sich als ein Kampf ums nackte Überleben …

*»Ein Krimidebüt der Extraklasse.«* Recklinghäuser Zeitung

*»Ein Kriminalroman, der jede Zeile wert ist. Fantastisch geschrieben, sehr spannend umgesetzt.«* www.buchtips.net

### Quercher und der Volkszorn

ISBN 978-3-89425-441-4
Auch als E-Book erhältlich

Bei einem Ausflug werden vier Kinder entführt, ihre Erzieherin brutal getötet. Trotz einer beispiellos aufwendigen Suche bleiben die Kinder wie vom Erdboden verschluckt. Aufgrund unterschiedlicher Indizien keimt in LKA-Ermittler Max Quercher der Verdacht, dass irgendjemand Rache nimmt wie einst der Rattenfänger von Hameln. Aber niemand schenkt dieser ›spinnerten‹ Idee Gehör.

Quercher sieht nur einen Weg, die Kinder zu retten – und der führt weit an den offiziellen Ermittlungen vorbei …

*»Kräftig menschelnd, absolut spannend!«*
Angelika Bohn, Ostthüringer Zeitung

*»Eine mitreißend erzählte Handlung voll unerwarteter Wendungen und einem eindrucksvollen Showdown als Auflösung.«* WAZ